SCIENCE FICTION

Ein Verzeichnis aller im
Wilhelm Heyne Verlag erschienenen
Shadowrun™-Bände finden Sie
am Schluss des Bandes

Weitere Romane von Markus Heitz:

*Schatten über Ulldart* · 06/9174
*Der Orden der Schwerter* · 06/9175
*Das Zeichen des Dunklen Gottes* · 06/9176

MARKUS HEITZ

# GOTTES ENGEL

Siebenundvierzigster Band
des
**SHADOWRUN™-ZYKLUS**

**Originalausgabe**

WILHELM HEYNE VERLAG
MÜNCHEN

HEYNE SCIENCE FICTION & FANTASY
Band 06/6147

*Umwelthinweis:*
Dieses Buch wurde auf chlor- und
säurefreiem Papier gedruckt.

Redaktion: Ralf Oliver Dürr

http://www.heyne.de
Printed in Germany 2002
Umschlagbild: Jim Burns
Umschlaggestaltung: Nele Schütz Design, München
Technische Betreuung: M. Spinola
Satz: Schaber Satz- und Datentechnik, Wels
Druck und Bindung: Elsnerdruck, Berlin

ISBN 3-453-86322-4

**ADL, Bexbach (Sox), 08. 03. 2058, 15:34 MEZ**

Ennis Atem ging schnell.

Die Läuferin rannte über die freie Fläche, hastete an Häuserruinen vorbei und warf sich hinter einem umgestürzten Betonpfeiler in Deckung. Die Plexiglasscheibe ihres Chemo-Schutzanzugs war beschlagen und erschwerte ihr die Sicht wie in einem Nebelfeld.

Die Unterarmausführung des Geigerzählers piepste warnend, die radioaktive Verseuchung in ihrer Umgebung stieg an.

*Na, wunderbar.* »Soll ich weiterrennen?«, keuchte die junge Frau. Das Kehlkopfmikro übertrug ihre Frage an den unsichtbaren Partner, der im Gegensatz zu ihr in einer sicheren Umgebung saß.

Unwillkürlich hob sie den rechten Arm, um sich den Schweiß von der Stirn zu wischen. Mit einem gedämpften Geräusch prallte der Handrücken gegen das Kopfteil des Schutzanzuges. *Shit. Das war wirklich dämlich, Enni.*

»Ja, bitte, Frau Gerlach«, kam die Anweisung über Funk. Der Sprecher mit dem schwedischen Akzent wirkte etwas abwesend, als sei er mit anderen Dingen beschäftigt.

»Und wie lange?«

»Sie werden merken, wenn Sie am Ziel sind, Frau Gerlach. Ich kann Sie beruhigen, Ihre Vitalwerte sind einwandfrei.«

»Die Strahlung macht mir ein wenig Sorgen«, beschwerte sie sich indirekt.

»Sie sind sicher, Frau Gerlach«, beschwichtigte der Mann am Gegensprechgerät. »Solange Sie kein Loch in den Anzug bekommen, kann Ihnen der Fallout nichts anhaben.«

Fluchend spurtete sie die Straße hinauf und näherte sich der Ruine des Bexbacher Rathauses. Mehrere große Einschusslöcher wiesen darauf hin, dass sich Panzer an den Mauern versucht hatten.

»Sieht nicht sehr gut aus«, kommentierte sie.

»Sie befinden sich in der Sox, da sieht nichts gut aus«, merkte der Funkpartner an. »Soll ich Ihnen einen Joke erzählen?«

»Nicht schon wieder Witze über Elche, Dr. Gud«, stöhnte Ensuela auf und stolperte über ein Hindernis am Boden.

Sie machte einen Ausfallschritt, um nicht zu stürzen, als rechts neben ihr ein Mensch mit Gasmaske und einer Faustfeuerwaffe aus einem Hauseingang sprang.

»Kontakt, Dr. Gud.« Die Läuferin kniete blitzartig nieder und zückte die Walther Secura. Hinter den Angreifer quollen noch fünf weitere aus der Tür und verteilten sich.

Der implantierte Gefechtscomputer in Ennis Kopf stellte Berechnungen an. Die schwere Halbautomatik bellte in rascher Folge hintereinander auf.

Überrascht knurrte Enni. Trotz der hohen Präzision der Walther blieb eines der Ziele stehen.

Wie eingefroren verharrte es mitten in der Bewegung. Aus dem durch die Maske unkenntlich gewordenen Gesicht formte sich plötzlich ein neues Antlitz. Die Augen des jungen Mannes blickten sie geradewegs an. Sein Umriss schillerte in allen Farben des Spektrums, oszillierte und verschwand schlagartig. Gleichzeitig verspürte sie ein unangenehmes Ziehen an der linken Schläfe.

»Fuck, Dr. Gud! Ich habe schon wieder eine Rückkopplung«, meldete die Läuferin nervös. Sie ignorierte die irritierenden Impulse des Kampfcomputers und spähte nach dem Gegner umher.

Der Mann schnellte hinter einem Blumenkübel hoch und feuerte eine Garbe aus einer Uzi III in ihre Richtung.

Zwei Kugeln trafen sie in die Brust und durchschlugen den Chemo-Schutzanzug, wurden aber durch ihre Weste darunter abgefangen. Die elektronischen Systeme meldete »Error«.

*Wenn man sich auf die Technik verlässt, ist man verlassen,* ärgerte sie sich. Sie erwiderte das Feuer und zwang den Angreifer in Deckung. Gleichzeitig lief sie auf den Blumenkübel zu und schlug dem Mann den Lauf der Pistole wuchtig gegen die Maske. Stöhnend brach er zusammen und blieb benommen liegen. Schwer atmend setzte sie sich auf den Rand des Behälters. Das Ziehen in ihrem Kopf verebbte allmählich.

»Auch wenn Sie die Schießerei überlebt hätten, Sie wären jetzt verstrahlt, Frau Gerlach«, meldete sich die Stimme von Dr. Gud über Funk. »Sie müssen besser zielen.«

»Nein, so nicht! Die Löcher verdanke ich nur Ihrer verdammten Technik«, gab Ensuela wütend zurück.

»Keine Aufregung, bitte. Wir analysieren die Daten und justieren Sie nach. Denken Sie immer daran, Sie sind die Erste, die das gute Stück im Freien ausprobiert.«

»Sind wir jetzt durch?«

»Der Testlauf ist beendet«, bestätigte der Funkpartner. »Die Kontaminationsanzeige können Sie ignorieren. Wir wollten nur verhindern, dass Sie den Anzug ablegen.«

*Schwedischer Arsch.* Eilig löste sie die Verschlüsse, zerrte sich die Haube vom Kopf und atmete befreit auf. Das Oberteil des Gummioveralls hing an ihr wie ein Stück abgestreifte Haut herunter.

Ensuela nahm ihre Umgebung nun ohne künstliche Filter wahr. Die kalte Nachtluft roch nach Erde. Nichts war zu hören, kein Lärm von Fahrzeugen, keine Unterhaltungen, keine Musik. Die unnatürliche Stille in Bexbach konnte ängstliche Gemüter in Panik versetzen.

Dann hörte sie mehrere Schritte, die sich ihr näherten.

Die junge Frau blickte über die Schulter und sah die Angreifer auf sich zukommen. Sie hatten die Gelprojektile der Secura unbeschadet überstanden.

»Guter Schuss, Enni.« Lupp, der in der Mini-Arkologie die Funktion eines medizinischen Assistenten versah, grinste sie an. Über Mund, Nase und Augen trug er wie die anderen eine durchsichtige Atemschutzmaske. Er verrenkte sich beinahe den Hals, um auf seine kugelsichere Weste zu schauen. »Da, genau ins Herz.«

Der Geigerzähler knarrte lautstark und erstarb abrupt, als sie ihn mit einem gezielten Schlag abschaltete. »Ich treffe die Männer immer ins Herz, Schätzchen.« Sie lächelte ihn an und hielt eine Schachtel Zigaretten in die Runde. Ihre Kombattanten nahmen die Glimmstängel und zogen die Masken ab, bald darauf glomm es rot in der Dunkelheit.

»Mich nicht«, kam es hinter dem Blumenkübel hervor. »Dabei wäre ich Ihnen echt dankbar gewesen.« Charly Ostfolk, der stellvertretende Leiter der Kon-Gardisten des Forschungsplexes, stemmte sich in die Höhe und betastete seinen Unterkiefer. Ein dunkelroter Bluterguss bildete sich an seinem Wangenknochen, obwohl die Maske einen Großteil des Schlags abgefangen hatte. »Was sollte denn das? Dachten Sie etwa, die Knarre wäre auch aus Gel?«

Enni klemmte sich die Kippe in den Mundwinkel und deutete wortlos auf die Einschusslöcher in ihrem Chemo-Schutzanzug.

Ostfolk wurde blass, nahm das Magazin aus seiner Uzi und fluchte, als er die Köpfe der massiven Geschosse aufblinken sah. »Sorry.«

Sie zuckte mit den Achseln. »Ich wollte Sie schnell ausschalten, bevor Sie auf ungeschützte Stellen zielen.«

Enni nickte in Richtung seiner Blessur. »Nichts für ungut. Tut's sehr weh?«

»Für die Nachlässigkeit sollten Sie mir noch eine verpassen.« Während er auf die Gruppe zuschlenderte, betrachtete er die 23-Jährige, die angesichts der Tatsache, dass er sie beinahe perforiert hätte, völlig ruhig blieb.

Ihr kahler Schädel war durch die zahlreichen OPs eine einzige Narbenlandschaft, die ihn unwillkürlich an die Trids über Frankensteins Monster denken ließ. Er wusste, dass ihr Körper weitere Narben aufwies.

Die ungewöhnlich muskulöse Statur der Läuferin war das Resultat knallharten Trainings. Dennoch hatte die Natur dafür gesorgt, dass Enni, wie sie von den meisten genannt wurde, genügend weibliche Reize vorweisen konnte.

Sie hielt ihm die Zigaretten hin. »Hier, nehmen Sie eine. Bis der Transporter uns holt, wird es noch ein wenig dauern.«

Ostfolk zog den Atemschutz herunter und langte zu. Sein Blick schweifte über die zerschossenen Häuser. Für Kon-Gardisten und Kontrollrattruppen bildete die Sox ein einziges Abenteuerland, in dem man sich mit Waffen aller Art austoben durfte. »Es ist gut zu wissen, dass hier nichts Gefährliches mehr vorhanden ist. Mal abgesehen vom Staub. Also haltet die Füße still.«

»Die Natur dekontaminiert sich selbst«, meinte einer der anderen Männer philosophisch.

»Sicher«, stimmte Enni todernst bei. »Gib ihr ein paar Milliarden Jahre Zeit, und niemand wird mehr merken, dass in Cattenom überhaupt etwas geschehen ist. Den Krater werden sie dann für die Überbleibsel eines Vulkans halten.«

»Es gibt keinen Krater«, stellte Lupp richtig. Tief sog er den Rauch der Kippe ein und gab sich Mühe, einen Rauchkringel zu formen. »Nur zerstörte Gebäude, ähnlich wie in Tschernobyl. Beim ersten GAU in der …« Er bemerkte die verständnislosen Gesichter. »Vergessen Sie's. Kein Krater.«

Zwei Scheinwerfer beleuchteten den rissigen Asphalt, in dem die Ketten schwerer Panzer ihre Abdrücke hinterlassen hatten. Der schallgedämpfte Motor des Ruhrmetall Wolf II war kaum zu hören.

»Das Taxi.« Enni zog noch mal an der Zigarette und schnippte den Stummel weg. »Ich freue mich auf eine heiße Dusche.«

»Mit mir?«, meinte Lupp anzüglich. »Ich würde Ihnen jeden Wunsch erfüllen.«

Enni schaute ihn nachdenklich an, schien sich das Angebot zu überlegen. »Nein, danke«, lehnte sie schließlich ab. »Sie würden die Dusche nicht lebend verlassen. Ich werde zum hemmungslosen Sexmonster, wenn ich in Fahrt komme.«

Die Männer johlten und rauchten ebenfalls zu Ende. Anschließend setzten sie die Masken auf, um sich vor dem wirbelnden Staub zu schützen.

Der Mannschaftstransporter mit der angekoppelten Schleuse im Heck hielt an und ließ die Truppe einer nach dem anderen einsteigen. Die automatische Hochdruckschleuse blies Staub aus Kleidern und Haaren, sog die Luft an und stieß sie nach außen ab. Das grüne Licht blinkte auf. Kaum hatten die Männer und die Läuferin Platz genommen, setzte sich das Fahrzeug in Bewegung.

»Okay, die Herrschaften strahlen nicht. Alles klar da hinten?«, erkundigte sich der Rigger, der in der Zentrale saß, wahrscheinlich die Füße auf dem Tisch hatte und sich einen Kaffee eingoss, während er die Fahrt des Autopiloten überwachte, über die Lautsprecher. »Ostfolk sieht ein bisschen ramponiert aus.« Der Wachmann winkte nur ab. »Ankunft im Komplex Barbara I in T minus 10 Minuten.«.

»So einen Job will auch«, nörgelte Lupp. »Der sitzt von morgens bis abends im Sessel und verdient auch noch Geld durchs Zusehen. Und was mache ich? Ich bin medizinischer Assistent und muss herumballern.«

»Die Talentleitungen sind der Untergang des gelernten Handwerkers«, kommentierte Enni grinsend. »Was denken Sie, warum ich das Kellnern aufgegeben habe?«

Die junge Frau schaute durch die kugelsichere Scheibe hinaus in die Dämmerung.

Als der Wolf II die Anhöhe überwunden hatte, konnte sie das ehemalige Kohlekraftwerk Barbara I sehen, in dem sie den Medizinern und Kybernetikern für deren Experimente zur Verfügung stand. Ging alles gut, wären die Versuche bald beendet und sie wäre endlich eine Läuferin mit einem neuartigen Kampfcomputer. Cyberware vom Feinsten.

Die Entscheidung, sich dem Forschungsdrang von Wissenschaftlern zur Verfügung zu stellen, resultierte aus der Not. Ziemlich abgebrannt, ohne Aussichten auf einen Lauf und mit nur geringer Verdrahtung sanken die Chancen der gebürtigen Karlsruherin auf null.

Als sie in der badisch-pfälzischen Hauptstadt Pirmasens in einem Hinterhofcafé einen Werbespot von ECC sah, in dem Freiwillige gesucht wurden, nahm sie die Gelegenheit wahr.

Enni absolvierte zusammen mit rund drei Dutzend Kandidaten ein Auswahlverfahren, das sie an ein Kleinkriegsszenario erinnerte und aus dem sie als Beste hervorging. Der Zweitbeste erhielt einen Vertrag bei den Mainzer »Black Barons«, eine der toughesten Stadtkrieg-Mannschaften in der ersten Liga der ADL. Für einen Moment hätte sie gern mit dem Glückspilz getauscht, doch die Aussicht, als erste Person ein neu entwickeltes Cybermodul in sich zu tragen, ließ sie Abstand davon nehmen.

Ihre damalige Fahrt in die Sox verlief unspektakulär. Sie hörte die Kontrolleure, ohne die Wachmannschaften des Kontrollrates, der die Geschicke der Sonderrechtszone lenkte, zu Gesicht zu bekommen. Nach nicht allzu langer Reise stand sie in der ECC Miniatur-Arkologie.

Aber nicht Eurotronics forschte hier, sondern die Tochterfirma namens DrakenSys, die ihren ursprünglichen Sitz in Schweden hatte und aus Sicherheitsgründen komplett in die Zone verlegt wurde. Dazu kamen Mitarbeiter von Cyberdynamix. Sie hatte gestaunt über den technischen Fortschritt, der im Inneren herrschte und in krassem Gegensatz zu ihrem vorherigen Lebensstandard stand. Das war vor knapp neun Monaten gewesen.

Zu ihrer Linken flammten drei gelbe Feuerblumen in der Dunkelheit auf und rissen sie aus ihren Gedanken.

Etwas schlug gegen die Seitenwand und die Scheibe des Transporters, und unwillkürlich zuckte ihr Kopf nach hinten. Das Glas hielt. *Ghule.*

Surrend fuhr der Miniturm auf dem Dach des Fahrzeugs herum und deckte die Angreifer mit einer Salve aus dem schweren Maschinengewehr ein. Das grelle, abgehackte Mündungsfeuer der Vollautomatik beleuchtete flackernd die Szenerie.

Wie in Zeitlupe sprangen die goblinisierten Menschen hinter Steinwänden in Deckung. Einer erhielt mehrere Treffer in den Unterschenkel, der komplett abgetrennt wurde.

Der gepanzerte Transporter erhöhte die Geschwindigkeit, sodass die Passagiere auf den Sitzbänken auf und nieder hüpften.

Die Räder surrten über die alte Zufahrt des Kraftwerks, rollten an den Überresten des Kühlturms vorbei und steuerten den Bereich an, der früher das Herz des Stromproduzenten gewesen war.

Die Mauern waren dick genug, um die Folgen von Cattenom mit Leichtigkeit zu überstehen, zumal sich die Anlage am östlichsten Ende der Verseuchten Zone befand. Der Konzern hatte die antiken Kohlemühlen, Energieblöcke und anderen Einrichtungen ausgemustert und durch neue Technik ersetzt.

Das Leben spielte sich in »Barbara I« unter Tage ab, wie in vielen Sox-Arks der Konzerne. Das gewährleistete Sicherheit vor Strahlung, den Ghulen und den restlichen Bewohnern der Zone sowie vor dem Eindringen von Spionen oder feindlichen Kon-Teams. Rund hundert Personen arbeiteten unterirdisch, der Wert der Anlage belief sich auf hundert Millionen EC.

Das schwere Stahlschott der vorgelagerten Schleuse glitt in die Höhe, der Ruhrmetall-Transporter rollte hinein und wurde gereinigt. Erst danach setzte sich der Fahrstuhl in Bewegung, der Enni und ihre Begleiter abwärts brachte. Sie stiegen aus und passierten eine weitere Dekontaminationsvorrichtung, dann durften sie schließlich in den Aufenthaltsbereich.

»Bis demnächst.« Enni nickte den Männern zu und steuerte in ihre luxuriös eingerichtete Unterkunft, um zu duschen.

Die Läuferin entkleidete sich, betrachtete ihren narbengeschmückten Körper im Spiegel und huschte unter den warmen Wasserstrahl.

Fünfzehn Minuten stand sie unter dem warmen, künstlichen Regen, wusch sich mit duftendem Balsam den Schweiß ab und genoss das Gefühl der Sauberkeit, ehe sie in den Jogginganzug schlüpfte, ihre dunkelblaue Baseballkappe aufsetzte und zu Dr. Gud ging.

Enni schlenderte zum Aufzug und drückte ihre Zugangsnummer für den Lift. Zwei Männer und eine Frau stiegen zu, die ebenfalls an Experimenten teilnahmen. Man grüßte sich und schwieg. Ein Dutzend Probanden beteiligten sich an den Forschungen, alle mit nur mäßigem Erfolg. Wie es aussah, war sie die aussichtsreichste Kandidatin, was die Kompatibilität mit der Cyberware anging.

Sie rückte die Kappe zurecht und stieg aus. Zielstrebig lief sie an den verschiedenen Labors vorbei, hinter deren Türen Wissenschaftler wie Dr. Gud versuchten, Mensch und Technik in perfekte Synchronisation zu bringen. Endlich stand sie vor dem Eingang ins Reich des Schweden, klingelte gehorsam und wartete, bis die Tür aus Hartplast aufschwang.

Enni schaute in die graublauen Augen des Mannes, der ein bisschen kleiner als sie war. Im ernsten Gesicht prangte ein Musterexemplar von Schnauzbart, der schon erste Anzeichen von Grau aufwies.

Gud zählte dreiundfünfzig Jahre, trug die kurzen, dunkelblonden Haare streng nach hinten gekämmt und gab sich Mühe, außerhalb des Labors wenig modisch zu erscheinen. Seine schlichte Erscheinung hüllte er stets in schwarze Hosen, ein weißes Hemd und ein schwarzes Sakko. Im rechten Ohrloch befand sich ein Stecker, auf dem ein Kreuz eingraviert war.

Seit zwanzig Jahren arbeitete er für den Konzern und galt als umgänglicher, wenn auch etwas zurückhaltender Kollege. Wegen seiner Religiosität betrachteten ihn manche als Sonderling.

Die Läuferin hatte mit dem Schweden keinerlei Probleme. *Solange er mich nicht erleuchten will.* »Guten Tag, Herr Doktor«, grüßte sie ihn freundlich. »Wo lag denn das Problem?«

Gud schaute nach rechts und nach links, ehe er die Tür freigab. »Ich dachte es mir beinahe schon. Es liegt an der Feinjustierung. Mittelgravierend, würde ich sagen«, raunte er.

Der Wissenschaftler ließ sie in das akribisch aufgeräumte Labor.

Computer befassten sich mit der Auswertung der gesammelten Daten, Zahlen und Analysen standen auf den Monitoren, Drucker summten leise und spuckten Blätter mit Informationen aus. Über dem Schreibtisch hing ein einfaches Kreuz, ein Palmwedel klemmte dahinter. Das sichtbare Indiz für seinen Glauben.

»Ich erkläre es Ihnen.« Er geleitete sie zu dem Sessel und legte ihr die Arm- und Beinhalterungen an, bevor er den Anschluss in die versteckte Buchse hinter ihrem rechten Ohr versenkte.

Enni hatte ihre Abneigung gegen die Prozedur, die unkontrolliertes Gliederzucken unterbanden, mittlerweile überwunden. Beim ersten Mal dachte sie an einen elektrischen Stuhl, und als das Sitzmöbel nach hinten schwang und sie in die Horizontale bewegte, erinnerte sie sich an Sitzungen beim Zahnarzt.

Gud loggte sich durch die Steckverbindung in den Gefechtscomputer. »Wir haben Ihre Werte per Funk abgerufen und eine Voranalyse durchgeführt. Ich gleiche die Daten vorsichtshalber mit dem Memory des Computers ab, um eine Verzerrung durch Übertragungsstörungen auszuschließen«, erläuterte er routiniert seine Handlung. Ein Blick auf die Zahlenreihen und Symbole genügte ihm. Alles stimmte.

Vorsichtig drehte die Läuferin den Kopf, um das Kabel nicht abzureißen. »Wenn alles in Ordnung ist, warum hat der Rechner Ostfolks Bewegung nicht zu Ende geführt?«

Der Schwede wirbelte auf seinem Drehstuhl herum, der Ohrring blinkte im Licht der Neonlampen auf. »Ich wollte sehen, wie die Thermalsicht in Verbindung mit der beschlagenen Scheibe des Chemoschutzanzugs und der Wärme im Inneren zurechtkommt.« Er deutete auf Tabellen und Diagramme mit unterschiedlichen Kurvenverläufen. »Was aussieht wie die Fieberkurve eines brünstigen Elchs, zeigt mir, dass wir diese Abstimmung auf die Umgebung noch verbessern müssen. Der Gefechtscomputer hat versucht, die optimale Berechnung für die wahrscheinlichste Bewegung des Ziels durchzuführen und geriet wegen des schwankenden Feedbacks durcheinander. Das führte zum Absturz.«

»Und zu meinem Tod«, fügte Enni vorwurfsvoll hinzu.

»Theoretisch«, korrigierte er sie. »Sie haben es doch überstanden. Gott hat seine Hand schützend über Sie gehalten«, sagte er gutmütig in seinem schwedischen Akzent.

»Hoffen wir mal, dass mir der Herr auch im Notfall den Arsch rettet«, meinte sie leise.

Guds graublaue Augen hefteten sich auf sie, sein Gesicht wurde ernst. »Gott hilft denen, die es verdienen, Frau Gerlach. Immer und überall. Diejenigen, die seiner Gnade nicht würdig sind, holt sich früher oder später der Teufel. So einfach ist das. Der Herr scheint Ihnen aber gewogen zu sein, denn er errettete Sie vor den Kugeln.« Der Mann bekreuzigte sich. »Und mir ist er auch gewogen. Wo wäre ich denn mit meinem Projekt, wenn ich Sie verlöre?«

»Wie ich schon sagte, am Arsch«, feixte Enni. »Was machen wir nun, Dr. Gud? Und wie stehen die Aktien Ihrer Kollegen?«

»Das Feedback-Problem wirft uns natürlich zurück.« Er fuhr den Sessel in die Senkrechte und schnallte die Läuferin ab. »Geben Sie mir ein paar Wochen, und Sie sind perfekt, Frau Gerlach.«

»Was sind schon ein paar Wochen?« *Im Vergleich zu den Schmerzen nach den Eingriffen nichts.* Sie betrachtete den Monitor, auf dem die Röntgenaufnahmen ihres Schädels, in dem sich zahlreiche Drähte, schwarze Boxen und Platinen von geringer Größe befanden, prangten. Das sieht scheiße aus. »Bekommen Sie eigentlich eine Prämie, wenn Sie als Erster den Erfolg in die Kon-Etage melden?«, fragte sie beiläufig.

Der Wissenschaftler lachte auf. »Sie möchten wissen, ob ich Ihnen etwas davon abgebe, sollte das der Fall sein«, übersetzte Gud grinsend. »Ja, ich bekomme natürlich einen Bonus. Schließlich sollte das Produkt schon letztes Jahr auf den Markt und wird dem Konzern eine saftige Gewinnsteigerung einbringen. Welcher Läufer wünschte sich nicht einen erschwinglichen Gefechtscomputer, der im Vergleich zu den existierenden Modellen nur die Hälfte der Essenz verschlingt?«

Die Finger der Läuferin wanderten unter der Kappe über die Narben auf ihrem Kopf. »Ich kann es kaum mehr erwarten, bis die endlich verschwunden sind.«

»Eile mit Weile, Frau Gerlach. Es scheint so, als wären keinerlei OPs mehr notwendig. Funktioniert das Modul so perfekt, wie es sich die schlauen Hirne in der Entwicklungsabteilung vorstellten, gebe ich Sie in die Hände des besten plastischen Chirurgen. Man wird an Ihrem Körper keine einzige Narbe mehr erkennen, wenn alles vorbei ist.« Behutsam entfernte er den Anschluss. »Gedulden Sie sich noch ein wenig. Bald dürfen Sie zurück in die Schatten.«

Enni rutschte aus dem Sessel und ging zur Tür. »Um ehrlich zu sein, ich freue mich drauf. Die Sox sind auf Dauer ziemlich trist. Da hilft auch die feudale Nobelausstattung nichts. Gefangen ist gefangen.«

»Da sagen Sie was«, stimmte ihr Gud resigniert zu, während er an seinen Schreibtisch zurückkehrte. »Die schwedischen Fjorde sind mir auch lieber als diese postapokalyptische Horrorvision, in der wir uns befinden. Was machen Sie denn heute Abend?«

»Wieso? Wollen Sie ein Date?«

Der Schwede errötete. »Die außereheliche Fleischeslust ist nicht das, wonach mir der Sinn steht.«

»Wir könnten vorher heiraten, Doktor«, schlug die junge Frau im Scherz vor. »Und uns gleich wieder scheiden lassen, wenn der Sex nicht gut war.«

»Das wäre eine Möglichkeit«, gab Gud zögerlich zurück, noch immer dunkelrot im Gesicht. »Aber Ihr Lebensstil, nun ja … korrespondiert nicht ganz mit dem meinigen.«

Die Läuferin hob die Hand. »Ich gehe ein paar Runden schwimmen, danach sehe ich mir einen Film an. Oder ich gehe nach Zweibrücken, ins ›Trollige Theater‹, wenn es möglich ist?«

»Raus aus der Zone?« Erstaunt hob der Arzt die Brauen. »Das geht nicht. Es wurde eine strikte Ausgangssperre verhängt. Die Ghule in Bexbach sind ein wenig nervös, und bevor die Truppen des Kontrollrats sie nicht verjagt haben, dürfen wir nicht raus. So lautete zumindest die Mitteilung, die eben an alle per Mail ging. Wenn Sie mich fragen, hat es was mit den Spannungen der Kons untereinander zu tun.«

»Dann eben doch Trid«, klagte die Probandin und wandte sich zur Tür. »Eine weitere Nacht mit Karl Kombatmage.«

»Versuchen Sie's mal mit Beten«, schlug ihr der Schwede vor. »Ich leihe Ihnen gerne meinen Bibelchip mit den passenden Erläuterungen.«

Enni bleckte die Zähne. »Das überlasse ich Ihnen, Doktor. Auf mich hört Gott sowieso nicht.« Sie winkte zum Gruß und verließ das Labor.

Gud lehnte sich zurück und betrachtete das Kreuz. *Gott ist dir näher als du denkst.* Ein Ruck lief durch seinen Körper, er riss sich zusammen und zwang seinen Blick auf den Monitor.

Die Finger flogen über die Tastatur, hackten Passwörter ein und gaben geschützte Dateien frei, die nicht einmal Johannes Fethal, der Leiter der Arkologie, oder die Kon-Etage kannten.

**ADL, Badisch-Pfalz, Zweibrücken (Zugangsbereich Ost Sox), 13. 03. 2058, 21:46 MEZ**

Dicht wie ein Vorhang fiel der Regen aus dem schwarzen Himmel und durchnässte innerhalb von Sekunden alles, was ohne Schutz im Freien stand. Dem durchaus nicht seltenen Naturereignis stand ein nicht natürliches gegenüber.

Besser gesagt, es stand Ordog gegenüber.

Stählerner Hagel prasselte gegen Metall und erzeugte ein dröhnendes Stakkato, das die Ohren des Straßensamurai auf ihre Schmerzgrenzen testete.

Der junge Mann saß in der Hocke, den Kopf geduckt, den Rücken gegen die geschlossene Beifahrertür seines Volvo gelehnt, und wechselte fluchend das Magazin seines AK-98. Der Lauf der Automatik zischte unheilvoll bei jedem Regentropfen, der auf den Stahl klatschte – ein untrügliches Zeichen dafür, dass er die Knarre gnadenlos überhitzte hatte.

Es war auch ganz anders geplant gewesen.

Ein kleines Treffen mit den »Poser Killers«, eine Möchtegern-Hardcore-Bikergang, um ein bisschen Stoff zu verchecken, danach ein Besuch im *Capital*, um die Kohle zu versaufen und seine überfälligen Schulden bei Kreditguru Overlord zu bezahlen. So sah er den Verlauf des Abends vor.

Den Besuch in der Kneipe konnte er sich jetzt ebenso in seine nassen Haare schmieren wie das Geld. Von was er die Schulden zurückzahlen sollte, darüber machte er sich hinterher Gedanken. Wenn er lebend von hier weg kam. Jeder einzelne Gedanke galt dem Gegner.

Klickend rastete das Magazin ein. Ordog lud durch, das erste Geschoss wartete darauf, in sein Ziel gejagt zu werden.

Doch die Ziele auf der anderen Seite der Straße wussten noch nichts davon. Oder sie wussten es und wehrten sich deshalb so vehement dagegen, dass der Läufer aus seiner Deckung auftauchen konnte, um einen guten Schuss abzugeben.

»Warum tue ich das alles immer wieder?«, murmelte der Straßensamurai und lehnte den Hinterkopf an die Autotür.

Wer die Angreifer waren, hatte er noch nicht feststellen können, aber ihr Timing war hundsmiserabel.

Vor drei Minuten lief die Welt noch in geordneten Bahnen. Die Oberniete der »Poser Killers« hatte die Nase voller Probestoff, als dessen Hirn sich plötzlich in alle Richtungen der Gasse verteilte.

Zuerst dachte Ordog, das gestreckte Kokain wäre schuld gewesen. Aber der rote Ziellaser auf seiner Jacke hatte ihm innerhalb von Sekunden klar gemacht, woher der wahre Grund für den explosiven Brainstorm gekommen war.

Hatten sich die lahmen »Poser Killers« schnell tot auf dem Boden verteilt, verdankte es der Gelegenheitsdealer nur seinen Reflexbeschleunigern, dass er noch lebte. Ein gewaltiger Sprung hinter seinen Volvo, der ihm jetzt als Deckung diente, rettete ihm sein Leben. Vorerst.

*Ich schwöre, ich gehe zur Heilsarmee, wenn ich hier lebend rauskomme,* dachte Ordog. *Oder zu irgendeiner anderen Organisation. Wenn du mir hilfst, glaub ich an dich, Gott.*

Der Hagel hörte unvermittelt auf.

Darauf hatte er gewartet. *Wer hätte das gedacht? Es gibt einen Gott.*

Der Samurai zuckte hinter seiner Deckung hoch, das AK im Anschlag, und visierte die andere Straßenseite an. Seine Zeiss-Cyberaugen schaltete er auf Infrarotsicht um, damit er seine Gegner in der Dunkelheit erkannte.

Vier rote Silhouetten standen zehn Meter entfernt und luden gerade ihre Waffen nach, als sich Ordog zu seinem Gegenangriff entschloss.

»Badaboom, Freunde.« Der Mann betätigte grinsend

den Abzug des Granatwerfers und tauchte sofort hinter den gepanzerten Volvo ab, um keine Splitter abzubekommen.

Als er in die Hocke ging, fiel ihm auf, dass das charakteristische *Plopp* ausgeblieben war.

Drei Sekunden lang starrte er ausdruckslos auf den dicken Zusatzlauf, der zum ersten Mal nicht so funktionierte, wie er sollte.

»Hey, willst du mich verarschen, du Scheißding?«, fragte Ordog halblaut und schnippte mit dem Zeigefinger dagegen. »Was soll das?«

»Plopp«, antwortete der Granatwerfer freundlich und feuerte seine Granate senkrecht in die Höhe.

Der Samurai verfolgte den Flug des Sprengkörpers mit Fassung. Immer höher stieg die Granate, erreichte ihren höchsten Punkt und kehrte in gerader Linie zurück. Es wurde Zeit zu handeln.

»Fuck, fuck, FUCK«, schrie er, rollte sich über die Schulter ab und kroch von seiner ursprünglichen Position weg. *Es ist ja auch ein scheiß Montag. Da müsste das passieren! Aber warum mir?*

Das Nachladen der Angreifer hatte ein Ende, denn der Hagel setzte wieder ein. An den näher kommenden Stimmen und dem Getrappel von Sohlen erkannte er, dass die Unbekannten zum Sturmangriff übergegangen waren. Ein leichter Schlag in den Rücken und ein unangenehmes Ziepen über dem Rückgrat signalisierten ihm, dass er eben gestorben wäre, wenn er seinen Sicherheitsmantel nicht angehabt hätte.

*Glück braucht man.*

Dann trat er auf einen Balken, der nach oben ruckte und ihm in die Visage knallte. Er taumelte und legte sich der Länge nach auf den nassen Asphalt, mit dem Gesicht zielsicher in die einzige Pfütze, die sich gebildet hatte.

*Touchdown*, zuckte es ihm durch den Kopf.

Eine Detonation ereignete sich hinter ihm, gefolgt von einer gewaltigeren zweiten, als der Volvo explodierte. *So viel zu meinen Ersatzgranaten im Kofferraum.*

Eine Feuerwolke stob über ihn hinweg und verbreitete eine mörderische Hitze.

*Vielleicht bleibe ich einfach so liegen und ersticke*, dachte Ordog, bevor er sich entgegen seiner Überlegung auf den Rücken wälzte und in den Regen blinzelte.

Eine Zeit lang lag er so und lauschte den Geräuschen der Tropfen. Es war still geworden. Hektischer Feuerschein tanzte über die Wände.

Tief atmete er ein und aus und überlegte einen Moment, ob er vielleicht trotz des Regens eine Kippe anbekäme.

Der Volvo brannte in einem munteren Feuer aus. Vier kokelnde Gestalten lagen in grotesken Haltungen wie Comicfiguren nicht weit davon entfernt, als ob sie jemand an die Wand geworfen hätte, von der sie heruntergerutscht waren. Zu allem Überfluss hatte sich das Radio des sterbenden Autos eingeschaltet und dudelte immer langsamer werdend »Stranger in the night«.

»Kacke, blöde.« Ordog stemmte sich umständlich in die Höhe und versetzte dem AK-98 einen lustlosen Tritt, bevor er es aufhob, nachdenklich begutachtete und ohne Vorwarnung gegen die Wand schlug, dass die Splitter der Schulterstütze flogen. *Du verarschst mich nicht noch mal.* Achtlos warf er die demolierte Waffe über die Schulter.

Ihm stand ein Vergnügen der besonderen Art bevor. Er ging ins *Capital* und erklärte Overlord, weshalb er ihm seine 20 000 EC nicht geben konnte. Danach starb er vermutlich.

Der Samurai schaute auf die Leichen. »Geht jemand von euch mit?« Es kam keine Antwort. »Nein? Das dachte ich mir, Jungs.«

Schleppend und müde schritt Ordog die Straße hinunter. *Immer ich. Nie die anderen. Das ist unfair.*

An einem durch die Wucht der Explosion beschädigten Schaufenster blieb Ordog stehen und betrachtete sich in den verbliebenen Splittern des Glases. Die dünnen, schwarzen Haare hingen ihm wie verkochte Spaghetti ins Gesicht. »Rasier mich endlich«, schienen die Bartstoppeln zu schreien, und auf der Stirn entwickelte sich irgendeine nervige Hautunreinheit zu einem bösartigen Pickel.

Die braunen Cyberaugen wirkten seelenlos. Dank seiner auffälligen Blässe hätte man Ordog für einen Vampir halten können. Schuld war aber ein genetischer Defekt, der ihn aller Pigmente beraubte und ihn weiß wie eine getünchte Wand machte. Das dunkelrote Tribetattoo auf seiner rechten Schläfe setzte einen markanten Punkt in der Fahlheit.

*Irgendwann erwischt dich ein dummes Arschloch*, dachte er, während er sein schmales Gesicht näher an die reflektierende Fläche brachte, *nur weil es dich für einen Blutsauger hält.*

Mit seinem Profil war er an sich zufrieden, wenn ihn diese kranke Blässe nicht wie einen Untoten aussehen ließ. Und der Kampfanzug in Stadttarnfarbe mit dem langen, schwarzen Synthledermantel darüber machte den Anblick keineswegs vorteilhafter.

»Bäh«, machte er und streckte sich die Zunge heraus. *Notschlachtung*, huschte es durch seine Gedanken. Im Hintergrund hörte er das Jaulen von Polizeisirenen, die sich dem Ort des Schusswechsels näherten.

*Zeit zu gehen, bevor ich den Jägermeistern in die Finger laufe.* In Gedanken war er bereits im *Capital* und sah den riesigen Zinshai vor sich stehen, der andere schon wegen tausend Mäusen tilten ließ. Wenn Overlord gut drauf war, käme er mit ein paar gebrochenen Rippen davon. Wenn.

Er hatte genug von sich gesehen.

Mit der Faust zerschlug er die letzten Glasscherben, zog sich dabei eine kleine Schnittwunde zu und setzte seinen Weg grübelnd fort.

**ADL, Bexbach (Sox), ECC-Arkologie, 13. 03. 2058, 21:49 MEZ**

»Ich finde, die Menschen von heute, bei aller Liebe zur Technologie und dem Vertrauen in die Wissenschaft, vernachlässigen den Glauben zu sehr«, gab Dr. Ole Leander seine Ansicht zum Besten. Gespannt blickte er ins Gesicht des Schweden. »Deshalb bewundere ich Sie so, Herr Kollege«, fügte er hinzu, nachdem sein Gegenüber nicht antwortete. Er legte ein kleines Kästchen auf die Tischplatte. »Ach, ja. Hier, mit Dank zurück. Die Interpretationen des Neuen Testaments waren sehr aufschlussreich.«

Gud schob sich eine Gabel mit Bartkartoffeln in den Mund. »Freut mich, dass es Ihnen gefallen hat, Dr. Leander«, entgegnete er und steckte den Chip ein. Er kannte den untersetzten Wissenschaftler mit den halblangen, dunkelbraunen Haaren gut. Es machte ihn ein wenig glücklich, nicht der Einzige in der Ark zu sein, der sich einen Funken Glauben bewahrt hatte. Zu viele vergaßen, dass ohne die Liebe Gottes nichts bestünde. Auch keine Technik, wie sein Gesprächspartner gerade so schön bemerkt hatte. »Wollen Sie die Beck'sche Interpretation des Neuen Testaments auch einmal lesen?«

Leander hob das Besteck. »Nein, ich identifiziere mich mehr mit den Idealen der Alten Schrift.«

»Bei Gelegenheit muss ich mich bei Ihnen mit einem guten Essen bedanken.« Gud nickte ihm zu. »Sie haben mir bei den Forschungen sehr geholfen. Schade, dass Sie sich in Ihre Theoriewelt zurückgezogen haben. Wir könnten wieder kooperieren …«

Der Kybernetiker aus dem deutschen Team von DrakenSys schüttelte den Kopf und stand auf. »Nein, danke, Doktor. Ich habe mir geschworen, dass ich bei der Aufstellung von Hypothesen bleibe. Ich will nicht noch einmal die Schuld am Ableben eines Probanden auf mich laden. Außerdem haben Sie mir durch den Glauben einen Weg gezeigt, der Trost und Hoffnung beinhaltet. Das brauchte ich nach dem Tod eines Menschen sehr.« Leander deutete auf den Ausgang. »Dann gehe ich jetzt. Ein paar Berechnungen weigern sich hartnäckig, von mir aufgelöst zu werden.«

Der Schwede hob die Hand und widmete sich wieder seinem Essen. Er bedauerte den Rückzug des jungen, deutschen DrakenSys-Kollegen sehr.

Nachdem dessen Proband an einem Nervenschock zugrunde gegangen war, verbrachte der Forscher jede Minute mit den Berechnungen der Auswirkungen von Technik auf die Solidität des Nervensystems und mit welchen Maßnahmen man eine größere Sicherheit für die Nutzer von Cyberware erreichen könnte. Gud entsann sich, wie er dem am Boden zerstörten Mann in unendlich vielen Nächten das Wort Gottes näher gebracht hatte und so Trost spendete.

*Ich werde ihn zu einem Austausch von Ergebnissen einladen. Es wäre gut, wenn ich eine Zusammenarbeit erreiche. Das käme Frau Gerlach sicher entgegen.*

Ein beladenes Tablett knallte neben ihm auf den Tisch, das Besteck hüpfte klirrend.

Ein Blick auf das Essen reichte dem erschreckten Gud aus, um zu erkennen, wer sich so lautstark gegenübersetzte: Zwei Kartoffelscheiben, ein kleines Sojasteak und kurz gegartes Gemüse. Selbstverständlich stammte alles aus Zuchtlabors. Elke »die lebende Sünde« Usner-Gassert würde niemals etwas Natürliches essen.

Die große Wissenschaftlerin, die ihr makelloses Äußeres mehreren Operationen, Silikonimplantaten, zwei entfernten Rippen und diversen Fettabsaugungen verdankte, schwang sich auf den Stuhl, stützte die Ellbogen auf die Metalloberfläche und faltete die Hände zum Gebet. Ihre Show begann.

»Komm Herr Jesu, sei unser Gast und segne, was die Technik gab und nicht du uns bescheret hast«, sagte sie laut. Ihre blauen Augen schielten zu dem Schweden hinüber. »War das gut so?«

Gud kaute in aller Ruhe sein Sojaschnitzel zu Ende. »Beinahe, Professorin Usner-Gassert.« Er war sich bewusst, dass die Mitarbeiter die Ohren spitzten, um dem Duell von Mann und Frau zuzuhören. »Die Sünde« liebte es, ihn zu provozieren.

Das tat die Deutsche alleine schon durch ihr Äußeres. Nicht, dass er etwas gegen ihre langen, grünen Haare mit den goldenen Strähnen hatte. Auch die drei Piercings entlang der Nasenwurzel störten ihn nicht. Doch ihre Vorliebe für mehr als offenherzige Kleidung, die viel braune Haut und Tätowierungen zeigte, erweckte seine Abscheu.

Usner-Gassert gehörte zu jenen Menschen, die sich seiner Ansicht nach wie Bestien benahmen. Ohne Sinn für Anstand und Moral. Sie trieb sich gelegentlich und unter schärfster Bewachung in Zweibrücken herum, gönnte sich ausschweifende Abende mit einem oder mehreren Männern und lebte nicht nach einem einzigen Gebot Gottes. Gud vermutete, dass selbst der Teufel noch etwas von ihr lernen konnte. In diesem Moment bedauerte er, dass eine Ausgangssperre verhängt worden war. Während sie sich wie eine läufige Hündin mit anderen paarte, ließ sie ihn wenigstens in Ruhe.

Die Frau begann zu essen. »Was machen die Forschungen, Doktor?«

»Was machen Ihre Forschungen?« Schaudernd bemerkte er aus den Augenwinkeln, dass sie ein fast durchsichtiges, eng anliegendes Kleid trug. Nur wenige, dafür umso pikantere Stellen waren unkenntlich. *Führe mich nicht in Versuchung, sondern erlöse mich von dem Bösen*, richtete er ein Stoßgebet an seinen Gott.

»Sie hinken den Ihrigen genauso hinterher wie die der anderen Kollegen«, gab sie gut gelaunt zu. »Wie schaffen Sie das nur, alter Schwede? Sind Sie der Auserwählte des Herrn? Wenn Gott einem beim Lösen wissenschaftlicher Probleme hilft, finge ich sofort mit dem Beten an.« Sie leckte sich über die Lippen. »Dummerweise habe ich meine Seele schon dem Höllenfürsten verkauft.«

»Warum überrascht mich das nicht?«, konnte er sich eine Spitze nicht verkneifen. »Sie haben Glück. Meine Probandin leidet unter Fehlberechnungen. Dadurch bietet sich Ihnen die Gelegenheit, mich zu überholen. Allgemein gesprochen, konzentriere ich mich auf meine Arbeit und lebe nicht derart ausschweifend wie Sie. Vielleicht liegt es daran, dass ich Ihnen voraus bin.«

»Oha! Wissen Sie, vom Geschlechtsverkehr wird man nicht schwachsinnig. Es hängt auch nicht von der Anzahl der Partner und der Häufigkeit ab.« Ihre Gabel stieß auf seinen Teller herab und piekste eine Makkaroni auf.

Er hob nun doch den Kopf und wollte gegen den Raub protestieren.

Darauf hatte sie gewartet. Ihre Lippen schlossen sich um die dicke, runde Nudel und spielten mit ihr.

Die erotische Assoziation war in Guds Fantasie entstanden, ohne dass er es wollte. Das Blut schoss ihm in die Wangen, aus den Augenwinkeln sah er, wie die anderen Mitarbeiter zu ihrem Tisch schauten.

Usner-Gassert biss die Makkaroni durch. »Wie ist das, wenn man so völlig ohne Sex auskommen muss?«, wollte sie wissen und aß ungerührt weiter.

»Es …«, Gud musste sich räuspern, »es lebt sich ganz normal. Weniger vom Trieb geleitet.«

Die hübsche, boshafte Frau schlug sich mit der flachen Hand gegen die Stirn. »Richtig, ich vergaß. Heißt es nicht: Den Seinen macht's der Herr im Schlaf?«

Gud sprang bebend auf, schnappte sich sein Tablett und verließ die Kantine. So viel Frechheit und Lästerung konnte er nicht ertragen. Zudem fehlte ihm die nötige Schlagfertigkeit, die verbalen Attacken angemessen zu parieren.

Das wusste »die Sünde« ganz genau. Seit seiner Ankunft in der ADL hatte ihn die verführerische Frau auf dem Kieker.

*So muss sich Jesus in der Wüste gefühlt haben, als Satan ihn versuchte*, seufzte der Wissenschaftler und betrat sein privates Quartier, wo er gegenüber des großen Kruzifix sein Mahl fortsetzte. *Oder soll ich wie Hiob geprüft werden?*

Er ließ die Reste seines Essens stehen und kniete sich vor das Kreuz, vor dem er seine Betbank aufgestellt hatte. Vor seinem inneren Auge entstand das Gesicht der Kollegin, ihr nackter Körper. Seine Hände krampften sich zusammen. Gud bat Gott um Kraft, die täglichen Anfeindungen zu überstehen und sich nicht durch »die Sünde« herausfordern zu lassen.

»Was machst du, wenn die Experimente abgeschlossen sind?« Charly küsste ihren Bauchnabel, seine Hände glitten liebkosend über die flache Bauchdecke der Läuferin.

Enni packte ihn an den Ohren und zog ihn zu sich. »Was soll das? Ich habe dir schon hundertmal erklärt, dass danach das Leben für mich erst beginnt. Mit der Cyberausrüstung und der Bezahlung des Kons kann ich mir endlich eine ordentliche Waffensammlung zulegen und groß ins Schattengeschäft einsteigen.« Vorsichtig berührte sie den dunkelblau schillernden Bluterguss im

Gesicht. »Tut's noch weh?« Er schnappte nach ihrer Hand, sie lachte und zog sie zurück.

»Ich bin ein Idiot. Auf das Mädel, das ich unwahrscheinlich gern habe, zu schießen. Das macht mir keiner so schnell nach.«

Die Läuferin grinste. »Es ist eine ganz besondere Art, seine Zuneigung zu zeigen. Aber in Zukunft belassen wir es lieber bei abendlichen Treffen im Kerzenschein, Sekt, leckeren Fun-Sticks. Und Sex.«

Der hochrangige Gardist und Enni waren ein Paar, ohne dass es jemand bemerkte. Sie gefielen sich seit dem ersten Zusammentreffen in der Gymnastikhalle, doch wissen durfte es niemand. Charly wäre seinen Job im Handumdrehen los, denn dem Personal war der nähere Kontakt mit den Probanden verboten, was die beiden Verliebten aber nicht sonderlich störte. Sie genossen den »Kontakt«.

»Wie wäre es, wenn du in die Schutztruppe des Plex eintrittst? Wir suchen Leute«, schlug er halbherzig vor, da er ihre Antwort ohnehin kannte. »Wir könnten uns sehen, wären in einem Team und müssten uns nicht mehr verstecken.«

Enni setzte sich auf. »Junge, dich hat es böse erwischt, was?« Sie nahm ihn in die Arme und drückte ihn an sich. »Das ist gar nicht gut, Charly. Sieh mich als netten Zeitvertreib an, der dir einmalig geboten wird. Und in ein paar Wochen bin ich verschwunden.«

Innerlich gefiel ihr die Vorstellung, auf ihn verzichten zu müssen, genauso wenig. Die lockere Art täuschte sie vor, um ihnen den immer näher rückenden Abschied zu erleichtern.

Schweigend saßen sie umschlungen auf dem Bett.

»Wenn ich mich nun entschließen würde, mit dir zu kommen«, überlegte er laut die andere Variante, »das müsste doch möglich sein. Ich schmeiß den Laden hin und werde ein Schattenläufer.« Charly ließ sie los, nahm eine Bodybuilderpose ein und blickte heroisch ins Nirgendwo. »Ich nenne mich … Mighty Man. Ihr Schattenläufer habt doch immer so komische Namen.«

»Ich finde Enni nicht sonderlich komisch«, meinte sie achselzuckend. Sie musste lachen. »Aber du hast Recht, ich kenne einige, die sich furchtbare Bezeichnungen verpassen.« Die Läuferin streichelte seine schwarzen Haare. »Lass gut sein, Charly. Lieber weiß ich dich hier in Sicherheit, als dass ich mir die ganze Zeit Sorgen machen müsste, wo du gerade steckst, ob du deine Weste angelegt hast, ob du die richtigen Patronen im Magazin …«

Das Kissen traf sie seitlich, platzte auf und setzte die Füllung aus Synthfedern frei. »Das hast du davon!«

Kichernd warf sie sich auf den Wachmann und rang mit ihm. Es kostete sie wegen der Kunstmuskulatur nur mäßige Anstrengung, ihn zu besiegen, während Charly unter ihr keuchte und schwitzte.

»Ich sollte doch mitkommen. So sicher bin ich bei ECC auch nicht mehr«, sagte er angestrengt.

»Ach?« Sie drückte seine forschen Hände nach hinten und hielt sie fest. »Wieso?«

Charly hielt inne, um wieder zu Atem zu kommen. »Die Ausgangssperre wurde nicht wegen den Ghulen verhängt«, verriet er. »Die Stimmung im Kontrollrat ist ziemlich mies, die großen Bosse sind sich untereinander nicht mehr besonders gewogen. Alle rüsten ihre Gardisten auf. Die Jungs von AG Chemie und Eastern Star Pharmaceuticals haben letztens aus einem Manöver blutigen Ernst werden lassen. Ich habe das Gefühl, dass es bald zu einem Krieg kommen wird.«

»Unsinn, du bist ein Schwarzseher und willst nur mit mir kommen.« Enni lockerte den Griff. Sofort begehrte Charly auf und drückte sie nach hinten. Das Balgen ging schnell in ein heftiges Liebesspiel über.

Enni musste plötzlich glucksen.

»Was?«, fragte Charly irritiert. »Mache ich was falsch?«

Sie presste ihre Lippen auf seine. »Nein. Mir ist nur eben eingefallen, was Dr. Gud sagen würde, wenn er uns sehen könnte. So vertieft in die … ›Sünde des Fleisches‹.«

»Wie wäre es mit ›viel Spaß‹?«, schlug der Kon-Gardist vor und streichelte über ihre Narben am Oberschenkel.

»Er würde uns eher trauen, damit alles rechtens ist.«

»Dann sei heute Nacht meine Frau. Und morgen Nacht. Betrachte dich als verheiratet.«

»Okay.« Enni warf sich mit einem leisen Lachen auf ihn, und sie versanken im Strudel der Leidenschaft. So musste keiner der beiden mehr darüber nachdenken, wie es in wenigen Wochen mit ihnen weitergehen sollte.

**ADL, Badisch-Pfalz, Zweibrücken, Festhalle, 13.03. 2058, 22:12 MEZ**

»Höre Er, Schorke. Gebe Er mir sofort das meinige zoröck.«

Der Ork mit der zu kleinen deutschen Hauptmannsmütze auf dem Kopf wedelte mit dem Schwert durch die Luft, zerteilte imaginäre Gegner und machte ein wirklich böses Gesicht. Jedes einzelne Wort wurde betont und äußerst langsam vorgetragen. »Oder mein scharfes Schwört und mein Dolch wörden Ihn zerschlötzen, Hamlöt.«

Vielstimmiges »Buh! Buh!« tönte aus dem Dunkel, begleitet von Rülpsen und dem Zischen von Bierdosen.

»Hoho! Tapfer gesprochen, Herr Hitler. So lasst Euren mutigen Worten noch mutigere Taten folgen. Ich glaube, Ihr seid ein Schwätzer, der nichts taugt!« Sein Gegenspieler, ein Troll mit einem zerschlissenen Dreispitz auf der Stirn und angeklebtem Spitzbärtchen, stützte sich mehr oder weniger elegant auf ein Rapier, das sich unter der Last des Arms gefährlich weit durchbog. »Und Eure Unterhose ist so braun wie Eure schäbige Uniform.«

»Yeah, zeig's dem Scheißer!«, »Bravo!« und »Go, go, go!« setzten lautstark ein.

Der Ork starrte den anderen Metamenschen an. Er wirkte gelähmt, erste Schweißperlen glitzerten, und die Augen wurden immer größer.

Die unsichtbare Menge wurde unruhiger. Leises Gemurmel setzte ein, Kichern und verhaltenes Lachen ging durch die Reihen.

»Scheiße, ich hänge«, wisperte er. »Genius, mach was.«

*Das hat mir noch gefehlt. Ausgerechnet, wenn Overlord in der Loge sitzt.* Der Troll kratzte sich am Kinn und löste unbeabsichtigt das Bärtchen ab, ohne es zu merken. Wie ein schwarzer Bindfaden hingen die falschen Haare am Zeigefinger.

»Sooooooo. Ihr habt es also nicht verstanden, was?«, versuchte er sich zu retten und blinzelte zu dem kleinen Kasten hinüber, der sich unauffällig aus dem Bretterboden erhob. »Dann sage ich es Euch noch einmal, Herr Hitler: IHR SEID EIN SCHWÄTZER, DER NICHTS TAUGT!«

Die erwartete Hilfe vom Souffleur blieb aus.

Der Kopf des Orks wurde knallgrün und wechselte durch alle Farben des Spektrums.

»Ha! Ich wusste, es macht Euch sprachlos.« Hamlet hob das Rapier, zielte auf den Ork und umkreiste ihn, wobei er sich immer näher zu dem Kasten bewegte. Leise Schnarchgeräusche drangen heraus. »Ich werde Euch, Herr Hitler, meinen Fuß auf die Brust stellen, und zwar so einfach, wie ich es bei diesem Stein hier tue.« Mit Wucht trat er gegen das Holz.

Der im Inneren verborgene Souffleur schreckte hoch

und knallte deutlich hörbar mit dem Kopf gegen die Decke. Dann rumpelte es lautstark. Stille.

Hitler hatte den Vorfall mitbekommen und schaute weinerlich in die Runde.

»Dann werdet Ihr wohl früher als vorgesehen sterben müssen«, seufzte Hamlet. *Und ich auch, wenn der Rest des Stücks nicht funktioniert.* »Und niemand, nicht einmal EVA kann Euch retten.« Inständig hoffte der Troll, dass sein Ruf gehört worden war.

Eine Dame in einem weiten Rokokokleid rauschte heran, an ihrer Seite ein Plüschschäferhund, der ein Schleifchen um den Hals trug.

»Mein Föhrer, nein, Ihr dörft nicht stärben«, rief sie gellend – und an der Stimme erkannte auch der Taubste und Blindeste, dass es sich um einen Mann handelte. Einen stark geschminkten Mann. Mit unrasierten Beinen und dichten Haaren auf der Brust, die aus dem Ausschnitt quollen.

»Eva! Dein Auftritt kommt doch erst viel später«, stammelte Hitler, der nun völlig aus dem Tritt gekommen war.

»Die …äh …Not hat mäch zu Euch gerofen. Ich will mäch Hamlöt anböten, um Euch zu rötten. Auch Euer Hond Blondie …«

»Ahaaaa, grauenvolle Bestie!« Hamlet stürzte vor und durchbohrte das Plüschtier, spießte es auf und schleuderte es durch die Luft. »Stirb! Stirb, wie dein Herr gleich sterben wird.«

»Mein Föhrer, lauft!« Eva warf sich dem Troll in den Weg und umklammerte dessen Beine, während Hitler endlich zurück in sein Konzept gefunden hatte und die Flucht ergriff, wie es vorgesehen war.

Eine dünne Gestalt segelte herbei, ganz in Weiß, mit langen Haaren und Sandalen, eingehüllt in einen hellen Glanz. Dünne Stahlseile verschwanden unter ihrem Kostüm – die Flughilfe für die Lichtgestalt.

»Ich werde dem Bösen Einhalt gebieten und die Welt von dir erlösen, Adolf. Du hast gesündigt und bist ein schlechter Mensch.«

»O Jesos!«, entfuhr es Hitler, der stehen blieb und sich zu Boden warf.

»Nein, ich bin Maria, aber in Verkleidung«, antwortete Jesus. »Sieh her.« Die Frau, die sich unter dem Kostüm verbarg, lupfte ein wenig das Gewand und zeigte dunkelgrüne Strapse und durchtrainierte Beine.

Die Menge tobte und raste. Popcorn flog durch die Luft, das Klatschen und Johlen war ohrenbetäubend.

Hamlet aka Genius, Schreiber, Intendant und Regisseur in einem, grinste. Die Aufführung war ein voller Erfolg, trotz des Patzers von Adolf.

Vorsichtig schielte er zur Loge, in der Overlord, Zweibrückens mächtigster Kreditgeber, sich das absurde Spektakel »Hamlet gegen Hitler« in der Inszenierung des »Trolligen Theaters« ansah. Ohne seine Knete würde der Spielbetrieb innerhalb von Minuten zusammenbrechen. Solange die Menge zufrieden war, war auch Overlord zufrieden.

»Zur Strafe werde ich meinen Lover, den GOTT …«, setzte Maria an.

»JA, MEINE TOCHTER?«, dröhnte es aus den Lautsprechern.

»Nicht jetzt, Himmlischer Liebhaber. Also, ich werde meinen Stecher, den HERRN, dazu bringen, dass er dich …«

»Nein, werte Dame Maria. Das darf ich nicht zulassen. Ich muss die Gefahr für immer bannen!« Mit einem gewaltigen Satz war Hamlet bei Hitler und piekste in schneller Reihenfolge auf ihn ein.

Adolf kicherte, wälzte sich dann in gespielter Agonie am Boden und starb mit einem hörbaren Furz, der immer leiser wurde.

»Ausgeschissen«, rief Hamlet triumphierend und riss die Arme hoch.

Das Licht auf der Bühne erlosch, und der marode Zuschauersaal wurde erhellt.

Das Publikum tobte, klatschte, pfiff und schrie. Die Lautstärke steigerte sich noch, als die ganzen Akteure auf der Bühne aufmarschierten und sich der Reihe nach verbeugten. Über allen sauste Maria hin und her und legte schwebend einen Strip hin.

»Danke, danke, danke, liebe Freunde der seichten Unterhaltung«, rief Genius strahlend und breitete die Arme aus. »Ich bedanke mich auch im Namen meiner Schauspielkollegen, die sich alle Mühe gegeben haben.« Er zog seinen Dreispitz und wedelte damit durch die Luft, bevor er auf die Loge Overlords zeigte. »Und natürlich meine größte Hochachtung dem Maître de monnaie, ohne dessen Kohle das ›Trollige Theater‹ keine einzige Aufführung bestreiten könnte.« Dröhnender Beifall würdigte den Einsatz des bekannten Kreditgurus. »Ihre Meinung liegt uns am Herzen, Overlord. Hat es Ihnen gefallen, Sire?«

Aus der abgedunkelten Loge leuchtete ein rotes Licht auf und zauberte einen bleistiftdicken Punkt auf Adolfs Stirn. Ein leises *Zwipp*, und der Ork fiel wie vom Blitz getroffen zu Boden.

Genius schaute teilnahmslos auf den ehemaligen Darsteller, um dessen Hinterkopf sich eine Blutlache bildete.

*Sag was, sag was. Um Himmels Willen, sag was*, dachte er. Er entschloss sich dazu, es von der lockeren Seite zu sehen. Ein paar Zentimeter weiter links und weiter oben, dann hätte sich sein Gehirn samt Encephalon und allen anderen technischen Spielereien auf den Brettern verteilt.

»So ist's recht! Ein schlechter Schauspieler weniger!«, rief er betont heiter, während er den Hut schwenkte.

Die Zuschauer lachten. Ein letzter Applaus, und die Menschen verließen in kleinen Gruppen den Saal.

»Mann, das war knapp«, bemerkte Maria, die eigentlich Gee Gee hieß und sich inzwischen einen Bademantel übergeworfen hatte. Die kurzen blonden Haare steckten noch unter dem Haarnetz, das sie wegen der Jesus-Perücke trug. Mit verkniffenen Mundwinkeln schaute sie auf den Toten.

»Ziemlich«, bestätigte der Troll und legte einen Arm um ihre Schultern. »Overlord hätte mich genauso abservieren können.«

»Hat er aber nicht«, sagte eine Stimme seitlich von ihnen.

Langsam wandte sich Genius um und achtete darauf, dass seine Lieblingsschauspielerin hinter ihm stand. Bei Overlord wusste man nie, was kam.

Es war einer der Muskeln, die der Kreditguru für unangenehme Aufträge angeheuert hatte. Breite Statur, langer Mantel, unter dem vermutlich ein Arsenal von Feuerwaffen versteckt war, und offensichtliche Cybermodifikationen. Aus den Kunstmuskeln und den chromfarbenen Kunstaugen machte der Mann jedenfalls keinen Hehl. Die Hände hielt er in Höhe der Gürtelschnalle verschränkt, im Gesicht ein breites Grinsen. Mit Sicherheit stand der Mörder Hitlers vor ihm.

»Tolle Vorstellung. Dem Boss hat es gefallen«, sagte er emotionslos. »Bis auf den Schauspieler.« Sein Kopf ruckte hektisch zur Seite. »Hey, Maria, geile Titten. Sind die echt?«

Gee Gee verdrehte die blauen Augen und hielt es nicht für nötig, dem Samurai zu antworten.

»Sind Sie deshalb hergekommen? Um der Dame dieses formvollendete Kompliment zu machen?«, fragte Genius ironisch.

»Nee.« Der Mann fixierte die Pupillen des Trolls. »Der

Boss will dich im Club sehen, um über die Besetzung zu reden. Er will etwas daran ändern. Alles klar?«

»Sagen Sie ihm, ich werde in wenigen Minuten dort sein, sobald ich mich ein wenig erfrischt und andere Sachen anzogen habe.« Genius lächelte.

Die Augen des Gegenübers verengten sich misstrauisch. »Heißt das ›ja‹?«

Der Chef des »Trolligen Theaters« seufzte und nickte gleichzeitig.

Der Mann entspannte sich. »Gut. Und bring Maria mit. Der Boss will sie auch sehen.« Grußlos drehte sich der Samurai um und ging hinaus.

Gee Gee zog den Bademantel enger. »Prima. Ich habe es geschafft, die Aufmerksamkeit des unberechenbarsten Verbrechers in achtzig Kilometer Umkreis auf mich zu ziehen.«

»Der Strip war deine Idee«, wehrte Genius ab. »Du wolltest es machen.«

»Ja, klar. Nachdem Adolf seine Nummer versaut hatte, wollte ich dem Publikum was bieten.«

Der Troll tätschelte sanft ihre Wange. »Herzlichen Glückwunsch, Teuerste. Bei Overlord hat es geklappt.«

»Ja, herzlichen Glückwunsch, Gee Gee«, murmelte sie und verschwand in Richtung Garderobe. *Ich werde mit dem Idioten nicht in die Koje steigen, das kann er sich abschminken.*

Genius setzte sich auf den Souffleurkasten und schaute sich in dem Festsaal um, den die Besucher wie immer in einem Chaos zurückgelassen hatten. Es roch nach Schweiß, Bohnerwachs und Parfüm – eine seltsame Mischung, wie er fand.

Seit zwei Jahren war der Troll Chef des Theaters, das dank Overlords Unterstützung eigene Stücke aufführte, um die Menschen in und um Zweibrücken vom Alltag in einer strahlenden Umgebung abzulenken. Die Stadt selbst galt als dekontaminiert, doch die Dörfer waren überwiegend verlassen aus Furcht vor Radioaktivität. Die Menschen in Zweibrücken arbeiteten meist in großen Gewächshäusern, in denen Kartoffeln und Gemüse in strahlungsfreier Umwelt gedieh. Kein leichter und abwechslungsreicher Job. Ein paar andere hatten das Glück, Handlangerdienste in der Kontrollrat-Kaserne verrichten zu dürfen. Hier waren tausend Gardisten, Drohnen und schweres Gerät zur Sicherung des Eingangs in die Verseuchte Zone untergebracht.

Trotz Trideo und Matrix war die absurde »Hamlet gegen«-Saga aus der Feder des Trolls der Renner. Der Däne hatte auf der Bühne schon gegen Batman, Alois Trenker, Artus und viele andere gekämpft, um Unrecht in der Welt zu vernichten.

Ab und zu verirrte sich ein Konmann in die Festhalle, wenn ihm eines der Forschungslabors in der am Stadtrand von Zweibrücken beginnenden Sox Sonderurlaub gegeben hatte.

Die Sox war die bestgesicherte Zone, die Genius je gesehen hatte. Die fünf Meter hohe Mauer mit Monofilamentdrahtdekoration, der fünfzig Meter breite Sicherheitsstreifen, die Minen und Selbstschussanlagen, Patrouillen und Drohnen machten es Fremden unmöglich, unbemerkt auch nur in die Nähe der unterirdischen Labors zu gelangen, die etliche große und kleinere Kons in der verseuchten Zone unterhielten.

Dafür herrschte an den richtigen Plätzen in Zweibrücken, wie in der Festhalle, eine gewisse Freiheit. Übertreiben sollte man es dennoch nicht. Zwar interessierte es die hochgerüsteten Gardisten des Kontrollrats weniger, wenn es in der Stadt eine kleine Schießerei gab. Aber die Polizei war in Windeseile vor Ort, um für Ruhe zu sorgen.

Welche Rolle Overlord dabei spielte, wusste keiner so

genau. Manche sagten, er hätte durch einen Kon seine Macht gewonnen und sich mit dem Kontrollrat arrangiert, andere rechneten ihn dem organisierten Verbrechen zu. Dem richtig gut organisierten Verbrechen, was immer das bedeutete.

Dem Intendanten war das egal. Er wollte nur Theater machen. Seine langjährige Karriere als Schattenläufer in Berlin hatte er an den Nagel gehängt, um sich etwas zu suchen, was ihn mehr erfüllte. Er hätte nicht gedacht, dass eine Künstlerseele in ihm schlummerte. Das Encephalon beflügelte seine Kreativität.

*Was will Overlord mit mir bereden? In die Besetzungen hat er sich noch nie eingemischt.* Der Metamensch fürchtete, dass es der zwielichtige Geschäftsmann auf Gee Gee abgesehen hatte. Seine Muse mit den üppigen Reizen. Wenn der Kredithai sie für die eigenen Geschäfte haben wollte, könnte es zu Komplikationen kommen.

Gee Gee hatte zuvor in einer Go-Go-Bar gearbeitet, in der sie auch andere Kundenwünsche befriedigen musste, und keinesfalls wollte sie dorthin zurückkehren.

*Oder will er sie vielleicht für ganz andere Einrichtungen?* Das kam schon gar nicht in Frage. *Dafür mag ich sie zu sehr.* Genius wollte auf seine fleischliche Inspiration nicht mehr verzichten. Notfalls kämpfte er darum. So lange sperrte er die »Künstlerseele« in einen Schrank und würde den Instinkt des Schattenläufers zum Leben erwecken.

»Oh, Scheiße, tut das weh«, kam es stöhnend aus dem Kasten.

Der Troll grinste. Der Souffleur war wieder zu sich gekommen.

**ADL, Völklingen (Sox), Ares Makrotechnology-Arkologie, 13. 03. 2058, 22:30 MEZ**

Bernard de la Chance rannte in sein Büro, nahm an seinem Schreibtisch Platz und rückte die Krawatte zurecht. Schon wollte er auf den Knopf des Monitors drücken, als sein Finger innehielt.

Er musterte in der reflektierenden Oberfläche des dunklen Bildschirms die Zähne und überprüfte die Zwischenräume auf Rückstände des in aller Eile verzehrten Krapfens.

*Verwünschter Mohn.*

Mit einem Schluck Soykaf spülte er die schwarzen Körnchen weg, kontrollierte neuerlich und kratzte bei der Gelegenheit noch an einer Kruste herum, die sich nach der Rasur am Kinn gebildet hatte.

»Wenn Sie mit der Körperhygiene fertig sind«, drang eine belustigte Stimme aus den Lautsprechern, »schalten Sie Ihren Monitor an. Damit Sie uns auch sehen können, Herr de la Chance. Vom Zustand Ihrer tadellosen Zähne haben wir uns inzwischen überzeugt.«

Der Bevollmächtigte von Ares für den Kontrollrat der Sox zwang sich, nicht die Fassung zu verlieren. Erst jetzt bemerkte er, dass die Leuchte unterhalb des kleinen Lochs im Gehäuse, in dem die Videokamera installiert war, grün brannte.

*Merde.* Er lächelte einstudiert und kam der Aufforderung des Mannes nach, den er an der Stimme als Major Frederik Langner erkannt hatte, der die Truppen im atomschlagsicheren Kommandobunker der MET2000 befehligte.

Der flache Schirm erwachte zum Leben, mit der anderen Hand setzte er die Monitorwand in Gang, auf der die mehr oder weniger amüsierten Gesichter der anderen Konzern-Bevollmächtigten erschienen.

»Bon nuit allerseits«, grüßte er in die Runde. Die Männer und Frauen von Saeder-Krupp, Renraku, AG Chemie, Ruhrmetall, Eastern Star Pharmaceuticals, IFMU und ECC sowie Major Langner nickten zurück. Ein Monitor blieb schwarz. »Da ich als Letzter ins Meeting stieß, habe ich wohl den Grund verpasst, warum wir uns so spät und vor allem über Videokonferenz treffen …«

»Es gab einen Zwischenfall«, informierte Lesla Brittner von AGC den Ares-Mann und machte dabei seltsamerweise keinen sonderlich betroffenen Eindruck.

»Ich würde das kaum einen Zwischenfall nennen«, begehrte Karst Herold von ESP auf. »Das war ein Anschlag.«

»Ein Anschlag wäre es gewesen, wenn sich die Täter aufs Zerstören beschränkt hätten«, kommentierte Muriel Schwartzkopf von Ruhrmetall.

De la Chance hob hilflos die Arme. »Ich verstehe Sie nicht, messieurs dames.«

»Sie wissen es noch nicht?« Herold blickte in die Kamera. »Die Nova Cooperative Research Initiative bei Merzig wurde vor wenigen Stunden von unbekannten Tätern überfallen. Aufklärungsdrohnen fanden den größten Teil der Wissenschaftler getötet vor, die Forschungsergebnisse wurden den Angaben der Überlebenden zufolge gestohlen. Der Angriff hat die Anlage schwer beschädigt. Noch sind die Feuer nicht unter Kontrolle.«

Die Augen von De la Chance wanderten hinüber zum schwarzen Bildschirm. Damit hatte er die Erklärung geliefert bekommen. »Gibt es Hinweise auf die Terroristen?«

»Terroristen?«, schnaubte der ESP-Bevollmächtigte. »Ich würde sagen, dass sich jemand auf die Schnelle ein paar brillante Ergebnisse besorgen wollte und die Konkurrenz ausschaltete.«

»Wissen Sie denn, woran das Labor forschte?«, fragte De la Chance verblüfft.

Etwas irritiert schaute Herold zur Seite. »Nein. Woher denn?«

»Aber sicher, Herold.« In das Gesicht von Brittner stahl sich ein breites Grinsen.

Dem Bevollmächtigten von Ares fiel in diesem Augenblick ein, dass man sich erzählte, die Research Initiative wäre von den ESP gesponsert. Was die Erregung von Herold plausibel machte. »Spuren?«

»Nein«, sagte Schwartzkopf bitter. »Die Untersuchungseinheiten sind dabei, sich genauer umzusehen. Aber es scheint, als seien die Angreifer wie vom Erdboden verschluckt.«

»Und ich kann mir denken, in welchem Loch sie sich verkrochen haben«, grummelte der ESP-Bevollmächtigte. Wieder lächelte die Frau von AGC wissend.

Dem Major sah man an, dass er das Verhalten der Bevollmächtigten als reichlich kindisch betrachtete. Die übrigen Männer und Frauen hüllten sich in Schweigen.

»Ich will«, begann Herold betont langsam, »dass diese Sache restlos aufgeklärt wird, ganz gleich, welche Erkenntnisse dabei zutage treten. Und wir werden unsere Sicherheitsvorkehrungen verstärken. Von nun an wird es keinerlei Vorwarnungen mehr bei nichtidentifizierten Personen geben. Die Wachmannschaften erhalten Anweisung, hart durchzugreifen.« Er schaute entschlossen in die Kamera.

»In Anbetracht dessen, dass die Täter offensichtlich in die Zone eindrangen, um Forschungsergebnisse zu stehlen, verkünde ich ebenfalls die Verschärfung der Sicherheitsmaßnahmen«, erklärte Brittner süffisant. »Nicht dass wir auch Opfer der Unbekannten werden.«

De la Chance seufzte. »Messieurs dames, je vous en prie. Ist das wirklich notwendig?«

»Ha!«, machte der ESP-Mann aufgebracht. »Sie haben es nötig. Wer hat denn in den letzten Monaten aufgerüstet, als rechne er mit einem Krieg in der Sox? Oder wusste Ares mehr als wir, was die Gefahr von Überfällen angeht? Wenn ja, wäre es nett gewesen, ein Wort davon im Kontrollrat anzudeuten, Herr De la Chance.«

»Ich weiß nicht, was Sie meinen«, log der Ares-Vertreter.

»Kommen Sie, De la Chance. Wir sind alle Profis«, bekam Herold unerwartete Schützenhilfe von Schwartzkopf. »Ich zumindest weiß, dass Ihre Arkologie vier neue Leopard III-Panzer geliefert bekam und das Sicherheitsteam aufgestockt wurde.«

Major Langner schaute einen Moment lang zu einem anderen Gesprächspartner, der sich irgendwo hinter der Kamera befand, und las etwas.

»Sie alle haben in den vergangenen Monaten aufgestockt, meine Damen und Herren«, rieb er allen Vertretern unter die Nase, dass die Datensammler im Kommandobunker keineswegs schliefen, sondern ihre Arbeit hervorragend verrichteten. »Die Schießerei zwischen AGC und ESP vor einer knappen Woche war genauso unnötig. Nur weil sich die Konzerne in anderen Ländern nicht ausstehen können und ihre Intrigen spinnen, ist das für mich kein Grund, dass die Herren in den Chefsesseln wie die kleinen Jungs in der Sox Krieg spielen wollen.«

»Darf ich Sie darauf hinweisen, dass die MET2000 bei diesem Meeting und anderen Konferenzen nur ein geschätzter Gast ist, Major Langner«, fühlte sich Sascha Foster von Saeder-Krupp berufen, den Söldner zurechtzuweisen. »Friedensstifter benötigt der Kontrollrat wirklich nicht. Zumal Ihre Einheiten die Letzten sind, die man im Allgemeinen mit Frieden in Verbindung bringt.«

Langner atmete tief ein, die Nasenflügel des Militärs blähten sich. »Ich weiß das sehr wohl, Herr Foster. Alles, was ich wollte, ist, dass Sie alle darüber nachdenken, was Sie vorhaben und was sie damit anrichten könnten.« Das kantige Gesicht des Soldaten kam etwas dichter an die Linse heran. »Sollte die Vernunft sich nicht bald einstellen, dann wird MET2000 alles unternehmen, damit unser Kommandobunker sicher ist. Das hier ist kein Sandkasten, in dem sich die Sesselfurzer austoben können. Sagen Sie das Ihren Vorgesetzten.« Sein Bildschirm erlosch.

Nach und nach verabschiedeten sich auch die anderen Männer und Frauen. De la Chance stieß die Luft aus und klinkte sich ebenfalls aus.

Er zog die Beine an und wirbelte auf dem Stuhl im Kreis herum, während er sich die Meldungen über die Übergriffe in Erinnerung rief, die sich in den Ruinen der Städte zwischen den Sicherheitsteams der Kons abspielten.

Die weltweiten Übernahmekämpfe der Megakons wirkten sich in der Sox noch gravierender aus. Und es hatte ganz den Anschein, als würde es noch schlimmer werden. Die Konzernleitung hatte neue Panzer bestellt, weil man einen Anschlag von Saeder-Krupp fürchtete.

Nirgends saßen einflussreiche Unternehmen so eng aufeinander wie in der Verseuchten Zone, nirgends gab es so viele gleichermaßen geheime wie illegale Forschungsprojekte. Und nirgends existierten so wenige Instanzen, die einen offenen Konflikt unterbinden könnten.

Außer dem Kontrollrat.

Einigkeit stellte sich im Gremium in letzter Zeit nur ein, wenn es um eine Erhöhung der Mieten für die Sonderdeponien ging, die der Kontrollrat in der Zone unterhielt, um Geld für die Dekontamination der Sox einzunehmen. Es wurde immer schwieriger, einstimmige Beschlüsse zu fassen oder den eigentlichen Aufgaben nachzukommen.

*Nach der heutigen Kriegserklärung von AGC an die ESP wird es vermutlich nicht mehr möglich sein, vernünftige*

*Entscheidungen zu treffen.* Der Ares-Bevollmächtigte warf einen Blick auf die Liste mit den Namen der Gehaltsempfänger der Wachmannschaft. Er würde der Geschäftsleitung vorschlagen, aufgrund der Lage in der Sox noch ein paar Leute von Knight Errant in die Arkologie abzustellen. Auch wenn er wusste, dass das Aufrüsten zu einer Verschärfung der Situation führte, Sicherheit ging angesichts des Werts der Forschungsanlage vor.

Er tippte die Meldung an die Kon-Spitze und bat um weitere hundert Leute. Ehe er die Nachricht abschickte, überflog er sie noch mal. Nach kurzem Zögern erweiterte er die Bitte um ein paar Jagddrohnen und Sicherheitsrigger.

*Für alle Fälle.*

**ADL, Badisch-Pfalz, Zweibrücken,
13.03. 2058, 23.13 MEZ**

*Herr, du hast mich am Leben erhalten, aber sie mussten in die Grube fahren. Lobsinget dem Herrn, ihr seine Heiligen, und preiset seinen heiligen Namen.*

Langsam ließ das androgyne Wesen im weißen Mantel und mit den langen, platinblonden Haaren die automatische Waffe sinken. Eine eng anliegende Maske aus goldenem, plastikähnlichem Material machte sein Gesicht unkenntlich. Nur die Wangenknochen und Konturen zeichneten sich ab. Aussparungen für die Augen existierten nicht. Der Stoff der Larve musste von innen durchsichtig sein. Vielleicht brauchte das Wesen keine optische Orientierung.

Zehn Leichen lagen zu seinen Füßen. Boden, Wände, Plüschsessel, Tresen und der kleine Tisch des Raums waren rot vor Blut.

*Herr, mein Gott, ich will dir danken in Ewigkeit.*

Es drehte einen der Toten mit dem Stiefelabsatz auf den Rücken und ging in die Hocke, um sich die Pupillen anzusehen.

Es war ein junger Mann, um die achtzehn Jahre alt, dem eine Kugel aus dem schallgedämpften Schnellfeuergewehr das Ende bereitet hatte. Ein Hauch von Überraschung lag in seinem Gesicht. Die unbenutzte Pistole hielt er noch in der verkrampften Hand. Zu schnell ereilte ihn sein Schicksal.

»Wie gar nichts sind doch alle Menschen«, sagte das Wesen lächelnd. Es umfasste das große, silberne Kreuz, das über seiner kugelsicheren Weste baumelte, führte es zum Mund und küsste es dreimal. »Der Feind ist vernichtet, zertrümmert für immer.«

Es erhob sich, lud ein neues Magazin in den Schacht und schulterte die automatische Waffe. Zufrieden mit seiner Arbeit, nickte es kaum merklich und schritt über die Leichen hinaus.

Auf der Straße war es totenstill.

Normalerweise herrschte um diese Uhrzeit reges Leben in der Fußgängerzone. Aber heute wagten sich die Menschen nicht vor die Tür. Hinter dem ein oder anderen Fenster erkannte es neugierige Gesichter, die sofort verschwanden, wenn es in deren Richtung sah.

Gemächlich drehte sich das Wesen um und sah auf die Fassade des Gebäudes, aus dem es gekommen war. *Pleasuredom* verkündete die Neonleuchtschrift leise summend. Ein kurzer Feuerstoß ließ die Glaskörper in einem Funkenregen zerbersten.

*Er wird regnen lassen über die Gottlosen Feuer und Schwefel.* Es nahm eine Phosphorgranate von seiner Kampfkombi und entsicherte sie. Mit einem schwungvollen Wurf beförderte es den Sprengkörper durch die offene Tür ins Haus. *Und Glutwind ihnen zum Lohne geben.*

Die dumpfe Explosion ließ Putz von der Außenwand bröckeln, dann schossen grellgelbe Flammenwolken aus den Fenstern. Die heiße Chemikalie verwandelte die Leichen und die Einrichtung des Bordells rasend schnell zu Asche.

»Sela.« Die langen, platinblonden Haare des Wesens wehten im heißen, stinkenden Wind, und auf seiner goldenen Maske spiegelte sich das Feuer.

Gerne würde er bleiben und zusehen, wie das Gebäude einstürzte. Doch die Zeit hatte er nicht. Denn er, Cherub, Gottes Engel, musste in dieser Nacht noch einen anderen Ort aufsuchen.

»Okay, Mr. Overlord, dann erzählen Sie mal, wie lange Sie schon im Geschäft sind.« Poolitzer sah den massigen Kreditguru freundlich an und aktivierte sein Aufnahmegerät. Intern schaltete er seine Cybercam ein. *Das wird die Reportage der Woche.*

Der Mann, dessen Straßenname in der badisch-pfälzischen Unterwelt Schrecken verbreitete, lächelte. Betont langsam legte er die breiten Hände zusammen, dann fixierte er den Reporter.

»Du hast ganz schön Nerven, Füllfederhalter. Du erzählst meinen Männern, du hättest eine wichtige Nachricht für mich, schmuggelst das Aufnahmegerät an ihnen vorbei und verlangst ein Interview?« Overlord, ein Mann Mitte fünfzig und mit der Statur eines übergewichtigen Bodybuilders, langte in die Schublade und zog eine schallgedämpfte halbautomatische Pistole hervor, die er vor sich auf den Schreibtisch legte. Kein gutes Signal für den Verlauf des Gesprächs. »Ich komme gerade aus dem Theater und ich bin schlecht gelaunt. Verdammt schlecht gelaunt, Junge.«

»Ist das eine Drohung?«, erkundigte sich Poolitzer, dessen Name eigentlich Severin T. Gospini lautete, höflich und deutete auf die klobige Waffe. »Das könnte man nämlich als Drohung verstehen, Mr. Overlord. Das macht sich im Artikel nicht gut.« Er zog die schräg rasierten Augenbrauen zusammen und machte ein nachdenkliches Gesicht. »Und Ihr Ruf ist ohnehin nicht der beste. Damit Sie 's wissen.«

Der Kreditguru legte die Füße auf den Tisch, lehnte sich im Sessel zurück und faltete die Hände über dem Bauch.

»Du bist wahrscheinlich der abgebrühteste Füllfederhalter, der jemals ins *Capital* gestiefelt ist. Du bist eigentlich der einzige Füllfederhalter, der jemals hier reingestiefelt ist, wenn ich es mir richtig überlege. Oder du bist einfach nur dämlich. Warum sollte ich dir ein Interview geben?«

»Nun, weil ich ein aufstrebendes junges Talent bei InfoNetworks bin, das auf der Karriereleiter nach oben fallen wird. Und wenn ich ein großes Tier im Mediendschungel bin, ist es nie verkehrt, Kontakte zu haben, oder?« Der 26-Jährige zwinkerte mit den Augen, die in einem seltsamen Grünton glitzerten. Es war sein Markenzeichen, ständig irgendwelche Kontaktlinsen zu tragen. Seine ursprüngliche Augenfarbe wusste er schon gar nicht mehr. »Und natürlich, weil ich Ihnen sympathisch bin.«

Overlord neigte den Kopf zur Seite und deutete auf die kurzen Haare, die auf der linken Seite schwarz, auf der rechten weiß gefärbt waren. Das Kinnbärtchen sah genauso aus. »Du siehst eher psychopathisch aus, Füllfederhalter. Das erklärt auch, wie du bis zu mir gekommen bist.«

»Frechheit siegt«, sagte Poolitzer grinsend. *Ich kriege mein Interview, darauf kannst du einen lassen.*

Der Kreditguru, dem fast ganz Zweibrücken gehörte, schüttelte langsam den Kopf. »Nicht immer, Füllfederhalter. Nicht immer.«

Mit einer raschen Bewegung schnappte Overlord die

Waffe und richtete sie auf den Reporter. Ein roter Punkt leuchtete zwischen den Augen Poolitzers.

»He, Moment mal!« Der junge Mann hob die Arme. »Das ist ein Angriff auf die Pressefreiheit.« Langsam krümmte sich der Finger um den Abzug der großkalibrigen Pistole. »Hey, wie wäre es mit einem Feature über ›Overlord, der Menschenfreund‹? Den Mäzen? Die gute Seele von Zweibrücken, hm? Ein bisschen positive PR tut doch jedem mal gut, oder?«

»Wenn man sich in Gefahr begibt, kommt man darin um, Junge. Das hättest du wissen müssen.«

»Oh, Mann. Das wusste ich nicht. Ich bin aus Seattle, da ist alles ein wenig anders. Glauben Sie mir, Sir. Ich wollte gerade gehen.« Er fummelte am Aufnahmegerät herum, das immer noch eingeschaltet war. »Oh, sehen Sie sich das an. Ich habe die Batterien vergessen.« Poolitzer schlug sich an die Stirn. »Wissen Sie was? Ich werde schnell loslaufen und neue Akkus besorgen.« Er stand auf. Die Mündung der Waffe folgte ihm. Overlord beobachtete jede seiner Bewegungen. Im Gesicht des Unsympathen stand ein breites Grinsen. »Sie warten einfach hier, und ich bin gleich wieder hier, einverstanden?«

Es klopfte an der Tür, und Poolitzer zuckte zusammen.

»Herein!«, brüllte Overlord und legte die Waffe seelenruhig zurück in die Schublade.

Der Reporter jubelte innerlich. »Bekomme ich jetzt mein Interview, Mister?«

Der Kredithai verzog die Mundwinkel, sagte aber nichts.

Die Tür öffnete sich. Zwei Muskeln begleiteten einen aschfahlen Mann in Stadttarnklamotten und einem langen, schwarzen Ledermantel ins Zimmer und stellten sich rechts und links neben den Eingang.

»Drek, ein Vampir!«, entfuhr es Poolitzer. Er legte die

Unterarme kreuzförmig übereinander. »Weiche, Kreatur der Nacht!«

»Ich bin keine weiche Kreatur der Nacht«, antwortete der Mann locker.

»Sie sehen aber verdammt danach aus, Chummer.« Vorsichtshalber brachte Poolitzer wenigstens den Stuhl zwischen sich und den suspekten Typen. »Ein Zombie vielleicht? Also, wenn Sie etwas Unnatürliches sind, würden Sie mir die Freude machen, mir ein Interview zu geben? Es gibt da einen uralten Film, ›Interview mit einem Vampir‹, von Anne …«

»Merk es dir, Arschloch. Ich bin kein Vampir, klar?«

»Fresse! Alle beide. Das hier ist mein Büro«, meldete sich Overlord und klopfte auf den Schreibtisch. »Was gibt's, Ordog? Hast du die Kohle?«

*Das wird ein klasse Real-Life-Doku*, zuckte es dem Reporter durch den Kopf. Hoffentlich wurden die Aufnahmen auch was. Das Licht war nicht das beste.

Der Mann, der von dem Kreditguru als »Ordog« angeredet worden war und in dem Poolitzer einen Samurai vermutete, setzte sich und stützte die Ellbogen auf die Knie.

»Ich hatte die Kohle schon, als ein paar Idioten meine Geschäftspartner zerlegten und mit dem Schotter abgehauen sind.« Er deutete auf die Einschusslöcher auf seinem Rücken. »Das war verdammt knapp, wie du siehst.«

»Pass gut auf, Füllfederhalter. Jetzt kannst du was lernen«, sagte Overlord zu Poolitzer gewandt. Dann drehte er sich zu dem anderen um. »Du weißt, ich schätze dich und deine Dienste sehr, Ordog. Aber du schuldest mir Geld. Und jemand wie ich, der mit Geld Geld verdient, kann sich das nicht leisten.« Er sah dem Samurai in die toten Augen. »20 000 Mücken sind ziemlich viel. Und deine Zinsen stehen bei siebzehn Prozent. Bis wann wirst du die Summe zusammenhaben?«

Ordog atmete tief ein.

*Er braucht Luft. Also doch kein Vampir*, dachte der Reporter enttäuscht. Aber ansonsten war er mit der Entwicklung der Dinge recht zufrieden. Overlord hatte jemand anderen gefunden, an dem er sich abreagieren konnte. Insgeheim dachte der junge Mann über einen Fluchtplan nach, falls das bleiche Ding ausflippen sollte. *Ob ich im Notfall an den beiden Muskeln vorbeikomme?* Sicher war er sich nicht, aber es würde ihm keine andere Möglichkeit bleiben. Fenster hatte der Raum nicht, aber eine Belüftungsanlage. Die müsste in einer Zwangslage herhalten.

»Ich kann es dir nicht versprechen, Overlord, aber bis in zwei Wochen schaffe ich es.« Der fahle Mann zeigte die offenen Handflächen. »Ich habe nichts, was ich dir derzeit geben könnte, um meine Schulden zu bezahlen. Nicht mal ein Gewehr. Sorry.«

»Leid tut es mir auch«, nickte der zwielichtige Geschäftsmann. »Aber ich kann es mir nicht leisten, auf der Straße als weichherziger Mensch zu gelten, der Aufschub duldet.« Die Augen verengten sich. »Was hast du an Cyberware eingebaut, Junge?«

Ordog machte ein entgeistertes Gesicht. Dann schüttelte er langsam den Kopf. »Das kannst du nicht von mir verlangen. Ich brauche das Zeug, um Aufträge zu erledigen. Wie soll ich Kohle verdienen, wenn die wichtigsten Sachen ausgebaut sind?«

Overlord hob abwehrend die Arme. »Du hattest deine Chance, du hast sie nicht genutzt.«

Der Samurai senkte langsam den Kopf, ohne den Blick von seinem Kreditgeber zu wenden. Es sah sehr bedrohlich aus.

Das hatten sowohl die Muskeln als auch Overlord bemerkt, der eine Hand in die Schublade mit der Pistole legte.

*Wenn die Freaks jetzt losballern, bist du tot, Gospini*, arbeitete es in Poolitzers Hirn. Die Angst brachte ihn auf eine einfache, wenn auch kostspielige Lösung. »Ich mische mich einfach mal ein, ohne dass mich jemand gefragt hat«, begann er jovial. »Kommt es mir nur so vor, oder herrschen in diesem Raum Spannungen, die unter Umständen in eine klitzekleine Schießerei ausarten könnten? Das wäre doch für alle schlecht, überlegt doch mal.« Er begann, an den Fingern aufzuzählen. »Kaputte Cyberware, die nichts mehr wert ist, beschädigte Inneneinrichtung, Durcheinander, überall Blut, das keine Putzfrau der Welt mehr aus dem Teppich bekommt, und die ein oder andere Verletzung. Muss das sein?«

Keiner der vier Männer antwortete.

Overlords Leibwächter hatten die Hände unter der Jacke, und der Geschäftsmann lauerte auf jede Bewegung des Samurais, der in eine totenähnliche Starre verfallen zu sein schien.

»Also schön, wir machen Folgendes.« Der Reporter deutete mit beiden Zeigefingern auf Ordog. »Bevor irgendjemand von euch der Finger vom Abzug rutscht und mir dabei aus Versehen der Kopf wegfliegt, gehen wir beide jetzt an den nächsten Automat, ich ziehe Geld und leihe dir zwanzig Riesen. Mit dem Schotter wirst du ihm«, er schwenkte mit den Fingern auf Overlord, »den Kredit zurückzahlen.«

»Es fehlen noch dreitausendvierhundert«, sagte der Samurai dumpf. »Du hast die Zinsen vergessen.«

»Hey, auch kein Problem«, gab sich Poolitzer betont großzügig. »Damit kommen wir alle glücklich aus der Sache raus.« Vor allem gelangte er lebend aus dem Zimmer. »Haben Sie damit ein Problem, Mr. Overlord?«

Der Kredithai entspannte sich ein wenig. »Nein, keineswegs. Mir ist es egal, woher mein Geld kommt.«

Poolitzer strahlte und klatschte in die Hände. »Wunderbar! Und nun lass uns einen heben gehen, Blassnase.

Ich gebe dir einen aus, dann holen wir die Kohle, und der Tag ist gerettet.«

»Mein Name ist Ordog«, sagte der Samurai tonlos und irgendwie müde, »nicht Blassnase, klar?«

»Ich will mein Geld sofort«, unterbrach ihn Overlord. »Du wirst lostraben, Füllfederhalter, und den Zaster besorgen. So lange bleibt er hier. Ich gebe dir Zillis mit, damit du den Weg zurückfindest und dir niemand das Geld abnimmt. Es sind schlechte Zeiten, da raubt jeder jeden aus.« Overlord lächelte kühl.

»Dann bekomme ich ein Interview, ja?«, handelte der Reporter, während er zur Tür ging.

Ohne Kommentar winkte der Kreditgeber. Einer der Muskeln setzte sich roboterhaft in Bewegung. Ordog, das sah Poolitzer aus den Augenwinkeln, saß teilnahmslos auf einem Stuhl und betrachtete ein Bild an der Wand.

Sie verließen das *Capital* über einen Hinterausgang. Zillis, ein Schrank von Mann mit kantigem Gesicht und einer mechanischen Hand, lotste den Reporter in einen Mercedes ER 350 und fuhr los.

»Wohin?«

Poolitzer fuhr mit der Hand über das Armaturenbrett und die Ablage. »Mann, ist das echtes Holz? Verdammt teuer, oder?«

Der Lohnsamurai ging nicht auf die Frage ein. »Welche Bank?«

»Hey, wir könnten das Auto verkaufen, sagen, es wäre geklaut worden, und bezahlen Overlord mit seiner eigenen Kohle. Du bekommst natürlich einen Anteil, Kumpel.« Der Reporter griente. »Ich wette, für diesen Schlitten würden sie auf dem Schwarzmarkt mindestens …«

Zillis hielt an. »Wohin? Sofort!«

»Ja, ja, schon gut. Nur die Ruhe. Da vorne um die Ecke und dann gerade aus zur Skonto-Bank«, beeilte sich Poolitzer zu sagen, nachdem er einen kurzen Blick in das Gesicht des Mannes geworfen hatte. »Habt ihr alle so wenig Humor? Ist das der Job oder die miese Bezahlung? In Seattle waren die Jungs irgendwie lockerer.«

Der Leibwächter ging nicht näher darauf ein und steuerte den Mercedes über die menschenleeren Straßen.

»Okay, ich gebe dir noch eine Chance, sympathisch zu wirken. Wie nennt man einen Türsteher noch?«, fragte der Reporter unvermittelt. »Schließmuskel!«

Zillis setzte den Blinker und bog ab in Richtung der Bank.

»Hast du den verstanden, ja? Würdest du bitte ein bisschen lachen, damit ich weiß, dass ich mit einem lebenden Typen durch die Gegend gondele?« Poolitzer warf die Hände in die Luft und schaute aus dem Fenster. »Habe ich ein Glück.«

Sein berufliches Interesse wurde durch den Schein lodernder Flammen in einer Querstraße geweckt. »Halt mal an! Da drüben brennt's!«

Zillis schaltete einen Gang hoch und fuhr ungerührt weiter.

»Mann, wegen dir verpasse ich eine Story!« Er griff dem Samurai ins Lenkrad, doch der stahlharte Griff des Leibwächters verhinderte, dass das Auto eine plötzliche Wendung vollführte.

Zillis beförderte den Kopf Poolitzers mit Wucht gegen die Frontscheibe, dass er benommen zurücksank. »Mach das nie wieder.«

»Das Gleiche wollte ich eben auch sagen«, stöhnte er und rieb sich die Stirn. »Das wird eine Beule, du Depp.«

»Selbst schuld.« Der Leibwächter knallte ihn ohne Vorwarnung gegen den Türrahmen. »Das war für den Depp. Wir holen das Geld und fahren zurück. Keine Extratouren, keine Ausflüge und keine Storys, du hast

Overlord gehört. Also, setz dich hin und genieß die Fahrt.«

Poolitzer trat fluchend gegen das teppichverkleidete Bodenblech. »Super. Die Konkurrenz wird sich freuen.« Sein Schädel brummte. »Ich hasse deinen Chef«, sagte der junge Mann kapitulierend und hielt sich mit einer Hand die schmerzende Stirn. *Drek, das wäre die Geschichte des Tages geworden.*

Der ER 350 hielt an. »Aussteigen. Geld holen.«

»Schon klar. Nur nicht so freundlich.« Poolitzer schwang sich aus dem Wagen und stapfte zur Bank hinüber, öffnete mit seinem Ebbi die Tür ging zum Geldautomaten.

*Der ganze Lohn für die letzten drei Reportagen weg. Nur wegen eines Scheinvampirs.* Genervt steckte er den Ebbi in den Schlitz, drückte mit Elan seine Nummer ein und ließ den Daumenabdruckscan über sich ergehen. Dafür bekäme er von dieser Gestalt ein Interview. Er hob 23 400 EC ab und betätigte nach leichtem Zögern die Bestätigungstaste. *Ich werde ihm einfach folgen bei allem, was er tut. Könnte ein gutes Feature werden.*

Er schaute auf die Chips. Einen Moment huschte ihm der Gedanke durch den Kopf, sich einfach aus dem Staub zu machen.

Nach einem kurzen Blick durch die Panzerglasscheibe auf den Leibwächter, der symbolisch für die nachfolgenden Schwierigkeiten stand, steckte er die Plastikscheiben ein und verwarf die Idee. *Dann könnte ich mich gleich selbst erschießen. Kacke, immer ich.*

Vor der Tür stand Zillis in einer Haltung, die einem versteckten Beobachter unmissverständlich klar machte, dass er von ihm eine Tracht Prügel oder Schlimmeres erwarten konnte, sollte er sich nähern.

Immer noch schlecht gelaunt, trat der junge Mann ins Freie und schaute nach Westen, wo die Flammen des Brandes einen tieforangefarbenen Schein an den Nachthimmel warfen. Vereinzelt stoben Funken in die Höhe, Feuerzungen leckten nach oben.

Und dann sah er die Gestalt.

Eine Silhouette erhob sich auf einem der angrenzenden Balkone, ein weißer Mantel und lange, weiße Haare flatterten im Wind. Das Gesicht bestand aus einer goldenen Fläche, die das Licht überirdisch reflektierte. In der rechten Hand hielt sie eine langläufige, vermutlich automatische Waffe.

»Was …«, machte Poolitzer überrascht und fasziniert zugleich.

Zillis zuckte herum und hielt in der nächsten Sekunde seine Pistole in der Hand. Ein Ziel sah er allerdings nicht mehr. Das Wesen war verschwunden.

Unruhig sah sich Overlords Handlanger um, ohne etwas entdecken zu können. »Was?«

Der Reporter zwinkerte mit den Augen. *Hoffentlich hat die Kamera das aufgenommen. Bitte, bitte, lass es sie aufgenommen haben.* »Ich dachte, da wäre was gewesen.«

»Wo?«

»Na, da oben. Auf dem Balkon.« Er deutete auf das hundert Meter entfernte Haus.

Der Samurai schaute in die angegebene Richtung, schüttelte dann aber den Kopf. »Da ist nichts. Trotzdem ist es besser, wenn wir fahren.« Ohne den Blick abzuwenden, öffnete er Poolitzer die Tür, die Waffe weiterhin in der Hand. »Einsteigen.«

Ohne Widerworte setzte sich der Reporter in den Mercedes, die Chips fest in der Hand haltend.

Vorsichtig kletterte Zillis ins Wageninnere und fuhr los. Schweigend erreichten sie das *Capital* und betraten es durch den Hintereingang. Wenige Minuten später standen sie vor dem Büro, aus dem eine heftige Diskussion zu hören war.

»Wir machen jetzt eine Überraschungsparty«, kündigte er an. Ohne zu klopfen trat Poolitzer ein und machte »Tata!«, bevor der Leibwächter eingreifen konnte.

Die Reaktion war verblüffend.

Overlord hatte wie aus dem Nichts wieder seine Pistole in der Hand, der andere Muskel flog mit ausgefahrenem Sporn auf den Reporter zu, während sich ein unbekannter Troll schützend vor eine gut aussehende Frau in einem Engelskostüm stellte. Ordog ließ sich samt des Sessels nach hinten kippen und verschwand aus Poolitzers Blickfeld.

*Gute Idee, Gospini,* dachte er, seine Gesichtszüge waren völlig entgleist. Dann prallte der Lohnsamurai gegen ihn und riss ihn von den Beinen.

Schreiend ging er zu Boden, schloss die Augen und hob die Arme schützend vor sich. »Nicht! Ich bin's, Poolitzer! Tut das nicht, das tut bestimmt weh!«

Unsanft wurde er am Kragen gepackt und auf die Füße gestellt.

»Verdammter Idiot!«, fluchte der Kredithai und steckte die Waffe weg.

Poolitzer blinzelte und sah den Leibwächter vor sich stehen. Den Sporn hatte er rechtzeitig einfahren können, aber am Ausdruck seiner Augen war ablesbar, dass er ihn gerne nachträglich eingesetzt hätte.

»Sie sind bestimmt sauer, was?«, erkundigte sich der Reporter vorsichtig und machte einen Schritt zurück.

»Mein Gott, was ist das denn für ein Schwachsinniger?«, wollte der Troll wissen, der erstaunlich gut artikulierte. »Kommt in Rächermanier auf die Bühne, als wolle er die Welt erobern.« Er drehte sich um. »Gee Gee, du kannst rauskommen. Es ist nichts passiert.«

Die Frau mit kurzen, blonden Haaren, atemberaubender Figur und ansprechendem Gesicht kam hinter dem Rücken des Metamenschen zum Vorschein. In der Hand hielt sie einen kleinen Derringer. Die Plastikflügel wippten leicht.

»Das ist Poolitzer, ein Geier von InfoNetworks, der mich tatsächlich interviewen wollte und zum Wohltäter mutierte«, stellte Overlord den jungen Mann vor. Im Hintergrund positionierte Ordog wieder den Stuhl, als wäre nichts geschehen, und ließ sich nieder.

»Hallo.« Poolitzer hob den Arm und winkte lächelnd in die Runde. »Und Sie sind ein Intellektueller, was? Wie alle Trolle?«

Der Metamensch musste grinsen. »In der Tat, das bin ich. Ein schöngeistiges Wesen in einem Hort voller Kretins. Doch sie eines Besseren zu belehren ist meine Aufgabe.« Er nahm eine Visitenkarte aus der Tasche und reichte sie ihm. »Genius Taralot, Schriftsteller, Regisseur und Leiter des ›Trolligen Theaters‹ in der Festhalle.«

Beeindruckt zog Poolitzer die Augenbrauen nach oben. »Wow, das ist eine Reportage wert. Wir zwei setzen uns später mal zusammen und reden über Ihre Show. Sind Sie das mit dieser Hamlet-Serie?«

Genius deutete eine Verbeugung an. »Ganz recht. Und hier an meiner Seite ist mein weiblicher Star, meine Inspiration, meine Sonne. Darf ich vorstellen: Gee Gee Delorian, die hübscheste Frau auf dem Erdenrund.«

Sie schüttelte nur den Kopf und versetzte dem Troll einen Knuff, dann steckte sie den Derringer zurück in das Holster, das geschickt in ihrem Dekolleté verborgen war.

»Raffiniertes Stück«, nickte der Reporter anerkennend, wobei nicht ganz klar war, ob er sie oder das Versteck meinte. Dann machte er ein angestrengtes Gesicht. »Habe ich Sie nicht mal in einem Nachtclub gesehen? Das war in …«

»Durften Sie da überhaupt schon alleine rein?«, lächelte sie kühl.

»Ich hatte meine Mami dabei«, gab er zurück und sah in ihre blauen Augen. »Ich glaube, Sie haben diese Fächernummer abgezogen, richtig? Und warum jetzt die

Engel-Masche? Gefallener Engel, hm? Der sündige Bote Gottes? Die Nummer würde ich gerne mal sehen.«

Gee Gee steckte sich eine Zigarette an, verschränkte die Arme und blies den Rauch genervt an die Decke.

»Wir wollten später proben. Jetzt ist sie Schauspielerin«, kam Genius zu Hilfe und umfasste ihre Schulter. Eine Geste, in die man sowohl Schutz als auch Anspruch interpretieren konnte. »Das ist ihre wahre Bestimmung.«

»Darüber reden wir später«, sagte Overlord, der sich einmal mehr in seinem eigenen Büro übergangen fühlte. »Ich mache dir ein tolles Angebot, Mädchen, von dem das ›Trollige Theater‹ und du etwas haben werden.«

»Ich werde nicht mehr auf die Stripbühne steigen, wenn ich es nicht selbst will.« Die Frau schnippte die Asche auf den Boden. »Eher bringe ich mich um. Oder andere.«

»Die Lady ist bestimmt gefährlich. Immerhin hat sie einen Derringer zwischen den ...« Poolitzer formte Brüste mit seinen Händen. »Also, wenn Sie noch mehr Oberweite hätten, könnten Sie eine dicke Kanone dort unterbringen, ohne dass es einer seiner Muskeln da bemerken würde.«

»Das Geld«, kam es knapp vom Kredithai. »Du hast es doch hoffentlich bekommen, oder, Füllfederhalter?«

»Eigentlich sollte ich Sie auf Schadenersatz verklagen, Mr. Overlord, wissen Sie das? Wegen Ihrer bescheuerten Anweisung habe ich eine gute Story verpasst.« Er betastete seinen Kopf. »Und Ihr hochintelligenter Muskel hier hat versucht, meinen Kopf durch die Frontscheibe zu schieben.«

»Sie haben doch hoffentlich nicht auf mein Armaturenbrett geblutet?«, erkundigte sich der Geschäftsmann. »Dann müssten wir noch die Reinigung berechnen.«

Poolitzer seufzte. »Schon klar.« Er warf die Chips auf den Tisch.

Overlord nickte. »In Ordnung, Ordog. Du bist bei mir

schuldenfrei. Wenn du einen Job oder sonst etwas brauchst, melde dich bei mir.«

Der bleiche Samurai stand auf und schritt durch die Tür.

»Hey, einen Augenblick«, protestierte Poolitzer und folgte dem Mann, der zielstrebig an die Bar steuerte und einen Whiskey bestellte.

»Wie geht es jetzt weiter?« Der Reporter tauchte strahlend an seiner Seite auf. »Ich meine, Sie schulden mir eine Menge Kohle. Aber keine Angst, Kumpel, ich werde keine Zinsen verlangen. Duzen wir uns? Ordog ist dein Name, richtig?«

Ordog drehte sich um und sah in das Gesicht seines Gegenübers.

Zwei, drei Minuten vergingen, ohne dass er etwas sagte, und auch Poolitzer verspürte plötzlich keinen Drang mehr, einen Ton von sich zu geben.

Die toten Augen bannten ihn, machten ihn bewegungsunfähig. So musste sich ein Kaninchen fühlen, wenn es von der Schlange angestarrt wurde. Auch wenn im *Capital* das Leben tobte, er hatte den Eindruck, dass alle Geräusche in dieser Ecke leiser waren.

»Na schön. Duzen wir uns.« Die blassen Lippen des Samurai hatten sich kaum bewegt. »Du kannst wählen. Entweder ich erledige einen Job für dich, oder ich bezahle dir im Laufe eines Jahres den Zaster zurück.«

»Was heißt das, einen Job erledigen?«, erkundigte sich der Reporter. »Was machst du?«

Ordogs Mundwinkel zuckten kurz. »Alles.« Er nahm einen Bierdeckel und schrieb eine Nummer drauf. »Ruf mich an, wenn du dich entschlossen hast.«

Der Samurai rutschte vom Hocker und durchquerte das *Capital*. Als habe er eine ansteckende Krankheit, wich jeder zur Seite aus. An der Garderobe bekam er vom Türsteher seine Waffensammlung zurück, dann verließ er das Gebäude.

*Das ist vielleicht ein Herzchen*, dachte Poolitzer und bestellte sich ein Mineralwasser. *Kein Dankeschön, keine Fragen, woher ich die Kohle habe oder weshalb ich so ein guter Mensch bin.* Er nippte an seinem Glas. *Schade, dass er kein Vampir ist. Ein Randgruppenfeature wäre natürlich der Renner gewesen.* Er prostete irgendeinem Mädchen zu, das daraufhin irritiert in seine Richtung schaute und aus dem Takt der Musik geriet. »Was steht als Nächstes auf dem Plan?«, überlegte er halblaut.

Die Liste entstand schnell in seinem Kopf: Das Cybercam-Material auswerten und das aufgezeichnete Gespräch mit Overlord editieren, ein bisschen digital aufmöbeln und archivieren. Vor allem die Szene mit der Pistole könnte später von Nutzen sein, denn eine solche Bedrohung würde Overlord vor Gericht zu schaffen machen, käme es zur Anzeige. *Und die kann er verhindern, wenn er mit Infos rausrückt. Es ist zwar ein gefährliches Spiel, aber nur so geht es.*

Danach wollte er mehr über diesen Ordog herausfinden. Und den Brand. Und diese seltsame Gestalt auf dem Dach. *Volles Programm, Gospini.*

Er kramte umständlich in der Tasche und stellte voller Entsetzen fest, dass das Aufnahmegerät weg war. In diesem Moment fiel ihm ein, wo es sich befand. Es stand noch bei Overlord auf dem Schreibtisch.

Insgeheim beglückwünschte er sich, dass er den Recorder manipuliert hatte. Nur mit einer bestimmten Tastenkombination schaltete man das Gerät aus, ansonsten zeichnete es weiterhin auf, ließ aber den Beobachter in dem Glauben, es sei abgeschaltet. Der Datenträger speicherte bis zu sechs Stunden Unterhaltung.

Poolitzer stand nun vor einem Problem.

Wenn er den Recorder einfach mit hinausnahm, würde Overlord mit Sicherheit die Disk kontrollieren lassen – wenn er das im ungünstigsten Fall nicht schon getan hatte. Also brauchte er eine Ablenkung.

*Ich werde einfach wieder hineinstürmen, über den Tisch fallen und alles abräumen. Dabei wird sich eine Gelegenheit ergeben.* Er trank sein Mineralwasser aus und bewegte sich in Richtung des Büros. Kurz darauf stand er vor der Tür.

Drinnen war alles ruhig.

Tief atmete er ein. »Also los, Gospini. Shakka. Du schaffst es. Shakka, Shakka und noch mal Shakka!«

Mit Schwung drückte er die Klinke herunter und machte zwei schnelle Schritte in den Raum. »Ich bin's wieder, Mr. Overlord, und ich ...« Sein linker Fuß rutschte weg. Er geriet ins Schleudern, bevor er einen Blick ins Zimmer werfen konnte. *Phänomenal!*

Frontal kam die Schreibtischplatte auf ihn zu. Nach der schmerzhaften Kollision schlitterte er über die polierte Chromoberfläche und knallte zusammen mit Stiften, Blättern und einem martialischen Briefbeschwerer auf der anderen Seite zu Boden. Die Luft schoss aus den Lungen. Ihm wurde schwarz vor Augen.

»Ein kleines Versehen«, keuchte er die Stiefel des Kredithais vor seiner Nasenspitze an. Wenige Zentimeter neben seiner Hand lag das Aufnahmegerät, das er schnell in die Jackentasche schob. Etwas Feuchtes auf dem Boden drang durch den Stoff und durchnässte seine Kleidung.

»Das wollte ich nicht.« Mühsam stemmte er sich in die Höhe. »Verdammt, bin ich auf Ihren Rotstift gefallen? Sehen Sie sich mal die Sauerei an. Hey, ich putze Ihr Büro kostenlos, einverstanden?« Er hob den Kopf und schaute Overlord unverbindlich lächelnd an.

Zumindest sah er in die Richtung, wo der Mann vorher gesessen hatte.

Jetzt thronte dort ein Rumpf. Die Arme lagen sauber abgetrennt rechts und links neben dem Sessel, der Kopf befand sich mit dem erstaunten Gesicht nach oben im Schritt.

Riesige Blutlachen breiteten sich aus. In einer davon war der Reporter bei seinem Eintreten ausgerutscht und hatte bei seinem Flug über den Tisch das klebrige Rot an sich verteilt. Das Büro glich einem Schlachthaus und er einem wahnsinnigen Metzger.

»Ich glaube, mir wird kotz …« Poolitzer erbrach sich knapp neben die nächste Leiche.

Zillis lag neben dem Schreibtisch. Ihm quollen die Eingeweide aus der Bauchhöhle, der Schädel fehlte zur Hälfte, und die beiden Hände, die jeweils noch eine Pistole hielten, lagen neben den Blumentöpfen.

Der Reporter machte große Augen und würgte, wobei er den zweiten Leibwächter entdeckte, den ein Hieb mit einem scharfen Gegenstand in zwei Teile zerlegt hatte. Keuchend wandte er sich ab.

*Das kann nicht sein. Ich bin in einem Splatter-Film!*

Dann fiel sein Blick auf die gewaltige Gestalt des Trolls, die wie eine hingeworfene Puppe in einer Ecke lag. Anhand der unnatürlichen Kopfhaltung vermutete er, dass ihm etwas das Genick gebrochen hatte. Dieses Etwas musste über titanische Kräfte verfügen.

Mitten im Raum stand Gee Gee.

Sie war von oben bis unten voller Blut, selbst von den Plastikflügeln troff es herab. Die Schauspielerin umklammerte zitternd den Derringer und drückte immer wieder ab. Klickend schlug der Hahn auf die Zündnadel. Es tat sich nichts. Eine bizarrere Szenerie konnte sich kein Regisseur der Welt ausdenken. Leider befand sich der Reporter nicht in einem Trid, sondern in der Realität. Das Schicksal schien ihn zur Hauptfigur machen zu wollen.

»Gee Gee, mein Gott, ich wusste nicht, dass Sie das vorhin so ernst meinten.« Poolitzer näherte sich vorsichtig der Schauspielerin, die ins Nirgendwo starrte und unablässig den Abzug betätigte, bis ihr der Reporter die Waffe aus der Hand zerrte.

»Geben Sie schon her.« *Schock,* diagnostizierte er. Der Geruch des allgegenwärtigen Bluts stieg ihm unangenehm in die Nase. Er musste sich beherrschen, nicht über die Frau zu kotzen. Poolitzer versetzte ihr eine leichte Ohrfeige und wartete auf die Reaktion.

Nichts tat sich.

»Das mache ich nicht gerne, das können Sie mir glauben.« Er holte aus und schlug erneut zu. Ihr abwesender Blick wich nicht.

*Also gut, noch mal mit Gefühl.*

Noch während der Bewegung erkannte er, dass er sich mit der Dynamik wesentlich verschätzt hatte, doch zum Abbremsen war es zu spät.

Krachend landete der Handballen an ihrem Kinn. Gee Gee verdrehte die Augen und stürzte zu Boden.

»Shit!«, brüllte Poolitzer und schaute fassungslos auf die ohnmächtige Frau. »Shit, shit, shit! Warum immer ich?«

Er warf die Pflanze aus dem Kübel und goss der Schauspielerin das restliche Blumenwasser über. Prustend kam sie zu sich und schreckte hoch.

»Na? Sind wir wieder die Alte, ja?« Zufällig entdeckte er das Geld, das er dem Kredithai überbracht hatte und nun herrenlos am Boden lag. Er bückte sich und hob die triefenden EC-Chips auf. Overlord würde sie nicht mehr brauchen. »Können Sie mir sagen, was hier los war?«

Gee Gee schrie gellend los. Sie rutschte quer durch den Raum, weg vom Reporter, und verursachte einen Höllenlärm. Dabei malte sie mit ihren Fingern wirre Muster ins gerinnende Blut.

Die Tür des Büros flog auf. Im Rahmen standen zwei Angestellte, die in ihrer Bewegung erstarrten, als sie die Blutorgie sahen.

»He, halt, ich weiß jetzt genau, was ihr denkt«, lachte Poolitzer nervös und hob beschwichtigend die Hände.

Inklusive des Derringers und der blutigen Chips. Das machte keinen Vertrauen erweckenden Eindruck. Wie die Blitze verschwanden die beiden Männer aus dem Eingang.

»Nicht doch!«, rief der Reporter verzweifelt hinterher. »Ich war das nicht. Das war sie. Ehrlich.« Er deutete auf Gee Gee, die sich neben dem Troll zusammengekauert und aufgehört hatte zu schreien. »Kommt zurück!« Er lief ein paar Schritte hinterher. »Sie sieht zwar nicht gefährlich aus, aber sie war es! Wirklich!«

In dem Moment löste sich ein Schuss aus dem Derringer und schickte den Angestellten eine Kugel hinterher. Von vorne ertönte ein Schmerzenslaut.

»Das darf ja wohl nicht wahr sein!« Er warf die kleine Pistole weg. Klappernd hüpfte sie den Gang entlang und entlud sich ein weiteres Mal, gefolgt von einem neuerlichen Schrei. Wäre jetzt eine Kamera in der Nähe gewesen, der Reporter hätte genau hineingesehen und geseufzt.

*Ich bin verwünscht. Anders kann es nicht sein.* Seine Fingerabdrücke zierten eine Waffe, er hatte jemanden damit verletzt, er hatte die Kohle in der Hand, die Overlord gehörte. Und die Bullen würden sich nicht viel Arbeit machen wollen. *Weg hier!*, analysierte Poolitzer panisch.

Angewidert stieg er über die Leichen, schnappte sich zuerst die Keykarte des Mercedes und dann das Handgelenk Gee Gees. Unsanft zog er sie auf die Beine.

»Du kommst mit, Schneckchen. Du wirst mir erzählen, was passiert ist.«

Er zerrte die willenlose Frau hinter sich her. Eine rote Spur hinter sich lassend, hasteten sie die Treppe zum Hinterausgang hinunter. Niemand hielt sie auf. Sie erreichten den teuren ER350 ohne Schwierigkeiten. Poolitzer warf die Schauspielerin auf den Beifahrersitz, hüpfte auf die Fahrerseite und steckte die Karte in den Schlitz.

Beim ersten Startversuch soff die Luxuskarosse ab. Wütend schlug er aufs Lenkrad. »Ja, schon klar. Verdammte Kacke! Immer, immer, immer ich!«

Erst im vierten Anlauf schaffte es der nervöse Reporter, den Mercedes anzulassen. Ohne Licht fuhr er aus der Garage, rammte drei Mülltonnen und steuerte den ER350 über Umwege aus der Stadt.

Was er genau tun sollte, wusste er noch nicht. Vielleicht fiel ihm unterwegs etwas ein. Gee Gee saß apathisch neben ihm und schaute auf die Straße, ohne etwas zu sagen.

»Hey, rotes Engelchen. Aufwachen!«

Sie blieb stumm.

*Gospini, du hast dem Schicksal irgendwann mal kräftig in die Eier getreten. Anders kann ich es mir nicht erklären,* dachte Poolitzer und kratzte sich an der Nase. Sie juckte wieder. Das Zeichen für eine große Story.

Doch in diesem Fall hätte er gern darauf verzichtet.

**ADL, Badisch-Pfalz, Zweibrücken, 14.03. 2058,**
***Capital*, 00.30 MEZ**

Kriminalhauptkommissar Vigo Spengler band den zweiten der blauen Plastikbeutel mit einem Stück Schnur in Höhe der Kniekehle zusammen und betrachtete zufrieden seine improvisierten Gamaschen. Die Kollegen der Spurensicherung waren bereits zu Gange. Die Beamten kamen in dieser Nacht ebenso wenig zur Ruhe wie er.

Im *Capital* standen seine Leute herum und verhörten Angestellte und Gäste über das, was sie zur Lösung des Falls beitragen konnten. Er würde seine Pension verwetten, wenn auch nur einer von denen zur Lösung des Falls beitrug. Alleine der Name »Overlord« verschlug den meisten die Sprache.

Spengler setzte sich in Bewegung. Die Tüten raschelten bei jedem Schritt laut, sodass sich einige der Leute zu ihm herumdrehten.

Er formte eine Blase mit einem Kaugummi, die knallend zerplatzte. »Mein Gehalt reicht nicht aus für ordentliche Gummistiefel«, erklärte er und steckte die Hände in die Taschen des orangefarbenen Synth-Lackledermantels.

Darunter konnte man das T-Shirt sehen, auf dem der Name einer längst vergessenen Heavy-Metal-Band in bunten Lettern stand. Die kurzen, schwarzen Haare standen in alle Richtungen, das durchschnittliche Gesicht wurde von langen Koteletten eingerahmt, ein Schnauzbart zierte die Oberlippe.

Sein Bäuchlein ragte ein wenig über den Hosenbund heraus und wippte, wenn er ging. Seit er Dienst beim LKA Badisch-Pfalz tat, verlotterte sein einst athletischer Körper langsam, aber beständig. Die Schreibtischarbeit und sein Lebensstil forderten Opfer. Das war anders, als er noch zur Bereitschaftspolizei gehörte und sich Schlägereien mit Friedensdemonstranten lieferte. Er kratzte sich am Bauch, den einige spöttisch-liebevoll »Pilsgeschwür« nannten. *Lang ist's her.*

Kauend stand er im Türrahmen zu Overlords Büro und betrachtete alles, bevor er eintrat.

»Das letzte Mal, dass ich so etwas sah, war bei einem Straßendoc«, meinte Ric Hensler, der das Team der Spurensicherung leitete. Er und seine beiden Mitarbeiter steckten in weißen Schutzanzügen. Dick und fett prangte »POLIZEI« auf dem Rückenteil. »Dem tauten die eingefrorenen Blutkonserven auf einen Schlag auf. Die Soße lief aus. Mann, das stank vielleicht.«

*Ich sollte mir auch so einen Anzug besorgen.* Der Ermittler spuckte seinen Kaugummi auf den Gang und trat vorsichtig ein. *Blut lässt sich schwer auswaschen.*

Das Plastik unter seinen Füßen machte das Gehen zu

einer rutschigen Sache. Spengler achtete darauf, dass sich immer etwas in der Nähe befand, das ihm notfalls als Stütze diente.

»Ich habe so etwas noch nie gesehen«, gestand er. »Sieht aus, als hätte jemand versucht, den Raum mit einem Kubikmeter roter Farbe und einem Stückchen C4 auf einen Schlag zu streichen.« Er schaute auf die Wunden. »Monofilamentdraht?«

Hensler nickte. »Offensichtlich.« Der Mann der Spurensicherung zeigte auf den Luftschacht. »Da wird der Angreifer hergekommen sein.« Er deutete auf zwei helle Flecken mitten im Raum, die die Form von Schuhsohlen hatten. »Eine Frau, gehen wir von der Art der Abdrücke aus, muss hier gestanden und zugesehen haben, während der Angreifer um sie herum das Blut nur spritzen ließ.«

Spenglers Funkgerät erwachte. »Laut den Zeugenaussagen befanden sich ein Reporter namens Poolitzer, mit echtem Namen Severin Timur Gospini, und eine Dame namens Gee Gee Delorian, in Wirklichkeit Selina Orlova, im Raum, als die Angestellten nach dem Rechten sehen wollten. Die Zeugen waren durch Schreie aufmerksam geworden«, meldete sich ein Kollege, der mit der Befragung beschäftigt war. »Der Wagen von Karl Immenhof fehlt. Die Blutspuren enden dort, wo der Mercedes stand. Die Leute sagten aus, dass der Reporter Geldchips in der Hand hielt und auf sie schoss. Wir haben die Waffe gefunden.«

»Und?«

»Ein Derringer, Herr Kriminalhauptkommissar.«

Für Vigo war ziemlich klar, dass der Reporter keine Schuld am Tod des Kredithais trug. Es ergab auch keinen Sinn. Die Möglichkeit, dass seine derzeitige Begleiterin etwas mit der Tat zu tun hatte, schloss er anhand der Fußabdrücke ebenso aus. Vielleicht hatten die beiden den Mörder bei der Arbeit gesehen und flüchteten.

Vorsichtshalber, um nicht selbst Opfer einer Monofilamentkur zu werden.

*Was für eine Nacht.* Spengler schälte einen neuen Kaugummi aus der Packung. Nachdenklich betrachtete er den Kautschukstreifen. »Wisst ihr, was mich immer wieder ärgert? Sie schaffen es, die unmöglichste Cyberscheiße zu bauen. Aber einen Kaugummi, der seinen Geschmack behält, bekommen sie nicht auf die Reihe.« Er geriet ins Rutschen und musste einen wilden Schlittertanz vollführen, um nicht zu stürzen.

Einer der Spurensicherer schwenkte mit der Kamera auf ihn, das Blitzlicht flammte mehrmals hintereinander auf. Als er endlich ruhig stand, die Arme waagrecht vom Körper abgespreizt, applaudierten die Beamten der Spurensicherung. »Nicht schlecht für einen Mann, der die vierzig überschritten hat«, lachte Hensler.

»Leckt mich doch, Jungs.« Der Gummistreifen wanderte in seinen Mund.

»In Ordnung, Superspürnase. Glaubst du, dass die ganzen Massaker irgendwie zusammenhängen oder dass die Leute bei Vollmond einfach nur durchdrehen?«

Genau auf diese Frage hätte der LKAler auch gerne eine verbindliche Antwort gehabt. Auf den ersten Blick schienen die Vorfälle in Zweibrücken nichts miteinander zu tun zu haben.

Er hatte fünf tote Ganger namens »Poser Killers«, ein Päckchen Kokain, vier Tote einer Gang namens »Snuffs«, die er noch nicht einordnen konnte, und einen völlig ausgebrannten, gestohlenen Volvo, in dem mindestens drei Granaten in die Luft geflogen waren. Das AK-98 in unmittelbarer Nähe des Tatorts war natürlich nirgends registriert und wies keinerlei verwertbare Spuren auf.

Dann gab es noch das vernichtete *Pleasuredom,* in dem jemand mit einer stattlichen Knatter zehn Menschen hingerichtet hatte, um den Puff anschließend in einen kokelnden Schutthaufen zu verwandeln.

Blieben der tote Immenhof aka Overlord, von dem Spengler wusste, dass er zu den gefährlichsten Männern der Westpfalz gehört hatte, und die übrigen Kadaver, die alle mit der modernen Variante eines menschentauglichen Eierschneiders bearbeitet worden waren. Ob es sich um zufällige Opfer handelte, würde sich herausstellen.

»Wo ist die Schnittstelle?«, grübelte er vor sich hin.

Hensler deutete auf die zerteilten Leichen um sich herum. »Machst du Witze? Such dir eine aus.«

»In dir steckt ein Schalk, Hänsel. Tu uns den Gefallen und lass ihn, wo er ist«, empfahl Vigo bissig und schlitterte wie ein Schlittschuhläufer durch den Raum. Dabei zog er sich Einweghandschuhe über und begann die Gegenstände näher zu betrachten. Gleichzeitig gab er über Funk den Befehl, eine Fahndung nach den beiden Personen und dem Mercedes in die Wege zu leiten.

»Sagt den Streifen, sie sollen sie nicht gleich über den Haufen ballern«, fügte er hinzu. »InfoNetworks soll uns alle bekannten Schlupflöcher des Reporters geben. Ich will alles über seine Vergangenheit wissen. Und die von Orlova, soweit das möglich ist.«

Es klopfte. Ein LKA-Beamter trat ein und brachte Spengler ein verschrammtes Aufnahmegerät, auf dem sich ein Reifenabdruck befand. Vigo registrierte verärgert, dass der Mann ebenfalls einen weißen Ganzkörperanzug trug. Offenbar hatte jeder so einen Overall im Kofferraum. Nur er nicht. »Das lag in der Garage. Es verfügt über eine Inventarnummer und gehört InfoNetworks.«

»Na, wer sagt's denn. Das hat uns Herr Gospini wohl unfreiwillig dagelassen.« Er fand die Abspieltaste. Er und die Umstehenden hörten die Unterhaltung zwischen verschiedenen Leuten, darunter auch die Stimme des Reporters.

»Mann, das ist ja ein ganzes Hörspiel«, sagte Hensler.

Vigo fummelte ein wenig an den Funktionstasten und erreichte laut Zeitanzeige fast das Ende der Aufzeichnung.

Overlord verlangte gerade von einem Genius, dass er Gee Gee an ihn abtreten solle, wenn das Theater weiterhin Creds haben wollte, als ein leises Quietschen ertönte.

Der wütende Dialog verstummte abrupt. Man hörte Schreien und Fluchen, das rasch in ersticktes Gurgeln überging.

Hensler verzog angewidert das Gesicht. Seine Fantasie und die verstümmelten Leichen im Raum ermöglichten es ihm, die Vorgänge zu rekonstruieren.

»Der Herr ist gut und gerecht. Darum weist er den Sündern den Weg«, sagte eine unbekannte Stimme völlig ruhig, deren Klang durch einen Modulator verzerrt wurde. »Die Gottlosen sollen zu den Toten fahren.« Die Laute im Hintergrund waren nun verstummt. Lediglich ein leises, beständiges Klicken durchbrach die Stille.

»Was bist du?«, hörten sie Overlord entsetzt schreien.

»Ich verkündige Gerechtigkeit in der großen Gemeinde«, antwortete die Stimme. Ein Geräusch ertönte, als reiße man Stoff in der Mitte durch. »Alle Welt fürchte den Herrn.«

»Geld? Willst du Geld? Ich gebe dir das Dreifache von dem, was man dir gezahlt hat. Sag Boriz …«

»Dem Herrn sind ein Gräuel die Blutgierigen und die Falschen. Kommet her, ihr Kinder. Ich will euch die Furcht des Herrn lehren.«

»Oh, Scheiße«, wisperte Overlord. »Ich schwöre …«

Etwas durchschnitt zischend die Luft. Der Kredithai röchelte und stöhnte ein letztes Mal auf.

»Nun ist mein Herz fröhlich. Deinen Willen, mein Gott, tue ich gerne.«

Lange Zeit folgte nichts mehr, dann öffnete sich die Tür, und die Stimme des Reporters ertönte. Es rumpelte, Gospini stöhnte auf, das Gerät wurde abgeschaltet.

»Puh«, stöhnte Spengler und wog das Beweisstück in der Hand, ehe er es in der Gesäßtasche verstaute. »Damit wissen wir, dass Gospini nicht im Raum war, als jemand mit einem religiösen Tick ordentlich gewütet hat.« Er zückte sein Funkgerät. »Ich will alle Unterlagen von Profikillern und Psychopathen haben, die sich für die Abgesandten Gottes halten. Findet heraus, wer der neue Platzhirsch in der Westpfalz sein wollte. Ein Boris wurde genannt.«

»Hier hat sich jemand für auserwählt gehalten, den Platz von Overlord einzunehmen, was?«, schätzte der Leiter des Spurensicherungsteams. »Dann müsst ihr doch nur warten, bis sich der Nachfolger eingefunden hat, und könnt ihn festnehmen.«

»Yep«, meinte Vigo lakonisch und rutschte vorsichtig in Richtung Ausgang. »Und inzwischen liefern sich die vielen kleinen Prinzen eine Schießerei nach der nächsten.«

»Sieht nach einem Gang-Krieg aus«, gab Hensler seine Vermutung kund.

»Es sieht danach aus«, stimmte der LKA-Mann zu. Nicht nur, dass die Kons durchdrehten. Nun waren sogar die Verbrecher scharf drauf, sich gegenseitig umzubringen. Toter Abschaum in der Seitengasse, ein brennendes Bordell, Stoff, ein toter Kredithai. »Es sieht danach aus«, wiederholte er nachdenklich. Vielleicht trog der erste Schein.

In Gedanken versunken, achtete er nicht mehr auf den schmierigen Untergrund.

Auf dem letzten Meter glitt sein rechter, in Plastikfolie verpackter Fuß aus. Spengler hob ab und landete rücklings im geronnenen Blut.

Ein weiteres Mal flackerte das Blitzlicht auf.

»Du liegst in Beweismaterial, Spürnase.« Der grinsende Hensler schob sich in sein Blickfeld, die Kamera im Anschlag. »Lächeln.«

Etwas piekste unangenehm am Hintern des Kriminalbeamten. Vorsichtig richtete er sich auf und zog die geborstenen Überreste des Rekorders aus der Hose.

»Du solltest abnehmen«, empfahl ihm der Chef der Spurensicherung und zwinkerte. »Ich sehe schon die Schlagzeile: Fetter Polizistenarsch vernichtet wichtiges Indiz.«

*Warum immer ich?*, dachte Vigo deprimiert.

**ADL, Bexbach (Sox), ECC-Arkologie,**
**15. 03. 2058, 08:00 MEZ**

»Wach auf, Enni! Hörst du mich? Los, werde endlich wach!«

Die Läuferin hörte die Stimme, die gedämpft an ihr Ohr drang. Ihr Blick klarte sich auf. Allmählich nahm sie die Umgebung um sich herum wahr.

Die Probandin saß im Bett, die rechte Hand starr nach vorne ausgestreckt. Ihr Zeigefinger zog den imaginären Abzug einer Waffe in rasender Folge nach hinten.

Selbst als sie sich auf das Körperteil konzentrierte, wich die Spannung nur allmählich. Fast widerwillig hörte ihr Finger auf, sich zu bewegen.

»Enni?«

Das Licht ging an. Sie spürte, wie sich eine Hand auf ihren nackten Rücken legte.

Die Läuferin sah sich selbst erstaunt dabei zu, wie ihr Oberkörper in Eigenregie herumwirbelte. Ihre Finger griffen den Arm Charlys und verbogen ihn mit einem Selbstverteidigungsgriff derart, dass der Wachmann durch die Hebelwirkung mit dem Gesicht nach unten ins Kissen gedrückt wurde. Sein Schrei wurde erstickt.

Erschrocken fuhr sie zurück und gab ihren Liebhaber frei.

Stöhnend wälzte er sich herum und starrte sie entgeistert an. »Ich glaube, diese Albträume sind nicht gut«, meinte er nach einer Weile und massierte vorsichtig die Schulter. »Weder für dich noch für mich.«

Enni begann unkontrolliert zu zittern. Charly legte ihr die Decke um und nahm sie in die Arme. »Beruhige dich. Mir ist nichts passiert.«

Die Läuferin musterte ihn verständnislos. »Warum ... habe ich das gemacht?«

Der Kon-Gardist atmete tief ein. »Ich weiß nur, dass es nun schon der vierte Anfall ist. Jedenfalls, wenn ich dabei bin.«

»Meinst du, es hängt mit der Cyberware zusammen?« Angst schwang in ihrer Frage mit.

»Du solltest nicht vergessen, dass es sich um Experimente handelt«, erinnerte sie Charly besorgt. »Was immer sie testen, es ist offensichtlich noch nicht ausgereift.«

Die junge Frau spürte die hämmernden Kopfschmerzen, die von einer Minute auf die andere einsetzten. Eine unsichtbare Metallklammer legte sich um ihren Schädel. »Dr. Gud erwähnte, dass etwas nicht so arbeitete, wie es sollte. Vielleicht ist es das.« Sie massierte sich die Schläfen. Ohne Erfolg. Die Schmerzen blieben.

»Weißt du, wovor ich Angst habe?« Der Mann streichelte ihr beruhigend über die vernarbte Kopfhaut. »Wenn du einen solchen ... Traum hast, und irgendwo liegt eine Waffe herum. Du könntest dir etwas antun.«

Sie schwiegen eine Weile. Ennis Zittern verebbte. Charlys Bemerkung hatte sie in Panik versetzt. Die Sorge galt jedoch nicht ihrem eigenen Leben. »Du solltest nachts nicht mehr bei mir bleiben«, eröffnete sie. »Wenn einer in Gefahr kommt, bist du es.«

»Aber ...«

»Keine Widerrede«, befahl sie sanft. »Ich sage Dr. Gud, dass ich schlecht schlafe, und schildere ihm die Schwierigkeiten. Er wird mir sagen, was zu tun ist.« Die Läuferin trat wütend gegen das Bettende. »Verdammt, hoffentlich muss er mir den Computer nicht ausbauen. Wenn es eine Unverträglichkeit ist, wären die ganzen Monate, die Schmerzen ... wäre alles umsonst gewesen.«

»Ist dir die Verdrahtung mehr Wert als ein normales Leben?«, erkundigte sich der Gardist vorsichtig.

»Ein normales Leben?«, wiederholte sie ungläubig. »Hey, Charly, ich bin eine Läuferin! Ich werde sowieso kein normales Leben führen. Der Schwede soll mir ein paar Pillen gegen die Nebenwirkungen geben. Das Ding bleibt in meinem Kopf.«

Der Wachmann sah nicht sonderlich überzeugt aus. Gerade öffnete er den Mund und wollte etwas sagen, als sein Kom fiepte. »Verdammt, ich muss zum Dienst.« Er drückte ihr einen Kuss auf die Lippen, schlüpfte in die Kleider und huschte hinaus.

Enni seufzte und schleppte sich unter die Dusche. Unter dem heißen Wasserstrahl versuchte sie, sich an ihren Traum zu erinnern. Es gelang ihr nicht.

Verwundert stellte sie fest, dass sie sich an keinen Traum besinnen konnte, seit sie sich in der Ark von DrakenSys befand. Oder was sie in den Nächten machte, an denen sie nicht mit Charly zusammen war.

Sie probierte, die Bewegungsabfolge des Verteidigungsgriffs zu repetieren, mit der sie ihren Liebhaber vorhin schachmatt setzte. Sie bemühte sich, fuchtelte mit den Händen, ohne zu einem zufriedenstellenden Ergebnis zu gelangen.

*Wozu man aus einem Reflex heraus fähig ist*, dachte sie kopfschüttelnd und verließ die Kabine, um sich abzutrocknen. Dabei bemerkte sie einen blauen Fleck an ihrem linken Oberarm, der wohl von einer Prellung stammte. *Super. Jetzt verpasse ich mir im Schlaf schon selbst Hiebe.*

Keineswegs gut gelaunt schlüpfte sie in bequeme Joggingsachen, setzte die Baseballkappe auf und schlenderte zum Frühstück.

Nach der Stärkung und vier Tassen Kaffee ließ das Kopfweh nach. Enni beschloss, nicht zu Gud zu gehen. Sie wollte nicht wie ein Jammerlappen wirken. Außerdem fürchtete sie, der Wissenschaftler könnte beschließen, der Gefechtscomputer sei bei ihr fehl am Platz.

Der Schwede betrachtete die Kurvenverläufe, Impulsmessungen und Ausdrucke. Das Antlitz verhieß nichts Gutes.

»Ich fürchte, Frau Gerlach, der Gefechtscomputer ist bei Ihnen fehl am Platz.« Er schaute sie über den Rand eines Blattes an. »Er scheint Sie nicht zu mögen, obwohl ich es nicht verstehe. Diese Error-Meldungen sind einfach nicht wegzukriegen.«

*Genau das sollte er nicht sagen.* Die junge Frau unterdrückte den Anflug von Verzweiflung. »Aber es hat alles so gut angefangen.«

»Die meisten Beziehungen fangen auch sehr gut an, bevor man sich scheiden lässt oder es in einem Mord endet«, merkte Gud sarkastisch an.

Enni suchte verzweifelt nach einem Einwand »Und wie soll das später laufen, wenn DrakenSys den Computer auf den Markt bringt? Wird die Kundschaft ausgesucht? Welche Kriterien muss jemand mitbringen, dem ein solches Stück implantiert wird?«, versuchte sie ihren Betreuer umzustimmen.

Der Schwede wanderte im Büro auf und ab. Die Richtigkeit ihrer Bemerkungen waren nicht von der Hand zu weisen.

»Verstehen Sie mich bitte. Ich mache mir Sorgen um Ihre Gesundheit«, erklärte der Schwede ihr nach einer

Weile. »Sie wissen, dass der menschliche Körper nur bis zu einem bestimmten Grad Vercyberung verträgt, ohne Gefahr zu laufen, sich gravierende Persönlichkeitsstörungen einzufangen.«

Die Läuferin machte ein verwundertes Gesicht. »Soweit ich weiß, dürften die paar Einbauten kaum etwas ausmachen.« Sie grinste. »Oder haben Sie mir etwas anderes eingebaut, während ich auf dem OP-Tisch lag?«, fragte sie im Scherz.

Ruckartig zog Gud die Unterlagen vors Gesicht. »Bestimmt nicht, Frau Gerlach. Nur das, was Sie sich wünschten, gemixt mit Bodyware: leichte Kunstmuskulatur, verbesserte Zielerfassung und einen synaptischen Beschleuniger. Mehr nicht.« Zum Beweis hielt er ihr die Röntgenbilder ihres Schädels unter die Nase.

»Bitte, Doktor, geben Sie mir und dem neuen Takcom noch eine Chance«, bat sie ihn inständig. »Justieren Sie nach, verändern Sie irgendwelche Parameter, oder machen Sie sonst was.« *Hauptsache, der Computer bleibt, wo er ist.* »Stellen Sie sich vor, DrakenSys bringt das Ding auf den Markt, und keiner kann es benutzen, weil es zu Unverträglichkeiten kommt. Weil Sie bei mir nicht nachforschten.« Sie erkannte, dass sie Gud beinahe überzeugt hatte. »Und das könnte Tausende von Klagen nach sich ziehen«, setzte sie eins drauf. Der Abschluss ihrer Argumentationskette saß.

»Na schön«, gab der Mann nach und deutete auf den massiven Stahlstuhl. »Justieren wir. Vielleicht bringt es was.«

**ADL, Bayern, Ingolstadt, 15. 03. 2058, 14:20 MEZ**

Annegret Berger tauchte aus den azurblauen Fluten des Swimmingpools auf, erklomm die Sprossen und wurde sofort von einem Bediensteten in einen weißen, flauschigen Bademantel gehüllt. Die Chefin von Cyberdynamix nickte dem Mann knapp zu und begab sich auf die Sonnenliege.

Die Lampen an der Decke erwachten zum Leben und verbreiteten wohlige Wärme, gepaart mit sanft bräunenden Strahlen, während die Vorsitzende ihre Blicke über die Stadt gleiten ließ. Sie nahm die ihr gereichten Unterlagen entgegen und schaute die Geschäftsberichte durch.

Der Konzern erholte sich nach dem Fiasko mit dem TAKC 3000 erstaunlich gut. Nicht zuletzt, weil ein neuer Hoffnungsschimmer am Horizont aufglänzte.

Ausgerechnet dort, wo niemand ernsthaft zu leben gedachte, entstand im hastig verlagerten Labor von DrakenSys der neue Verkaufsschlager. Mit ihm konnte sich Cyberdynamix innerhalb eines Jahres sanieren, wenn die Wissenschaftler in der Zone endlich grünes Licht gaben. Die Notiz, die sie als E-Mail erhalten hatte, sollte sie erneut vertrösten. Damit gab sich die Geschäftsfrau nicht zufrieden. Sie benötigte Erfolgsmeldungen.

Annegret Berger ließ sich eine sichere Verbindung zum Vorstandsvorsitzenden des schwedischen Tochterkonzerns von ECC geben. Thor Lundgreens ungehaltenes Gesicht erschien auf dem Bildschirm.

»Hallo, Thor. Was machen die Forschungen in der Sox?«

Der Schwede runzelte die Stirn. Die drängende Anruferin strapazierte seine Geduld. »Sie haben meine Nachricht nicht erhalten?«

Berger nickte. »Sicher. Aber sie ist mir zu nichtssagend.« Sie nahm ein Badetuch und tupfte sich Wassertropfen von der Stirn, die aus den Haaren rannen und in die Augen zu laufen drohten. »Also?«

»Ich glaube nicht, dass ich Ihnen tiefer gehende Auskünfte schuldig bin, Annegret«, kanzelte der Schwede sie kühl ab. »Ich habe Besseres …«

»Sie sitzen mit Ihren Leuten in meiner Arkologie, Thor«, erinnerte sie ihn genüsslich. »Sie sind mir durchaus Auskunft schuldig. Die Lage in der Sox wird immer angespannter, die großen Kons rüsten auf. Ich mache mir Sorgen, dass unsere Anlage in Bexbach zwischen die Fronten gerät und so endet wie Research Initiative.« Die Geschäftsführerin schlug einen versöhnlicheren Ton an und stellte die anderen als gemeinsame Feinde dar. »Deshalb sollten wir mit dem neuen Projekt so schnell wie möglich aus der Zone raus, ehe Saeder-Krupp oder Ruhrmetall Wind von der Sache bekommen. Ich will den Gefechtscomputer in Sicherheit wissen.«

»Damit uns nicht noch einmal so etwas passiert wie bei Ihnen vor der Haustür, Annegret?«, vollendete Thor liebenswürdig. Diesen Tiefschlag gönnte er sich. »Außerdem gehört die Ark unserem Mutterkonzern ECC. Entspannen Sie sich. Die Herren bei DrakenSys, die Ihren Kopf nach dem Malheur forderten, haben sich beruhigt. Dank unseres Wissenschaftlers Dr. Gud konnten wir wenigstens das Abfallprodukt vom TAKC 3000 bewahren und ausbauen.« Thor würgte einen eingehenden Anruf mit einem Tastendruck ab. »Die Bauteile, die Cyberdynamix lieferte, sind exzellent, Annegret. Alles fügt sich zusammen.«

»Weshalb bekomme ich dann keine endgültige Erfolgsmeldung?«, hakte sie unerbittlich nach. Ihre Laune verschlechterte sich. Sie ahnte, dass sie wiederum nichts Konkretes erfahren würde.

Der Schwede machte ein wichtiges Gesicht. »Einige der Probanden klagen über Nachwirkungen und Rückkopplungen im Feldtest. Das möchten wir noch beheben. Wir können es uns im Moment nicht erlauben, mit einem fehlerhaften Produkt auf den Markt zu gehen. Die Kurseinbrüche gäben uns den Rest, und unsere

Konzerne wären Konkurrenten ausgeliefert. Saeder-Krupp soll sich verstärkt für ECC-Anteile interessieren.«

»Es sieht alles danach aus, als liefe es auf einen echten Krieg in der Sox hinaus, Thor. Wir müssen uns beeilen«, schärfte Berger dem schwedischen Kollegen ein. Wenigstens schien es in der Ark voranzugehen. »Das Produkt gibt uns einen enormen Vorsprung gegenüber den anderen Mitbewerbern. Der Computer kann uns mit einem simplen Knopfdruck schon bald eine Armee zur Verfügung stellen, ohne dass wir einen einzigen Cred bezahlen müssen. Er sollte nicht in falsche Hände geraten.«

»Ich richte dem Leiter der Anlage Ihre Hinweise aus, Annegret«, bestätigte Thor sachlich. »In den nächsten drei Wochen sind wir so weit. Das verspreche ich Ihnen. Einen schönen Tag.« Er unterbrach die Leitung, sein Lächeln erstarb.

*Diese Frau geht mir vielleicht auf den Sack. Erst ruiniert sie die Forschungsarbeit von Jahren, dann markiert sie den großen Boss, nur weil sie im Amt geblieben ist.*

Der Anrufer, den er vorhin in die Warteschleife schickte, ließ sich nicht abwimmeln. Als er die Nummer las, zuckte er zusammen. Es war Hermann Tröschke, Assistent von Franz Öfele, dem Geschäftsführer der Carl Walther GmbH.

*Das passt ja alles hervorragend heute zusammen.* Er trank einen Schluck Wasser und holte sich das Gespräch auf den Monitor. Nun waren schauspielerische Talente gefragt. »Herr Tröschke, wie schön! Was kann ich für Sie tun?«

»Für mich nichts«, erwiderte die rechte Hand des Geschäftsführers barsch. »Aber Herr Öfele hat festgestellt, dass etwas in Badisch-Pfalz nicht so läuft, wie es sollte. Hallo im Übrigen.«

*Wo bei allen Fjordungeheuern ist denn Badisch-Pfalz?* »Sie müssen ein wenig deutlicher werden, Herr Tröschke«, bat der Schwede mit einem unangenehmen Gefühl, als würde er gleich mit etwas konfrontiert, das ihm nicht passte.

»Das tue ich gerne. Um genauer zu sein, es ist etwas in Zweibrücken passiert. Das ist die östliche Zufahrt in die Sox. Klingeln die Alarmglocken?«

»Ich vermute, Sie meinen den sich zuspitzenden Konflikt der Kons in der Zone?« *Wie gut, dass ich eben mit Berger telefonierte.* Er breitete die Arme aus und gönnte sich ein beschwichtigendes Lächeln. »Das bereitet uns alle Kopfzerbrechen. Aber wir sitzen ja glücklicherweise abseits von alledem. Ach ja, Ihre Lieferung ist sicher bei uns in Schweden angelangt und wird demnächst getestet.« Er log absichtlich. Es musste Tröschke nichts angehen, dass die Gewehre an die ECC-Ark in Bexbach gingen.

»Sie haben sie noch nicht ausgepackt? Nun, das verwundert mich ein wenig.«

Nun verstand der DrakenSys-Geschäftsführer gar nichts mehr.

Was ihm Tröschke ansah. »Wir haben Ihnen wie besprochen nagelneue Kampfgewehre der Fabrikation Mauser geliefert, das neue MALW 01. Mit den gewünschten Spezifikationen, was die Verbindungsstelle der Smartverbindung und den Lauf angeht«, begann er.

»Das ist sehr löblich, aber …«

»Lassen Sie mich ausreden«, unterbrach ihn Tröschke brüsk. »In Zweibrücken wurde in einem Bordell ein Massaker veranstaltet. Was mich nicht weiter stören würde, wenn die Spurensicherung nicht zufällig Hülsen und Geschosse eines ungewöhnlichen Kalibers gefunden hätte. Uns wurde von einem unserer Leute die Information zugespielt, dass das badisch-pfälzische LKA vor einem Rätsel steht. Sie können weder die Projektile noch die Spuren an den Geschossen noch die Stanzmerkmale auf den Patronen einer bekannten Waffe zuordnen.« Er legte einen Koffer auf den Tisch, klappte ihn auf und hob ein langläufiges Automatikgewehr hoch. Er stellte das passende Magazin daneben. »Wir können. Die Patronen …«, er tippte auf die schimmernden Metallstücke mit den fast rasiermesserscharfen Dreikantköpfen, »stammen aus der Lieferung, die Sie beziehungsweise Draken-Sys zusammen mit dem MALW erhielten, Herr Lundgreen.« Der Assistent des Geschäftsführers legte eine Hand auf das Gewehr. »Wissen Sie, was das bedeutet?«

»Wenn Sie es von Ihren Leuten aus dem LKA erfahren haben, werden es auch andere zu hören bekommen«, schloss der Schwede wenig glücklich.

»Im günstigsten Fall bleibt unsere Zusammenarbeit unentdeckt. Im schlechtesten dagegen erfährt Ares oder ein anderer Waffenproduzent von der Geschichte. Und dann ist dort die Hölle los, Herr Lundgreen. Jeder wird wissen wollen, was es mit der Waffe auf sich hat. Wie, zum Teufel, kam die Waffe aus der Lieferung abhanden? Oder liegt die Pfalz neuerdings im Knäckebrotland?«

Der schwedische Boss von DrakenSys wusste nicht so recht, was er entgegnen sollte. »Ich lasse die Vorfälle überprüfen«, meinte er ein wenig hilflos.

»Darum bittet Herr Öfele sehr. Er erwartet Ihren Bericht innerhalb der nächsten vierundzwanzig Stunden«, verlangte Tröschke kühl. »Sollten Sie zu keiner Lösung kommen, sieht sich Herr Öfele gezwungen, Ruhrmetall einzuschalten und Frau Gehrke in Kenntnis zu setzen. Sie wird weitere Schritte einleiten. Es wäre bedauerlich, wenn unsere Geschäftsvereinbarung wegen eines kleinen Verräters zunichte gemacht wird.«

»Ich verspreche Ihnen eine umfassende Aufklärung des Falles«, beteuerte Lundgreen neuerlich. Er nickte dem verkniffenen Gesicht auf dem Bildschirm zu und schaltete ab.

Sofort tippte er die Nummer, die ihn per Satellitenverbindung mit Prof. Fethal, dem Leiter der ECC-Niederlassung in der Verseuchten Zone, verband.

**ADL, Bexbach (Sox), 15. 03. 2058, 18:00 MEZ**

Die Professorin hielt sich eine Hand vor den geöffneten Mund, ihre Kinnlade war vor Überraschung nach unten gesunken. Mit der anderen bewegte sie die Maus und damit Cursor über den Monitor und scrollte über die frisch gewonnenen Informationen, die ihr soeben ein Decker geliefert hatte.

Mit ungefähr zwanzigtausend EC half sie ihrem eigenen Genie auf die Sprünge, indem sie sich die Erkenntnisse des schwedischen Rivalen verschaffte.

Das Geld waren die Einblicke und Erkenntnisse allemal wert. Zwar waren die Dateien gut als Banales getarnt und umso besser verschlüsselt gewesen. Doch dem vercyberten Hirn eines Profis und einem formidabel bestückten Deck leisteten die Passwörter nur kärglichen Widerstand.

Sie sah auf den ersten Blick, wo ihr Fehler bei der Programmierung des Gefechtscomputers gelegen hatte.

*Du schwedischer Bastard*, dachte sie und ihr Gesicht hellte sich auf. *Du hast uns alle angelogen. Und das schon seit drei Wochen.*

Usner-Gassert lehnte sich in ihrem Sessel zurück und bedeckte die nackten Oberschenkel mit dem Bademantel. Frisch der Wanne entstiegen, wollte sie nicht, dass Zugluft für eine unnötige Erkältung sorgte.

Die Professorin nahm den Laptop auf den Schoß. Sie berichtigte ihre Formeln und Vorgehensweisen nach dem Vorbild des schwedischen Konkurrenten. Nach dem Drücken der Entertaste geriet sie ins Stocken. Sie fand beim besten Willen keine Erklärung, weshalb ihr

Mitbewerber seinen Erfolg mit dem neuen Modul nicht bekannt gab. Die saftige Kon-Erfolgsprämie müsste Anreiz genug sein.

*Welchen Grund könnest du haben, es geheim zu halten? Vor mir, dem Leiter der Ark und der Konzernspitze?*

Nachdenklich wanderte sie durch das verschwenderisch eingerichtete, unterirdische Appartement und betrat den schwach beleuchteten Fitnessbereich, wo sie den Mantel zu Boden gleiten ließ und sich auf einen Massagetisch legte. »Patrizian, Schatz, wärst du so freundlich und würdest mir den Nacken lockern?«

Aus dem Halbdunkel trat die Gestalt eines fast zwei Meter großen Mannes, der sich beinahe schon untotenhaft starr auf die Frau zubewegte. Das Übungsschwert in seiner Rechten wurde unterwegs achtlos zu Boden geworfen.

Er trug eine lange, schwarze Stoffhose, und um die Hüfte war ein dunkelrotes Tuch gewickelt. Die Schweißtropfen auf seinem breiten, entblößten Oberkörper, deutlich mit immenser Muskulatur bepackt, glitzerten im Schein des gedämpften Lichts.

Patrizian war ihr Proband für die Experimente mit dem Gefechtscomputer. Aufgrund der extremen Anzahl von Einbauten musste sich sein Essenzniveau knapp oberhalb von Null befinden. Sie hatte seine Akten gefälscht, damit sie ihn überhaupt in den Plex bringen konnte. Eine Person mit dieser Ausstattung und einer »Kamikaze«-Abhängigkeit bedeutete ein Risiko und wäre niemals von Fethal genehmigt worden.

Usner-Gassert hatte ihn damals gesehen und wollte ihn augenblicklich haben. Als Proband und Mann. Nachdem er sich im Bett als echter Glücksgriff erwies, brauchte sie keinerlei weitere Überzeugung mehr.

Das Gesicht mit den roten Augen und den geschlitzten, gelben Pupillen betrachtete teilnahmslos den Nacken der Wissenschaftlerin, die sich ohne Bedenken in die Gewalt Patrizians begab. Es wäre dem Schwarzhaarigen ein Leichtes, ihre Wirbel zu brechen. Wenn er es wollte.

Wie in Trance nahm er das Massageöl und goss es in die Hände, um es anzuwärmen. Bald darauf glitten seine kräftigen Finger mit einer Zärtlichkeit über die Haut der Professorin, die man bei dem Mann niemals vermutet hätte. Sie beherrschte ihn vollkommen.

Während sie massiert wurde, griff sie nach dem Laptop und sandte dem Decker, der Guds Codierung geknackt hatte, eine Nachricht.

*Ich finde schon heraus, welche Spielchen du treibst, Dr. Gud,* versprach sie sich und ihm.

Eine Viertelstunde später erhielt sie die Antwort.

Usner-Gassert klappte lächelnd den Monitor des Geräts herab und drehte sich auf der Liege um. Sie zog den Mann, der sie immer noch teilnahmslos betrachtete, obwohl sie sich ihm in unbedeckter Schönheit zeigte, zu sich. »Wir machen einen kleinen Hausbesuch, Patrizian.«

Ihre Lippen trafen sich.

Richard Lehmann zog die Nase hoch, wischte sich den dünnen Milchfilm ab, der sich nach dem überstürzten Genuss des Getränks unter seiner Nase gebildet hatte, und griff nach der Fernbedienung. Das hauseigene Trid der Ark brachte nur Soap-Schrott. Die Nachrichten wollte er sich nicht anschauen. Sie deprimierten ihn zu sehr.

Stöhnend stemmte er sich von der Couch hoch, stellte die Milchtüte ab und ging zur Tür, um in der kleinen Bar auf ein Feierabendbier vorbeizuschauen. *Vielleicht sind ein paar Typen da, die sich nicht im Gelehrtenkauderwelsch mit mir unterhalten möchten,* hoffte er und wusste schon, dass seine Hoffnungen aller Wahrscheinlichkeit nach enttäuscht werden würden.

Am schlimmsten fand er die Versuche der Wissenschaftler, in halb angetrunkenem Zustand einen Witz erzählen zu wollen. Erstens verstanden den auch nur »Brainys«, wie er die Forscher nannte, und zweitens schien keiner davon besonders gut zu sein. Auf lautes Gelächter wartete er bis heute vergebens.

*Warum tue ich mir das an? Ich laufe wider besseres Wissen los. Was soll sich auch Großartiges ereignen?* Ruckartig öffnete er die Tür und schaute auf die breite Brust eines Mannes. Neben ihm stand »die Sünde« und strahlte ihn an.

»Na, Herr Lehmann? Lust auf einen Dreier?«, wollte sie wissen und zog den Reißverschluss ihres Topps ein wenig nach unten.

»Ich?«, entschlüpfte es dem DrakenSys-Angestellten ungläubig. Es gab wohl keinen Mann, der nicht einmal in der Ark davon geträumt hatte, eine Nacht mit ihr zu verbringen. Er bildete keine Ausnahme. *Idiot!*

»Ja. Warum nicht? Ich bevorzuge Abwechslung, und Sie gefallen mir ganz gut. Dürfen wir hereinkommen?«

»Äh«, machte Lehmann verblüfft und trat tatsächlich beiseite, um den Weg freizugeben.

Die Aussicht, mit der schärfsten Frau in der Ark, in der Sox, vermutlich in der ganzen Welt, eine Nacht zu verbringen, ein paar geheime Fotos zu schießen und am nächsten Morgen bei den Kollegen zu protzen, gestaltete sich zu überwältigend für ihn. Der Verstand wurde vom Trieb zur Seite geschoben.

»Ich habe aber nicht aufgeräumt«, entschuldigte er die Unordnung. Wieselflink beseitigte er die Spuren des Essens, federte in die Höhe und schaute abwartend zwischen Patrizian und Usner-Gassert hin und her. »Wo wollen wir denn …?«

Der Reißverschluss ruckte nach oben und verhüllte die künstlichen, perfekten Reize der Professorin. »Ich hab's mir anders überlegt«, sagte die Wissenschaftlerin plötzlich ziemlich abweisend.

»Aber … hey, so geht das nicht. Zuerst reinkommen …«, wollte Lehmann aufbegehren, weil er sich schon im heftigen Austausch von Körperflüssigkeiten mit der Frau gesehen hatte. Da traf ihn der emotionslose Blick des Probanden. »Tja«, würgte er, das Lächeln misslang völlig. »Da kann man wohl nichts machen. Kaffee?«

Sie setzte sich und deutete auf den Platz ihr gegenüber. »Herr Lehmann, wir sind in Wirklichkeit hier, um einen Fall von Kon-Verrat aufzuklären. In aller Heimlichkeit, damit es erst gar nicht bis zum Leiter der Arkologie dringt und wir es ohne Schaden für weitere Personen beenden können.«

Der Mann wechselte die Farbe und hockte sich hin. Patrizian stellte sich in seinen Rücken. »Und?«

»Ich dachte mir, Sie könnten uns ein wenig bei der Aufklärung helfen. Und Sie könnten verhindern, dass Ihr Name später im Zusammenhang mit dem Verrat auftaucht.«

»Mein Name?« Lehmann lachte ein wenig zu laut und zu schrill.

»Sie sind Sicherheitsrigger, Herr Lehmann?«

Er nickte.

Die Frau nahm sich einen Schluck Milch, nachdem sie sich mit einem Blick auf die Verpackung vergewissert hatte, dass das Produkt unter Laborbedingungen hergestellt worden war. »Und Sie haben nicht zufällig Dr. Gud einen Gefallen getan?«

Nun wurde der Mann bleich.

»Ich beobachte den Schweden bereits seit seiner Ankunft genau und stellte fest, dass da einige Dinge laufen, die mir seltsam erscheinen. Sie könnten uns dabei helfen, die Sache aufzuhellen.«

»Wie kommen Sie denn auf mich?«, blieb Lehmann beharrlich bei seiner Lüge. »Was sollte das Theater mit dem Dreier?«

»Sie haben des Öfteren Mailkontakt mit Herrn Gud.

Welche Gefälligkeit taten Sie ihm? Was unternimmt er in seiner Freizeit?« Usner-Gassert warf ihm einen tiefen Blick zu. »Und wer sagt, dass das mit dem Dreier nicht doch noch läuft? Wenn auch nicht heute.«

Der Widerstand des Riggers schmolz. Die Kombination aus Angst vor dem Verlust des Jobs, einer Anklage, die Aussicht auf Sex mit der »lebenden Sünde«, einem schnellen Verdienst und der gefährliche Mann in seinem Rücken wirkte auf ihn. So vielen Argumenten widerstand er nicht länger.

»Also schön«, gab er nach. Die Professorin verzog anerkennend den Mund und reichte ihm die Milchtüte. »Gud bezahlt mich, damit ich den Notausgang entriegele und es ihm ermögliche, dass sein Kaninchen zum Üben in aller Heimlichkeit raus kann.«

»Üben?«

»Ja. Er meinte, sein Projekt müsste unbedingt öfter getestet werden, abseits der offiziellen Schießstände oder Einrichtungen und ohne Zuschauer und Neider. Das sah ich ein und machte es möglich. Dazu gehört das Paket des Overwrite der Sicherheitsaufzeichnung, eine Endlosschleife für die Überwachungskameras sowie die Unterdrückung des Bodenradars für ein paar Minuten.«

»Für Geld?«

»Ja, klar.« Lehmann lachte und schaute sie an, als wäre sie bescheuert. »Sex mit dem kommt nicht in Frage.«

»Schön, dass Sie sich allmählich entspannen, Herr Lehmann«, freute sich die Wissenschaftlerin. »Sie notieren mir jetzt die Termine. Ich möchte wissen, wann Sie ihr den Ausgang ermöglichten und wann die nächsten Ausflüge der Dame anstehen. Anschließend tun Sie das Gleiche für mich. Zum Wohl des Kons.«

»Für Geld«, verbesserte der Rigger, der immer mehr Oberwasser bekam. Inzwischen war es ihm auch gleichgültig, ob »die Sünde« wirklich etwas mit dem Schutz der Ark zu tun hatte. »Mein Preis ist für Sie der gleiche wie für Gud.« Er blinzelte und leckte sich über die Lippen. »Fünftausend EC pro Öffnung.«

Vorwurfsvoll hob die verführerische Frau ihren Zeigefinger. »Nicht gierig werden, Herr Lehmann. Ich kann Sie auch verpfeifen.«

»Nein, das glaube ich nicht.« Der Sicherheitsrigger kreuzte die Arme vor der Brust. »Wenn Sie wirklich etwas mit der Ark-Leitung zu tun hätten, säße ich in einem Verhörraum und nicht mit Ihnen hier in meiner Bude. Daraus schließe ich mal, Sie wollen dem Schweden die Tour vermasseln, weil er Ihnen bei der Sache voraus ist.« Er zuckte mit den Achseln. »Mir kann es scheißegal sein. Geben Sie mir das Geld, sagen Sie mir rechtzeitig Bescheid, und Sie bekommen den gleichen Service wie der Jünger.«

»Seien Sie sich bloß nicht zu sicher, Herr Lehmann«, warnte Usner-Gassert ihn. »Einverstanden, Sie erhalten Ihre geforderte Bezahlung. Sollte ich aber weniger für mein Geld erhalten als mein Kollege, bekommen Sie Besuch von Patrizian.« Usner-Gassert stand auf. »Denken Sie an die Notizen. Wenn Sie besser sind, als Sie es andeuten, wird eine Prämie fällig, Herr Lehmann. Geht etwas schief und Sie tragen nachweislich die Schuld, werde ich Sie zur Kasse bitten.«

Die Frau setzte die Tüte an die Lippen und goss sich genüsslich die Milch in den Mund. Selbst das wirkte irgendwie unanständig, faszinierend verdorben, dass der Rigger nicht anders konnte, als gebannt ihren Bewegungen zu folgen. Sie schenkte ihm ein Lächeln und verschwand zur Tür. Patrizian folgte ihr, ohne nach rechts und links zu schauen.

Der Mann sank in den Sessel. Langsam entstand ein zufriedenes Grinsen in seinem Antlitz. *Da habe ich tatsächlich richtig gut geblufft. Vom alten Gud kommen dreitausend, von der Sünde fünf Riesen. Das rentiert sich richtig.*

»Ach ja.« Der Kopf der Professorin erschien im Rahmen. Lehmann, der sich alleine glaubte, erschrak. Sie winkte ihm. »Träumen Sie schön von mir, Herr Lehmann. Sie wissen ja, Träume können wahr werden.«

Der Rigger wartete, bis das Einschnappen der Tür erklang. Danach zappte er sich durch die Kanäle, bis er einen Home-Order-Sender fand. In Gedanken bereits bei den fließenden Einnahmen, begann er, sich Bestellnummern aufzuschreiben.

**UCAS, Seattle, Redmond-Barrens, 15. 03. 2058, 15.30 PSZ**

Die Frau mit den kurzen, blauen Haaren trat einen Schritt von der geöffneten Motorhaube des GMC Bulldog zurück und betrachtete ihr Werk. Ein Mechaniker hätte beim Anblick des völlig modifizierten Motors die Hände über dem Kopf zusammengeschlagen.

Außer dem Hauptgetriebe befand sich kein einziges Originalteil mehr im Antrieb. Es herrschte ein Durcheinander von Kabeln, kleinen und großen Schaltmodulen und Behältern, die den Transporter zu einem Energiebündel mit inzwischen 530 Pferdestärken werden ließ. Eine Endgeschwindigkeit von 220 Stundenkilometern war trotz der Panzerung somit möglich, wenn auch selten zu erreichen.

Die Mechanikerin, die für ihren Ehemann Sparkplug das Kühlsystem von Cynthia auf Vordermann brachte, klopfte sich selbst auf die Schulter.

»Operation gelungen«, murmelte sie. Noch ein paar kleine Schönheitskorrekturen, und der Transporter stünde für den elfischen Rigger und ihre gemeinsamen Freunde, die Magierin Cauldron, den orkischen Straßensamurai Hustle und den Troll Ultra, zur Verfügung.

Die neue Power unter der Haube kam gerade recht. Die Saison begann.

Nach dem letzten Lauf hatten sich alle ein wenig Ruhe gegönnt, doch die Schatten wollten sie nicht loslassen. Nicht nur, dass sie auf diese Weise Geld verdienten, es bereitete allen Spaß. Selbst Ultra, der in einer Quizshow mörderisch viel Kohle eingesackt hatte, blieb seiner Profession treu und stürzte sich zusammen mit seinen Chummern in Runs. Der Troll investierte einen nicht geringen Teil seines Vermögens in die Ausstaffierung der gesamten Gruppe und erfüllte seinen Freunden kleine und teilweise recht große Wünsche.

Twings blaue Augen strahlten, als sie ihre Arbeit betrachtete. Dank der fabrikneuen Werkstatteinrichtung und dem Bündel Wissenssoftchips konnte sie beinahe alles an den Drohnen und Fahrzeugen vornehmen, die man im täglichen Läufergeschäft benötigte.

Sie wischte sich übers Gesicht, beförderte auf diese Weise einen schwarzen Ölfleck unbemerkt über die Ausläufer der blauen Tätowierungen an der Stirn und tauchte mit dem Oberkörper erneut in die Motorinnereien von Cynthia ein. Es war eine sehr intime Arbeit, wie sie fand. Der GMC, normalerweise eine kleine fahrende Festung, ließ sie an die empfindlichen Weichteile. Twing verglich ihre Tätigkeit gerne mit der eines Frauenarztes. Ebenso behutsam ging sie mit dem Fahrzeug um. Es ging ihr um Sorgfalt, weniger um Vermenschlichung, wie es bei ihrem Riggergatten der Fall war.

Nun stand etwas Leichtes auf dem Programm. Der Schmutz sollte von den verchromten Teilen entfernt werden, danach würde sie eine rote Schleife an einem der Kabel befestigen. Das erhöhte den Geschenkcharakter der Einbauten ungemein. Sie hörte den Elfen gleichzeitig schimpfen, dass auf eine solche Idee nur eine Frau kommen könnte.

*Wenn er sich beschwert, soll er in Zukunft das Zeug selbst reinpacken.* Twing rückte den etwas zu groß geratenen Blaumann, in dem sie steckte, zurecht und pfiff das Lied im Radio mit, während sie mit einem Tuch ihre Fingerabdrücke von der silbern glänzenden Oberfläche der Ventilabdeckung polierte.

Die Mechanikerin ging vollständig in ihrer Tätigkeit auf, sodass sie den Besucher in der Werkstatt erst bemerkte, als er seitlich von Cynthia stand.

Der Mann trug einen teuren Designeranzug. Die Gesichtszüge kamen ihr seltsam bekannt vor. Wie lange er sie schon beobachtete, wusste sie nicht. Liebenswürdig lächelte er sie an.

Unsicher erwiderte Twing sein Lächeln und hielt inne, um zu fragen, wie er hereingekommen war und was er wollte.

Die Linke des Unbekannten ruckte nach vorne, packte den oberen Rand der Motorhaube und katapultierte sie herab. Der Metallstab, der als Sperre diente, verbog sich mit solcher Selbstverständlichkeit, als bestünde er aus Wachs.

Die Abdeckung zuckte aufgrund der Reflexbeschleuniger des Mannes zu schnell auf sie herunter. Ihr blieb nicht einmal die Zeit, eine Abwehrhaltung einzunehmen. Schädel und Metall krachten zusammen.

Der Mann hielt die Haube gepackt und klemmte den Oberkörper der benommenen Frau im Motorraum fest. Es wirkte, als wollte der Bulldog die Mechanikerin aus Rache für alle erduldeten Eingriffe fressen.

*Drek*, war das Einzige, was sie zunächst mit ihrem dröhnenden Kopf denken konnte. Ihr Gesicht wurde halb in die Lachgaseinspritzung gedrückt, ein Auge befand sich gefährlich nahe am Ölmessstab. Der Angreifer hatte sie bewegungsunfähig gemacht.

Die Haube klappte ein wenig nach oben und hämmerte sofort wieder herab.

Twing, gefangen zwischen den Motorteilen des Transporters, konnte nicht sprechen. Doch gerade das würde ihre einzige Chance sein, sich aus der Lage zu befreien. Sie spürte Blut an ihrer Wange entlanglaufen, ihr Brustkorb schmerzte. Jetzt hätte sie gerne laut geflucht. Unglückseligerweise verhinderte das die Lachgaseinspritzung in ihrem Gesicht schmerzhaft.

Die Abdeckung traf sie erneut, dieses Mal noch härter. Twing hörte ein Knirschen auf Höhe ihrer Rippen, und ein stechender Schmerz durchfuhr sie.

Als die Haube nach oben ruckte, konzentrierte sich die junge Frau auf einen einzigen, verzweifelten Schrei.

»Eindringling«, wollte sie brüllen. Doch der alarmierende Ruf kam nur schwach aus ihrem mit Blut gefüllten Mund. Das Luftholen tat ihr weh.

Dennoch reichte es aus.

Cynthia piepte zweimal hintereinander auf.

Die installierten Maschinengewehre ruckten, gesteuert vom Autopiloten, herum und visierten den Angreifer an. Mit einem raschen Sprung brachte er sich in Deckung, während die beiden Läufe der Ingram Valiants losfeuerten.

Der Mann hechtete blitzartig in eine offene Werkstattgrube, die Garben prasselten gegen den Betonboden, Querschläger surrten durch die Gegend. Einige Scheiben und zerbrechliche Gegenstände gingen zu Bruch.

Stöhnend rutschte Twing unter der Motorabdeckung hervor, schleppte sich auf die vom Angreifer abgewandte Seite Cynthias und sackte gegen den Kotflügel. Ihre Sicht war verschwommen, gedämpft wie im Nebel hörte sie die MGs über sich dröhnen.

Der Gegner schien jedoch viel zu schnell für die künstliche Intelligenz des Bulldog zu sein. Er tauchte aus seinem Schutz auf, eine große Handfeuerwaffe im Anschlag, und nahm die Maschinengewehre unter Beschuss. Tatsächlich gelang es ihm, ein Geschütz zum Schweigen zu bringen.

Die Mechanikerin verstand, dass sie unter allen Umständen flüchten musste, wollte sie lebend davonkommen. *Ich muss die anderen warnen.*

Mühsam öffnete sie die Tür und kletterte auf die Beifahrerseite des GMC. Ihr kam es vor, als benötigte sie Stunden dafür.

Twing streckte sich und aktivierte mit zitternden Fingern zwei Mikroskimmer, die aus der Drohnenhalterung am Heck glitten und dem Unbekannten kurz darauf als bessere Tontauben dienten. Immerhin reichte die Ablenkung aus, dass sich die junge Frau komplett ins Innere des Transporters ziehen konnte.

Als sie keuchend die Tür ins Schloss zog, erschien das Gesicht des Angreifers groß an der Seitenscheibe. Die Mündung des Revolvers richtete sich auf das Glas, die Detonationen der Schüsse drangen dumpf an ihr Ohr. Auch wenn es sich um spezielles Material handelte, die Wucht und Vielzahl der großkalibrigen Geschosse reichten aus, um die erste Lage zum Splittern zu bringen.

Twing musste husten, ihre Brust schmerzte. »Cynthia, fahr los. Bring mich ins Lagerhaus«, ächzte sie und klemmte sich hinters Steuer. »Ruf die anderen ...«

In einem Scherbenregen durchbrach die Faust des unbekannten Gegners die Scheibe und packte Twings Oberarm. Die Finger schlossen sich stahlhart, während die Räder des GMC rückwärts rollten.

Der Fremde ließ nicht los.

Der ohnehin schon grob misshandelte Kopf der Mechanikerin krachte gegen eine Seitenstrebe, knallte gegen die Frontscheibe und hinterließ überall rote Flecken.

Da rissen Hemd und Blaumann, sogar etwas Haut musste sie lassen. Ohnmächtig hing sie über dem Lenkrad. Cynthia setzte zurück, nachdem die Automatik das Garagentor geöffnet hatte, und der Autopilot erfasste den Mann erneut als Ziel. Der Hagel von Geschossen zwang den Angreifer, sich abzuducken und von einer Verfolgung seines Opfers abzusehen.

Der GMC raste rückwärts aus der Werkstatt und jagte mit quietschenden Reifen die Straße hinab. Gleichzeitig erhielten Hustle, Cauldron und Sparkplug die Nachricht, sich dringend im Lagerhaus einzufinden.

Eine Stunde später erwachte Twing.

Sie lag auf einem Feldbett und sah, dass mehrere Kabel mit ihrem Körper verbunden waren. Im Hintergrund hörte sie die typischen elektronischen Geräusche von medizinischen Maschinen und Gerätschaften. Der klassische Sound einer Schattenklinik.

Ruckartig richtete sie sich auf, nur um nach der ersten Bewegung stöhnend in die Kissen zu sinken. Ihr gesamter Oberkörper war in ein Korsett gehüllt, ihren rechten Arm zierte ein Verband, und die Stelle schmerzte ebenso höllisch wie ihr geschwollenes Gesicht. Bis auf den Slip war sie entkleidet.

Eine Orkfrau erschien und nickte ihr freundlich zu. »Bleiben Sie ruhig liegen, Kindchen. Ihre Freunde sind gleich bei Ihnen.«

Schon hörte sie die Tür auffliegen. Cauldron, Hustle und Sparkplug stürmten in das Krankenzimmer und drängten sich um ihr Bett.

Der elfische Rigger küsste sie behutsam auf die Stirn, sorgenvoll betrachtete er sie. »Drek, verdammter. Du machst vielleicht Sachen. Warum hast du denn den Abdruck von Cynthias Motorblock auf der Wange?«

»Sehr taktvoll«, merkte die hermetische Magierin spitz an. Sie trug ihre langen, feuerroten Haare mit den orangefarbenen Streifen offen, das weiße Gesicht mit den schwarzen, gezupften Augenbrauen wurde dadurch noch betont. Gefärbte Kontaktlinsen sorgten dafür, dass man den Eindruck hatte, Flammen loderten in ihren Pupillen.

Hustle, der orkische Straßensamurai, trug Stadttarnklamotten inklusive Käppi. Regen perlte von der imprägnierten Jacke ab und troff zu Boden.

Sparkplug hüllte seinen dünnen Körper wie immer in einen abgewetzten, viel zu großen Anzug und einen Sicherheitsmantel, die Finger steckten in Handschuhen.

»Ich kenne ihn nicht anders«, nuschelte Twing. Die Schwellung des Gesichts machte es ihr unmöglich, deutlich zu sprechen. Zudem vibrierte ihre Stimme unangenehm in ihrem Schädel.

»Bitte sehr«, sagte der Elf triumphierend über die Schulter. »Alles andere würde sie mir sowieso nicht abnehmen.« Er setzte sich neben sie auf die Matratze und nahm ihre Hand. Sparkplug schaute zutiefst besorgt. »Du hast drei gebrochene Rippen, aus deinem Arm wurde ein Stück Fleisch rausgerissen, und um ein Haar hätte dein Schädel auch noch einen Knacks bekommen. Der Doc meinte, dass deine Prügelei außer einer üblen Gehirnerschütterung glimpflich verlaufen sei.« Er schluckte.

»Was er eigentlich wissen wollte«, schaltete sich der Ork ungeduldig ein, »wer war das? Und wie ist er überhaupt in die Werkstatt gekommen?«

»Er hat sich nicht vorgestellt«, erinnerte sich die Mechanikerin vage an die Vorgänge. »Er stand neben mir und lächelte mich an wie ein Mr. Johnson und knallte mir Cynthias Motorhaube dreimal über, ehe ich ihren Autopiloten einschalten konnte.« Ein Schauer lief ihr über den Rücken. »Die Kameras …«

» …haben nichts aufgezeichnet.« Der Elf schüttelte den Kopf. »Er hatte wohl einen verfraggten Störsender dabei. Das erklärt auch, weshalb Cynthia ihn nicht erwischt hat. Ihre Zielerfassung war schwer beeinträchtigt. Alles, was man erkennen konnte, war ein verdrekter Mann in dunklen Klamotten.«

Twing ließ sich ein Glas Wasser reichen. »Er trug einen

Anzug«, verbesserte sie geschwächt. »So viel weiß ich noch.« Mühsam schluckte sie das Wasser, um den Mund zu befeuchten und den klinischen Geschmack herunterzuspülen. Dann beschrieb sie das Gesicht des Angreifers, das keinem ihrer Freunde bekannt vorkam.

»Schöner Mist«, sagte Cauldron enttäuscht. »Und jetzt?« Die Hermetikerin betrachtete ihre Freundin. »Meinst du, dass es etwas Persönliches war?«

»Glaube ich nicht«, murmelte sie nach einer Weile. »So exklusive Feinde mache ich mir nicht. Die Rechnungen bei den Händlern sind alle bezahlt.«

Hustle lehnte sich gegen die Wand und schob die Mütze ein wenig zurück. »Feinde hat unser Team sich genügend gemacht. Jetzt kommt es nur darauf an, dass wir herausfinden, wem wir den Besuch zu verdanken haben. Und ob es bei einer einmaligen Angelegenheit bleibt.«

»Es kommen aber nur Leute in Frage, die wissen, wer unsere Mechanikerin ist«, präzisierte Cauldron und entfernte einen weißen Bindfaden von ihrem schwarzen Gothikkleid. »Sie hat normalerweise nichts mit unseren Einsätzen zu tun.«

»Oder aber jemand wollte sich gezielt am schwächsten Glied unserer Gruppe rächen«, warf der Ork ein, »weil er vor uns anderen zu viel Schiss hatte.«

Die vier versanken in Schweigen. Jeder hing seinen Gedanken nach, wem sie in letzter Zeit auf den Füßen gestanden hatten. Dabei formierte sich eine Liste, die nicht unbedingt lang, aber umso gefährlicher war.

»Wir haben es uns mit Fuchi versaut«, zählte Sparkplug langsam auf und hob passend die Finger dazu. »Wir haben ein verfraggtes Forschungsgebäude von Cyberdynamix in der ADL in die Luft gejagt. Erst kürzlich zerlegten wir der drek Fast-Food-Kette *Russian Ragout* drei Buden und führten eine … aktive Abwerbung eines Mitarbeiters von Renraku durch.«

»Herrlich«, stöhnte die Hermetikerin auf. »Drei Kons und die Russenmafia.«

»Ich tippe auf die Russen«, meinte Twing leise. »Die sind am nachtragendsten.«

»Mehr als ein Kon?« Der orkische Straßensamurai wirkte nachdenklich. »Mich irritiert, dass nur einer vorbeikam. Er musste also gewusst haben, dass du alleine bist. Das wiederum bedeutet, er hat unseren Laden beobachtet. Er wollte sich einen nach dem anderen von uns schnappen.«

»Er ist außerdem entweder Sadist oder unprofessionell«, steuerte die Magierin zu den Gedankenspielen bei. »Entschuldige, Twing, wenn das ein bisschen brutal klingt, aber warum hat er dich nicht einfach mit seiner riesigen Wumme über den Haufen geschossen?«

»Na, es gibt genug Psychopathen in den Schatten, denen so etwas Spaß macht«, hakte der Rigger ein. »Was Wahres ist trotzdem dran.«

»Am sichersten von uns ist derzeit wohl Ultra«, meinte der Ork. »Der lümmelt sich auf irgendwelchen Trollwuchten herum, lässt sich einen Cocktail nach dem anderen bringen und furzt die hawaiianischen Hotelbetten voll.«

»Wir lassen ihm vorsichtshalber eine Warnung zukommen.« Die Hermetikerin betrachtete die regennassen Scheiben. »Wenn ein Kon unseren Tod will, haben sie auch Geld genug, unserem großen Baby einen eigenen Killer auf den Hals zu hetzen.«

»Standesgemäß wäre es schon.« Sparkplug grinste zu allem Überfluss. »Seine Lordschaft mit der fetten Börse wird von seinem ganz persönlichen …«

Cauldron versetzte ihm einen Klaps auf den Rücken. »Das ist nicht witzig, Chiphead«, wies sie ihn zurecht.

»Genau«, stimmte Twing leise zu und versetzte dem verblüfften Rigger einen leichten Knuff gegen die Rippen. »Kümmere dich lieber darum, dass er die Augen offen hält.«

Der Elf breitete die Arme aus. »Drek, verflixter. Okay, ich mache keine Scherze mehr.« Er erhob sich schmollend. »Ihr habt alle keine Ahnung von Humor.«

»Humor ist, wenn man bei deinen Witzen trotzdem lacht«, kommentierte die Hermetikerin und warf die bunten Haare nach hinten. »Ich schlage vor, wir packen unsere Sachen, verkriechen uns an einen sicheren Ort und checken, ob jemand den Typen auf uns angesetzt hat. Ist er wirklich alleine, bezwingt er uns gewiss nicht.« Ein böses Lächeln stahl sich in ihr Gesicht. »Und wenn es ein paar sind, werden sie eine böse Überraschung erleben.« Hustle und Sparkplug nickten zustimmend, und die Mechanikerin hob einen Daumen. »Treffpunkt hier? In einer Stunde?«

»Ist es geschickt, sich zu trennen?«, wollte Twing wissen und gähnte. Die Anti-Schmerzmittel machten sie schläfrig. »Wäre es nicht besser, ihr würdet zusammenbleiben?«

»Sie hat Recht«, stimmte der Ork zu und überprüfte den Zustand seiner Handfeuerwaffen. Er löste die Fanghebel, und die Schlitten der beiden Halbautomatiken rasteten klickend ein. »Bleiben wir ein Team. Wenn er kommt, reißen wir ihm den Arsch auf.«

Hustle und die Magierin verließen das Zimmer, und der Elf verabschiedete sich von seiner Gattin. Für einen Moment zeigte sich in seinen Zügen die große Angst, die er um Twing gehabt hatte. »Du bist hier in Sicherheit. Niemand weiß, dass du hier bist. Ich parke alle Drohnen der Welt vor deiner Tür.«

Sie berührte ihn sanft und schob ihn von sich. »Denkt einer von euch daran, Keimag und Poolitzer zu informieren? Vorsichtshalber?«

»Natürlich.« Der Rigger küsste ihre Hand. »Bis später.«

**ADL, Pirmasens, Regierungssitz der Badisch-Pfalz, 15. 03. 2058, 17:33 MEZ**

Der Mercedes ER350 rollte in die Seitengasse. Die Scheinwerfer verloschen, der Motor erstarb. Regen prasselte auf den Lack. Die Tropfen klatschten laut auf die dunkle Schutzschicht über dem Metall.

Eine Gestalt mit Sonnenbrille und Regenjacke stieg aus und sicherte die Limousine gegen neugierige Blicke, indem sie in aller Eile eine Plastikgarage darüber ausbreitete. Fluchend hob sie die Plane auf der Beifahrerseite wieder hoch, fischte eine braune Packtüte heraus und schloss die Tür.

Mit eingezogenem Kopf lief der Mann durch den Regen, steuerte auf die Hintertür eines heruntergekommenen Hauses zu und fummelte die Keykarte in das Lesegerät. Mehrfach vergewisserte er sich, dass ihn niemand beobachtete.

Als das grüne Lämpchen aufleuchtete, warf er sich gegen das Holzimitat und betrat das Innere.

»Futter!«, rief Poolitzer laut durch den Raum und streifte die Kapuze des Regencapes ab. »Ich habe uns etwas mitgebracht. Fast-Food vom Feinsten.«

Er lauschte in die Stille. Es war zu ruhig. Vorsichtig positionierte er das Essen neben sich und langte unter den Plastikmantel, wo er die Pistole aufbewahrte.

»Miss Delorian?« Der Reporter pirschte sich tastend vorwärts.

»Ja?«, machte es plötzlich neben ihm. Die Schauspielerin hatte von ihm unbemerkt auf der Couch gelegen und war durch seinen Ruf aus dem Schlaf gerissen worden.

Nicht weniger erschrocken reagierte Poolitzer. Er wollte die Waffe aus dem Holster reißen, blieb mit der Kimme im Cape hängen und riss ein breites Loch in den Regenschutz. Fluchend steckte er die Pistole zurück. »Na, großartig.«

Er stapfte zur Tüte zurück, reichte der Frau einen Cheeseburger, eine Portion Pommes und eine Cola. Sein Essen roch verdächtig nach Kebab. »Bitte sehr. Hauen Sie rein.«

Sie zurrte die abgewetzte Decke, die als Schutz gegen die Kälte um die Schultern lag, zurecht und begann die Sachen zu kosten.

Der Mann und die Frau befanden sich seit gestern in dem kleinen Raum, der den betrügerischen Namen »Honey Moon Suite« führte. Glaubhaft machte der Reporter dem Hotelier weis, er sei mit seiner Frau auf Hochzeitsreise.

Im winzigen Zimmer angekommen, befreite er die immer noch apathisch wirkende Delorian von ihren Klamotten, stellte sie unter die Dusche und gab ihr neue Kleider. Sie schlief sofort nach der Dusche neben ihm ein, ohne ein Wort zu sagen.

Am Morgen hatte Poolitzer versucht, Kontakt zu seinem Sender aufzunehmen. Sein Kollege gab ihm allerdings zu verstehen, dass die Polizisten, die »Bullen«, wie sie in der ADL sagten, bereits nach ihm suchten.

Die Panik, die sich gerade wieder gelegt hatte, keimte daraufhin auf. Die Gesetzeshüter bauten sich die Indizien und die Aussagen der Angestellten so zusammen, dass sie sich nicht viel Arbeit zu machen brauchten.

Noch immer sprach die Schauspielerin zu dem Zeitpunkt kein Wort. Sie beschränkte sich darauf, an die Wand zu starren. Scheinbar beschäftigte sich ihr Verstand mit der Verarbeitung des Gesehenen. Umso mehr freute es ihn, dass sie offensichtlich nun bereit schien zu sprechen.

»Wissen Sie, dass es das erste Wort war, das wir beide

wechselten, seit wir auf der Flucht sind?«, sagte er und wartete gespannt auf eine Reaktion.

Ihre Kaubewegungen wurden langsamer. »Sie haben Recht.« Plötzlich streckte sie ihm die Hand hin. »Holen wir die Vorstellung nach. Ich bin Gee Gee Delorian. Danke, dass Sie sich um mich gekümmert haben.« Sie tippte auf das Hemd. »Von Kleidergrößen haben Sie keine Ahnung.«

Der Reporter grinste frech. »Wenn ich so darüber nachdenke, habe ich Sie einfach gegrabscht, weil ich dachte, Sie könnten mir weiterhelfen. Dass ich mich um Sie kümmere, ist da selbstverständlich.« Er stellte eine Dose mit Tabletten auf den Tisch. »Die in der Apotheke meinten, die würden gegen Depressionen und Schockzustände helfen. Wenn Sie möchten, bedienen Sie sich.«

Die Frau biss von ihrem Cheeseburger ab. »Nein, danke. Mir geht es wieder halbwegs gut. Auch wenn ich mich nicht an alles erinnern kann, was gestern passiert ist. Ich habe keine Ahnung, wie ich mir den blauen Fleck am Kinn geholt habe.« Gee Gee wischte sich Ketchup von den Lippen. Unsicher richteten sich ihre blauen Augen auf ihn. »Sie wollen wissen, was in Overlords Büro passiert ist?«

»Ich bin auf Ihre Aussage angewiesen, Miss Delorian«, gab Poolitzer zu, öffnete eine Dose Malzbier und nahm einen Schluck. Er hatte wegen des Kinnhakens ein schlechtes Gewissen. »Die Polizei sucht mich anscheinend wegen mehrfachen Mordes. Sie werden denken, ich hätte den Kredithai wegen des Geldes überfallen.«

Gee Gee legte den Rest des Cheeseburgers auf das Packpapier, nahm einen Zug von der Cola und zog die Beine an. »Ich erinnere mich, dass wir durch die Gegend gefahren sind und dass ich duschte.« Sie schaute dem Reporter fragend ins Gesicht. »Haben Sie mich ausgezogen?«

Abwehrend hob er die Hände. »Was hätte ich denn

tun sollen? Sie in der blutigen Wäsche lassen? Die Fliegen würden sich freuen. Nicht nur, dass es seltsam aussah, kein Deo der Welt würde den Gestank übertünchen, den Sie heute mit sich herumtragen würden.«

»Ich habe Ihnen keinen Vorwurf gemacht.« Die Frau fuhr sich mit einer Hand über die kurzen, blonden Haare. Eine Geste der Verzweiflung. Klein und verloren hockte sie auf der Couch. »Könnte ich etwas Warmes haben?«

»Ich mache uns Kaffee«, bot Poolitzer an.

Gee Gee folgte ihm in die Küche. Die Jogginghose musste sie festhalten, sonst wäre sie von den Hüften gerutscht. Auch das schwarzweiß karierte Hemd schlotterte um ihren Körper. Sie wirkte wie ein Kind, das in die Sachen ihres Vaters gestiegen war. Die Schauspielerin setzte sich neben ihn auf die Spüle und schaute ihm zu.

»Sie haben schon viel Kaffee in Ihrem Leben gekocht, nicht wahr?«, schloss sie aus den routinierten Handbewegungen.

»Reporter leben von Kaffee«, meinte er und zwinkerte ihr zu.

Sie sahen schweigend zu, wie die Maschine nach wenigen Minuten einen Schwall brauner Brühe in die Glaskanne spuckte. Der Duft des Getränks füllte die kleine Küche.

»Wissen Sie, dass ich vor kaum einem Jahr schon mal so etwas erlebt habe?«, plauderte er, um die Stille zu brechen. »Ich war an einem Fall, bei dem ein Rigger namens Sparkplug für einen Mörder gehalten wurde. Da steckte im Endeffekt eine ganz große Sache dahinter. Kon-Intrigen und einige Sauereien mehr. Man hat ihn schließlich entführt. Zusammen mit seinen Chummern haben wir ihn rausgeholt.«

»Das klingt spannend.«

»War es auch. Zum Schluss haben wir einen Forschungskomplex bei Ingolstadt in die Luft gejagt. Der Kon hieß Cyberdynamix. Aber verpetzen Sie mich nicht.«

»Ach?«, machte Gee Gee erstaunt. »Sie waren das? In den Nachrichten spekulierten sie drüber, was die Ursache für die Explosion war.«

»Sie steht vor ihnen«, feixte der Reporter. »Jedenfalls zu einem gewissen Teil. Ich will ja nicht übertreiben. Deswegen musste ich aus Seattle raus. Die Schweine sprengten meinen Wagen in die Luft. Eigentlich wollten sie mich zu Konfetti verarbeiten, es ist ihnen aber nicht gelungen. Hier ist es ungefährlicher. Dachte ich zumindest.« Jetzt war er in der gleichen Lage wie Sparkplug. Ein blödes Gefühl, musste er zugeben. Das Aufnahmegerät hatte er verloren. An die anderen Beweise seiner Unschuld kam er momentan nicht ran. Also brauchte er das Wissen der Schauspielerin.

Poolitzer drückte ihr eine Tasse mit der dampfenden Flüssigkeit in die Hand. »Ich habe genug von mir erzählt. Sie sind dran.«

»Okay.« Gee Gee schluckte. »Genius und Overlord stritten sich«, berichtete sie stockend. »Der Idiot wollte, dass ich für ihn anschaffen gehe. Die Kasernen der Sox-Truppen bräuchten unbedingt Frischfleisch, und mit meinem Bekanntheitsgrad wollte er Höchstpreise bei den Freiern erzielen. Auch der ein oder andere Ark-Mensch würde sicherlich einige hundert Euro hinlegen, um an mir herumspielen zu dürfen. Ich sagte ihm, er soll sich selbst flachlegen lassen. Er drohte Genius damit, dem Theater den Geldhahn zuzudrehen. Wenn ich jedoch mitmachte, sollten riesige Summen an Genius fließen.«

»Und?«

»Was denken Sie denn?« Sie starrte ihn fassungslos an. »Ich habe lange genug …« Gee Gee biss sich auf die Lippen. Ihre Linke richtete das verrutschte Hemd und schob es über die nackte Schulter. »Ich sagte, ich sei Schauspielerin. Overlord hat nur gelacht und gemeint, es würde schon in Ordnung gehen. Genius sagte ihm, dass er lieber in irgendeinem Hinterzimmer auftritt, als dass er mich auf den Strich schickt.«

Poolitzer betrachtete sie über den Rand der Tasse hinweg. »Kann es sein, dass Sie Taralot gerne gemocht haben?«

Die junge Frau nickte abwesend. »Er hat mir eine Chance auf ein besseres Leben gegeben. Und das alles geriet in Gefahr, weil dieser Möchtegern-Mogul den Schlund nicht voll bekam.« Sie schlürfte am Kaffee. »Mitten im Streit flog die Lüftungsklappe auf. Dieses Wesen sprang heraus und schlug mit einem Draht um sich. Es surrte hell, als es zudrosch. Die Typen um mich herum fielen zu Boden.« Sie begann zu frösteln. »Als Genius sich vor mich stellte, um mich zu schützen, packte es ihn und warf ihn mit dem Kopf gegen die Wand.« Sie schloss die Augen, ihr Kehlkopf hüpfte auf und nieder. »Seine Wirbel knackten. Ich schaute in seine toten Augen. Alles, was danach kam, weiß ich nicht mehr. Ich glaube, ich holte meinen Derringer raus und wollte das Ding erschießen.« Die Tasse löste sich aus ihren zitternden Fingern, prallte zu Boden und zerschellte. Kaffee und Splitter verteilten sich in der Küche.

»Können Sie sich erinnern, wie das Wesen aussah?«, erkundigte sich der Reporter zaghaft. Einerseits wollte er ihr die Erinnerungen ersparen, andererseits wollte er wissen, wem er es verdankte, als Mörder verfolgt zu werden. Ihn befiel eine plötzliche Ahnung, dass er wusste, um wen es sich handelte.

»Es hatte kein … Gesicht.« Gee Gee schüttelte sich. »Nur eine goldene Fläche und lange weiße Haare. Es trug einen hellen Mantel und ein Gewehr auf dem Rücken. Überall an der kugelsicheren Weste hingen Granaten, und unter seinen Armen steckten zwei Pistolen.«

Ihre Augen weiteten sich. In Gedanken kehrte sie zu jenem schrecklichen Moment zurück. »Ich erinnere mich wieder. Es hat mich angesehen«, raunte sie voller Angst. Ihre Stimme wurde dünn. »Es berührte meine Plastikflügel, küsste das silberne Kreuz auf meiner Brust. Die Deckenlampe blendete ... ich ...« Ihre Schultern bebten. Abrupt verstummte sie und ließ ihren Tränen freien Lauf.

Der Reporter nahm sie in den Arm und strich ihr über den Kopf. »Schon gut, Miss Delorian. Ganz ruhig.« Poolitzer wusste, dass er den Mörder an dem Abend gesehen hatte, als er mit Zillis das Geld abhob. Er fühlte ihre Wärme, als er sie umfasste. Ihr Hemd verrutschte wieder und gab den Blick auf die sanft gebräunte Haut frei. Das lenkte seine Gedanken in eine durch und durch unkeusche Richtung. Er atmete ihren Körpergeruch ein, der sich mit dem Aroma des Duschgels verband.

In die Stille hinein klingelte das Handgelenk-Kom. Beide zuckten zusammen, Poolitzer ertappt, Gee Gee erschrocken.

»Ja?«, meldete er sich. »Wenn dort die Polizei ist ...«

»Was? Unsinn«, sagte eine weibliche Stimme hart zu ihm. »Hier ist Cauldron, Poolitzer. Wir wollten dich warnen.«

Der Reporter lachte bitter auf. »Da seid ihr ein bisschen zu spät dran.«

»Wieso?«, erkundigte sich die hermetische Magierin alarmiert. »Liegst du im Krankenhaus? Haben sie dich schon erwischt?«

»Nein, es sollte nur ein Scherz sein«, schwächte Poolitzer ab. Doch der Hinweis Cauldrons gefiel ihm gar nicht. »Und wovor wolltest du mich warnen? Hat sich unser Rätsel-Genie für eine deutsche Quizshow beworben?«

»Nein«, antwortete Cauldron ernst. »Jemand hätte Twing beinahe gegeekt. Wir wissen noch nicht genau, was dahinter steckt. Ist es ein gemeinsamer Freund von uns, wie Fuchi oder Renraku, sollest du dich vorsehen. Vielleicht haben sie dir und Keimag auch jemanden auf den Hals gehetzt. Man hat schon mal versucht, dich in die Luft zu jagen.«

*Fuck, immer ich.* »Danke für die Warnung, Grufti«, sagte er freudlos. »Richte den anderen meine besten Grüße aus. Sobald ich nicht mehr wegen Mordes gesucht werde, fange ich sofort an, mir wegen der Sache Gedanken zu machen, versprochen.«

»Wegen Mordes?«, echote die Magierin überrascht. »Du lässt nichts aus. Und, warst du es?«

»Nein«, begehrte er auf. »Das ist ein Missverständnis.«

Er hörte Cauldrons beinahe boshaftes, ein bisschen schadenfrohes Lachen aus mehreren Tausend Kilometern Entfernung. »Das sagen alle. Ich drücke dir die Daumen. Wenn dir keiner glaubt und wir dich rausholen sollen, ruf uns an. Was die andere Geschichte um den gemeinsamen Freund angeht, du weißt Bescheid. Pass auf dich auf.«

»So viel Sorge um mich? Das ist ja rührend«, meinte Poolitzer aufgeräumt.

Die Leitung wurde unterbrochen. Die hermetische Magierin hatte aufgelegt.

Gee Gee schnäuzte sich lautstark und war in gebückter Haltung damit beschäftigt, die Scherben einzusammeln. »Tut mir Leid.« Sie schaute zu ihm auf. »Gute Nachrichten?«

Einen Moment lang dachte er darüber nach, ob er lachen oder weinen sollte. »Nein«, antwortete er langsam. »Nicht wirklich. Wenn ich Pech habe, wurde ich soeben von alten Gegnern zum Staatsfeind Nummer eins erklärt.« Das würde noch fehlen, um ihn zu einem Selbstmordkandidaten werden zu lassen. Sein Stimmungstief wandelte sich in eine akute Depression.

Die Schauspielerin schüttete die Scherben in den Mülleimer, warf eine Lage Küchentücher auf die Kaffeepfütze und betrachtete, wie sich das braune Recyclingmaterial dunkelbraun färbte.

»Wir sollten uns der Polizei stellen«, sagte sie bedächtig. »Sie werden uns früher oder später finden. Und da wir unschuldig sind, sollten Sie ohne Anklage davonkommen. Je länger wir uns verstecken, desto schlechter wird es für uns ausgehen.«

Poolitzer gelangte zur gleichen Ansicht. »Ich habe keine Lust, ständig vor den Bullen auf der Flucht zu sein.«

Die junge Frau legte schützend die Arme um die Körpermitte. Sie schaute ihn fragend an. »Was wollen Sie hinterher machen?«

»Ich?« Er nahm eine neue Tasse und füllte sie. »Tja, ich bin höllisch neugierig und würde gerne wissen, welcher durchgeknallte Freak Overlord und alle anderen im Büro niedergemetzelt hat.« *Du Trottel!*, schimpfte er mit sich selbst, als er sah, wie Gee Gee um Fassung rang. »Da ich immer für eine Geschichte zu haben bin, mache ich mich auf die Socken und forsche in eigenem Interesse. Und für InfoNetworks.« Es könnte sein, dass sich ein Unterweltkrieg anbahnte und man es mit einem Killer der Konkurrenz zu tun hatte, der zur Exzentrik neigte. Optimal für eine hohe Einschaltquote. Das erzählte er ihr besser nicht.

Die Schauspielerin nickte. »Das dachte ich mir, dass Sie das vorhaben. Hätten Sie was dagegen, wenn ich mich Ihnen anschließe?« Die Entschlossenheit stand in ihrem hübschen, dennoch sehr ernsten Gesicht.

»Äh …« Er brauchte schnell eine gute Ausrede. *Keine Weiber. Die sind nur im Weg.*

»Bitte!« Flehend schaute sie ihm in die Augen. »Ich will dabei helfen, Genius' Mörder zu suchen. Das bin ich ihm schuldig. Außerdem kenne ich die richtigen Leute, die uns weiterhelfen könnten.«

*Keine Weiber! Keine Weiber!* Der Reporter reichte ihr die Tasse und stieß mit ihr an. Er konnte die Worte, die aus seinem Mund kamen, selbst kaum fassen. »Von mir aus, Miss Delorian. Sie sind mit an Bord.« Seine Nase juckte. »Und seien Sie versichert, wir beide werden berühmt werden.« *Ich bin ein Trottel einzuwilligen.*

»Sie müssen mir nur versprechen, dass wir uns keinen Konzern zum Feind machen«, bat sie ihn scherzhaft. »Das wäre meiner Karriere sicher nicht förderlich.«

»Garantieren kann ich nichts«, griente Poolitzer und tupfte ihr behutsam die letzte Träne von der Wange. »Aber es ist unwahrscheinlich. Normalerweise gebe ich meinen alten Feinden die Chance, sich an mir zu rächen, ehe ich mir neue mache. Sonst wird das Ganze unübersichtlich. Es ist immer beruhigend zu wissen, wer gerade auf einen schießt. Wie soll man sonst wissen, wen man verklagen kann?«

»Sie nehmen die Warnung vor einem Killer nicht sonderlich ernst«, vermutete Gee Gee. Sie nahm ihm das Küchentuch aus der Hand und übernahm das Tränenwischen selbst.

»Wenn Sie wüssten. Aber mit Humor lebt es sich besser.« Der junge Mann seufzte. »Solche Sachen passieren immer nur mir, nie den anderen.«

»Was soll ich dazu sagen?«, machte Gee Gee ihn darauf aufmerksam, dass auch sie in eine Sache gezogen worden war, ohne dass sie den geringsten Anteil daran hatte. Ihre Hände knüllten das feuchte Papier.

»Na gut. Solche Sachen passieren nur uns«, korrigierte er. Sie stießen erneut an und schauten sich in die Augen. »Wir sollten uns duzen.« Je länger Poolitzer sich das Blau der Schauspielerin besah, desto besser gefiel es ihm.

**ADL, Pirmasens, Regierungssitz der Badisch-Pfalz, 15. 03. 2058, 20:33 MEZ**

Spengler schaffte es irgendwie, sich und sein Bäuchlein aus dem EMC Intracity E zu zwängen und glotzte auf den dunklen Mercedes ER350, der auf seinem LKA-Parkplatz stand.

*Da soll doch …* Der Blick auf das Kennzeichen bestätigte ihm, dass es sich um das Fahrzeug des toten Immenhof handelte.

*Witzig, Freunde.* Er lief sich die Füße ab, um die Karre zu finden, und dann stand sie auf seinem Platz. Es war ja nicht so, dass der halbe Parkplatz zur Verfügung stand.

Der Kriminalhauptkommissar umrundete die Luxuskarosse und steckte sich einen Kaugummi in den Mund. Probehalber rüttelte er an den Griffen, die Türen waren verschlossen. Er steuerte auf den Eingang seiner Arbeitsstätte zu.

Nach den üblichen Sicherheitsprozeduren befand er sich im Lift, der ihn seinem Büro entgegentrug. Sein Komgerät vibrierte.

»Ja?«, fragte er zuckersüß, weil er ahnte, was man ihm melden würde. »Ach? Die beiden Verdächtigen haben sich gestellt?« Der Fahrstuhl bremste ab. Die Türen öffneten sich, und der LKAler schlenderte telefonierend zu seinem Büro am Ende des Ganges, direkt neben dem Raum, in dem die Putzkolonne ihre Utensilien verstaute. »Und sie warten auf mich?« Ohne anzuklopfen trat er in sein Amtszimmer. »Dann wollen wir mal mit ihnen reden«, sagte er in den Hörer und zu den beiden Menschen, die mit dem Rücken zu ihm saßen. Langsam drehten sie sich zu ihm um. »Tag zusammen.«

Sein Kollege, der die Betreuung der Verdächtigen bis zu seinem Eintreffen übernommen hatte, legte auf. »Das war schnell. Okay, Vigo. Viel Spaß mit den beiden.« Er verließ den Raum.

Der Mann von der Mordkommission fläzte sich in den Sessel und schenkte sich einen Becher Wasser ein, ohne sich zunächst um Gee Gee und Poolitzer zu kümmern.

»Fangen wir mit dem Wichtigsten an«, begann er behäbig und zog ein Dosiergerät für Pillen aus der Schublade. Eine Ration reichte aus, um seinen Handteller zu bedecken. Derart gerüstet konnte es beginnen. »Sie stehen auf meinem Parkplatz. Haben Sie keinen anderen gefunden?«

»Ist das alles legal, was Sie da in sich reinschütten?« Der Reporter blinzelte. »Sie sind der Beamte, der mit der Untersuchung betraut ist, nehme ich an.«

»Nein. Ich bin die Putzfrau, Herr Gospini.«

»Das erklärt, warum es hier so dreckig ist.« Poolitzer grinste. Gee Gee rempelte ihm in die Rippen. »Er hat angefangen«, verteidigte er sich.

»Ist das amerikanischer Humor, Herr Gospini?« Spengler schälte sich gelassen aus dem Mantel und warf ihn achtlos über den Schreibtisch. Er war zu lange bei der Truppe, als dass ihn ein rotznasiger Bengel provozierte. Andere Kollegen hätten dem jungen Mann alleine für seine absonderliche Haarfarbe eine Tracht Prügel verabreicht. »Sie können an meinem besonnenen Verhalten erkennen, dass ich Sie beide nicht für die Schuldigen halte. Das wäre mir zu einfach. Außerdem ergab die Auswertung der Spuren, dass keiner von Ihnen aktiv an der Tat beteiligt war.« Der LKAler blickte den Reporter an. »Ihr Aufnahmegerät war uns eine große Hilfe.«

»Sie haben es gefunden?«, freute sich Poolitzer erleichtert. »Kann ich es wiederhaben? Ich will eine Story für InfoNetworks basteln.«

»Sicher.« Spengler zog die Schublade auf und schob

den zerstörten Apparat über die Platte. »Es gab einen kleinen Unfall«, meinte er entschuldigend, als er den vorwurfsvollen Gesichtsausdruck Gospinis sah.

»Unfall?«, wiederholte der Amerikaner ungläubig. »Mann, da kann man mit einem Panzer drüber fahren, ohne dass die Dinger so aussehen.«

*Ich muss unbedingt abnehmen.* »Tut dem LKA Leid.« Der Polizist schaute zu der jungen Frau. »Wir wissen, dass Sie zugegen waren, als der Angreifer Immenhof und die anderen attackierte. Frau Orlova, ich darf Sie bitten, mir die ganze Sache noch einmal zu erzählen, während Herr Gospini meinem Kollegen seine Version der Geschichte zum Besten gibt.«

Spengler entfernte die Abdeckung des im Tisch eingebauten Mikrofons und bedeutete dem Reporter, durch die zweite Tür zu verschwinden. Widerwillig kam er der Aufforderung nach.

Nach zwei Stunden getrennter Befragung trafen sich Poolitzer und Gee Gee wieder im Büro Spenglers. Die Prozedur war anstrengend gewesen. Immer wieder mussten sie ihre Storys herunterbeten, jede noch so kleine Ungenauigkeit wurde hinterfragt. Wärmebildkameras zeichneten alles auf und verrieten den Ermittlern, ob die Zeugen die Wahrheit sagten oder nicht. Keiner der beiden log.

»Nachdem wir so kooperativ waren, Herr Spengler«, sagte der Reporter und nahm die Tasse mit der heißen Fertigsuppe dankbar an, die ihm der LKAler offerierte, »habe ich ein paar Fragen.«

»Dachte ich mir schon.« Vigo lehnte sich zurück und schob sich einen Kaugummi zwischen die Zähne. Cappuccinogeschmack. »Was wollen Sie wissen?«

»Kann ich was zu schreiben haben?«, fragte Poolitzer und hielt den defekten Rekorder in die Höhe. Spengler schob ihm Stift und Papier hin. »Haben Sie schon eine Theorie, wer hinter den Morden steckt?«

Vigo blickte sinnierend zur Decke und legte die Hände auf das Bäuchlein. »Sicher.«

Der Stift kritzelte über das Blatt und verharrte, weil nach dem schlichten Wort keine weiteren Aussagen erfolgten. »Oh, kommen Sie, Spengler«, meinte Poolitzer fordernd. »Wir haben uns freiwillig gestellt.«

»Was blieb Ihnen anderes übrig?« Der Polizeibeamte zog das T-Shirt glatt, sodass es sich über den Schriftzug »Aces High« spannte. Die Leibesfülle ließ eine Reliefschrift daraus werden. »Ich sage Ihnen was. Immenhof ...«

»Angeblich kontrollierte er die Unterwelt rund um Pirmasens«, warf Poolitzer ein. »Können Sie das bestätigen?«

»Sagen wir, Immenhof verfügte über einen nicht unwesentlichen Einfluss auf Menschen, die sich krimineller Delikte schuldig machten. Aber direkt nachweisen konnten wir ihm nichts. Niemand war bereit, gegen ihn auszusagen.«

Gee Gee musste an die brutale Hinrichtung des Schauspielerkollegen in der Zweibrücker Festhalle denken. Zeugen gab es genug. Doch es war, wie Spengler sagte. Keiner machte den Mund auf. Jemand anderes hatte die Angelegenheit auf die gleiche Weise geregelt, wie es Immenhofs Art gewesen war. Töten anstelle von Schweigen.

»Ist Ihnen bekannt, dass jemand Immenhof ans Leder wollten?«, hakte der Amerikaner nach.

Vigo zuckte mit den Achseln. Das Bäuchlein wabbelte ein bisschen. »Ein Mann wie er hat mit Sicherheit Feinde. Um einer weiteren Frage vorzubeugen, nein, wir wissen nichts davon, ob es bereits einen Anwärter auf die Nachfolge gibt.«

»Umgekehrt bedeutet das, dass ein Vakuum entsteht, in das viele strömen werden, um die Lücke zu schließen«, drehte Poolitzer die Schlussfolgerung um. »Müssen sich die Bewohner von Pirmasens und anderen größeren Städten auf einen Bandenkrieg vorbereiten? Sind bestimmte Nachtlokale und Kneipen zu meiden?«

»Wir haben alles im Griff«, gab sich der Ermittler ruhig. Eine Wärmebildkamera hätte seine Lüge sofort verkündet. Glücklicherweise kam sie bei ihm nicht zum Einsatz.

»Hinweise auf den Killer? Seine Vorgehensweise?«

»Nein.«

Der Reporter kratzte sich am Kinn. »Sie sind nicht unbedingt ein Quell der Informationen«, rief er ärgerlich. »Rufen Sie später bloß nicht bei mir an und beschweren Sie sich, dass der Bericht zu spekulativ gewesen sei.«

»Ach was«, meinte Spengler großzügig. »Da fällt mir gerade ein: Wollen Sie den Mercedes behalten?«

»Geht das denn?«, wunderte sich Gee Gee.

»Sie sollten sich eine andere Nummer besorgen«, empfahl der LKA-Mann. »Nicht dass jemand denkt, Immenhof fährt munter durch die Gegend. Ich kann das bei der Zulassung für Sie regeln, wenn Sie mich über Ihre Erkenntnisse informieren. Ist das ein Deal?«

»Wenn ich die Exklusivrechte an der Sache bekomme«, erweiterte Poolitzer die Handelsbedingungen.

»Einverstanden.« Mit den Suppentassen stießen die beiden Männer an.

Die Schauspielerin betrachtete die Szene angewidert. Dass Genius, den sie für alles, was er für sie getan hatte, mehr als einen Bruder liebte, ums Leben gekommen war, interessierte weder den Polizisten noch den Reporter. Das Leben schien ihnen wenig zu bedeuten. *Das muss an ihrem Beruf liegen,* dachte sie betrübt. *Hoffentlich werde ich niemals so abgebrüht.*

»Was werden Sie als Nächstes unternehmen?«, erkundigte sich Spengler neugierig.

»Tja, um ehrlich zu sein, fehlt mir momentan der Ansatz«, gestand Poolitzer. »Ich schätze, ich kehre nach Zweibrücken zurück und höre mich dort um. Miss Delorian wird mich dabei unterstützen. Sie kennt die Leute vor Ort besser als ich.«

»Viel Glück«, wünschte ihnen der Ermittler. »Und vergessen Sie nicht, mich anzurufen, wenn Sie etwas erfahren haben.«

Vigo brachte sie hinaus und betrachtete die schweigende Schauspielerin aus den Augenwinkeln. Sie wirkte verschlossen. Er bezweifelte, dass sie dem Amerikaner eine echte Hilfe sein würde.

Die Spurensicherung hatte den Mercedes auf den Kopf gestellt und außer einem halben Pfund Rauschgift nichts gefunden. Nach einem kurzen Anruf in der Zulassungsstelle wurde der Wagen zunächst der Polizei überschrieben und gegen den symbolischen Wert von einem EC an Orlova verkauft. Die Schauspielerin nahm die frisch gedruckten Zulassungspapiere entgegen.

Spengler schaute zu, wie die beiden in den ER350 einstiegen. Er winkte ihnen knapp und verschwand im Gebäude.

Unterwegs zu seinem Büro tauschte er die Kaugummis aus, holte sich einen Cappuccino aus dem Automaten und trottete durch die Flure, bis er endlich an seinem Schreibtisch saß. Dort stapelten sich neue Akten.

Interessiert durchforstete er die Unterlagen, die sich mit Auftragsmördern beschäftigten, die in ihrer Wetwork-Vergangenheit ihre Taten aus religiöser Überzeugung begingen.

Nach vier Stunden intensiver Lektüre wanderten die Ausdrucke in den Papierkorb. Keiner der Kandidaten kam aufgrund der Arbeitsweise in Frage. Besser gesagt, keiner hätte die Möglichkeit gehabt, in Zweibrücken zu sein oder den Weg zu wählen, den der Mörder im *Capital* nahm.

Der Ermittler schaute aus dem Fenster und betrachtete die lichterfüllte, nächtliche Stadt. Er könnte noch einen trinken gehen. *Scheißtag*. Nichts lief, wie es sollte.

Als hätte eine unbekannte Macht den gedanklichen Fluch vernommen, blinkte der Posteingang seines elektronischen Briefkastens auf. Der Absender verriet, dass es sich um die Abschlussberichte der Ballistiker handelte.

Vigo zögerte. *Ob ich mir das auch noch antun soll?*

Er tat es. Seufzend öffnete er die Mail. Aufs Schlimmste vorbereitet, überflog er die Zeilen. Ein Standard AK-98 bei den Poser Killers, mehrere Uzis, ein paar Pistolen, die von anderen Überfällen schon bekannt waren. Monofilamentdraht im *Capital*. Nicht bekannte Patronenhülsen sowie Projektile aus einer Langwaffe fremder Herkunft im *Pleasuredom*. Und ein Kerl mit einem goldenen Gesicht.

Er klickte die Nachricht weg und stand auf. Sein Gehirn verarbeitete die Informationen wegen der Übermüdung langsamer als sonst. Als er begriff, was er eben gelesen hatte, rannte er von der Tür zurück und holte sich die Ausarbeitungen der Ballistik hastig zurück auf den Schirm.

»Scheiße«, murmelte er beim zweiten Mal. *Das gibt mächtig Ärger.*

Ein neuer Aspekt im geballten Zweibrücker Durcheinander glitzerte wie ein schwacher Stern an seinem Theoriehimmel auf. Jetzt würde er garantiert einen trinken gehen.

**UCAS, Seattle, Stadtteil Everett, 16. 03. 2058, 9.31 PSZ**

Jeroquee schleppte ihre Sachen humpelnd die Stufen zu ihrer kleinen Zweizimmerwohnung hinauf, die sie sich mit ihrem Freund Barry teilte. Ihr rechter Arm und ihr Bein schmerzten noch ein wenig, auch wenn die Wunde äußerlich schon lange verheilt war. Vermutlich spielten ihre Nerven ihr einen Streich.

Die Ärzte hatten ihr gesagt, dass ihre Verletzungen vom Kampf in der Kanalisation durch die Abwässer beinahe tödlich gewesen wären. Offene Wunden und Dreck führten zu Infektionen, die viele nicht überlebten.

Die junge Frau hatte Glück gehabt, wenn sich auch ihr Aufenthalt bei den Weißkitteln so sehr verlängerte, dass die Kostenrabatte des DocWagon-Goldvertrags nicht mehr ausreichten.

Zusätzlich führte irgendeine Ausgabe zu einem Tiefststand auf ihrem Konto, die sie sich nicht erklären konnte und für die Barry besser eine gute Erklärung auf Lager haben sollte. Das kleine Finanzpolster, mühsam durch die Kopfprämien der Ghuljagd angespart, existierte nicht mehr. Um nicht endgültig in Schulden zu versinken, verließ sie die Obhut der Mediziner.

*Ich bin gespannt, was er mit meiner Kohle gemacht hat.* Sie stellte ihre Koffer geräuschvoll vor der Tür ab, warf die langen, lockigen Haare nach hinten und suchte ihren Stick. *Wenn er es für seinen BTL-Müll ausgegeben hat, werfe ich ihn aus dem Fenster.*

Als sie den elektronischen Ausweis in den Schlitz schob, blinkte die rote Lampe am Kästchen auf. *Hervorragend.* Die junge Ghuljägerin klingelte mehrfach. Nichts tat sich.

Jeroquee schnalzte mit der Zunge und öffnete das kleinere der Gepäckstücke. Mit sicherem Griff zog sie die zwei Browning MaxPower hervor, falls sie jemanden einschüchtern müsste, der ihre Behausung widerrechtlich okkupierte. Dann klopfte sie mit dem Kolben gegen die Tür.

Es dauerte eine Weile. Dann öffnete eine dümmlich grinsende Brünette im verrutschten Negligé.

»Ja?«, fragte sie verzückt. Ihre Augen nahmen Jeroquee nicht wirklich wahr. Selbst die riesigen Waffen machten keinerlei Eindruck.

»Wohnt Barry hier?« Die Unbekannte zeigte mit dem Daumen über die Schulter. Jeroquee verstaute die beiden Waffen in den Achselholstern und stellte das Gepäck in den Flur. »Okay.«

»Halt! So geht das aber nicht«, beschwerte sich die Brünette weinerlich. »Ich kenne Sie nicht. Ich rufe die Stars!«

Unbeeindruckt marschierte die Ghuljägerin durch die Wohnung. Im Schlafzimmer fand sie ihren halbnackten Freund auf dem Bett liegen. An dessen Miene erkannte sie von weitem, dass er den BTL-Chips endgültig zum Opfer gefallen war. Und vermutlich der Brünetten. Sie wusste nun, wo ihre Creds geblieben waren.

Jeroquee fühlte unendliche Enttäuschung in sich aufsteigen. Sie hatte zu ihm gestanden, trotz aller SimSinn-Geschichten, ihm Mut gemacht, damit er sich von den unseligen Abenteuern in virtuellen Welten lossagte. Doch die illegalen Chips ergriffen völlig Besitz von ihm. Sie hatte sich etwas vorgemacht, als sie dachte, sie könnte ihn davon befreien. »Jetzt weiß ich auch, warum du mich nicht aus dem Krankenhaus abgeholt hast«, begrüßte sie ihn vorwurfsvoll.

Als die junge Frau den Stapel mit den kleinen BTL-Bauteilen auf der Ablage über dem Kopfende sah, wusste sie, warum ihre Bank sie höflich darum bat, bald wieder etwas einzuzahlen. Wut packte sie.

Mit einem Satz war sie neben Barry, nahm die Chips und sprang zum Fenster. Weil es sich nicht öffnen ließ, schlug sie mit dem Lauf der MaxPower ein Loch ins Glas und schleuderte die Datenträger hinaus. Die hysterische Brünette versuchte kreischend, sie daran zu hindern, aber gegen die kampferprobte Ghuljägerin vermochte sie nichts auszurichten.

Barry erwachte aus seiner Lethargie und betrachtete die ringenden Frauen. Schwerfällig drehte er sich um.

»Oh … Hallo, meine kleine Jägerin.« Er erhob sich schwankend. »Du bist wieder gesund? Cool. Das ist so cool.« Er deutete auf die Unbekannte. »Das ist …«, krampfhaft überlegte er, »… eine Freundin. Wir tauschen die BTLs aus.«

»Hallo, Freundin«, sagte Jeroquee eisig.

»Sie hat die Chips aus dem Fenster geworfen«, jammerte die Brünette. »Barry-Baby, sag der Schlampe, sie soll sie wieder holen.«

Barry merkte auf. »Aus dem Fenster?«

»Es ist meine Wohnung, auch wenn du das Schloss ausgewechselt hast«, stellte sie fest. »Ich kann Scheiben einschlagen und Sachen auf die Straße werfen, wie es mir passt.«

»Ach, Jeroquee«, seufzte Barry schwer. »Es hat sich einiges geändert, während du im Krankenhaus warst.«

»Das sehe ich.«

»Hol die Chips«, keifte die Unbekannte die Ghuljägerin an. »Oder ich hau dir in die Fresse!«

»Bitte, Lizzy …«, versuchte der Mann sie zu beruhigen. Ein glückliches Strahlen legte sich auf sein Gesicht. »Hey, mir ist ihr Name wieder eingefallen.«

»Auf Wiedersehen, Lizzy.« Jeroquee schnappte die Brünette im Genick und beförderte sie mit dem Kopf voran durch die beschädigte Scheibe.

Schreiend verschwand sie über das Sims, um nach nur anderthalb Metern auf der Straße aufzuschlagen. Wimmernd richtete sie sich auf. Die Platzwunde am Knie beachtete sie nicht. Sofort sammelte sie die Datenträger ein und raffte die Chips wie eine Verhungernde an sich.

»Und auf Wiedersehen, Barry.«

Ihr ehemaliger Freund landete ebenso auf dem Asphalt wie die Brünette. Die Unterhose zerriss dabei und hing als Lendenschurz von seinen Hüften.

Nacheinander flogen seine Besitztümer hinterher, bis sich ein Sammelsurium an Kleidung und technischen Apparaten auf der Straße verteilte. Danach schloss die Ghuljägerin die Jalousie und hockte sich ins Wohnzimmer.

*Was mache ich jetzt?* Sie raufte sich die Locken, ihre Gedanken drehten sich nur im Kreis. Auch wenn sie »aufgeräumt« hatte, bleiben konnte sie in den Wänden nicht. Zu viele Erinnerungen würden sie heimsuchen. Nach Barrys Rauswurf musste sie etwas völlig Neues anfangen. *Vielleicht nicht das Schlechteste,* überlegte sie.

Sie streifte durch die Räume, packte ein paar Sachen ein und verstaute ihre restlichen Klamotten in einem Rucksack. Die Möbel gehörten dem Vermieter. Mit Umzugsstress musste sie sich nicht belasten.

Mit einem knappem Kom-Anruf und einer Mail kündigte sie den Mietvertrag. Die Ghuljägerin nahm ihre Taschen und humpelte die Stufen hinunter. Sie kauerte sich auf die unterste Stiege und betrachtete den dunkelgrauen Himmel. *Was jetzt?*

Als sie die Hände in die Taschen der Lederjacke steckte, die Poolitzer gehört hatte, ertastete sie eine Schlüsselkarte. Die Ghuljägerin wusste, dass der junge Mann, der ein Feature über sie und ihren toten Mentor Piers gemacht hatte, momentan in Europa war, nachdem der Boden in Seattle zu heiß geworden war. Seine Jacke musste er völlig vergessen haben.

Die junge Frau erhob sich von der Stufe. Damit hatte sich wenigstens ihre Wohnungssuche erledigt.

Sie hielt das nächste Taxi an und nannte die Adresse eines Bekannten, der herausfinden würde, zu welcher Wohnung die Karte passte.

Der Fahrer bog um die Ecke und musste bremsen.

Barry und Lizzy krochen auf der Straße herum und stritten sich wegen BTL-Chips.

»Sehen Sie sich das an«, meinte der Chauffeur kopfschüttelnd. »Die Gegend verkommt immer mehr.« Er wich aus und rollte langsam an dem Paar vorbei. Per Funk informierte er die Zentrale, damit LoneStar sich um die beiden kümmerte.

»Das ist der Grund, warum ich weggezogen bin«, sagte Jeroquee traurig und verfolgte durch das Heckfenster, wie ihr ehemaliger Gefährte und seine neue Freundin kleiner und kleiner wurden. *Es ist alles verkommen.*

Jeroquee stand vier Stunden später auf dem Bürgersteig und starrte hinauf zur Spitze des Wolkenkratzers. Von diesem Standpunkt aus war sie jedoch nicht zu sehen. Das obere Drittel verschwand in einer hellgrauen Wolkendecke.

Allmählich kamen ihr Zweifel, dass die Karte Poolitzer gehörte. Dass der Reporter in Downtown ein Appartment im »Uptown« unterhielt, obwohl er einst als der beste Schatten-Snoop schlechthin galt, erschien ihr mehr als merkwürdig. Es hätte seine Glaubwürdigkeit in den Barrens zu Staub pulverisiert, wenn jemand von diesem Luxus erführe.

»Hast du alles dabei?«, sagte sie leise zu Geoffrey. Der Decker klopfte wortlos auf den Hartschalenkoffer. »Dann kann es losgehen.«

Mit dem Gepäck liefen die zwei durch die Drehtür des Hochhauses. Ein Livrierter musterte sie pikiert, als sie durch die Lobby gingen und in den Lift einstiegen.

»Stockwerk siebenundsechzig«, befahl die Ghuljägerin. Die Aufregung ergriff sie allmählich.

Geoffrey lehnte sich gegen die Kabinenwand und fummelte fahrig am Griff seines Koffers, in dem er seine Utensilien für eine Türöffnung aufbewahrte. Er fühlte sich ebenso unwohl. Schließlich verstand LoneStar im sauberen Teil Seattles keinen Spaß, wenn es um Gesetzesübertretungen ging.

Weder die dahinplätschernde, nichtssagende Liftmusik noch der angenehme Geruch nach Sauberkeit wirkte beruhigend. Die Läufer bewegten sich auf ungewohntem Terrain, in der Welt der Reichen Seattles.

Es grenzte nach Jeroquees Empfinden an ein Wunder, dass sie überhaupt so weit gekommen waren. Vermutlich beobachteten sie tausend unsichtbare elektronische Augen, tausend elektronische Ohren belauschten sie. Daher zogen sie es vor zu schweigen.

Die Kabine hielt an. Jeroquee und der Decker stiegen aus, traten in ein kleines Foyer und standen vor einer einzigen Tür. Leise schloss sich der Fahrstuhl. Ihre einzige Fluchtmöglichkeit setzte ihren Weg fort.

Zuerst klingelten sie. Zu ihrer Erleichterung öffnete niemand. Sichtbare Kameras fehlten. Diskretion wurde entweder groß geschrieben oder ein findiger Sicherheitsingenieur hatte die Linse perfekt getarnt.

Die Ghuljägerin zog die Zugangskarte durch den Schlitz unterhalb des Tastenfeldes. Das Plastikstück wurde akzeptiert, die Nummern leuchteten von innen und forderten zur Eingabe des Zahlencodes auf.

Geoffrey schluckte schwer. »Wünsch mir Glück – und dass sie keine Kameras haben.«

Er montierte die Blende ab, entfernte das flache Tastenpaneel und verkabelte Anschlüsse aus seinem Koffer mit denen der Sicherheitsanlage der Tür. Er stöpselte sich in sein Deck ein und begann die Attacke gegen die Abfrageprogramme.

Der Lift kehrte zurück und näherte sich dem Stockwerk 67.

Jeroquee hielt die Luft an und betete, dass niemand hier hereinwollte. Was sie gerade unternahmen, war sehr riskant. Der Kick, den sie dabei empfand, ließ sich nicht verleugnen.

Geoff hing mit abwesendem Blick am Deck und bediente Tasten und Knöpfe. Nach knapp fünfzehn Minuten kehrte er aus der Matrix zurück. »Slot noch mal! Meine Fresse, das kostet dich mehr als nur einen kleinen Gefallen«, stöhnte er auf. »Ganz schöne Hämmer, die sie zur Sicherung eingebaut haben.«

»Noch ist die Tür nicht offen«, machte ihn die junge Frau aufmerksam.

Grinsend drückte der Decker die Escape-Taste. Zischend schwang der Zugang auf.

»Ich habe mein Bestes gegeben. Und das war auch nötig.« Er klemmte die Drähte wieder richtig an. »Ich musste nicht nur die Zahlen herausfinden, sondern auch noch den Retina-Scan unterdrücken. Wenn ich mich gestärkt habe, programmiere ich dir den Scan auf deine Netzhaut um. Hoffentlich ist der Kühlschrank gefüllt, wer immer hier auch wohnt.« Er deutete auf die offene Tür. »Ladys first.«

Jeroquee trat vorsichtig ein.

Es roch angenehm nach Minzessenz. Ein Zimmerbrunnen plätscherte leise. Ansonsten herrschte um sie herum Dunkelheit.

»Hallo?«, rief sie vorsichtig. »Zimmerservice!« Keine Antwort. Erleichtert stellte sie ihre Taschen ab. »Geoff, du bist ein Held.« Sie lächelte ihren Begleiter an, der sich vornehm im Hintergrund hielt. Sollte Gefahr auftauchen, wollte er in unmittelbarer Nähe der Tür sein. Anscheinend hatten die Gelegenheitseinbrecher einen Glücksstern.

»Genau«, stimmte er zu und folgte ihr. »Wie wäre es mit Licht?« Augenblicklich flammte eine indirekte Beleuchtung auf. »Aha. Spracherkennung«, folgerte er. »Ich suche die Küche.«

Aufmerksam und stets bereit, einem eventuellen Angriff zu begegnen, stöberte sie durch die insgesamt zehn Zimmer, inklusive eines verschwenderisch eingerichteten Bads, fand jede Menge elegante Herrenkleidung, teure Einrichtungsgegenstände, exklusive Surround-Musikanlagen und viel japanisches Dekor. Bilder, Gobelins und Teppiche, Möbel und Antiquitäten. Alles erinnerte an einen Trid über einen japanischen Geschäftsmann. Allerdings suchte sie persönliche Gegenstände vergebens. Nichts deutete auf die Identität des Besitzers hin. Poolitzer war mit Sicherheit nicht der Auserwählte.

Als der Decker schmatzend in der Tür des Schlafzimmers stand und sich ein Sushi-Röllchen nach dem anderen in den Mund schob, ruckte ihre Hand zum Holster ihrer MaxPower. »Drek. Beinahe, Geoff.«

»He, ruhig, Jeroquee«, schwächte er ab. Sein Blick glitt anerkennend über die Möbel. Echtholz. Handarbeit. Die Bude ist erste Sahne. Muss irgendeinem Sararimann gehören.«

»Oder einem Oyabun, dem du gerade das Mittagessen wegfrisst«, sagte sie scherzhaft. Die junge Frau fühlte sich großartig. Der Plan war gelungen.

Geoff wurde bleich. »Slot! Die nehmen doch immer alles gleich so persönlich.«

»Gib ihm einen deiner Finger, Deckhead. Da stehen die Yaks drauf.«

Die Ghuljägerin ahnte inzwischen, wem die feudale Wohnung gehörte. Wenn sie mit ihrer Vermutung richtig lag, würde sie hier bei intensiver Suche mehr als nur Anzüge finden.

»Programmiere bitte den Retina-Scanner um«, sagte sie. »Ruf mich, wenn du so weit bist.«

Er schluckte seinen Bissen hinunter und verschwand. Jeroquee begann währenddessen, die Räume nach verborgenen Klappen und Hohlräumen zu durchsuchen. Noch bewahrte das Appartement seine Geheimnisse. Falls es überhaupt welche besaß.

»Ich bin so weit«, meldete Geoffrey nach einer Stunde

aus der Küche. »Komm her und stell dich vor die Kamera.«

Sie trabte zum Decker und schaute in das Okular. Die Optik erfasste ihre Netzhautmuster, und Geoff übertrug sie mit Hilfe seines Decks in die Kontrollroutine des Türöffners.

»Dadurch, dass wir ins Uptown reingekommen sind, haben wir uns jede Menge Arbeit gespart«, erklärte er. »Wenn man innerhalb eines Systems ohne umständliche Infiltration hackt, gewinnt man wertvolle Zeit.« Das Gerät piepste. »Okay, hiermit sind deine bezaubernden Augen von nun an die einzigen, die das Schlaraffenland öffnen. Die Nummer lautet 906090BH80C. Übrigens, der vorherige Inhaber hieß Atades Moloki. Sagt dir der Name was?« Die junge Frau schüttelte den Kopf. »Egal. Ich habe mir eine Kopie seiner Retina-Muster gemacht, falls wir noch andere Sachen finden, wo man die Abfrage benötigt.«

Eine leise Melodie ertönte. Die Klingel meldete Besuch. Jeroquee und Geoffrey schauten sich starr vor Schreck an. Da ertönte die sanfte Abfolge von Gongtönen ein weiteres Mal.

»Slot«, fluchte der Decker und raffte seine Gerätschaften zusammen. Seiner Ansicht nach stand ein schneller Aufbruch an. Doch ein Entkommen war im Grunde unmöglich. »Wie kommen wir raus?«

»Keine Panik. Ich mach das schon.« Die Ghuljägerin rannte ins Schlafzimmer und zog die Hosen und die Bluse aus, um sich einen Bademantel überzuwerfen. Die lockigen Haare verschwanden unter einem Handtuch. So ausstaffiert ging sie zur Tür.

»Du musst das hinbiegen«, verlangte Geoffrey inständig. »Ich habe keine Ahnung, wie man einen Sprung aus dem Fenster überlebt.«

Der Monitor neben der Tür zeigte ihr einen Elfen und zwei Trolle, die geduldig darauf warteten, dass sich etwas tat. Sie betätigte die Sprechtaste. »Sie wünschen?«

Der Kopf des Elfs schnappte herum. »Oh, bitte entschuldigen Sie die Störung, Miss. Aber wir möchten gerne mit Ihnen reden. Mein Name ist Al Doreel von der Haussicherheit.« Er hielt eine Plastikkarte vor die Linse. »Sie können meine Nummer an der Rezeption checken lassen.«

»Muss das unbedingt jetzt sein? Ich bin tropfnass von der Dusche«, beschwerte sie sich genervt. Sie hoffte, das Trio mit Unhöflichkeit und Unverfrorenheit in die Flucht zu schlagen. Nachdem sie das kleine Paradies erobert hatte, war sie nicht gewillt, es freiwillig herauszurücken. Nicht sofort.

Der Elf warf den anderen beiden Metamenschen einen vielsagenden Blick zu, ehe er antwortete. »Ja, es muss sein, Miss. Es geht um die Nutzungsberechtigung des Appartements.«

Jeroquee wartete noch eine kurze Weile, dann öffnete sie die Tür. Mit missmutigem Gesicht, das aus ihrer Verärgerung wegen der Störung keinen Hehl machte, trat sie hinaus. »Hier bin ich, Mr. Doreel. Was kann ich für Sie tun?«

Der Sicherheitsbeauftragte lächelte sie freundlich an. »Zuerst sagen Sie mir bitte Ihren Namen, damit ich ihn mit der Besuchsliste abgleichen kann, die der Besitzer für dieses diskrete Refugium erstellen ließ.«

»Bitte? Ich glaube nicht, dass Atades mich schon eintragen ließ. Wir kennen uns erst seit wenigen Wochen.«

»Sie sind aber nicht mit Herrn Moloki zusammen hier, der mir das bestätigen könnte?«, erkundigte sich Doreel höflich drängend.

»Mein Name geht Sie nichts an.« Sie zog die Tür hinter sich halb zu. »Es würde Atades durchaus nicht gefallen, wenn Sie wüssten, wie ich heiße. Wenn Sie aber unbedingt einen Namen hören möchten … Tragen Sie mich als Sarah Sixtynine ein.« Jeroquee schenkte ihm ein Lächeln, das anzüglich sein sollte. »Niemand, vor allem eine andere Dame, darf von meiner Existenz wissen. Atades darf unter keinen Umständen in Verlegenheit gebracht werden. Sie sprachen die Diskretion bereits an.«

Der Elf nickte. »Ich verstehe. Delikate Angelegenheiten sind die Spezialität unseres Hauses. Dennoch, Ihr Begleiter machte sich widerrechtlich an der Eingangskontrolle zu schaffen.«

Ihr wurde eiskalt. Rechtzeitig fiel ihr eine Notlüge ein. »Nein, Mister Doreel. Das war mein Schlüsseldienst. Ich hatte die dämliche Nummer vergessen, die mir Atades sagte. Und ohne die wird der Scanner nicht aktiviert, wie Sie wissen.« Ihre Wimpern klimperten auf und nieder. »Dabei sind es doch meine Maße, die er eingegeben hat.«

»Darf ich mal, Miss Sixtynine?« Doreel lehnte sich nach vorne und zog die Tür zu. »Jetzt sollten Sie beweisen, dass Sie wirklich eine Berechtigung haben. Oder meine Mitarbeiter zeigen Ihnen, wie man unser Haus auf schnellstem Wege verlässt, um von LoneStar abgeholt zu werden.« Er steckte seine Overwritekarte ein, und der Ziffernblock leuchtete auf. Aufmerksam betrachtete er ihr Antlitz und deutete auf die Tasten. »Bitte sehr, Miss Sixtynine.«

*Lass dir bloß nichts anmerken.* Die junge Frau gab 906090BH80C ein. Sofort öffnete sich die Blende mit der eingebauten Kamera. Jetzt würde sie sehen, ob Geoff gute Arbeit geleistet hatte. Jeroquee schaute in das helle Licht. Ein Laserstrahl huschte von rechts nach links sowie von oben nach unten über ihre Augen und vermaß ihre Retina.

»Willkommen, Ms. Sixtynine«, sagte eine weibliche Stimme. Die Tür öffnete sich.

Hochnäsig betrachtete die Ghuljägerin den Elfen. »Was sagen Sie nun, Mr. Doreel?«

»Entschuldigung.« Der Sicherheitsbeauftragte deutete eine Verbeugung an. »Verzeihen Sie vielmals. Als Abbitte werde ich Ihnen umgehend eine Aufmerksamkeit des Hauses zukommen lassen«, versprach er und machte einen Schritt rückwärts. Die Trolle drehten sich um und stapften zurück zum Fahrstuhl. Für sie war die Angelegenheit erledigt. »Uns liegt das Wohl unserer Gäste sehr am Herzen.«

»Sie haben nur Ihre Pflicht getan, Mr. Doreel.« Die junge Frau winkte großzügig ab. »Atades wird begeistert sein, wenn ich ihm erzähle, wie gewissenhaft man im Uptown ist.«

»Sie sind sehr großzügig«, verabschiedete sich der Elf aus der Kabine heraus. Die Türen glitten zu, der Lift fuhr wieder nach unten.

*Ich bin eine echte Sonnenkönigin.* Die Ghuljägerin kehrte mit wackeligen Knien ins Appartement zurück und ging zu ihrem Bekannten, der sich wieder eingestöpselt hatte.

»Slot hoch drei! Das war in letzter Sekunde, was?« Er grinste sie an. Zwei Kabel hingen aus seiner Schläfe, und verschwanden in seinem Deck.

»Was denn?«

Empört schob er sich ein Sushi-Röllchen in den Mund. »Hast du nicht gemerkt, dass du mit ›Ms. Sixtynine‹ von der Stimme begrüßt wurdest?« Geoff feixte und tätschelte seinen Computer. »Das war ich.«

»Hervorragend«, lobte sie ihn und warf sich in den Sessel. Jetzt brauchte sie eine Dusche. »Vor lauter Angst bin ich ins Schwitzen gekommen.«

»Ich sah uns schon alle Stufen hinuntersegeln«, gestand der Decker. »Die Typen sahen nicht besonders kulant aus. Die hätten kurzen Prozess mit uns gemacht.« Er bemerkte das nachdenkliche Gesicht der Frau. »Was ist?«

»Der Elf hat eine Besuchsliste erwähnt«, erklärte

sie. »Kommst du an die persönliche Datenbank von Moloki?«

»Das artet allmählich in einen echten Lauf aus, Jeroquee«, jammerte Geoffrey. »Kostenlos ist da nichts mehr zu machen.«

Sie verstand den Hinweis. Voller Schrecken fiel ihr ein, dass ihr Konto dem Sushi-Päckchen vor dem Decker glich: Es war leer. »Ich bin pleite. Aber von mir aus such dir was aus von dem Zeug hier«, schlug sie ihm vor. »Die Stereoanlage mit den Quad-Lautsprechern ist bestimmt einen Eimer voll Creds wert. Oder nimm dir was von dem alten Plunder.«

»Das ist ein Wort«, freute sich Geoffrey, setzte sich ans im Tridtisch eingelassene Telekom und begann mit der Verkabelung seines Decks. Es würde nicht allzu lange dauern. Aber er musste vorsichtig sein, damit die hauseigenen Decker nicht nervös wurden. Einfacher ginge es mit dem Zugangswort von Moloki. Damit stünden ihnen sämtliche Türen offen.

Jeroquee schenkte ihm ein Lächeln. »Ich schaue mir den Kühlschrank an, danach findest du mich unter der Dusche.« Sofort schnellte sein Kopf in die Höhe. »Wehe, du spannst, Chummer. Die MaxPower funktioniert auch, wenn sie nass ist.« Murrend zog er den Schädel wieder ein.

Sie genehmigte sich eine Portion Reis mit Sauce, die in Windeseile vom Auto-Chef zubereitet wurde, zog sich ins Bad zurück und entschied sich nach kurzem Überlegen für einen Sprung in die Wanne.

Die Duftöle, die sie im Schrank fand und kurzerhand ins Wasser schüttete, verbreiteten einen angenehmen Geruch.

Jeroquee entspannte sich. Umgeben vom dampfenden Nass döste sie ein wenig ein. Die Schmerzen im Bein und in der Schulter verschwanden im wohltuenden Schlummer.

Die Tür wurde abrupt aufgerissen. »Slot, Jeroquee! Sieh dir das an!«, brüllte Geoffrey aufgeregt. Er starrte einen Moment auf ihren hüllenlosen Körper.

Sie öffnete erschrocken die Augen. »Momentan siehst du mich an«, machte sie ihn schlaftrunken aufmerksam.

»Shit, sorry.« Er wandte sich ruckartig ab und hielt die Hand vor die Pupillen. »Aber es ist wichtig.«

Jeroquee stieg aus der Wanne, schwang sich in den Bademantel und folgte dem Decker. Ihre nackten, nassen Füße hinterließen Abdrücke auf den Teppichen. Sie setzte sich neben den plötzlich kribbelig gewordenen Bekannten.

Er deutete auf den flachen Bildschirm. »Das ist die Liste mit den Personen, die Atades Moloki besuchen durften.« Nur ein Männer- und ein Frauenname blinkten auf. »Das ist das aktuelle Fahrzeug, das er in der Tiefgarage geparkt hat.« Auf dem Bildschirm erschien die Aufnahme eines Lamborghini Millelegue. »Und das hier ist die Summe, die sich gegenwärtig im Schließfach des Hauses befindet.« 300 000 Nuyen. Geoffrey atmete tief durch.

»Mach dir lieber Gedanken über Estefan Zozoria und Violanda Khodokarami. Ich möchte nur ungern von ihnen überrascht werden. Vielleicht kennen sie einen speziellen Code, der sie am Retina-Scan vorbeilässt. Finde heraus, wer sie sind und warum sich ein Mann unter dem Namen Moloki ein ganzes Appartement leistet.«

Geoffrey grübelte. »Macht auf mich den Eindruck, als hätte sich jemand ein zweites Nobelnest gebaut, in das er bei Bedarf abtauchen kann. Vielleicht ist Moloki irgendein Kon-Mann, der gefährliche Sachen machte? Oder ein Undercover-Cop? Wieso bist du dir eigentlich so sicher, dass er nicht auftaucht und uns reinreißt?«

Jeroquee rubbelte sich die Haare trocken. »Vermute ich richtig, sitzen wir in der Wohnung von Sakagi Seg.

Das war der Sohn eines Verrückten, den ich in der Kanalisation erschossen habe.«

»Wen? Den Sohn oder den Verrückten?«

»Beide«, antwortete die Ghuljägerin trocken. »Das ist der Grund, warum wir ungestört sein dürften.«

Sie kehrte ins Bad zurück, trocknete sich ab und schlüpfte in frische Kleidung. Weite Stoffhosen, ein enges, kugelsicheres schwarzes T-Shirt mit Kunstdiamanten, darüber die Holster mit den MaxPower. Die Waffen verdeckte sie mit einem Blazer.

Die junge Frau warf sich aufs Bett, verschränkte die Arme im Nacken und betrachtete die Decke. Innerhalb von wenigen Stunden hatte sich ihr Leben völlig verändert. Von der Ghuljägerin zur Appartementbesitzerin in Downtown. Schneller konnte ein sozialer Aufstieg kaum verlaufen. Noch konnte sie nicht sagen, wie die Entwicklung weiterging. Aber das war das Spannende daran.

Sie entdeckte eine Stelle unter der vorgezogenen Ablage am Kopfende, an der das perfekte Holzimitat eine falsche Maserung aufwies. Was bei dieser Preiskategorie nicht passieren durfte.

Stirnrunzelnd tastete sie herum. Bald darauf klappte eine Abdeckung zur Seite und gab einen Knopf frei.

*Bis jetzt ist alles so gut gelaufen, dass ich es darauf ankommen lasse.* Jeroquee atmete tief durch und betätigte den Schalter. Klackend rastete er ein.

Die Kristalle in den riesigen Spiegelflächen des monströsen Kleiderschranks veränderten ihre Eigenschaften. Das Glas wurde durchsichtig.

Hinter der ersten Scheibe befand sich ein repräsentativer Querschnitt durch die Fabrikate bewährter Faustfeuerwaffen und Gewehre, hinter der zweiten diverse Messer, Ninjatos, Wurfgegenstände und Granaten. Hinter der dritten erkannte Jeroquee mehrere schwarze Ninjadresse. Der Anblick bestätigte ihre Vermutung, dass die beiden Segs sich hier ein Ausweichquartier geschaffen hatten.

»Wow«, staunte Geoffrey, der in der Tür stand und entgeistert auf die Sammlung blickte. Natürlich hielt er einen Snack in der Hand.

Die Ghuljägerin lief zum Schrank und versuchte, die Glasabdeckung von der Stelle zu bewegen. Der Trick bestand darin, dass man die Griffe des Schranks nach vorne ziehen und anschließend gegen den Uhrzeigersinn drehen musste. Die Scheiben schwangen auf.

Sie überprüfte die Waffen und Ausrüstungsgegenstände, die sich in tadellosem Zustand befanden. Der Decker schnitt sich prompt an einem Wurfstern, mit dem er ein wenig lax hantierte. Bestes Material, das ein Heidengeld gekostet haben musste. Damit erledigten sich ihre Sorgen um adäquate Bewaffnung für die Ghuljagd von selbst. »Das wird den Leichenfressern nicht gefallen.«

»Was? Du willst immer noch stinkende Ghule jagen? Jeroquee, wir sind reich!«

»Einer muss es ja tun. Außerdem müssen wir erst einmal an die dreihundert Riesen kommen«, erinnerte sie ihn. »In einer Wohnung unterzukommen ist eines. Aber warum sollte Doreel mir Molokis Notgroschen aushändigen?«

Geoff grinste verschlagen. »Gib mir die Hälfte und lass es meine Sorge sein.«

»Weißt du was? Du kannst alles bis auf fünfzigtausend haben, wenn du mir ein paar Sachen überprüfst. Du bist nämlich mitten in meinem Run, Chummer.« Die junge Frau sah, dass ihr Bekannter nicht nur durch das Geld, sondern auch durch die unbekannte Situation zum Mitmachen gereizt wurde.

»Das kann ich fast nicht annehmen«, zierte sich der Decker.

»Wir wissen beide, dass du es annehmen wirst.« Sie

bestand nur auf einem Anteil, um die Verbindlichkeiten bei DocWagon zu begleichen. Jeroquee klappte die Türen zu. »Das wird mein neuer Wohnsitz, Geoff.« Sie küsste ihn auf die Wange. »Danke. Ohne dich hätte ich es nicht geschafft. Ich vertraue auf deine Verschwiegenheit.«

»Ich überprüfe die beiden Unbekannten. Nicht, dass uns jemand die Bude abluchst.« Er verschwand wieder hinaus, um sich mit seinem Deck zu beschäftigen.

Die Ghuljägerin drückte den Knopf an der Kopfseite des Bettes. Aus dem Glas wurde erneut ein Spiegel, der die tödlichen Gegenstände und schwarzen Kleidungsstücke verbarg. Jeroquee sah sich selbst auf der reflektierenden Oberfläche.

Ein breites Lächeln stahl sich auf ihre Züge.

*Bat-Girl.*

Sie warf die Locken nach hinten und formte mit den Händen eine improvisierte Gesichtsmaske, die nur die Augen aussparte.

*Seattle hat eine neue Superheldin.* Sie kicherte und stellte sich in eine heroische Pose. »Seid gewarnt, Schurken! Keiner entkommt Bat-Girl und ihrem Mitstreiter Super-Geoff«, verkündete sie und machte ein grimmiges Gesicht wie die schlechten Schauspieler in den Low-Budget-Abendserien.

»Super-Geoff?«, rief der Decker protestierend aus der Küche. »Slot, das klingt wie ›Super-Doof‹. So will ich nicht heißen.«

»Keine Bange, wackerer Helfer! Wir finden einen Namen für dich.« Immer noch glucksend verließ sie das Schlafzimmer und löschte mit einem Schnippen das Licht. Sie würde in aller Ruhe darüber nachdenken, wie sie die neuen Möglichkeiten nutzte.

**ADL, München, Neue Bavaria Fuchi SimSinn-Studios, 17. 03. 2058, 00:48 MEZ**

Als der Wächter sich nach vorne beugte, um die Kippe anzuzünden, löste sich eine schwarze Gestalt vom Dach des benachbarten Studios 13 und sprang dem Ork mit den Füßen voran ins Kreuz.

Klappernd hüpfte das Feuerzeug über den Asphalt. Hart schlug der Metamensch auf die Erde und blieb liegen.

Der Angreifer rollte sich über die Schulter ab und kam auf die Füße.

Er steckte in schwarzen Klamotten, der Kopf wurde von einem schwarzen Helm geschützt, eine Sturmhaube machte sein Gesicht unkenntlich. Die kugelsichere Weste gewährte Schutz vor den gängigen Kalibern.

Nach der gelungenen Aktion schleppte er den regungslosen Wachmann in den Schatten, nahm ihm die Zugangskarte ab und zerrte ihn vor ein Terminal.

Die Karte wurde in den Schlitz geführt. Grob zog er die Lider des Bewusstlosen auseinander und hielt das Auge vor den Scanner. Die Tür, durch die normalerweise die Ablösung kam, öffnete sich summend.

Die schwarz gekleidete Gestalt klebte dem Ork ein Tranqpatch auf die Stirn und stopfte ihn in eine Tonne, während fünf weitere Personen durch den Einlass huschten und sofort Deckung suchten. Sie waren genauso mit Westen und Uzis ausstaffiert wie ihr Anführer.

»Willkommen, verehrte Gäste auf dem Boden der Neuen Bavaria Fuchi SimSinn-Studios«, meinte einer der Eindringlinge leise und imitierte den Tonfall eines Führers, der Touristen durch die Anlage schleuste. »Zu meiner Rechten sehen Sie …«

»Halt die Schnauze«, zischte der Anführer. Sein Team hatte genau zehn Minuten, um bis zur Fabrikationshalle zu gelangen. Dann öffnete der Decker für sie die Verriegelungen. Kamen sie zu spät, war alles vergebens.

Er wandte sich an das Mitglied der Läufergruppe, das den Witz gemacht hatte. »Keine weiteren Faxen.«

Sie setzten sich in Bewegung, immer achtsam und darauf vorbereitet, auf unliebsame Überraschungen zu reagieren.

Sie hatten den Auftrag ein weiteres Mal angenommen, nachdem sie ihre erste Chance vergeigten. Durch die Unachtsamkeit eines Mitglieds gelangten sie nicht einmal in die Nähe der Chip-Produktionshallen, die ihr Auftraggeber in die Luft gejagt haben wollte.

Da nur sie so wahnsinnig waren, sich auf das Territorium der Fuchis zu wagen, durften sie ihren Versuch wiederholen. Zur Strafe für weniger Gage.

Seit dem Zuzug von Renraku nach München waren die Kons nervös geworden. Die Baustelle an der Isar, wo auf den Ruinen des Tierparks die neue Europa-Zentrale entstand, wurde zum zweiten Mal Opfer eines Sabotageanschlags von »GreenWar«, und keiner der anderen Konzerne wollte glauben, dass sich diese Angriffe ausschließlich gegen Renraku richteten.

Fuchi hatte auf die unsichere Lage mit der Verstärkung seiner Truppen in den Studios reagiert, was wiederum mehr Umsicht von den Läufern verlangte.

Sie folgten der Route, die sie anhand des Lageplans ausgearbeitet hatten. Der Decker schaltete von außen die Kameras in eine Sendeschleife. Das Team befand sich schon in beinahe greifbarer Nähe der Produktionshalle und hatte zwei Patrouillen erfolgreich umgangen, als der Hacker sich mit einer Hiobsbotschaft meldete.

»Sie haben die Passwörter geändert! Ich bekomme die Schlösser der Halle auf die Schnelle nicht auf«, kam es über Funk.

Der Anführer überlegte. Die Sprengstoffpakete außerhalb zu deponieren würde zwar Verwüstung anrichten, aber nicht zur vollständigen Vernichtung der Anlage und damit zum Ende der SimSinn-Studios führen, wie es vom Auftraggeber gewünscht wurde.

»Hast du Zugang zu anderen Stellen?«, erkundigte er sich.

Ein ungläubiges Lachen erklang. »Nein, machst du Witze? Glaubst du, Fuchi wartet nur ...« Der Matrix-jockey stockte. »Hey, Moment! Ich habe was gefunden.« Es dauerte eine Weile. »Okay, Tripolis. Ich kann euch in die Verwaltung bringen. Aus irgendeinem Grund haben sie dort ein dickes Leck in der Datendichtung. Dort müsstet ihr jemanden finden, der euch die aktuellen Passwörter nennen kann.«

Er wog die Lage ab. Vermutlich würden sich die Gefahren duplizieren. Doch den Ruf in den Schatten zu verlieren, weil sie schon wieder einen Lauf vermasselt hatten, konnten sie sich nicht leisten. Sank die Reputation, sanken die Aufträge. Ihnen blieb keine andere Wahl. »Einverstanden.«

»Ich sende dir den Lageplan des Hauses.« Die Notepads der Läufer piepten und bestätigten den Erhalt der Skizzen. »Meldet euch, wenn ihr den Code kennt.«

Um sie herum erhoben sich Kulissen, die sie aus den Vorabend-Serien kannten. Die Staffagen eigneten sich hervorragend zum Abtauchen, wenn sie Wachpersonal oder einer Drohne begegneten.

Bald gelangten sie zum Verwaltungskomplex der Studios. Nach einer kurzen Absprache mit dem Decker begannen sie die Infiltration des Gebäudes und suchten ohne Umschweife die Sicherheitszentrale auf. Nicht ein einziger Angestellter begegnete ihnen auf den langen Fluren.

»Hier stimmt was nicht«, wagte einer der Läufer laut auszusprechen, was inzwischen alle dachten.

Tripolis fasste den Griff seiner Uzi fester. »Weiter«, befahl er. »Wir plätten die Sicherheitszentrale wie besprochen. Wenn etwas stinkt, sollten wir das ausnutzen.«

Als sie mit lauem Gefühl die Zentrale stürmten, schauten sie auf die zusammengebrochenen Sicherheitsrigger, die mit dem Gesicht nach unten auf den Konsolen lagen. Gelegentlich zuckte eines ihrer Körperglieder, einer der beiden qualmte leicht aus einer Anschlussbuchse.

»Ganze Arbeit«, lobte Tripolis via Funk. »Musste es gleich so hart sein?«

»Keine Ahnung, was du meinst, Messerklaue«, gab der Decker irritiert zurück. »Wie seid ihr eigentlich reingekommen? Mein Programm läuft noch.«

»Die Tür war offen«, meldete der Anführer und begriff im gleichen Augenblick, dass noch jemand in dem Gebäude unterwegs war.

»Scheiße!«, rief jemand und deutete auf eines der Radare.

Mehrere Punkte, adrett in einer V-Formation angeordnet, näherten sich den Studios. Die automatische Erkennung lieferte die Daten der Flugobjekte, die definitiv gesehen werden wollten, sonst hätten sie ihre ECM-Systeme eingeschaltet.

»Dreizehn verdammte Atztech Aguilar Ex«, las eines der Mitglieder leise vor. »20-Millimeter-Kanone, ein Schnellfeuer-Granatwerfer und fünf Raketenhalterungen pro Hubschrauber.«

»Was geht hier vor?«, entfuhr es einem anderen. »Kommen die zur Unterstützung? Fliegen die einen Angriff?«

Tripolis hatte die Visionen eines ungeheuren Infernos vor Augen. »Escape«, rief er den Decker, »was ist los? Kannst du uns sagen, was die Helikopter wollen?«

Das Funkgerät rauschte nur noch. Das eben noch klare Radarbild verwandelte sich in Schneegestöber. Damit hatte sich geklärt, was sie wollten. Der Anführer der Läufer verzog den Mund unter der Maske.

Die Kameras lieferten nur noch schlechte Bildqualität. Es reichte allerdings aus, um die Truppentransporter, die am Haupttor vorrollten, zu erkennen.

Gepanzerte Fußsoldaten stiegen aus, unterhielten sich kurz mit den verdutzten Wachleuten, verteilten sich in aller Eile auf dem Gelände und sicherten den Eingang.

Dann rauschten mehrere Ruhrmetall »Wolf II« hinein, weitere Leopard III-Panzer folgten. Die montierten Waffentürme, bestückt mit Gefechtslasern und Railguns, schwenkten herum und schienen sich auf die Ankunft der Helikopter vorzubereiten. Eine beträchtliche Anzahl von Soldaten lief auf das Verwaltungsgebäude zu.

»Verdammt! MET2000«, erkannte einer der Läufer das Abzeichen. »Scheiße, die stürmen die Neue Bavaria!«

»Sie benutzen aber keine Aguilar-Helikopter, höchstens Tiger-Modelle«, warf einer ein. »Wir sind mitten in einen Kon-Krieg geraten!«, schlussfolgerte er panisch.

Tripolis befand sich auf dem Weg zur Tür. »Los, mir nach! Wir suchen einen Raum, in dem viele Execs sitzen. Dann können wir über einen Abzug verhandeln.«

»Wieso verhandeln wir nicht von hier aus?«, wollte der Scherzbold kleinlaut wissen, dem der Humor gründlich vergangen war.

»Sie sehen nicht so aus, als würden sie lange fragen. Aber Anzugträger dürften ihnen heilig sein.«

Die Gruppe hetzte durch die Gänge, stürmte die Treppen hinauf und folgte dem Plan, den ihnen der Decker übermittelt hatte, bevor der Kontakt abbrach.

Nun erhielten sie die Bestätigung, dass jemand vor ihnen in den SimSinn-Studios angekommen war. Die Tür zur Chef-Etage war mit einer C4-Ladung aufgesprengt worden, ein Wachmann lag blutend auf dem Boden.

Tripolis klappte die Schulterstütze der Schnellfeuerwaffe aus. »Planänderung«, raunte er über die Schulter zu seinen Leuten. »Wir werden zu Helden, indem wir die Chefs befreien. Behaltet die Nerven und feuert auf keinen Anzugträger. Wenn wir das schaffen, kommen wir lebend raus und bekommen einen Haufen Geld.«

Die Gruppe rückte vor und steuerte die halb geöffnete Tür an, aus der vielfaches Stimmengewirr zu hören war.

Tripolis zählte leise auf drei, und seine bewaffneten Freunde fegten mit ihm in den großen Besprechungsraum.

An dem ovalen Tisch saßen ein Dutzend Männer und Frauen, die Hände gut sichtbar auf die Tischplatte gelegt. Um sie herum standen fünf Schwergerüstete mit G9A4z.

Die Läufe ruckten herum. Tripolis nahm aus dem Augenwinkel wahr, dass ein Gewehrlauf das Licht der Deckenlampen zurückwarf und kleine, helle Punkte an die Wand abbildete. Seine Sinne wurden durch ein bekanntes Geräusch in Beschlag genommen. Beinahe gleichzeitig eröffneten die Gruppen das Feuer.

Die geistesgegenwärtigeren Kon-Leute rutschten unter den Tisch, andere wurden von Querschlägern oder schlecht gezielten Schüssen verletzt.

Tripolis sah zwei seiner Freunde zu Boden gehen, während die Gegner noch standen. Die anfängliche Überlegenheit entwickelte sich zur Unterzahl.

Der Anführer der Schattenläufer wuchs über sich selbst hinaus, bis er und zwei seiner Teamgefährten den Sieg errungen hatten. Verlierer des Schusswechsels waren nicht nur die fünf Gegner, sondern auch die Büroeinrichtung.

Erleichtert wechselte er das Magazin. Im Clip befand sich nur noch ein halbes Dutzend Patronen. Knapper hätte es nicht sein dürfen. »Wir sind hier, um Sie im Auftrag von Fuchi aus der Hand der Terroristen zu befreien, Herrschaften«, bluffte er laut.

»Sie haben es gerade so geschafft.« Ein Mann hob den Kopf, kroch unter dem Tisch hervor und schauderte, als er einer toten Frau ins Gesicht sah. Er fing sich rasch wieder. Kon-Seelen waren hart. »Ich bin der Geschäftsführer, Gerhard Kiesmayr«, stellte er sich mit fester Stimme vor. »Nehmen Sie meinen vorläufigen Dank entgegen. Zuerst Renraku, jetzt wir. Verdammte GreenWar-Spinner.« Er trat nach einem der toten Besetzer. »Aber warum schickt man uns Läufer?«

Das Geräusch von Hubschraubern erklang. Die Helikopter donnerten im Tiefflug über das Gelände und zogen dicht am Flachdach des Gebäudes vorbei. Unwillkürlich duckte sich Kiesmayr. »Sehr gut!«, freute er sich, als er die Modelle erkannte. »Mit denen hatte ich viel früher gerechnet.«

»Wir sind ... die schnelle Eingreiftruppe, Herr Kiesmayr. Es gab Befürchtungen, dass die regulären Einheiten zu viel Zeit benötigten. Na, wir kamen rechtzeitig.« Er schaute zu seinen verletzten Freunden. »Ich bräuchte Ihr Wort bei den anrückenden MET2000-Truppen, damit wir nicht für die Bösen gehalten werden. Wir verschwinden auch gleich wieder.« Bisher gelang die Täuschung. Alles, was Tripolis erreichen wollte, war eine Gelegenheit zum Verdrücken. Lange würde sein Spiel nicht mehr gut gehen.

»MET?« Kiesmayr lief zur großen Fensterfront und schaute hinaus. »Verdammt, wer hat die denn bestellt?«

»Ich«, sagte ein zweiter Anzugträger. Auf seinem Namensschild stand »Huber«. »Es tut mir Leid, ich wusste nicht, dass Sie die Zentrale benachrichtigten. Die MET lag nahe, und da dachte ich ...«

»Dachten Sie?« Die Augen des Geschäftsführers verengten sich. »Wir müssen die Lage schnellstens klären, ehe einer der Soldaten die Nerven verliert.« Seine regungslose Haltung verdeutlichte, dass er das Huber überlassen würde. Tripolis erkundigte sich, was vor ihrem Eintreffen geschehen war. »Seit einer knappen Stunde werden wir gefangen gehalten. Wenn ich das richtig verstanden habe, warteten sie auf einen Anruf.«

»Bisschen merkwürdig für Terroristen, oder?«

Kiesmayr zuckte mit den Achseln. »Keine Ahnung, wie solche Elemente denken.« Das Telekom klingelte. Er nickte seinem Vorstandskollegen Huber zu, der den Anruf entgegennahm.

Dessen Antlitz entgleiste. Mit entsetztem Gesicht lauschte er und wandte sich Kiesmayr zu. »Wir sollen übernommen werden?«, wiederholte er laut. »Von wem? Das glaube ich nicht.« Es entstand eine kurze Pause. »Villiers? Nein, das muss ein Irrtum sein. Was sollte …«

Der Hörer explodierte förmlich in der Hand des Mannes, als das Projektil durch das Plastik fuhr und seinen Weg ins Ohr fortsetzte. Tripolis wirbelte herum, riss die Uzi hoch und suchte nach dem unerwarteten Gegner.

Zu dritt standen sie einem frisch aufgetauchten Angreifer in Vollrüstung gegenüber, der ein mittelschweres Maschinengewehr in der Hand hielt. Ein Gyrostabilisator erleichterte das Bewegen der Zimmerflak. Vor der Mündung blitzte es auf. Das vollautomatische Gewehr legte los und bestreute die Läufer mit Geschossen.

Tripolis verlor einen weiteren Chummer, ehe es der Magierin gelang, den Gegner mit einem Manageschoss ins Jenseits zu befördern. Auch der Anführer hatte mehrere Treffer erhalten, die aber nicht sonderlich gefährlich aussahen. Fleischwunden taten weh, das war auch schon alles. Solange keine Arterie verletzt wurde, bestand wenig Gefahr.

Von unten erklangen mehrere Schüsse. Die MET-Söldner mussten auf Gegner gestoßen sein, die Tripolis und seine Freunde unbemerkt passiert hatten.

»Was machen wir jetzt?«, erkundigte sich die Magierin. Sie zog den Helm und die Sturmhaube vom Kopf und lehnte sich erschöpft gegen den Tisch. Das dunkelblonde Haar hing ihr wirr ins Gesicht. Ihre Weste wies auf Höhe des Schlüsselbeins ein dickes Loch auf, am unteren Rand der Schutzkleidung quoll ein rotes Rinnsal hervor. Das dritte Teammitglied sicherte die Tür.

»Herrschaften, Sie sind sicher«, forderte ihr Anführer die verbliebenen Vorstandsmitglieder auf, ein zweites Mal aus ihrer Deckung zu kommen. »Bitte, stehen Sie auf und bereiten Sie sich auf die Ankunft der MET-Truppen vor.«

Kiesmayr, der die Schießerei vom Boden aus verfolgt hatte, erhob sich. Blut besudelte seinen Zweireiher, sein Gehabe wirkte nach wie vor recht professionell. »Huber, dieser Idiot.« Er bedachte den Leichnam mit einem Kopfschütteln. »Wenigstens muss ich ihn nicht mehr feuern.«

Wieder donnerten die »Aguilars« über das Gelände. Der Einsatzleiter schien sich seiner Sache nicht sicher zu sein, sonst hätten sich die Raketen der Kampfhubschrauber schon lange ihre Ziele gesucht. Umgekehrt verzichteten die Söldner-Einheiten, das Feuer zu eröffnen und eine Kettenreaktion heraufzubeschwören.

Tripolis betrachtete die Szene, die genauso gut aus einem Action-Film stammen konnte. Der Überfall durch GreenWar passte erst recht nicht ins Bild. Sprengen und Sabotage, ja. Geiselnahme und Kon-Dinge, nein. Anscheinend stolperten er und seine Leute in ein kleines, aber schmutziges Kapitel Kon-Krieg. Per Zufall? »Was sollte der Anruf?«, wollte er wissen. »Huber sagte irgendetwas von einer Übernahme.«

Kiesmayr öffnete gerade den Mund, als der Schattenläufer an der Tür die Uzi nach oben riss und einen Feuerstoß abgab. Ziel war der ohnehin schon verletzte Wachmann. Er hatte sich wohl bis zum Eingang geschleppt, um seinen Chefs pflichtbewusst zur Hilfe zu kommen. Sterbend fiel er auf die Knie und hielt sich schwankend aufrecht. Die Pistole rutschte aus der Hand.

»Scheiße, musste das sein?«, herrschte Tripolis seinen Begleiter an. »Der war sowieso fertig.«

»Ist mir scheißegal«, gab der Samurai gereizt zurück. »Ich lasse mich nicht erschießen!«

Der Wächter kippte nach vorne. Dabei zog er einen Taser aus dem Gürtel und löste im Fallen aus. Die elektrisch geladene Nadel surrte durch die Luft.

Die Messerklaue drehte sich geistesgegenwärtig zur Seite, um den unter Strom stehenden Metallstiften auszuweichen. Sie bohrten sich anstatt in seinen Oberarm nur in den Rucksack.

Unter normalen Umständen wäre das gut gewesen, wenn sich darin nicht der Plastiksprengstoff befunden hätte, mit dem sie die Chip-Produktionshallen zu Asche machen sollten.

Tripolis verstand, welche Konsequenz sich anbahnte. Seine Augen weiteten sich. Die Magierin schrie voller Todesangst auf und zog geistesgegenwärtig eine Barriere hoch.

**ADL, Bayern, Ingolstadt, 17. 03. 2058, 01:24 MEZ**

Annegret Berger stieg leise lachend in den Fond des L800 Präsident Pullman. Ihr Designerkostüm saß korrekt, nur die Jacke wirkte ein wenig zu hastig übergeworfen. Etwas hatte die Frisur in Mitleidenschaft gezogen.

Der Türsteher des *Maison* wünschte ihr einen angenehmen Heimweg und schloss die Tür. Harthaus, ihr Leibwächter, nahm gegenüber von ihr Platz.

Der L800 rollte los und brachte die Geschäftsführerin von Cyberdynamix in Richtung ihres luxuriösen Zuhauses. Umgeben von Luxus von einem Luxus in den nächsten. Das *Maison* war ein schicker Szeneclub für Execs ab 250 000 EC Nettojahresgehalt. Und ihre Wohnung konnte sich nur jemand leisten, der ein ebensolches Salär erhielt. Alles passte perfekt zusammen.

Mit einem wohligen Seufzen lehnte sich Berger in die Polster der Limousine. Sie senkte ihre Lider und rief die sehr unterhaltsamen drei Stunden, die sie eben mit einem der exzellenten Callboys des Hauses verbracht hatte, in Erinnerung. So gut fühlte sie sich schon lange nicht mehr. Da machte es ihr nichts aus, dass ihre Garderobe, ihr Make-up und ihre Frisur nicht perfekt waren. Sie würde sich den Namen des Jungen notieren, um ihn öfter in Anspruch zu nehmen. Dass heißes Wachs auf nackter Haut stimulierend wirkte, hätte sie nicht gedacht. Sie schwelgte in sexuellen Fantasien.

»Ein Gespräch für Sie, Frau Berger«, meldete der Chauffeur über die Gegensprechanlage. »Soll ich durchstellen?«

Berger schaute auf die Uhr und grinste. *Das wird die Erfolgsmeldung sein.* Sie schaltete zuerst den Trid ein, dann nahm sie den Hörer ab. Beim Zappen durch die Nachrichtenkanäle blieb sie an der Berichterstattung über die SimSinn-Studios hängen.

»Einen Moment, Hercule«, sagte sie und freute sich mit einer gewissen Bösartigkeit über die Bilder, die auf der Mattscheibe flimmerten.

Die Kamera des Reporterteams zoomte offenbar aus weiter Entfernung auf das Gelände, man erkannte Feuerschein im obersten Stock eines großen Gebäudes. Mehrere gepanzerte Fahrzeuge und sogar Panzer rollten aus dem Haupttor und zogen sich zurück.

Das machte die Geschäftsführerin stutzig. *Haben die Läufer einen Krieg in München angefangen?* Anscheinend waren sie ihr Geld doch wert. Nach dem ersten Fiasko hatte sie Zweifel an ihren Fähigkeiten gehabt. Jetzt war es dem Team offenbar gelungen, sogar das Verwaltungsgebäude anzugreifen und Schäden anzurichten. Aber deswegen gleich Panzer anrollen lassen? *Was, zum Teufel, bedeutet das?* Gespannt beugte sie sich nach vorne.

Jetzt wurde ein Interview mit Richard Villiers gesendet, der eine Verbindung zu den Vorkommnissen als Gerüchte abtat und jedem mit einer saftigen Klage drohte, der seinen Namen weiterhin im Zusammenhang mit den Münchner Ereignissen nannte.

Nach und nach rekonstruierte der Bericht die Ereignisse. Die MET2000-Einheiten waren auf Geheiß des zweiten Vorstandsvorsitzenden angerückt, um für den Schutz der Studios zu sorgen. Huber dachte, es handelte sich um eine groß angelegte Attacke von »GreenWar«-Terroristen und wollte mit Feuerkraft auf den Angriff reagieren. Die Erfahrungen, die Renraku mit den Ökokämpfern machte, legitimierten diese Entscheidung. Der Mutterkonzern Fuchi sandte aufgrund des Anrufs Kiesmayrs Kampfhubschrauber auf den Weg. In letzter Minute verhinderten besonnene Konzernköpfe, dass die »Aguilars« ihr Arsenal an Vernichtung zum Einsatz brachten.

Annegret Berger fluchte. Ihr Sprengstoffteam, das ihren ganz persönlichen Rachegruß an Fuchi ausrichten sollte, war Opfer von schlechtem Timing geworden. Ausgerechnet dann, wenn man Terroristen nicht brauchte, erschienen sie. Verärgert klappte sie die Minibar auf und goss sich einen Whiskey ein, den sie mit einer hastigen Bewegung hinunterkippte. Immerhin blieb ihr der Trost, dass Fuchi etliche Köpfe der Neuen Bavaria so oder so verloren hatte.

»Der Anruf, Frau Berger«, erinnerte sie Harthaus sanft.

»Ja doch«, meinte sie missgestimmt und ließ sich das Gespräch durchstellen. Sie schaltete den Monitor des

Telekoms an. Die nächste Überraschung folgte auf dem Fuß. »Berger, Cyberdynamix.«

»Haver, kommissarischer Leiter von ECC Eurotronics«, meldete sich eine fremde Stimme, ein unbekanntes Männergesicht erschien auf dem Schirm. »Es wird Sie sicherlich beunruhigen, was ich Ihnen zu sagen habe.«

»Kommissarischer Leiter?«, wiederholte sie verdutzt. »Was ist mit Herrn Kautz? Hatte er einen Unfall?«

»Das ist der Grund meines Anrufs.« Havers Miene verriet den Ernst der Situation. »Herr Kautz ist vor sechs Stunden mit seinem privaten Lear-Jet aufgebrochen, um nach einem Kom-Anruf nach Ingolstadt zu fliegen. Allerdings kam er dort nicht an. Alle Versuche, Kontakt herzustellen, scheiterten bislang. Eben erreichte uns die Meldung, dass man das Wrack des Flugzeugs in den Alpen fand, Frau Berger. Wir gehen davon aus, dass Herr Kautz tot ist.«

Der Kon-Krieg durfte sich ein weiteres Opfer auf die Liste setzen. Dennoch wollte sie es genauer wissen. »Technisches Versagen oder ein Attentat?«

Haver zuckte mit den Schultern. »Derzeit ist alles möglich. Die ECC-Geschäftsführung wollte, dass Sie Bescheid wissen. Kautz erwähnte, dass er Ihnen bei der Vergeltung gegen Fuchi freie Hand lassen wollte. Wenn Sie irgendwelche Aktionen in nächster Zeit geplant haben, die sich mit anderen Konzernen beschäftigen, legen Sie sie auf Eis, bis wir die Lage von Turin aus genauer beurteilen können. Und achten Sie auf sich. Die Bandagen werden nicht nur härter, wie man in München sehen konnte. Man spickt sie jetzt mit Nägeln und Glas.« Er grüßte mit einer knappen Handbewegung und beendete das Gespräch.

»Tja«, entfuhr es ihr. Das war der Abend der bahnbrechenden Ereignisse. Berger goss sich erneut ein und hob das Glas. *Auf Kautz.* Der Whisky schoss ihre Kehle hinab und verbreitete Wärme in ihrem Magen. *Vielleicht sollte ich mich für seinen Job bewerben?* Das Klima wäre in Italien auf alle Fälle besser als in den ADL. Politisch und atmosphärisch.

Anderseits bräuchte sie nach der peinlichen Sache mit dem satellitengestützten Riggersystem in Ingolstadt nicht einmal den Kopf durch die Tür der ECC-Chefetage zu strecken.

Das erinnerte sie daran, dass sie unbedingt noch einmal in der Sox nachhören musste. Das neue deutsch-schwedische Produkt musste so schnell wie möglich fertig sein, damit die Bexbacher Arkologie in ihrer Gesamtheit von den eigenen Cyberdynamix-Ingenieuren genutzt werden konnte.

Der L800 fuhr leise durch die Nacht, während Berger zu den Klängen von Smetanas »Die Moldau« eindöste, das Gesicht des jungen Callboys vor dem inneren Auge.

**ADL, Bexbach (Sox), ECC-Arkologie,**
**17. 03. 2058, 09:32 MEZ**

Der Schwede senkte das elektronische Notizbuch und schaute auf den Trid, auf dem die Aufzeichnungen der Ereignisse in München zu sehen waren. Die Beiträge machten den Ernst der Lage nachträglich deutlich. Nur ein einziger Schuss hätte ausgereicht, vielleicht sogar ein zu lautes Geräusch, eine Fehlzündung, eine Feuerwerksrakete, ein Vogel, der gegen die Scheibe eines Helikopters prallte, und die Neue Bavaria wäre zu einer ein paar Quadratkilometer großen, brennenden Fläche geworden.

*Herr, du gabst ihnen Einsicht,* dankte Dr. Gud in stummem Gebet, dass es nicht zu einer Eskalation gekommen war. *So bewahre auch uns vor der Engstirnigkeit der Menschen.*

Die Bitte des schwedischen Wissenschaftlers kam nicht von ungefähr. Gerüchteweise verfolgte der gesamte Kontrollrat der Sox die Geschehnisse in der Nacht live. Groß angelegte Manöver von Saeder-Krupp in der Nähe der Ares-Einrichtung wurden als militärisches Säbelrasseln aufgefasst.

In der Verseuchten Zone würde es keine staatlichen Sicherheitsorgane geben, die sich in den Konflikt schlichtend einmischten. Was in der Sox geschah, ging niemanden etwas an.

Darüber machte sich Dr. Gud große Sorgen. Er als Außenstehender hatte keinerlei Überblick, über welches Vernichtungspotential die einzelnen Arks verfügten. Seine Ahnungen fielen schrecklich genug aus.

»Mensch, dein zweiter Name ist Einfalt«, seufzte der Schwede und schaltete den Trid ab, auf dem gerade zu sehen war, wie maskierte Polizeibeamte mehrere Terroristen, die teilweise verwundet waren, von MET-Soldaten übernahmen und in Transportfahrzeuge warfen. Die angekündigten Analysen über die Auswirkungen auf die Finanzmärkte interessierten ihn nicht.

Dr. Gud kämpfte gegen etwas an, das er sich wissenschaftlich nicht erklären konnte. Die Testwerte von Gerlach sowie die ständigen Schwierigkeiten mit dem implantierten Gefechtscomputer passten nicht zur objektiven Analyse der Daten aus den bisherigen Versuchsreihen.

Körperlich befand sie sich in bester Verfassung. Sie nahm weder Drogen, noch lebte sie in irgendeiner Weise ausschweifend, als dass es als Erklärungsversuch in Frage käme. Vermutlich litt seine Probandin an mentalen Problemen, die sich auf ihre Leistungsfähigkeit auswirkten. Vielleicht beschäftigte sich die junge Frau in ihrem Unterbewusstsein mit etwas, das ihr zu schaffen machte. Deshalb erwartete er sie innerhalb der nächsten Stunde im Labor, um mit ihr zu sprechen. Würde sie ihn in seiner Annahme bestätigen, wäre das immerhin der Beweis, dass mit dem neuen Computermodul alles in Ordnung war.

Noch wollte der Schwede den Psychologen der Ark nicht hinzuziehen. Er setzte auf ein offenes Gespräch anstelle verworrener Fragen, die einen Menschen nur verstörten.

Als sein Blick auf das Kreuz neben dem Eingang fiel, senkte er den Blick. Ein gläubiger Wissenschaftler zu sein bedeutete nicht unbedingt einen Vorteil. Es brachte etwas ins Spiel, was manche seiner Kollegen schon lange abgeschafft hatten: das Gewissen und die Moral.

Einen Apparat zu bauen, der Menschen half, andere Menschen effizienter zu töten, stellte eine enorme Belastungsprobe dar. Sein Verstand fand glücklicherweise Ausreden, die sein Herz mehr schlecht als recht akzeptierte. Es war ein Produkt für solche Menschen, die sich sowieso töten würden, egal mit welcher Technologie. Der Gefechtscomputer schaffte es wenigstens, die Kollateralschäden zu minimieren. Somit schützte man Unschuldige vor Querschlägern, redete er sich ein.

Die andere Sache, die um einiges schlimmer war, bescherte ihm bereits ungezählte schlaflose Nächte. Der Schwede befand sich in einem argen Dilemma.

Aussteigen konnte er nicht. Dafür wusste er zu viel über das »Defense«-Projekt von DrakenSys. Aber im gleichen Stil weitermachen und zusehen, wie sich Tausende von Käufern einer Gefahr aussetzten, würde er auf Dauer nicht ertragen.

Auch wenn es nur zum Schutz von DrakenSys, Cyberdynamix und ECC diente, wie man ihm immer wieder von höchster Stelle aus beteuerte, die Gefahr des Missbrauchs ließ sich nicht leugnen. Eines wusste Gud: Gab es die theoretische Möglichkeit, fanden sich stets Zeitgenossen, die sie praktisch nutzen wollten. Aus diesem Grund tat er Ungeheuerliches und verzögerte seine

Erfolgsmeldung. Er suchte verzweifelt nach einer Sicherheit für die späteren hundertfachen Nutzer des Gefechtscomputers.

Dr. Gud goss sich einen Tee ein, gab Milch hinzu und beobachtete, wie das Weiß der Flüssigkeit das Braun allmählich heller färbte. Die Eingebung ließ auf sich warten.

*Das ist der letzte Auftrag dieser Art,* beschloss er für sich. *Der Herr ist mein Zeuge.*

Senkrecht saß Enni im Bett, Schweiß perlte von ihrer Stirn. Ihre Arme hielt sie zum Schlag erhoben. *Nicht schon wieder.* Sie konzentrierte sich mit aller Macht auf die Gliedmaßen. Langsam senkten sie sich. Ächzend kippte sie zur Seite.

Charly schreckte neben ihr auf. »Was?«, murmelte er verschlafen und verstand gleich, was vorgefallen war. Er rutschte näher und nahm sie vorsichtig in den Arm. »Ein Albtraum?«

»Wie so oft«, meinte sie resigniert.

Der Wachmann brachte ihr etwas zu trinken und tupfte ihr mit einem Handtuchzipfel den Schweiß von der Stirn.

»Ein Engel«, raunte sie unvermittelt.

»Danke«, grinste er sie an. »Aber das ist nicht der Rede wert.«

Hart stellte sie den Becher ab und packte ihn bei den Oberarmen. »Nein, Charly. Ein Engel! Ich erinnere mich wieder an meinen Traum! Ich sehe ihn ganz deutlich vor mir. Zierlich und rot von Kopf bis Fuß, wie mit Farbe beschmiert.« Sie zitterte vor Aufregung. Es war das erste Mal, dass sie sich an den Traum erinnerte. »Der Engel schaut mich an. Er zieht eine Waffe … eine kleine Pistole … und richtet sie gegen mich.«

»Ein netter Engel ist das«, kommentierte Charly. »Welche Trid-Spiele spielst du gerade?«

»Aber die Waffe ... ein Derringer ... er funktioniert nicht.« Die Schattenläuferin rutschte im Bett nach oben und lehnte sich an die Wand. Ein Kissen im Kreuz machte ihre Haltung bequemer. »Ich betrachte sie, streichle ihr Gesicht.« Enni lauschte in sich hinein, wartete auf mehr Traumbilder. Kurz darauf stiegen weitere Szenen aus den Tiefen ihrer Erinnerung hervor. Sie gefielen ihr gar nicht.

Enni sah erschossene Menschen vor sich liegen. Sie blickte einem jungen Mann in die gebrochenen Augen. Stockend gab sie die Eindrücke wieder, während Charly gebannt lauschte.

Er nahm sie in die Arme, um sie zu beruhigen. »Das ist nur Einbildung. Du hast die Berichterstattung aus Zweibrücken gesehen und in deine Träume eingebaut.«

Die Schattenläuferin wandte ihm ihr Gesicht zu. »Keine Ahnung, wovon du sprichst.«

»Nein? Vor kurzem erzählte einer der Jungs, er habe gehört, dass es in der Stadt ganz schön zur Sache gegangen wäre.«

Enni wollte gerade nochmals erklären, dass sie von den Ereignissen nichts gehört hatte, als sich eine Bilderflut über ihren Verstand ergoss.

Sie beschrieb Charly, wie sie sich einen Weg ins Innere eines großen Gebäudes suchte, durch einen Luftschacht kletterte und in einen Raum voller Menschen sprang, die sie mit einer peitschenartigen Waffe der Reihe nach tötete. Lediglich dem Engel krümmte sie kein Haar.

»O mein Gott«, flüsterte sie erschüttert. »Das war keine rote Farbe. Das war Blut! Der Engel war mit dem Blut der anderen getränkt!«

Der Wachmann runzelte die Stirn. »Warte einen Augenblick.« Er stand auf, rief im Computer die aktuellen Tageszeitungen aus dem Netz ab und druckte sie aus. Die Seiten flogen aufs Bett.

Enni warf einen Blick auf die Bilder des Tatorts im *Capital*. Sofort riss sie die Lider weit auseinander. »Das ist es«, flüsterte sie und tippte auf ein Foto. »Das ist der Raum, in dem ich war.« In dem sie gewütet hatte.

»Ich wusste es«, meinte der Wachmann und strich ihr über die Wange. Er sah seine Annahme bestätigt. Sie hatte die Nachrichten in der Kantine irgendwo herumliegen sehen und sich die Szenerie unbewusst gemerkt. Einbildung in Verbindung mit Stress. »Du warst nicht dort.«

»Woher weiß ich dann aber so genau, welchen Weg man nehmen muss, um unbemerkt einzusteigen?«, gab sie nervös zu bedenken. »Und die Sache im *Pleasuredom* …«

Charly durchforstete die Ausdrucke. »Was soll denn das sein?«

»Dort lag der Junge«, erinnerte sie sich. »Es war ein Bordell, glaube ich.«

»Von einem Hurenhaus ist zwar die Rede, aber …«

»Aber?«

Ihr Geliebter senkte die Seiten und betrachtete sie sorgfältig. »Enni, hier wird mit keinem Wort erwähnt, wie der Puff hieß.«

Sie schluckte. »Es hing eine Leuchtschrift über der Wand. Ich habe sie mit einem Gewehr zerstört und eine Granate ins Haus geworfen.« Sie sah den Explosivkörper genau vor sich. »Eine Phosphorgranate. Die Registrierungsnummer lautetet … 23G-Pg-004.«

»Das ist mit Abstand der realistischste Traum, den man mir jemals erzählt hat«, gestand Charly, kratzte sich am Kopf und holte sich ebenfalls etwas zu trinken. Es wurde ihm *zu* realistisch. Eigentlich musste er die Sache melden. »Meinst du, dass dir Dr. Gud aus Versehen eine Live-Übertragung eingespielt oder irgendeinen schlechten B-Movie auf den Gefechtscomputer übertragen hat?«

Enni blickte auf die Uhr und sprang auf. »Ich muss zum Schweden. Er wird mir einiges erklären müssen. Wenn ich auch nur den Verdacht habe, dass er mich verarschen will, gehe ich zum Leiter der Ark.« Rasch schlüpfte sie in ihre Kleider, zog die Baseballkappe auf und rückte sie gerade. *Mit mir nicht. Scheiße, immer muss mir so etwas passieren.*

»Es gibt sicher eine einfache Lösung«, hoffte Charly. »Mach keinen Unsinn, okay?«

Sie warf ihm ein freudloses Lächeln zu und trat auf den Gang. Klackend schloss sich die Tür hinter ihr.

Der Wachmann leerte die Getränkedose und versuchte, aus dem Gehörten schlau zu werden. *Sie hat es bestimmt in der Zeitung gelesen,* kam er zu seiner einzig plausiblen Erklärung zurück.

Dr. Guds Augen wanderten hinüber zu den Daten, die er mit der Frau besprechen wollte. Etwas sagte ihm, dass es momentan keine gute Idee wäre, mit der aufgebrachten Probandin zu diskutieren, ob man den Computer entfernen solle oder nicht.

Gerlachs Aussagen bestätigten ihn darin, dass die Schattenläuferin mit den Nebenwirkungen ihres Jobs rang. Offensichtlich übertrugen sich Schuldgefühle auf die Gegenwart, vermischten sich mit aufgeschnappten Informationen und mengten sich zu etwas Neuem, um dabei nur Altes zu sein. Schuldgefühle.

Dass psychologische Schwierigkeiten Auswirkungen auf die Funktionalität eines seelenlosen, elektronischen Apparats hatten, gestaltete sich für den Schweden jedoch als einzigartig. Von Emotionsinterferenzen bei Cyberware hatte er noch nie gehört.

»Ich habe keinerlei Erklärung für Ihre grausamen Albträume«, begann er nach einer langen Pause. »Aber ich soll das Modul besser entfernen, ehe Sie oder Ihr Umfeld von den ständigen nächtlichen Einblendungen Ihrer

Fantasie Schaden nehmen. Sie sollten mit einem Psychotherapeuten sprechen. Ich möchte nicht riskieren, dass Sie sich aus Verzweiflung irgendwann das Leben nehmen.«

»Doktor, das glauben Sie doch selbst nicht«, machte sich Enni ihrer Empörung Luft. Sie schlüpfte aus den Halterungen der Untersuchungsliege und stand auf. »Wenn Sie nicht auf der Stelle mit der Wahrheit herausrücken, werde ich Fethal informieren. Und dann werden wir sehen, was dabei herauskommt.«

Nun wurde es dem Schweden allmählich zu bunt.

»Von mir aus«, herrschte er sie an, »können Sie nach Stockholm fliegen und Lundgreen auf die Nerven gehen, Frau Gerlach. Ich mache nur meine Arbeit! Wenn Ihr Gewissen mit dem Tod Ihrer Opfer nicht klarkommt, habe ich nichts damit zu tun. Aber es zeigt, dass Sie eine labile Person sind, die unbedingt ein Treffen mit unserem Therapeuten ins Auge fassen sollte.« Er schlug mit der flachen Hand auf das Pult. »Es wird das Beste sein, wenn Ihnen die Spezialisten den Gefechtscomputer entnehmen.«

Überrascht verfolgte sie den Ausbruch des Schweden. *Hat er Recht?*, fragte sie sich insgeheim.

Eigentlich hielt sie sich für so stark, dass sie mit dem Tod der wenigen Menschen, die sie bei ihren Läufen bislang hinter sich ließ, umzugehen wusste. Andererseits waren die Bilder aus dem *Capital* und dem *Pleasuredom* zu real. So viel Einbildungskraft besaß sie nicht.

»Ihre Entscheidung werde ich nicht akzeptieren«, verkündete sie. »Ich bezweifle, dass Sie so viel Ahnung von der menschlichen Psyche haben, Doktor.« Sie wandte sich um und schritt zur Tür. »Ich werde das Modul freiwillig nicht mehr hergeben. Es ist der Lohn für die lange Zeit in dieser gottverlassenen Gegend.«

»Was wollen Sie tun? Heimlich abhauen?« Dr. Gud sah sie gehen, schielte zum Kreuz und senkte das

Haupt. *Herr, verzeih mir meinen Ausbruch, aber sie reizte mich zu sehr.*

Wahrscheinlich bliebe ihm tatsächlich nichts anderes übrig, als Fethal Bericht zu erstatten und zu empfehlen, Frau Gerlach trotz des greifbaren Erfolgs aus dem Programm zu nehmen.

Er kehrte an seinen Computer zurück und rief seine geheimen Aufzeichnungen ab. Per Tastendruck sortierte er die Auswertungen der eben eingespielten Daten der Probandin. Ein letztes Mal.

Währenddessen brühte er sich einen Tee auf und betrachtete wehmütig den Raum, der ihm als Forschungszimmer gedient hatte.

Für ihn war das Projekt »Defense« nun ebenso gestorben wie manch andere in der Arkologie. Damit würde Usner-Gassert mit ihrem empfindungslosen Patrizian triumphierend den Sieg davontragen. Und das alles wegen der unglückseligen Kopplung zwischen rebellierendem Gewissen und Modul.

Der PC meldete piepsend das Ende der Auswertung.

Der Schwede schlenderte hinüber, las die Ergebnisse und blieb bereits in der ersten Zeile hängen. Datum und Uhrzeit stimmten nicht. Außerdem befanden sich neben den Reflexwerten und Angaben der Zielgenauigkeit der abgegebenen Schüsse präzise Standortangaben durch Längen- und Breitengrade.

»Was soll das?«, fragte er den Rechner und versetzte dem Monitor einen strafenden Klaps. Er löschte die Daten und initiierte eine neuerliche, dieses Mal ausführlichere und genauere Berechnung. Danach verließ er den Raum und suchte die Kantine auf, um sich ein wenig zu stärken.

*Wie erkläre ich dem Abteilungsleiter das Aus?* grübelte Dr. Gud.

Am liebsten hätte er eine Mail geschickt und wäre in aller Stille abgereist, um Usner-Gassert nicht begegnen zu müssen. Der schwedischer Forscher war sich absolut sicher, dass die »lebende Sünde« die Stunde des Sieges voll auskostete.

*Herr, gib mir Stärke und lasse mich nicht wankelmütig werden,* bat er. *Stehe mir bei in dieser schweren Stunde der Niederlage.*

**UCAS, Seattle, Flughafen Seattle-Tacoma, 17. 03. 2058, 10.43 PSZ**

Das Blitzlichtgewitter, das einsetzte, als sich der riesige Troll durch die Türen des letzten Kontrollabschnitts quetschte, fiel weniger stark aus, als es sich der Metamensch gewünscht hatte. Bekanntheit machte verwöhnt.

»Was denn? Nur vier Snoops?« Ultra stellte die beiden Koffer ab und schaute sich um. »Hey, ich dachte, ich wäre berühmt geworden.«

Er hatte seinen eindrucksvollen Körper in ein enges Hawaiihemd gezwängt, das wegen den Kunstmuskeln an allen Stellen gleichzeitig zu reißen drohte.

Die Journalisten lachten und schossen noch ein paar Fotos, während der Troll artig posierte. »Wie war es in Hawaii, Mr. Ultra?«, erkundigte sich ein Reporter, der die Klatschkolumnen der Seattler Online-Zeitungen füllte. Seine Kollegen bannten die Antwort direkt auf die Speicherchips ihrer Cyber-Cams, um sie ins Kabel oder das Satellitenprogramm einzuspeisen.

»Toll«, schwärmte er in die Runde. Er verscheuchte die Neugierigen um sich herum mit einem lässigen Winken. »Nun lasst mich durch, Chummers. Kommt doch alle morgen zu mir zum Kaffeetrinken. Dann reden wir in Ruhe darüber.«

Die Reporter verzogen sich, nur um einer kleinen

Schar Schaulustiger Platz zu machen, die unbedingt ein Autogramm von dem Troll haben wollten, der in der Rate-Show »Quizz It« das ungeheure Preisgeld von Millionen Creds eingesackt hatte. Geduldig kritzelte Ultra seinen Namen auf die Pads und Blätter, wobei er darauf achtete, weder die elektronischen Teile kaputtzumachen noch das Papier zu durchlöchern.

Endlich verteilte sich die Menge. Der eindrucksvolle Metamensch erhielt die Gelegenheit, sich ungehindert zum kleinen Flughafencafé zu bewegen, wo er sich einen Espresso in der VIP-Lounge gönnte.

Ultra stellte die Koffer ab, setzte sich in einen für Metamenschen seines Kalibers angepassten Sessel und erklärte dem Kellner, wie er den Espresso haben wollte. Anschließend versuchte er mit seinem Handgelenk-Kom, einen seiner Freunde zu erreichen, um von seiner glücklichen Landung im guten alten Seattle zu berichten.

»Doofes Ding«, beschimpfte er das Miniatur-Telekom und nahm ab. Das elektronische Gerät hatte schon auf der wunderbaren Insel nicht funktioniert. Er vermutete, dass eines der hochempfindlichen Teile den Geist aufgegeben hatte, als er bei seinen Surfversuchen vom Brett gefallen war.

*Dabei steht extra drauf, es sei wasserdicht und stoßfest,* ärgerte er sich und legte das Kom auf den Tisch. *Na, wenigstens hatte ich im Urlaub meine Ruhe.*

Er freute sich schon darauf, seine ganzen Chummer wiederzusehen und seine Rückkehr zu feiern.

Ultra bezahlte, gab dem Kellner ein Autogramm und trottete zum Ausgang. Er wollte gerade ein Taxi heranwinken, als er die freie Kom-Zelle entdeckte. *Schnell noch einen Anruf, damit sich die Chummers bei mir treffen,* entschied er spontan.

Er steckte seinen goldenen Credstick ein und nannte dem Computer die Nummer von Twings Werkstatt. Die

Wahrscheinlichkeit, sie zu erreichen, war dort am größten.

Zu seiner Enttäuschung meldete sich nur der Anrufbeantworter. Er versuchte nach kurzem Zögern, Cauldron zu erreichen. Auch hier Fehlanzeige. Das machte ihn allmählich misstrauisch. Zu guter Letzt versuchte er es bei Hustle und kam tatsächlich durch. Das Gesicht des Orks erschien auf dem Display.

»Hoi, Chummer!«, rief er begeistert und schwenkte die Hula-Kränze vor der Linse der Kamera hin und her. »Schau mal, wer wieder in Seattle ist!«

»Ultra!«, rief Hustle freudig, wenn auch eine Spur von Sorge auf seinem grünen Gesicht lag. »Okay, Chummer, hör zu. Wir haben ein Problem und wissen noch nicht genau, wer dahinter steckt. Jemand hätte sich um ein Haar Twing geschnappt.«

Der Troll schwieg. So hatte er sich seine Rückkehr nicht vorgestellt. »Geht es ihr gut?«

»Sie ist außer Gefahr«, erwiderte der andere Straßensamurai. »Wir schnüffeln derzeit herum, wer uns diesen Sack auf den Hals gehetzt haben könnte. Sieh dich vor. Wo bist du?«

»Am Flughafen. Sicherer Boden«, beruhigte er seinen Freund. »Außerdem bin ich nicht so leicht wegzupusten.« Wieder spielte er mit dem Blumenkranz. »Können wir uns treffen?«

Hustle dachte nach. »Du kennst unseren alten Spielplatz noch?« Der Troll nickte. »Fahr dorthin. Jemand wird dich abholen. Wir checken unterwegs, ob du verfolgt wirst.«

»Okay«, bestätigte Ultra. Er wollte das Gespräch beenden. Die Nachrichten hatten ihm die gute Laune verdorben.

»Nimm dir ein Taxi. Lass deine Karre stehen.«

»Geht klar.« Der Metamensch zwinkerte seinem Kollegen zu und trabte mit den Koffern unterm Arm an den

Taxistand. Doch ausgerechnet heute hatten sich alle Motordroschken verzogen.

Ultra begann allmählich in seinem Südsee-Outfit zu frieren. Nieselregen setzte ein, zu allem Überfluss schnappte ihm eine schnippische Elfin das gerade anrollende Taxi vor der Nase weg.

Da er keine Lust mehr hatte, länger zu warten, trottete er zur flughafeneigenen Abstellfläche für Privatautos. Das Areal war mit Kameras, einem Zaun und Patrouillendrohnen gegen Diebstahl gesichert. Und was gegen Diebe schützt, sollte auch gegen Saboteure helfen, befand der Troll.

Er zeigte seinen Stick mit seiner SIN und präsentierte den Wisch zum Abholen des Nissan-Holden Brumby. Ultra nahm den elektronischen Schlüssel entgegen und steuerte auf den Jeep zu, den Twing für ihn maßgerecht umgearbeitet hatte.

Unterwegs wurde er immer langsamer. Er erinnerte sich daran, was ihrem Freund Poolitzer zugestoßen war. Unbekannte hatten eine Bombe in seinem Auto deponiert. Glücklicherweise ging nicht der Snoop drauf, sondern der Autoknacker, der sich am Schloss des Fahrzeugs zu schaffen machte.

Als der Metamensch vor dem Brumby stand und den Öffner aktivieren wollte, überkam ihn ein ungutes Gefühl. Vorsichtshalber machte er zwei Schritte rückwärts, kniff die Augen ein wenig zusammen und betätigte den Schalter.

Sein Misstrauen wurde nicht bestätigt. Friedlich stand der Brumby vor ihm und wartete darauf, dass sein Besitzer einstieg.

Einen Mercurial-Hit summend, umrundete der Troll das Fahrzeug und betätigte die Heckklappe, um seine Koffer zu verstauen. Sie klemmte.

*Nanu? Was soll das denn werden?* Er versuchte es mit ein wenig Gewalt.

Die Detonation ereignete sich ohne Vorwarnung.

Allerdings drei Reihen weiter. Schnell warf sich Ultra auf den Boden. Autoteile zischten umher, beschädigten Fahrzeuge, andere Wagen fingen Feuer.

Der Parkplatzwächter kam aus dem Häuschen gerannt und schrie etwas in sein Funkgerät, während sich der Straßensamurai vom nassen Pflaster in die Höhe stemmte und den Geländewagen vor sich genauer betrachtete.

Es war gar nicht sein Brumby, wie er anhand der Sitze nun feststellte. Die Verwechslung hatte ihm das Leben gerettet.

Ultras Sinne waren vollends geweckt. Er schaltete seine Instinkte in den Straßenläufer-Modus. Aufmerksam beobachtete er die Umgebung, ohne etwas Verdächtiges erkennen zu können.

Aus dem Flughafengebäude kamen die ersten Sicherheitsleute angerannt und lieferten sich ein Wettrennen mit den Reportern, die ihre Kameras bereits zurechtrückten, um die Story brandaktuell einzufangen. Fluggäste verschwanden blitzartig in der Halle, um Schutz zu suchen. LoneStar-Einheiten rauschten heran und riegelten den Parkplatz ab.

Ultra wurde von Reportern umringt, die ihn alle gleichzeitig mit Fragen beharkten.

Das blendende Scheinwerferlicht, die sich gegenseitig schubsende Reportermeute, die Schaulustigen am Zaun verunsicherten ihn. Der Straßensamurai verlor den Überblick. Gerade darauf kam es jetzt besonders an. Ultra war gewarnt.

*Ich muss hier weg.* Er hob seine riesigen Hände, um die Snoops zu beschwichtigen. »He, nur die Ruhe, Chummers. Lasst mich durch. Wir setzen uns später zusammen.«

Ultra drängelte sich durch die Menge und hielt auf ein Taxi zu, das just an den Stand rollte und ihm eine

Fluchtmöglichkeit eröffnete. Auf den Protest eines Stars achtete er nicht. Seine Aussage konnte er immer noch zu Protokoll geben, wenn sich der Trubel gelegt hatte.

Aufatmend warf er sich auf die Rückbank des Taxis. Ein Bediensteter des Flughafens lud seine Koffer ein. *Geschafft.*

»Wo soll's hingegen?«, erkundigte sich der Fahrer.

Die Tür auf der anderen Seite wurde aufgerissen. Ein gut gekleideter Mann mit einem Aktenkoffer setzte sich in den Fond. Erst da bemerkte er, dass sich bereits ein Gast im Fahrzeug befand.

»Sorry, Mister, aber die Berühmtheit saß zuerst drin«, sagte der Fahrer und schaute auf die Tür. »Ich reserviere Ihnen das nächste Taxi, einverstanden?«

Der Mann betrachtete den Troll intensiver. Dann hellte sich sein Gesicht auf. »Ja, klar! Sie sind Mr. Ultra! Der Troll, der die Millionen abräumte!« Er lächelte gewinnend. »Sie haben Glück. Ich bin Anlageberater, Ferris Franklin. Was dagegen, wenn ich die Gelegenheit nutze?« Er öffnete ein Fach des Koffers und reichte dem verdutzten Straßensamurai einen Prospekt.

»Mann, Sie haben vielleicht Nerven,Chummer.«

Der Berater lächelte kalt. »Ich bin eben Profi.«

Als Ultra danach griff, schoss die andere Hand des Mannes mit einem Hochdruckinjektor vor. Ein kaum spürbares Ziehen signalisierte dem Samurai, dass ihm der vermeintliche Anlageberater eben etwas gespritzt hatte. »Hey!«

Viel zu schnell für einen normalen Menschen sprang der angebliche Mr. Franklin aus dem Taxi. »Genieß es.«

Schwindelgefühle befielen Ultra. Dennoch wollte er den Mann stellen. Mühsam stieg er aus. Die Beine, die normalerweise sein Gewicht und das seiner Ausrüstung mit Leichtigkeit trugen, gaben sofort nach.

Er knickte zur Seite und stürzte wie ein gefällter Baum

der Länge nach auf seinen Kofferberg, den er mit seinem stattlichen Körpergewicht zusammendrückte.

Einer der Behälter öffnete sich, die Hülle der Blütenkränze platzte auf. Zarte Blätter wehten umher und bildeten bunte Farbtupfer auf dem grauen Asphalt.

Das Gesicht des Taxifahrers erschien vor ihm, Blitzlichter flammten auf. Er bildete sich ein, das Klicken der Kameras doppelt so laut zu hören. Dann drängten Cops die Meute zurück.

»Sir? Hören Sie mich, Sir?«, erkundigte sich ein Polizist, der ein rotes Kreuz auf dem Helm trug. Er kniete sich neben ihn nieder. »Was fehlt Ihnen, Sir?«

Ultras Zunge war gelähmt. Während er unverständlich lallte und den Duft der hawaiianischen Blumen in der Nase hatte, schwand sein Bewusstein vollständig.

Das Läuferteam hatte sich eine Unterkunft im Keller eines baufälligen Gebäudes in den Redmond Barrens eingerichtet. Jedenfalls warnten Schilder vor Einsturzgefahr.

In zwei trollgroßen Safes lagerten Notfallausrüstung und Vorräte. Strom gab es per Knopfdruck, ein schallgedämpfter Generator produzierte die notwendigen Voltmengen für Licht, Computer und elektrische Geräte. Hustle bezahlte ein Rudel Squatter dafür, das Gelände im Auge zu behalten.

Sollte sich dennoch jemand bis in den Keller wagen, fiel er den Sicherheitsvorkehrungen zum Opfer. Claymore-Minen galten als nicht mehr brandneu, aber effektiv. Twing hatte den Auslöser mit Trittleisten gekoppelt. Sobald sich ein Individuum mit mehr als fünfzig Kilogramm in den Keller verlief, aktivierte sich der erste Sprengkörper. Fünf weitere lauerten im Verborgenen.

Der Trick mit dem Warnschild reichte bislang aus. Häuser wurden in den Barrens zwar rasch okkupiert, doch keiner wollte von morschen Wänden erschlagen werden.

Hustle hatte Kaffee aufgebrüht und Dauerkekse ausgeteilt. Nervennahrung.

Cauldron und Sparkplug saßen stumm am Tisch. Sie hatten die Bilder vom Flughafen, die sie eben im Trid sahen, deutlich vor Augen. Kurz darauf vermeldete das Krankenhaus, der prominente Patient habe das Bewusstsein noch nicht wiedererlangt. Es gehe ihm den Umständen entsprechend gut, die Ärzte seien dem Grund des Zusammenbruchs auf die Spur gekommen. Danach drängte sich der Taxifahrer vor die Kamera und beschrieb auf Bitten des Reporters, wie der Unbekannte ausgesehen hatte. Die vagen Angaben passten auf zwei Drittel der Sararileute.

»Verdammter Drek! Was jetzt?«, fluchte Sparkplug. Der Rigger schaute abwechselnd von der Magierin zum orkischen Straßensamurai.

»Was soll sein?«, zischte ihn die Frau an. »Es ist ziemlich klar, dass jemand Jagd auf uns macht. Niemand meiner Kontakte hat etwas gehört. Es gibt nicht einmal ein Kopfgeld.«

»Mir ging's genauso. Also ist es eine persönliche Geschichte«, bestätigte Hustle nachdenklich. Die Kanne mit der dampfenden Flüssigkeit in der Rechten und der passenden Anzahl Bechern in der Linken, kehrte er an den Tisch zurück. Er würde liebend gerne den Spieß umdrehen, aber dazu müsste man wissen, wen sie suchen sollten. Der Gegner befand sich ihnen gegenüber eindeutig im Vorteil.

»Vielleicht kann uns Ultra mehr sagen?«, schlug Sparkplug vor. Er kostete den Keks und warf den Rest achtlos auf den Tisch. »Er hat den Scheißkerl aus der Nähe gesehen.«

»Es könnte natürlich eine Falle sein«, gab Cauldron argwöhnisch zu bedenken. »Wir schauen nach unserem

Riesenbaby, während der Killer uns in aller Seelenruhe ins Fadenkreuz nimmt.«

»Möglich. Ich würde an seiner Stelle zuschlagen. Wenn die Stars nicht für seinen Schutz sorgen, sollten wir das übernehmen«, sagte Hustle. Er streckte die Beine aus und balancierte den Becher auf seinem Bauch aus. Twings Aufenthaltsort kannte niemand, sie befand sich in Sicherheit. Aber bei ihrem Freund lag die Sache anders. »Wer ist dafür, dass wir nachsehen?«

»Ich nicht. Wir geben uns wie leere Bierbüchsen zum Abschuss frei«, murmelte die Hermetikerin.

Die Augen des orkischen Samurais blitzten böse auf. »Darf ich dich daran erinnern, dass wir für dich genau das Gleiche tun würden, Cauldron? Er ist unser Chummer! Und wenn dir das nicht reicht, dann denk an die Kohle, die er dir geschenkt hat.« Er bedachte sie mit einem geringschätzigen Blick.

Die Frau sackte zusammen und spielte mit einem ihrer Ringe. »So meinte ich das doch gar nicht«, widersprach sie trotzig.

»Dann sag es in Zukunft anders.« Es war immer das Gleiche mit ihr. Diejenige, die sich mit ihrer Magie am besten schützen konnte, zierte sich am meisten.

»Fahren wir hin«, beschloss Sparkplug. Der Elf griff nach dem Fernsteuerpult. Seit dem Vorfall am Flughafen stöpselte er sich gar nicht mehr aus. Zwei Mikroskimmer schwirrten in der Nähe herum und übernahmen die Funktion von Leibwächtern. »Wir nehmen Cynthia. Da braucht es schon eine Langstreckenrakete, um sie zu knacken. Und du«, er schaute zu der Hermetikerin, »wirst ja wohl mit allem anderen fertig.«

Cauldron schnalzte mit der Zunge.

Das Trio parkte in der Tiefgarage des Krankenhauses, in das man Ultra als Platin-Kunde von DocWagon verfrachtet hatte.

»Shit, Chummer«, fluchte der Rigger und pfiff durch die Zähne, als sie das Zimmer betraten und sich umschauten, »ich weiß, warum du das gemacht hast. Das ist ja feudaler als im besten Hotel Seattles.«

Ultra grinste schwach. Die Schattenläufer gaben ihm nacheinander die Hand und überreichten kleine Geschenke. Wissenschips für sein Datapad, Kekse und ein Sixpack, das sie in einem Karton an der Schwester vorbeigeschmuggelt hatten.

»Geht's Twing gut?«, wollte er wissen.

Sparkplug nickte. »Ich soll dir Grüße ausrichten. Was war los, Ultra?«

Der Metamensch schaute unglücklich in die Runde. »Die Schweine haben meine Geländekarre gesprengt. Dann wollte ich mit dem Taxi nach Hause fahren, als sich so ein Anzugträger zu mir setzt und einen auf Zufall macht.« Er begann die Präsente auszupacken und beschrieb dabei den Mann. Hustle notierte sich alles.

»Das war der gleiche Typ, der auch Twing umbringen wollte. Er hat schon zweimal versagt«, lächelte Cauldron aufmunternd. »Er ist ein echter Verlierer. Beim nächsten Mal ist er fällig.«

»Was ist bei den Untersuchungen rausgekommen, Chummer?«, erkundigte sich der Elf vorsichtig. »Was hat dich umgehauen?«

»Das war nur ein Betäubungsmittel. Er wollte sicher sein, dass ich ihm nicht folge«, beruhigte Ultra seine Freunde und zeigte das Goldplättchen auf seinem Zahn. »Die Ärztin meinte, den Doom-Wirkstoff bekäme sie mit einer Gen-Therapie rasch in den Griff.« Seine Beiläufigkeit brachte die anderen dazu, entsetzte Blicke zu wechseln. »Oh, ein Wissenschip!«, strahlte der Troll. »Danke.«

»Doom?«, echote die Magierin. »Ist das nicht gefährlich?«

»Ich hab's vorhin nachgelesen.« Er räusperte sich.

»Doom besteht aus einem künstlich hergestellten Antikörper, der ein radioaktives Isotop, Bismuth-212, angekoppelt hat«, dozierte Ultra. »Die Strahlung beim Zerfall ist groß genug, jede Zelle zu vernichten, die der Antikörper passiert. Doom ist speziell entwickelt worden, um die oberste Lage der Muskelschichten zu zerstören. Sobald die Entsorgungssysteme des Körpers die zerstörte Schicht als defekt erkannt und entfernt haben, attackiert Doom die nächste Lage und so weiter …«

»Bis keine Muskeln mehr da sind?«, entschlüpfte es Cauldron erschüttert.

Der Troll nickte. »Du hast's kapiert. Meistens sterben die Opfer schon vorher, weil der Körper …«

»Schon gut«, unterbrach Hustle. Der Typ, der sie umbringen wollte, musste ein Sadist sein. »Und mit einer Gen-Therapie bekommen die Weißkittel das in den Griff?«

»Ich denke schon«, meinte eine weibliche Stimme von der Tür. Eine Ärztin hatte den Raum betreten und musterte die Versammlung. »Dr. med. Ranfield« stand auf dem Ausweis an ihrem Kittel. »Unser Labor hat Doom sofort identifiziert. Die Heilungschancen sind dadurch recht gut. Je schneller wir beginnen, umso mehr Muskelsubstanz können wir unserem Patienten erhalten.«

»Drek, verfraggter«, fluchte Sparkplug und stieß geräuschvoll die Luft aus. »Sie kriegen das hin?«, vergewisserte er sich noch einmal bei der Medizinerin.

Sie schenkte ihm ein routiniertes Lächeln. »Es wird nicht einfach. Doom ist ein höllisches Zeug und ohne Gen-Therapie absolut tödlich. Blutfilter unterstützen zwar den Kampf, aber therapieren kann man Doom nur mit Hilfe der Genetik.« Ranfield kam zu Ultra und las die Werte der Geräte ab. »Da unser Patient zu seinem Glück über genügend Geld verfügt, können wir etwas für ihn machen.«

»Geld«, meinte Hustle abfällig.

Die Ärztin wandte sich erstaunt um. »Wir sind ein Wirtschaftsunternehmen, Mister, nicht die Wohlfahrt. Die würde Ihnen beim Doom-Befund eine Pistole geben, damit Sie Ihr Leiden verkürzen.«

»Dann geben Sie ihm die verfraggte Gen-Spritze, damit wir ihn mit nach Hause nehmen können«, verlangte der Rigger ungeduldig.

Ranfield lachte hell auf. »Wir versetzen Mister Ultra in einen komatösen Zustand und verfrachten ihn in einen Tank mit Nährflüssigkeit. Während unser Patient in der Lösung schwebt, werden die Naniten ihre Arbeit aufnehmen und die Doom-Antikörper hoffentlich rasch zerstören.«

»Wie lange?«, erkundigte sich Hustle knapp.

»Mindestens eine Woche.« Sie drückte einen Knopf. »Und nun entschuldigen Sie bitte, wir müssen unseren Kunden behandeln.«

»Können wir den Tank mitnehmen?« Sparkplug stand auf. »Ich habe einen Lastwagen, da könnte er hineinpassen.«

Zwei Pfleger erschienen und begannen, die Vorbereitungen für das Bad. Sonden wurden am Körper befestigt. Die Ärztin deutete zur Tür. »Wenn Sie eine Kom-Nummer hinterlassen, rufe ich Sie an, sobald Ihr Freund wieder genesen ist.«

»Ja, macht das«, rief Ultra von seinem Bett aus, der sich bei dem Gedanken, in einem Tank voller Schleim zu dümpeln, nicht wohl fühlte.

Der Ork nahm die Medizinerin zur Seite. »Sie können sich sicher denken, Miss, dass unser Freund in großer Gefahr schwebt. Ich bitte Sie, dass Ihr Sicherheitsdienst strengstens darauf achtet, wer hier ein und ausgeht.«

»Seien Sie unbesorgt«, erwiderte Ranfield freundlich. »Gehen Sie nach Hause und warten Sie auf unseren Anruf. Die Naniten und ich tun, was wir können. Das ist in der Preisklasse knapp unterhalb von göttlichem Wunder.«

Das Bett mit dem Troll wurde in den Fahrstuhl gefahren, der zur Abteilung mit den Tanks führte. Der Lift schloss sich langsam. Ultra hob die Hand zum Gruß und reckte den Daumen empor. Dann verdeckten ihn die schottähnlichen Türen.

»Jemand hat seine helle Freude daran, uns nicht nur umzubringen, sondern es noch möglichst qualvoll zu gestalten«, sagte Cauldron schließlich.

»Mir geht der Sprit aus, um es bildlich auszudrücken«, gestand der Elf zerstreut, »und da ich echt nicht weiß, was wir machen können, bin ich dafür, dass wir ein paar Leute einschalten, die sich gegen gutes Geld darum kümmern.«

»Wir sollen Schattenläufer anheuern?«, entgegnete der Ork ungläubig. »Wird sich prima auf unsere Reputation auswirken.«

»Vergiss die Reputation. Tot bringt sie dir gar nichts.«, unterstützte Cauldron den ratlosen Rigger. Man könnte abtauchen und hinter den Kulissen nachforschen, während andere Jungs auf die Pirsch gingen. Sie schaute Sparkplug an. »Hast du ein paar Kollegen ins Auge gefasst, die gut genug sind, sich mit so einem Typen anzulegen?«

Der Rigger zog den Anzug glatt, was ein vergebliches Unterfangen darstelle, und grinste bösartig. »Nicht unbedingt Kollegen. Aber sie sind, wenn ich mich richtig erinnere, verfraggt gut in dem, was sie machen.« Und wenn einer von denen draufginge, würde es ihn nicht besonders stören.

**UCAS, Seattle, Downtown, 17. 03. 2058, 20.01 PSZ**

Jeroquee betrat das Appartement und stolperte über Geoffreys unordentlich hingeworfene Schuhe. »Hey, Deckhead! Kannst du nicht aufpassen, wo du deine Treter hinschmeißt?«, ermahnte die junge Ghuljägerin den Decker.

»Na und?«, kam es aus der Küche. »Lass doch die Putzfrau kommen, wenn es dir nicht passt. Kohle genug haben wir ja.«

»Sehr witzig.« Sie gesellte sich zu dem Decker, der im Kimono vor dem Auto-Chef kauerte und gebannt beobachtete, wie sein Essen zubereitet wurde. »Spargelspitzen in Sauce béarnaise mit handgeerntetem Reis«, las Jeroquee die Aufschrift der Packung. »Geoff, du wirst allmählich dekadent. Die Wohnung tut dir gar nicht gut.«

»Ach, das lass mal meine Sorge sein«, winkte er ab, ohne die Augen von der Timeranzeige zu nehmen. »Ein wenig Luxus entspannt.« Er langte unter sich und hielt ihr eine Flasche entgegen. »Ein Aperitif?«

»Was ist das?«

»Sake. Japanischer Reiswein. Schmeckt aber widerlich.« *Ping.* Begeistert nahm der Decker die Schüssel aus dem Auto-Chef und machte sich über die Spargelspitzen her. »Guter Geschmack, der Typ, wenn's ums Essen geht.«

»Frisst du den ganzen Tag oder kümmerst du dich nebenbei auch noch um die Nuyen im Tresor?«

»Eile mit Weile«, kaute der Matrixexperte.

Die Ghuljägerin belegte sich ein Brot. »Ich habe einfach Angst, dass einer der beiden Leute auftaucht und uns rausschmeißen lässt.«

»Warum? Wir sind offiziell von unserem unbekannten Gönner eingetragen worden.« Geoffrey zuckte mit den

Achseln. Er aß geräuschvoll und schaute zur Decke. »Aber um dich zu besänftigen: Ich war erfolgreich.«

»Ehrlich? Los, erzähl.«

»Du hattest Recht. Atades Moloki ist wirklich Sakagi Seg. Der Junge hat für Mitte zwanzig eine ordentliche Latte von Vorstrafen. Körperverletzung in mehreren Fällen und die Auflage, eine psychiatrische Betreuung zu akzeptieren, um seine Gewalttätigkeit in den Griff zu bekommen.« Er fischte nach seinem Deck, stöpselte es an einen Monitor und machte die Informationen sichtbar. Mit einer Hand aß er weiter und benutzte die Gabel immer dann, wenn sie gerade nicht bis oben hin beladen war, als Zeigestock. »Das hat mich einen ganz schönen Ritt in der Matrix gekostet.«

»Die zweihundertfünfzig Riesen werden deine Unkosten gedeckt haben, oder?«

»Gerade so«, erwiderte er frech grinsend und lutschte die Gabel ab. »Womit erzielen sie nur so einen abgefahrenen Geschmack?«

»Geoff!«

»Ja, ja, nur die Ruhe. Sakagi Seg hat eine Ausbildung als Broker gemacht, Wertpapiere verscheuert und den nicht unbeträchtlichen Reichtum seines Vaters noch aufgestockt. Nebenbei schlug er in hippen Zappelschuppen gelegentlich dem ein oder anderen Gast auf die Fresse und misshandelte Squatter. Mehr war nicht zu erfahren. Außer, dass er alles an Kunst sammelte, was mit Japan zu tun hatte. Er sprach fließend Japanisch sowie mehrere Dialekte und galt zudem als Kampfsportspezialist. Sein derzeitiger Aufenthaltsort ist unbekannt.«

»Unbekannt?« Jeroquee horchte auf. »Ich habe ihn erschossen.«

Geoff steckte sich die Finger in die Ohren und sang ganz laut. »Das habe ich nicht gehört. Wenn mich einer fragt, ich werde nichts wissen.«

Die Ghuljägerin zog ihm lachend die improvisierten Stöpsel aus dem Gehörgang. »Das interessiert sowieso niemanden.«

Der Decker schwang sich vom Hocker, machte sich im Kühlschrank auf die Suche nach dem nächsten Fertiggericht und beförderte es mit Schwung in den AutoChef. »Hören würde ich die Story schon ganz gerne«, gestand er. »Ist sie spannend?«

Jeroquees Blick schweifte in die Ferne. Das Gesicht ihres Mentors tauchte aus der Vergangenheit auf. »Sie ist traurig, Geoff.« Sie nahm die Sake-Flasche und goss sich ein. »Mein Lehrer Piers und Sakagis Vater gerieten aneinander. Demus hat ihn und seine Gruppe bei einem Lauf beschissen und sich die Prämie eingesackt. Mit zunehmender Vercyberung drehte er durch, wollte ewige Jugend durch die ›Herzen der Magier‹ erlangen, ein Präparat auf pflanzlicher Basis.«

»Aha. Leonisation war ihm unbekannt, was?«

»Demus nahm das in seinem kranken Hirn wörtlich und machte Jagd auf die Magischen. Piers Freundin Sunrain fiel ihm zum Opfer. Daraufhin machte Piers Jagd auf ihn und dachte, er hätte ihn erschossen.« Sie leerte ihr Glas.

»Lass mich raten, er hat es doch nicht geschafft?«, vermutete der Decker, der gebannt an ihren Lippen hing.

»Genau. Wir entdeckten in der Kanalisation einen toten Schamanen, der auf die gleiche Weise umgebracht wurde. Wir fanden Demus in einem Raum voller Fetische. Ich glaube, er nahm sich von jedem seiner Opfer ein Andenken mit als Zeichen seiner Überlegenheit.« Jeroquee setzte die Flasche kurzerhand an und trank. Sie wusste noch genau, wie ergriffen Piers schaute, als sie Sunrains Fokus fanden. Sie hustete. Tränen stiegen ihr durch den scharfen Geschmack in die Augen. »Der japanische Mistkerl hat ihn umgebracht. Ich musste flüchten, weil Piers es so wollte.« Er opferte sich, damit sie abhauen konnte. Schniefend zog sie die Nase hoch.

Geoff schniefte mit und griff nach dem Sake. »Mann, ist das traurig.«

»Ich habe mich später mit Poolitzer auf die Jagd gemacht. Wir haben Piers' Leiche aus der Kanalisation geholt und das Versteck der beiden Idioten gefunden. Zuerst erschossen wir Sakagi.« Sie musste wider Willen lachen und eroberte die Flasche zurück. »Der Snoop ist ein miserabler Schütze. Später hat Demus einen ganzen Kanalarbeitertrupp fertig gemacht und mich um ein Haar gegeekt. Letztlich hat er doch den Geist aufgegeben.« Eine Schrotflinte hatte ihre Vorteile.

»Und deshalb trägst du so viele Schrammen mit dir herum?«, vermutete ihr Bekannter richtig. »Muss ein harter Kampf gewesen sein.«

»Ja.« Das nächste Glas wurde gefüllt. »Poolitzer hat mir seine Jacke dagelassen, während wir auf DocWagon warteten. Er muss die Gelegenheit genutzt haben, Sakagi zu filzen, ehe wir gingen. Er steckte den Schlüssel ein, ich habe ihn gefunden, und jetzt sitzen wir im Paradies.«

»Auf Poolitzer!«, befand der Decker. Mit angewidertem Gesicht stürzten sie den Alkohol hinunter. »Slot, was für ein Zeug. Und wie ging's weiter?«, wollte er krächzend wissen.

»Vom Krankenhaus aus habe ich geregelt, dass sie mir Piers' Leiche in eine Tiefkühlkammer legen. Ich werde ihn demnächst einäschern lassen und in seiner Stammkneipe eine ordentliche Begräbnisfeier ausrichten.« Er verdiente es nicht, vergessen zu werden. Die Ghuljägerin schnäuzte sich die Nase. Ohne ihn wäre sie bestimmt genauso ein BTL-Junky geworden wie Barry, dieser dämliche Idiot.

»Auf Piers!«, rief Geoffrey und prostete der jungen

Frau zu. »Und all die anderen Kumpel, die auf der Straße gestorben sind.«

Sie kippten ein Glas nach dem anderen und versanken in Gedanken.

»Ich habe auch schon ein paar Kollegen verloren«, meinte der Decker nach einer Weile. »Sah nach einem harmlosen Lauf aus. Rein in die Matrix, ein paar Passwörter knacken, ein bisschen Ice beschäftigen, damit andere sich Paydatas besorgen konnten, und wieder raus.«

»Es soll angeblich immer harmlos aussehen.« Jeroquee stützte den seltsam schwer gewordenen Kopf auf den Handballen und betrachtete den Mann. »Und weiter?«

»Es sagte uns keiner, dass die Sicherheitsprogramme aggressiv eingestellt waren. Ich wollte zwei Anfängern vorsichtig beibringen, auf was man alles achten muss, wenn man eine Attacke reitet.« Geoff sah sie aus traurigen Augen an. »Du kannst dir vorstellen, wie es für sie ausging …« Seine Schultern bebten.

Das löste den mütterlichen Reflex bei der Ghuljägerin aus. Sie nahm den Decker in die Arme und tröstete ihn.

Als er den Kopf hob und vorsichtig ihren Hals streichelte, war sie zu überrascht, um den zärtlichen Fingern Einhalt zu gebieten. Zu ihrem eigenen Erstaunen beugte sie sich auch noch vor und küsste ihn zögerlich.

*Was tust du da?*, schrie ihr Verstand in heller Aufregung.

*Ich hole mir ein bisschen Wärme,* antwortete ihr Herz seufzend.

*Und Sex,* fügte ihre Weiblichkeit anzüglich hinzu.

Die Annäherung endete, wie es musste. Das breite Bett eignete sich hervorragend für die wichtigste Nebensache der Welt, der in aller Ausgiebigkeit von den beiden nachgegangen wurde.

»War ich gut?«, wollte Geoff wissen und betrachtete den Rücken der Ghuljägerin.

»Sicher, Tiger.«

Argwöhnisch tippte er ihr auf die Schulter, seine Augen verengten sich. »Ehrlich?«

»Autsch!« Dass Männer immer eine Bestätigung haben wollten. Jerqouee wirbelte herum. »Pass doch auf. Die Stelle ist noch nicht ganz verheilt.«

Sie machte sich Vorwürfe, es mit dem Mann getan zu haben, obwohl sie es gar nicht wirklich gewollt hatte. Deshalb war sie sauer auf sich und ließ es zudem noch an Geoff aus. Das ärgerte sie noch mehr.

Sie zwang sich zu einem Lächeln und klopfte dem Decker auf den Oberarm. »Es war guter Sex, Geoff, und es war einmaliger Sex. So eine Art vergnüglicher Ausrutscher, würde ich sagen.« Jeroquee sprang aus dem Bett und ging zur Dusche. »Das soll nicht heißen, dass ich dich nicht leiden kann. Aber es war wohl …«

»Situationsbedingt?«, half der Decker erleichtert. »Mann, da bin ich aber beruhigt. Ich dachte schon, du würdest mehr darin sehen. Weißt du, meistens kommt die Frage, wie es weitergeht?«

Sie stockte. »Nein«, wehrte sie ab. »Nein, bestimmt nicht.« Dennoch wurde sie unsicher.

»Wenn du mal wieder Trost brauchst, ich bin immer für dich da.«

Wie angewurzelt blieb sie stehen. »Ich? Trost? Wer hat denn von uns beiden geheult wie ein Schlosshund?«

»Taktik, Baby.« Geoffrey verschränkte die Arme im Nacken und grinste dreckig. »Ich sah, dass es dir schlecht ging. Da habe ich ein bisschen improvisiert.«

»Sehr aufopfernd«, bemerkte sie frostig und setzte ihren Weg ins Bad fort.

»Was denn?«, begehrte der Decker auf. »Hat es dir nicht gefallen?« Die Tür fiel ins Schloss, und bald darauf hörte er das Rauschen des Wassers. *Slot! War wohl doch keine so gute Idee.* »Warum hab ich nicht einfach die Klappe gehalten?«, murmelte er und stand ebenfalls auf. Aus Bequemlichkeit warf er sich nur den Kimono über. Ein Blick auf den Wecker sagte ihm, dass es kurz vor Mitternacht war.

Er kehrte zurück zu seinem Deck und überprüfte, ob es neue Nachrichten gab, was die beiden Personen anging, die er wegen der Zugangsberechtigung für das Appartement checkte. Und tatsächlich hatten seine mit Creds motivierten Kontakte etwas herausgefunden.

»Jeroquee! Ich hab was«, brüllte er. Im gleichen Augenblick ertönte die Türglocke. *Slot!* Geoff eilte zum Eingangsbereich und schaute auf den Monitor.

Auf der anderen Seite stand eine dunkelhäutige Frau mit langen schwarzen Haaren, die sie als Zopf trug. Ihr Körper steckte in einem nachtblauen Ledermantel, die Füße in Boots. Die Züge wirkten leicht asiatisch. Ihr sehniger Zeigefinger näherte sich ein weiteres Mal der Klingeltaste. Wieder schlugen die Gongs an.

*Geh weg, Tussi,* wünschte sich der Decker. *Der Typ ist nicht da.*

Die Frau wartete noch einen Moment, dann betätigte sie den Ziffernblock, um an den Retina-Scan zu gelangen.

»Khodokarami«, verstand Geoffrey. Siedend heiß überlief es ihn. Panik machte sich breit.

»Ist das ein neues Schimpfwort?« Lautlos war die Ghuljägerin neben ihm aufgetaucht, die sich inzwischen angezogen hatte. »Wer ist denn das?« Da erinnerte sie sich ebenfalls wieder an den Namen. Der »Worst-Case« trat ein.

Der Computer verweigerte den Zutritt, nachdem die Netzhautabfrage negativ verlaufen war.

Khodokarami verzog den Mund, hob den Arm und bediente ihr Handgelenk-Kom. Sekunden darauf klingelte es hinter den beiden. Der Anrufbeantworter sprang an, Jeroquee schaltete auf externen Lautsprecher um.

»Sakagi, ich stehe vor deiner Tür und komme an dem Scanner nicht vorbei«, erklärte sie ungehalten. »Was soll das? Willst du dir das entgehen lassen?« Sie schaute nach oben und öffnete den Mantel.

Außer ein paar spärlichen weißen Dessous, die durch ihre braune Haut aufreizend betont wurden, trug sie nichts darunter. Um den Hals lag ein Schmuckstück. Ihr Körper präsentierte sich gefährlich athletisch.

Die Kinnlade des Deckers klappte nach unten.

»Wenn du die Hand auf die Klinke legst, bist du ein toter Mann«, warnte ihn die Ghuljägerin und deutete vielsagend auf ihr Schulterhalfter.

»Ich bin ja nicht wahnsinnig«, beschwichtigte Geoffrey. »Schau sie dir an. Die Tussi bringt mich mit dem kleinen Finger um, wenn sie will.« Er sah Jeroquees verständnisloses Gesicht. »Sie ist mehrfache internationale Meisterin in Ninjitsu und angeblich eine der besten Kampfsportlerinnen der Welt. Die News kamen vorhin rein.«

Die junge Frau mit den prachtvollen Locken musterte Khodokarami. »Sie muss gut sein. Ihr Nasenbein ist nicht gebrochen.«

»Oder der letzte Eingriff ist schon eine Weile her«, lachte der Decker.

»Dann gibt es heute eben keine Übungsstunde, Sakagi«, dröhnte es aus den Boxen. »Wenn du dich nicht morgen bei mir meldest, gehe ich davon aus, dass Schluss zwischen uns beiden ist.« Sie drehte sich um und kehrte in den Fahrstuhl zurück.

*Davon kannst du ausgehen,* dachte Jeroquee grimmig. *Die Ghule haben ihn bestimmt schon gefressen.* »Das war knapp. Gut, dass du den Scanner umprogrammiert hast.«

Erleichtert stieß der Decker die Luft aus. »Das Schmusekätzchen hätte uns beide zerrissen.«

»Was weißt du noch über sie?«

»Sie ist Inderin und siebenundzwanzig Jahre alt. Nach ihrer Kumite-Karriere hat sie ein exklusives Dojo errichtet, in dem sie nur die Besten ausbildet«, fasste er die Informationen zusammen. »Das ist die offizielle Version. Gerüchte besagen, sie wäre eine Berufskillerin, die ihre Jobs handverlesen macht. Das ist ihre Art, im Training zu bleiben.«

Die Ghuljägerin und der Decker ließen sich im Wohnzimmer nieder. Khodokarami passte hervorragend zu Sakagi und dessen Vater, schätzte sie. Alles Psychopathen. Aber um diese Leute sorgte sie sich weniger. »Was ist mit dieser Sozaria?«

»Yakub Estefan Zozoria«, stellte Geoffrey den Namen richtig. »Das passt nicht wirklich zu den Japan-Fetischisten.« Die Informationen flimmerten über den Monitor. Er war 46 Jahre alt, geboren in Andorra la Vella und hatte Wohnsitze in Seattle, London, München, Osaka, Andorra la Vella und St. Petersburg. Offiziell geführt wurde er als Antiquitätenhändler. Sein Unternehmen hieß »Antique Enterprises«.

Aber in den Schatten wusste man noch mehr über ihn. Das Porträt eines sympathischen Mannes in den mittleren Jahren erschien auf dem Display. Auf der Nase trug er einen altertümlichen Zwicker.

Der Andorraner besorgte die ältesten magischen Gegenstände, die man sich für Geld leisten konnte, hieß es, aus allen Regionen der Welt. Angeblich gingen verschiedene Diebstähle sowie Überfälle auf das Konto seiner Handlanger.

Geoffrey scrollte die Nachrichten durch. »Angeblich hat er sogar schon einen Drachen erledigen lassen, weil er diverse Abnehmer für die Bestandteile des Critterwesens hatte.«

»Einen Drachen?« Die junge Frau las die Notizsammlung durch und zeigte sich sichtlich beeindruckt. Da war sie mit ihrer Ghuljagd ein armseliges Licht dagegen.

Die Kampfsportlerin hielten sich die Segs also, um sich in Form zu halten, resümierte Jeroquee. Als Geliebte des jüngeren Seg erlangte sie freien Zugang. Sie schaltete den Trideo ein, um einen Musiksender zu suchen und die Clips im Hintergrund laufen zu lassen.

»Ich hab's! Sie haben von Zozoria ihre Einrichtung gekauft«, schloss Geoffrey aus den Kunstgegenständen um sich herum. »Von irgendwo her muss der alte Trödel stammen. Und Zugang bekam er deshalb, weil er die Sachen direkt anlieferte.«

Die Ghuljägerin grübelte. Zwar klang es stimmig, was Geoff vorschlug. Aber es störte sie etwas daran. Wie der Blitz traf sie die Erleuchtung, die in eine ganz andere Richtung wies. »Fetische!«, sagte sie begeistert.

»Ach, der Cyber-Ersatz für die Zauberstabschwinger?«

Jeroquee knetete ihre Unterlippe. »Genau diese Dinger. In dem Raum, in dem wir Demus zum ersten Mal begegneten, hingen eine Unzahl von Foki und dergleichen, die sich der Psychopath von seinen Opfern als Andenken aufbewahrte. Vielleicht wollten sie die Gegenstände zu Geld machen. Später waren sie verschwunden. Demus muss sie an einen anderen Ort gebracht haben.«

»Du meinst, Zozoria wollte das Zeug kaufen?«, dämmerte es dem Decker allmählich. »Ich habe keine Ahnung, was so ein Fokus kostet. Lohnt sich das denn?«

»Vermutlich«, schätzte sie. Ihr ging es um etwas anderes. Sie wusste noch ganz genau, wie der Fetisch von Sunrain ausgesehen hatte. Jeroquee hielt es für eine schöne Geste, dieses Andenken zusammen mit Piers' sterblichen Überresten zu bestatten. Auf keinen Fall sollte das magische Artekfakt in die Hände eines Dealers kommen.

Geoffrey hackte bereits auf seinem Deck herum und zog Informationen über den Wert von Foki und Fetischen ein. »Slot«, entfuhr es ihm leise. »Wie viele hast du gesagt, wären da unten gewesen?«

»Mindestens vier Dutzend.«

»Millionen Creds«, schwärmte Geoff mit glasigen Augen. »Heilige CPU, da liegt ein Vermögen im Untergrund von Seattle, Jeroquee!«

Sie drehte den Monitor so, dass sie auch etwas lesen konnte. »Es kommt darauf an, um was für ein Artefakt es sich dabei handelt«, dämpfte sie die Erwartungen des Matrixjockeys. »Es können auch nur ein paar lausige hundert Nuyen sein.«

»Nein, das glaube ich nicht.« Geoffrey sah sich schon in Geld schwimmen. »Was ich damit alles machen kann …«

Süffisant lächelnd wandte sie ihm ihr Gesicht zu, nahm eine ihrer Pistolen aus dem Holster und drückte sie ihm in die Finger. »Viel Erfolg, Chummer. Mit den paar Ghulen wirst du schon fertig.«

»Ich?« Hastig gab er die Waffe zurück. »Nein, ich bleibe in diesem Appartement und sorge für ….« Fieberhaft suchte er nach einem Betätigungsfeld, das ihn vor dem Abstieg in die stinkende Unterwelt bewahrte. »Die Pläne. Und Ablenkung.«

Jeroquee stand auf und humpelte zur Tür. »Ich werde mich bei ein paar Leuten umhören, ob sie mich in die Kanalisation begleiten wollen. Du hältst die Stellung.«

Sie schloss die Lederjacke und verschwand hinaus.

Der Decker machte sich daran, in das System der Stadtverwaltung einzuhacken, um herauszufinden, welche Firma für welchen Abschnitt des weit verzweigten Abwassersystems von Seattle zuständig war. Danach müsste er in jedes einzelne Unternehmen einsteigen, um sich die Pläne runterzuladen.

Er klinkte sich in die Matrix und begann seine Arbeit.

**ADL, Bexbach (Sox), ECC-Arkologie,**
**17. 03. 2058, 23:52 MEZ**

Professorin Usner-Gassert betätigte die Enter-Taste und startete den Simulationslauf des Programms, das sie soeben nach ihren Vorstellungen beendet hatte. Nach ihren Vorstellungen und den brillanten Ergänzungen des Schweden, der seine Erkenntnisse noch immer niemandem mitteilte. Zufrieden atmete sie durch, als die Zahlenkolonnen genau das machten, was sie sollten.

*Perfekt.* Sie blickte auf die Ziffern ihrer Uhr. Kollege Gud würde ein höllisches Wunder erleben. Bald wäre sie die Einzige, die neben dem theoretischen Erfolg auch den passenden Probanden dazu lieferte. Damit näherte sie sich ihrem Ziel, eines baldigen Tages einen Forschungskomplex zu führen, mit raschen Schritten.

»Die Sünde« erhob sich aus dem ergonomisch geformten Stuhl, speicherte die neuesten Daten auf einen Chip und schaute nach dem Decker, der sich im Nebenraum eingestöpselt hatte.

Der Mann stieg aus der Scheinwelt der Datenströme aus, und ruckartig öffnete er die Augen. »Ich bin so weit.« Er nahm das Speichermedium entgegen, um den Inhalt zu übertragen.

»Sehr schön, Herr Reiser«, lobte sie ihn. »Sie sind Ihr Geld wert.«

»Sehe ich auch so.«

Sie merkte ihm an, dass er noch etwas sagen wollte. »Nur Mut, junger Mann«, forderte sie ihn auf. »Haben Sie eine Anregung anzubringen?«

»Ich weiß nicht, was Sie damit vorhaben, Frau Professorin«, begann er, »aber ich finde, dass es verdammt gefährlich ist. Wenn das Signal abreißt oder die Sicherheitsschleife nicht greift, falls die Routinen unterbrochen werden, möchte ich nicht in der Nähe stehen. Haben Sie ein gesperrtes Territorium für den Test zur Verfügung? Hier drinnen werden Sie es wohl kaum ausprobieren wollen, oder?« Usner-Gassert lächelte vielsagend. »Okay, Sie werden es hier drinnen ausprobieren«, folgerte der Decker beunruhigt. »Warten Sie aber damit, bis ich das Labor verlassen habe.«

»Aber natürlich. Ich werde der Konzernleitung von Ihrem Engagement berichten. Sie werden schon bald eine andere Verwendung bei Cyberdynamix erhalten«, prophezeite sie ihm. »Es ist ein Wunder, dass Ihre Qualitäten nicht viel früher entdeckt wurden.«

»Sie reden wie meine Mutter.« Reiser deutete auf das Deck und wurde wieder starr. Sein mit der Technik verschmolzener Verstand befand sich im Cyberspace, um das zu vollenden, was er vor wenigen Tagen unter strengster Geheimhaltung begonnen hatte.

Eine Stunde später klinkte er sich wieder aus. Der Mann nahm einen unscheinbaren Chip aus einem extern angehängten Gerät seines Decks und reichte ihn ihr wortlos. Ohne weitere Erklärung verließ er das Labor.

Die Wissenschaftlerin betrachtete das Stück aus Plastik und Drähten. Dann schweifte ihr Blick hinüber zum grünen Stoff. Darunter zeichneten sich eine Liege und eine zwei Meter große menschliche Silhouette ab. Mehrere bunte Kabel verliefen unter dem Tisch und verschwanden in Kopfhöhe unter dem Tuch.

In einer Stunde, drei Minuten und zwanzig Sekunden verlöre der Schwede seine Probandin. Ruhig aktivierte sie mehrere Computer, steckte den Chip in ein Lesegerät und überspielte das Resultat.

Dr. Gud kehrte gähnend aus seiner Unterkunft noch einmal in sein Labor zurück. Beinahe hätte er die Auswertung vergessen. Er bekreuzigte sich, als er vor dem Kruzifix stand, benetzte die Stirn mit etwas Weihwasser, das in einer Schale neben dem Eingang hing, und steuerte auf seinen Schreibtisch zu. Ein neuerlicher Gähnanfall suchte ihn heim. Höchste Zeit für den erholsamen Schlaf.

Der Monitor erhellte sich. Die neuerliche Analyse der Werte seiner Probandin präsentierte sich weiterhin rätselhaft und sinnlos. Falsche Anzeigen und eine unzutreffende Ausgangsbasis für die Endergebnisse von hinten bis vorne.

Seltsamerweise meldete der Systemcheck des Gefechtscomputers nicht ein einiges Mal einen Aussetzer. Verdutzt musste sich Dr. Gud setzen. Mit einem Mal funktionierte das implantierte Cybergerät einwandfrei.

*Woher, bei allen Heiligen, stammen die Grundlagen für die Berechnungen?*

Ihm war neu, dass Computer aus Angst, sie könnten ihrem Träger entnommen werden, Fakten erfanden, um die Wissenschaftler zu täuschen. Es bliebe lediglich die andere Möglichkeit, dass sich Frau Gerlach tatsächlich an diesen Orten aufgehalten hatte.

*Das kann nicht sein,* verwarf Dr. Gud die Theorie. Niemals käme sie an den Sperren vorbei. Drohnen, Todesstreifen und Kontrollen verhinderten einen solchen Ausflug und machten ihn zum Ding der Unmöglichkeit. Oder?

Er wollte es wissen. Der Schwede tippte die angegebenen Längen- und Breitengrade in den Rechner ein und verlangte eine Übertragung auf eine Detailkarte. Die Auswertung benannte Zweibrücken.

Gud ließ die Standorte auf einen Stadtplan projizieren, um sich einen exakten Eindruck zu verschaffen. Mit Hilfe der virtuellen Auskunft wurde es ihm möglich, selbst die Häuser, in denen sich seine Probandin aufgehalten hatte, zu lokalisieren.

»*Capital* und *Pleasuredom*? Herr im Himmel, hilf!«, wunderte er sich laut.

Die Suchmaschine, die er mit den beiden Namen fütterte, spuckte zunächst höchst unsittliche Werbung aus. Danach folgten Verweise auf lokale Nachrichten und Polizeiberichte, zumindest, was das *Capital* anging. Unbekannte Täter hatten ein Massaker angerichtet. Mit ein paar Umwegen fand er im Netz heraus, dass im Bordell Ähnliches vorgefallen war.

»Vater unser!«, entfuhr es ihm perplex. *Sollte sie es gewesen sein?*

Die spekulative Vorgehensweise würde ihn nicht weiterbringen. Es gab nur einen Weg. *Ich werde mit ihr reden und sie mit meinem Wissen konfrontieren.* Er wählte ihre Nummer. Es dauerte lange, bis seine Probandin abnahm. »Frau Gerlach, ich muss unbedingt mit Ihnen sprechen.«

»Das geht jetzt nicht«, gab sie steif und fremd zur Antwort.

»Es muss«, beharrte er. »Wenn Sie nicht zu mir kommen, suche ich Sie eben auf.« Dr. Gud unterbrach das Gespräch. Er speicherte alle Erkenntnisse auf einen Chip ab und steckte den Datenträger in seinen Kittel. Danach druckte er sich alles aus, inklusive der Zeitungsartikel.

Dr. Gud verharrte vor dem Kruzifix, von dem die stilisierte Jesus-Figur leidend auf ihn herabblickte. *Gib mir die Kraft, Herr.* Nach einem Vaterunser schritt er zum Ausgang und betätigte den Öffnungsknopf.

Als die Tür aufschwang, fiel ein riesiger Schatten über ihn.

»Wer …?« Erschrocken blickte der Schwede auf. »Sie? Was haben Sie vor?« Er wich zurück und tastete nach dem Panikschalter. »Herr, mein Gott, du bist der Hirte, der mich weidet auf grüner Aue …«

Der Besucher folgte dem Wissenschaftler unbeschreiblich schnell ins Innere. Er packte den Arm, an dessen Handgelenk der Hilfesender saß, auf der Höhe des Ellbogens und riss ruckartig daran.

Die schalldichte Tür schloss sich hinter den beiden.

»Ostfolk hier. Abschnitt drei alles ruhig. Kommen.«

»Zentrale verstanden. Ende.«

Der Wachmann befand sich auf den Resten eines Kühlturms des Kraftwerks und schaltete die verschiedenen Kanäle durch, um zu hören, ob vielleicht irgendwo interessante Gespräche liefen. Anhand der Stimme erkannte er, dass Lehmann Dienst im Kontrollzentrum tat.

»Hast du das Spiel zwischen den ›St. Louis Slaughters‹ und den ›Mainzer Black Barons‹ gesehen?«, fragte gerade einer.

Das große, schadenfrohe Gelächter im Äther sprach dafür, dass die Mehrzahl der Wachmannschaft die Hinrichtung der amerikanischen Stadtkrieger verfolgt hatte.

Ennis Liebhaber musste hinter dem Visier seines Helms grinsen. »Denen haben sie so in den Arsch getreten, dass sich keiner mehr über den Teich traut«, steuerte er der klassischen Spätschichtdebatte bei. »Und das bei einem Freundschaftsspiel.«

»Das kann man so nicht sagen«, warf ein anderer ein. »Die Amis haben unser Team mit einem groben Foul provoziert.«

»Hat jemand gewettet?«, wollte Charly wissen, während er die Nachtsicht seines Displays aktivierte und die Umgebung betrachtete. Mit der Vergrößerungsfunktion seiner Zeiss-Cyberaugen zoomte er auf gut Glück und spähte in die Nacht.

»Ostfolk, hier Zentrale.«

»Ich höre. Kommen.«

»Gehen Sie zu Quadrant 42. Ich hatte da eben etwas

auf dem Bodenradar«, meldete der Sicherheitsrigger per Funk. »Kann sein, dass ein Ghul sein Nest hier bauen will.«

»Verstanden, Zentrale. Ende.« Der Gardist nahm das MG4/46, rückte den Patronengurt zurecht und entsicherte das leichte Maschinengewehr. Dann ging er zum Baustellenfahrstuhl, dessen offene Konstruktion als Notbehelf diente, um den Wachen den mühsam Aufstieg über eine wacklige Leiter zu ersparen.

Die käfigartige Kabine surrte nach unten.

Charly schaltete den Helm auf Infrarotsicht um, überprüfte die internen Lebenserhaltungssysteme der Vollrüstung, die ihn hermetisch vor der Außenwelt abschirmte, und wartete darauf, dass die Fahrt endete.

*Ghuli, Ghuli,* lockte er das goblinisierte Wesen gedanklich und legte den Finger an den Abzug des Maschinengewehrs. *Komm schon her. Ich geb dir was Totes. Zwischen deine Lichter.*

Er umrundete den Fuß des Kühlturms und machte sich gleichzeitig Gedanken darüber, warum der Rigger keine Drohnen losgeschickt hatte, um einen simplen Radarverdacht auf Kontakt überprüfen zu lassen. *Scheiß Schikane.*

Meter für Meter pirschte er sich vorwärts. Die Ghule gingen ihm sowieso auf den Sack. Die Leichenfresser und die Glow-Punks konnten sich seinetwegen gegenseitig fertig machen. Dann müssten er und seine Jungs nur auf die anderen Kon-Teams achten.

Er suchte zehn Minuten vergebens, dann kehrte er zum Fahrstuhl zurück, nahm aber den Weg, der ihn an einem der verborgenen Notausgänge vorbeiführen würde. Sollte der Ghul ein warmes Plätzchen für die Nacht suchen, würde er eine böse Überraschung erleben. »Zentrale, Ergebnis der Untersuchung im Zielgebiet negativ«, meldete er knapp.

»Bestätigt«, antwortete Lehmann. »Kehren Sie auf dem gleichen Weg auf Ihren Posten zurück. Kommen.«

»Wieso? Ich bin gerade auf dem Weg zum Notausgang 4. Kommen.«

Mehrere Sekunden lang herrschte Stille.

*Was ist denn das für ein Dreck?* »Zentrale, kommen!« Ostfolk ärgerte sich über die seltsame Anweisung, den gleichen Rückweg zu wählen.

»Ich habe gerade eine der Drohnen aus der Fernsteuerungskontrolle verloren. Könnte sein, dass Steel Lynx VI durchdreht und Sie irrtümlich aufs Korn nimmt«, lautete die hastige Erklärung. »Kehren Sie augenblicklich um, Ostfolk! Bestätigen.«

Der Wachmann schaltete auf Nachtsichtmodus und schaute sich genauestens um. »Negativ, Zentrale. Hier ist alles ruhig. Es könnte aber ein Ghul in der Nähe von Notausgang 4 sein. Ich wollte …«

»Ich habe das Signal noch einmal gecheckt«, unterbrach ihn der Sicherheitsrigger. »Es war nur ein Echo. Kehren Sie sofort um, Ostfolk, oder ich garantiere Ihnen wegen der Steel Lynx für nichts. Kommen.«

Charly erschien Lehmanns Verhalten immer seltsamer.

»In Ordnung, Zentrale. Ich kehre um. Ende.«

Doch er dachte gar nicht daran, auf den Kühlturm zurückzukehren. Notausgang 4 war viel interessanter geworden. Aufgrund der Konkurrenz in der Sox musste man wegen jeder Nichtigkeit argwöhnisch sein. Sollte der Rigger heimlich die Türchen für ein Spionageteam öffnen, wäre er, Charly Ostfolk, der richtige Mann am richtigen Ort. Hatte er das erledigt, würde er den Rigger zwingen, den Kolben des MG4 zu küssen, und eine satte Gehaltserhöhung einstreichen.

Er schaltete wieder auf Infrarotsicht und tastete sich wachsam vor.

»Ostfolk, hier Zentrale«, meldete sich der unsichtbare

Gesprächspartner erneut, Aufregung lag in seiner Stimme. »Ich habe Ihnen doch gesagt, Sie sollen das Gebiet meiden, bis ich die Drohne wieder im Griff habe. Kommen.«

»Ich sehe nach ihr«, bot der Gardist an, »wenn ich sie treffe. Nerven Sie mich nicht weiter. Ende.«

Charly lehnte sich mit dem Rücken an eine Betonwand und spähte um die Ecke, wo sich gut getarnt der Evakuierungsausstieg für eventuelle Katastrophen in der Ark befand.

Seine Infrarotoptik schlug sofort an. Die Elektronik färbte einen menschengroßen Körper rot ein, der neben dem Einstieg kniete und sich daran zu schaffen machte. Von wegen Irrtum.

»Zentrale, hier Ostfolk«, erstattete er Meldung. »Ich habe einen Unbekannten an Notausgang 4. Er scheint alleine zu sein. Jedenfalls orte ich derzeit keine anderen Eindringlinge.«

»Bestätigt«, antwortete Lehmann sofort. »Ich sehe ihn auch. Stellen Sie ihn, ich schicke Ihnen Verstärkung. Kommen.«

»Das geht in Ordnung, Zentrale«, wehrte Charly ab. »Bereitet schon mal den Verhörraum vor. Ende.« Tief atmete er durch, nahm das leichte Maschinengewehr in Anschlag und presste den Kolben fest an die Schulter. Die Smartverbindung wurde aktiviert. Er nahm den Rücken als Trefferzone. Mit dem Rückstoßdämpfer saßen die ersten fünf Schuss mit Sicherheit genau im anvisierten Ziel. Das sollte ausreichen, einen Gegner auszuschalten.

»ECC-Security! Keine hektische Bewegung, Freundchen!«, sagte er laut. Das Außenmikrofon übertrug seine Stimme verzerrt und unmenschlich, um die psychologische Komponente ins Spiel zu bringen. »Leg dich flach auf den Boden, Arme nach rechts und links ausgestreckt. Solltest du etwas anderes tun, fängst du eine

MG-Salve.« Um den überraschten Gegner besser zu sehen, schaltete er auf Restlichtverstärker.

Der Unbekannte trug einen langen weißen Mantel. Platinblonde lange Haare wehten im Nachtwind. Es war schwer einzuschätzen, ob es sich um einen Mann oder eine Frau handelte. Als der Eindringling über die Schulter blickte, um nach dem Gardisten zu sehen, schaute Ostfolk auf eine goldene, glatte Fläche mit menschlichen Konturen. Augen, Lippen, Nase und andere Details, die ein Gesicht definierten, fehlten gänzlich.

»Scheiße, was bist du denn für einer?«

Ansatzlos wirbelte das unbekannte Wesen herum, zog mit einer fließenden Bewegung eine Pistole und feuerte derart schnell hintereinander, dass Ostfolk nicht der Hauch einer Chance blieb.

Dafür sah er zum ersten Mal in seinem Leben Projektile zeitlupengleich auf sich zufliegen.

Die Metallstücke hielten direkt auf sein Gesicht zu, knallten in rascher Folge gegen die schusssichere Augenprotektion und brachten seinen Kopf durch den Aufschlag dazu, nach hinten zu rucken.

Der Gardist löste zwar noch das Maschinengewehr aus, doch da befand er sich bereits im unkontrollierten Sturz. Wie einen plumpen Maikäfer warf es ihn auf den Rücken. Am Boden aufgeschlagen, betrachtete er entgeistert das Visier. Zahlreiche Risse durchzogen das Material. Eine Kugel steckte sogar im Spezialplastik und befand sich nur wenige Zentimeter von seiner Nasenwurzel entfernt.

Fluchend rollte er sich zur Seite und suchte sich Deckung. »Zentrale, hier Ostfolk! Ich brauche dringend Unterstützung! Ich habe Kontakt und sehe fast nichts mehr!«

»Bestätigt, Ostfolk. Hilfe ist auf dem Weg.«

*Scheiß auf den Helm. Ich lass mich nachher dekontaminieren.* Er löste die Verschlüsse und streifte ihn ab. Die Umgebung roch nach feuchter Erde, Gras und Staub. *Schon besser.* Er lugte über das Betonstück, hinter dem er lag.

Die Gestalt musste sich zurückgezogen haben. Siedend heiß überlief es ihn. *Oder sie hat es geschafft, in die Ark zu kommen!*

Charly raffte all seinen Mut zusammen und verließ den Schutz, um nach dem Zustand von Notausgang 4 zu schauen.

Er legte die verborgene Klappe frei und inspizierte das Magschloss darunter. Der eingelassene Drehgriff blockierte ordnungsgemäß. Nichts deutete darauf hin, dass der Unbekannte ins Innere gelangt war.

Ostfolk hörte hinter sich etwas anrollen.

*Das wurde ja auch Zeit.* Er drehte sich um und erstarrte. Eine Steel Lynx fuhr gemächlich heran, der eingebaute Turm mit der Ares Vengeance Minigun drehte sich unaufhörlich und suchte nach Zielen. Gut sichtbar prangte die Zahl »VI« auf der Seite.

Er duckte sich sofort ab. »Zentrale, hier Ostfolk. Ich habe die verdammte Drohne gefunden«, raunte er. »Schaltet sie aus.«

»Verstanden, Ostfolk.« Es dauerte eine Weile. »Okay, Gefahr gebannt«, verkündete der Sicherheitsrigger gelöst. »Haben Sie etwas entdeckt?«

Aufatmend erhob sich der Gardist. »Nein, der Eindringling hat seinen Standort gewechselt …«

Die Servomotoren der militärischen Kampfdrohne sirrten leise, als der Turm so lange kreiste, bis die Mündungen auf Charly wiesen. Die Läufe begannen zu rotieren. Von nun an blieben ihm wenige Sekunden.

*Oh, Kacke.*

Dröhnend donnerte das automatische Gewehr los und sandte eine ganze Salve Stahlmantelgeschosse gegen den zur Seite hechtenden Ostfolk, den die Einschläge gegen Brust, Unterleib und an den Beinen hart durchschüttelten.

Sofort hielt er die Luft an, um kein radioaktives Material einzuatmen, während er sich in die nächste Deckung robbte und lauschte, was die Steel Lynx unternahm.

Er fühlte sich, als habe man ihn nackt ausgezogen und ihn von oben bis unten mit Tennisbällen beschossen. An einigen Stellen der Panzerung waren die Projektile bis zur Haut durchgedrungen. Er fühlte, dass etwas Warmes an ihm hinablief. Blut. Sein Blut.

*Ausgeschaltet,* fluchte er, *von wegen! Ich reiße Lehmann den Arsch auf, wenn ich das überlebe.*

Die militärische Kampfdrohne rauschte heran und schwenkte die Minigun in seine Richtung.

Er sprang in Deckung. Schon prasselten die nächsten Kugeln gegen den Beton, der sich langsam, aber sicher unter dem Beschuss auflöste.

Ostfolk hielt sein MG4 über den Rand und feuerte zurück. Vielleicht würde ein Glückstreffer etwas ausrichten.

Der Autopilot der Steel Lynx feuerte die nächste Salve. Zwei Kugeln durchschlugen das dünnere obere Stück seiner Deckung und verletzten seine Hand. Laut gellte sein Schrei durch die Nacht. Seine Waffe fiel auf der anderen Seite herunter.

Der Beschuss endete zunächst.

Die außer Kontrolle geratene Drohne rollte heran, umrundete das Hindernis und begab sich in eine bessere Feuerposition. Verbissen starrte der Gardist die Maschine an. *Der verdammte Sicherheitsrigger sollte gefeuert werden,* dachte er.

Die Minigun kam wieder auf Touren.

Wie aus dem Nichts sprang der Unbekannte von schräg hinten auf die Steel Lynx. Etwas Schmales, Silbernes zischte durch die Luft und umwickelte die rotierenden Läufe. Ein metallischer Laut ertönte, dann fielen die Enden sauber abgetrennt zu Boden.

Die Drohne reagierte wie ein bockiges Rodeopferd. Der Turm ruckte nach rechts und nach links, ohne den Angreifer abschütteln zu können.

Gebannt verfolgte Charly das Schauspiel. Die Gestalt begnügte sich nicht damit, der Drohne die Effizienz ihrer Waffe zu rauben. Sie langte unter ihren Mantel, packte zwei Granaten und stopfte die entsicherten Sprengkörper in die Reste der Minigun. Anschließend schnellte sie zurück auf den Boden, packte den Wachmann an der Schulterpanzerung und rannte mit ihm los.

Die Steel Lynx nahm die Verfolgung auf und näherte sich rasch. Die abgegebenen Schüsse schwirrten, ohne große Erfolge zu erzielen, an ihnen vorbei.

Der fremde Retter ging mit dem Gardisten hinter einem Betonstück in Deckung, das vom zweiten, vor langer Zeit eingestürzten Kühlturm stammte. Eng kauerten sie sich an die Trümmer.

Kurz hintereinander detonierten die Phosphorgranaten und überschütteten die Umgebung mit brennender Flüssigkeit. Kaum war das Knallen verstummt, hetzte der Unbekannte weiter, sorgsam darauf achtend, nicht in Feuerpfützen zu treten.

Die Militärdrohne blieb zurück. Die Hitze der Chemikalie schmolz die Reifen der Steel Lynx und hinderte sie auf einfache wie geniale Weise daran, die beiden Menschen zu jagen.

»Hey!« Humpelnd folgte ihm Ostfolk und nestelte an seinem Pistolenhalfter, um die Walther Secura in die Finger der unverletzten Hand zu bekommen. Endlich hatte Ostfolk die Waffe ausgepackt, blieb stehen und feuerte einmal in die Luft. Der Eindringling lief unbeirrt weiter.

*Okay, das hast du dir verdient.* Er leerte die Secura aufs Geratewohl in den Himmel und beobachtete amüsiert, wie der Unbekannte blitzartig hinter dem nächsten Objekt verschwand. »Aber versuch nie wieder, bei uns einzusteigen!«, brüllte er hinterher.

Gardisten näherten sich. Er schickte sie nur grob in die richtige Richtung, um seinem Lebensretter einen Vorsprung zu geben. Das Bodenradar würde ihn früh genug aufstöbern.

Die Drohne explodierte in einem gigantischen Feuerball. Offenbar war das flüssige Phosphorgemisch durch kleine Risse bis zum reichlich vorhandenen Munitionsreservoir gelangt.

»Zentrale, ich komme jetzt rein«, meldete er knapp. Er war verletzt, schlecht gelaunt und kontaminiert. Lehmann konnte sich schon mal warm anziehen. Charly kehrte zu der Stelle zurück, wo er seinen Helm zurückgelassen hatte.

Grübelnd betrachtete er das Projektil, das ihn beim ersten Kontakt mit dem Unbekannten beinahe das Gehirn zerstäubt hätte. *Zuerst beschießt er mich, dann rettet er mich. Ich muss ja nicht alles verstehen.*

Die Tür zur Sicherheitszentrale flog auf. Eine breite Gestalt schob sich hinein und kam geradewegs auf Lehmann zu.

»Hey, was soll das?«, protestierte er und wirbelte auf dem Drehstuhl herum, wobei sich die Verbindungskabel, die aus seinem Kopf in das Pult vor ihm führten, gefährlich strafften.

Seine Reaktion reichte aus, um den Helm auf sich zukommen zu sehen, dann prallten Knorpel und Kevlar zusammen. Der Sicherheitsrigger fluchte.

»Scheiße, Ostfolk!« Er hielt sich die Nase, die sofort zu bluten begann. »Was …«

»Wenn Sie das nächste Mal Entwarnung geben, vergewissern Sie sich, dass Sie auch wirklich alles unter Kontrolle haben«, grollte der Gardist. Groß baute er sich vor Lehmann auf, der in seinem Sessel kauerte. »Die Schmerzen, die Sie jetzt haben, werden Sie daran erinnern, in Zukunft besser Acht zu geben.«

»Das bringt Ihnen eine Meldung ein«, nuschelte der Rigger und vermied es, den aufgebrachten Wachmann anzuschauen. »Sie können hier nicht einfach reinschneien und mich misshandeln, nur weil ein Autopilot versagte.«

»Sie haben versagt, Lehmann. Nicht die Maschine.« Ostfolk wandte sich dem Ausgang zu. »Ich verlange Einsicht in die Datenprotokolle der Steel Lynx. Wehe, ich finde etwas, was mich noch mehr in Rage bringt.«

Charly fühlte sich besser, nachdem er seinem Ärger Luft gemacht hatte. Vor einer Meldung bei Fethal, dem Leiter der Arkologie, fürchtete er sich nicht. Dafür machte er seinen Job als zweiter Befehlshaber zu gut.

Er befand sich halb in der Tür, als ein rotes Alarmsignal auf dem Gebäudeplan aufleuchtete.

Der Sicherheitsrigger sagte nichts, sondern unterbrach die Meldung hektisch. Anschließend widmete er sich seinen Routinechecks.

Ostfolk fand das schon wieder merkwürdig. Lehmann musste unbedingt überprüft werden. Von Dienstpflicht hielt er nicht viel.

Er hatte sich die Angaben eingeprägt und schritt durch die Korridore der Forschungseinrichtung, um nach dem Rechten zu sehen. Die Stiche und das schmerzhafte Ziepen am ganzen Leib versuchte er so gut wie möglich zu ignorieren.

Zu seinem Erstaunen stand er vor dem Eingang zu Dr. Guds Labor. Der Öffnungsmechanismus blockierte.

»Zentrale, ich brauche einen Overwrite für Tür 347«, gab er per Funk durch.

Stille.

»Lehmann, machen Sie die verdammte Tür auf, sonst klatsche ich Ihnen den Helm noch einmal in die Fresse«, drohte er. Das Verhalten des Riggers erschien ihm endgültig obskur.

Mit einem leisen Klicken entriegelte der Mechanismus, und die Bolzen schnappten zurück.

Ostfolk ließ die schottähnliche Konstruktion, die Feuer und Überdruck standhielt, zur Seite gleiten.

»Dr. Gud? Ist alles in Ordnung bei Ihnen?«, fragte er laut in den dunklen Raum hinein. »Wir hatten eine Alarmmeldung in der Zentrale.« Er zog seine Secura und entsicherte sie. Hinter einem Möbelstück ging er in Deckung und betätigte den Lichtschalter. Noch einmal wollte er am heutigen Tag nicht beschossen werden.

Summend erwachten die Neonlampen zum Leben. Die Einrichtung und Computerteile lagen zerstört auf dem Boden, der Stuhl, in dem Enni normalerweise die Kontrollen ihrer Cybereinbauten über sich ergehen ließ, hing aus seiner Verankerung gerissen zur Seite.

»Zentrale, schicken Sie sofort ein Sicherheitsteam in das Labor von Dr. Gud und benachrichtigen Sie Fethal«, gab er durch. »Geben Sie Großalarm.«

Ostfolk drehte sich auf der Stelle, um das Panorama der Verwüstung vollständig zu erfassen. Ein Gedanke befiel ihn. Er hatte den Unbekannten nicht beim Einstieg in die Ark überrumpelt, sondern beim Verlassen des Komplexes. *Verdammt, und ich habe ihn auch noch laufen lassen. Immer passiert mir so etwas.*

Als sein Blick auf die Stelle fiel, an dem sonst das Kruzifix hing, keuchte er vor Entsetzen auf und machte unwillkürlich einen Schritt zurück.

An der Wand hing der Schwede.

Der Unbekannte hatte ihn entkleidet, aus seinem Kittel einen Lendenschurz gewickelt und den Unterleib damit verhüllt. Die Arme waren im rechten Winkel abgespreizt. Lange Eisenstangen, die aus einem Metallregal stammten, fixierten die Hände und die überkreuzten Füße in der Wand. Ein Unterarm war wieder mit Draht am Oberarm befestigt worden. Die Krone aus Stacheldraht vervollständigte das Bild. Darüber hatte der Eindringling mit dem Blut des Doktors, das an der Wand entlangrann, »Gott ist tot« an die Mauer geschrieben.

Wenn Charlys rudimentäre Bibelkenntnisse nicht ganz versagten, handelte es sich hierbei um eine nachgestellte Kreuzigung. Sogar die seitliche Wunde befand sich an der richtigen Stelle.

»Oh, Mann«, raunte er entgeistert und trat näher heran, um nach dem Puls des Wissenschaftlers zu fühlen. Hilfe kam auf alle Fälle zu spät. Die Haut war noch warm, doch das Lauschen auf der nackten Brust des Mannes bestätigte, dass die Herztöne verstummt waren.

Als er von der Leiche zurücktrat, streifte der Lauf der Secura den Unterleibswickel. Ein kleiner Gegenstand rutschte aus dem blutigen Fetzen und fiel klappernd zu Boden.

Der Gardist erkannte einen Chip. Vorsichtig hob er ihn auf. Noch bevor das angeforderte Sicherheitsteam das Labor betrat, glitt der Datenträger in seine Tasche.

Aus einem unbestimmten Gefühl heraus wollte er sich das Material selbst anschauen, ehe es Lehmann in die Finger bekamen.

Irgendetwas stimmte ganz und gar nicht in der ECC-Arkologie. Und er wollte herausfinden, was es war.

Als er Ennis Nummer wählte, meldete sie sich nicht.

**ADL, Badisch-Pfalz, Zweibrücken, 18. 03. 2058, 09:32 MEZ**

Gee Gee streifte den Mittelgang der Festhalle entlang, ihre Fingerspitzen glitten über die Lehnen der abgewetzten Stühle. Die blauen Augen wanderten hinauf zur Empore, die so leer war, wie sie sich fühlte. Ein Teil ihres Lebens fehlte unwiederbringlich.

Die junge Schauspielerin schlenderte zur Bühne, erklomm die Stufen und setzte sich auf den Rand. Sie lehnte den Oberkörper nach hinten und stützte sich mit den Armen ab.

In diesem Gebäude hatte sie gehofft, eine neue Karriere zu beginnen, vielleicht den Sprung in irgendeine Fernsehproduktion zu schaffen, bei der man mehr Geld und Ansehen verdienen konnte als vor den Augen der Gardisten des Kontrollrats, zwielichtiger Gestalten und abgefuckter Typen.

Sie seufzte, Tränen der Verzweiflung stiegen auf. Kein Genius kam, um sie zu trösten. Ohne den liebenswürdigen Troll würde nichts mehr so sein wie früher. Poolitzer gab sich zwar alle Mühe, sie abzulenken, und sie fand ihn durchaus nett und sogar attraktiv. Aber der Schmerz über den Verlust von Genius und den Zusammenbruch ihrer bekannten Welt machte alles andere zunichte. Gee Gee wurde beherrscht von dem Willen, den Mörder zur Rechenschaft zu ziehen. Die Rückkehr an den Ort, an dem sie so viele schöne Stunden verbracht hatte, bestärkten ihr Vorhaben und ihre Verlassenheit gleichermaßen.

Sie stand auf. Ein Ruck ging durch ihren Körper, sie räusperte sich. »Mein ganzes Herz ist auch im Tode dein, und alle Glut, die liebend ich dir zolle, flammt noch in meiner Augen letzter Strahl.« Laut schallte ihre Stimme durch das leere Theater, ehe sie brach. Gee Gee verstummte und senkte den blonden Schopf.

»Ist das nicht ein wenig düster, so früh am Morgen?« Der Reporter betrat den Saal, eine Plastiktüte in der Rechten. »Was war das denn? Shakespeare?«

Gee Gee holte tief Luft und lächelte schwach. »Nein. Nicht alles, was man auf der Bühne spielt, ist aus England.«

Poolitzer schwenkte den Beutel. »Ich habe uns Frühstück mitgebracht.« Er ging zur Bühne und packte den Inhalt aus. Bald lag Kaffeegeruch in der Luft.

Die Schauspielerin knabberte lustlos an einem Brötchen herum. Appetit wurde für sie zu einem Fremdwort. »Cyrano de Bergerac«, erklärte sie ihr Zitat, »geschrieben von Edmond Rostand. Genius mochte das Stück sehr.«

Der Mann aus Seattle grinste. »Ich kenne jemanden, der hätte mir das auch sagen können.«

Die Nachforschungen gestalteten sich als schwierig. Alle, die etwas mit Verbrechen in Zweibrücken und der pfälzischen Umgebung zu tun hatten, suchten sich Schlupflöcher und warteten ab, wer sich als Overlords Nachfolger präsentierte.

Manche, die sich früher großspurig »Freunde« von Immenhof nannten, verschwanden vorsichtshalber, um nicht selbst Opfer des Killers zu werden. Dabei fand Poolitzer heraus, dass sein Bekannter Ordog in Schwierigkeiten steckte.

Er musste sich durch ein Feuergefecht mit einer Gang einen Haufen Feinde gemacht haben. Die »Poser Killers« existierten nicht mehr, und ihre selbst ernannten Nachfolger, die »Snuffs«, verloren vier Mann gegen den blassen Straßensamurai und schworen Rache. Solche Bandenscharmützel zählten im Vergleich zum Einfluss und dem Machtgebiet, bei dem es sich in der Nachfolge von Overlord drehte, zu ganz kleinen Fischen.

Bei allen Nebensächlichkeiten, die Poolitzer und Gee Gee minutiös zusammentrugen, fehlte der ganz dicke Hinweis auf den mächtigen Gegenspieler von Immenhof. Es gab scheinbar keinen Thronanwärter.

»Wenn es die Cops waren?«, überlegte er kauend und nahm einen Schluck Kaffee.

Gee Gee runzelte die Stirn. »Wieso sollten sie ihn beseitigen?«

Der Reporter setzte eine Verschwörermiene auf. »Aufrechte Gesetzeshüter, die das Recht auf ihre Weise umsetzen, weil die Beweise gegen Immenhof nicht ausreichten?«

»Du schaust zu viele von deinen eigenen Berichten«, meinte die Schauspielerin. »Du hast Spengler doch gehört. Er sucht wie verrückt. Würde er das tun, wenn es sich dabei um seine eigenen Kollegen handelte?«

»Wenn er es nicht weiß?«, hielt er dagegen.

»Ich glaube nicht an diese Theorie«, entgegnete sie. »Die Bullen hätten nicht so ein Massaker mit unschuldigen Opfern angerichtet, um Overlord zum Teufel zu schicken.«

Poolitzer gab auf. »Nein«, seufzte er. »Du hast Recht.« Wenn ihm nicht bald etwas Brauchbares in die Hände fiel, würde aus seiner Story nichts mehr. »Wir sollten uns die Tatorte noch einmal anschauen.«

Kurz darauf fuhren sie mit dem Mercedes zu den Ruinen des *Pleasuredom* und entdeckten, dass sie nicht die Einzigen waren, die sich für die Reste des Bordells interessierten.

Ein schwarzer Mercedesbus stand quer vor den Trümmern. Mehrere Personen in Straßenkleidung bewegten sich vorsichtig im Innern.

»Was wollen die denn?«, wunderte sich die Schauspielerin. »Noch einmal LKA?«

Poolitzer lenkte den ER350 weiter und hoffte, dass das Nobelfahrzeug nicht zu viel Aufmerksamkeit bei den Typen weckte.

»Wir warten, bis sie weg sind«, verkündete er und fuhr in eine Seitengasse. Er notierte sich das Kennzeichen des Transporters. Kurz entschlossen wählte er die Nummer von Spengler, um ganz unschuldig nachzufragen, ob er seine Leute von der Spurensicherung noch einmal nach Zweibrücken geschickt hatte.

»Spengler«, meldete sich der LKA-Mann unwirsch.

»Hier ist Gospini. Ich stehe vor dem abgebrannten Puff.«

»Dann werden Sie gemerkt haben, dass es dort keine

Pferdchen mehr gibt, die Sie reiten könnten«, meinte der Pfälzer mit breitem Dialekt.

»Gott, sind Sie witzig, Herr Kommissar.«

»Kriminalhauptkommissar«, verbesserte Spengler. »Sagen Sie, was Sie wollen.«

»Ganz schön gereizt, was?«

»Gehen Sie mir nicht auf den Geist mir ihren Sprüchen.«

Der Reporter beendete den verbalen Austausch von Nettigkeiten vorerst. Da vorne parkt ein schwarzer Mercedesbus, Typen stiefeln im Schutt herum und wühlen sich durch den Staub. Sind das Ihre Leute?«

Spengler schwieg. »Geben Sie mir das Kennzeichen, Gospini«, verlangte er nach einer Pause.

»Also sind es nicht Ihre Leute«, schloss Poolitzer zufrieden. Seine Nase juckte also nicht grundlos. »Haben Sie was Neues herausgefunden? Sie werden mir doch nichts verschweigen? Wir haben eine Abmachung.«

»Spielen Sie keine Spielchen mit mir, und geben Sie mir die Nummer«, warnte ihn der LKA-Ermittler. »Beschreiben Sie mir den Bus.«

Dieser Aufforderung kam der Reporter nach. »Und? Welchen Grund könnten die haben, sich die Finger schmutzig zu machen?«, beharrte er.

»Das Kennzeichen«, grollte Spengler.

»Den Grund«, säuselte der junge Mann und lächelte Gee Gee an, die aufgeregt gestikulierte. »Sie zuerst. Dann ich.« Er hörte, wie die Zähne des Ermittlers knirschten.

»Okay, wir haben Patronenhülsen eines Gewehrs gefunden, die wir im Moment nicht zuordnen können«, verriet Spengler.

»Woher weiß ich, dass Sie mich nicht verarschen?«

»Wegen meinen treuen Augen?«

»Die sind garantiert nicht echt. Ist das was Neues,

dass man Patronenhülsen nicht einordnen kann? Ich schätze mal, es dauert, bis man die Waffe ermittelt hat.«

»Ja, genau«, meinte Spengler erleichtert. »Die Nummer.«

Gehorsam gab Poolitzer das Kennzeichen durch. »Und?«

»Moment, ja?« Es dauerte. »Nichts Auffälliges. Das Auto gehört einem Karl Meyer aus Karlsruhe.« Spengler klang enttäuscht. »Wenn Sie überschüssigen Mut haben, Gospini, gehen Sie mal hin und fragen die Typen, was sie da machen.«

Der Reporter lachte auf. »Das ist ja wohl Ihr Job. Kommen Sie vorbei und machen Sie das selbst.«

»Das dauert aber mindestens eine halbe Stunde, bis ich in Zweibrücken bin. Denken Sie an die Infos«, lockte er den jungen Mann, »die Sie mir aus den Rippen leiern können.«

Das Argument gab den Ausschlag. »Einverstanden. Bis später.«

»Stopp, das sollte nur ein Witz ...«

Poolitzer beendete das Gespräch. Er langte auf die Rückbank, nahm die nagelneue Fuchi VX2200C Cybercam und montierte sie an die Portacam-Kopfhalterung. Mit der Cambrille steuerte er die Kamera, damit blieben die Hände frei. Da die Cambrille ihm nur das zeigte, was das Objektiv sah, schraubte er den größten Weitwinkelaufsatz drauf, den er hatte.

»Schick«, kommentierte Gee Gee.

»Und als was gehe ich mit? Einen Toningenieur wirst du wohl kaum brauchen, oder?«

»Du bist der Azubi«, schlug der Reporter vor und legte eine neue Minidisk in das Gerät ein, auf die die Aufnahmen sofort gebrannt wurden.

Sie verließen den ER350. Poolitzer klemmte sich eine »Ladyline« unter die schusssichere Jacke, führte den passenden Aktionssoft-Zylinder »Feuerwaffen« in die Fassung und klappte den Kragen hoch. »Action.«

Die VX2200C sprang auf das Signalwort hin an und zeichnete gehorsam alles auf, was im Folgenden geschah.

»Witzke! Ein Geier!«

Poolitzer und Gee Gee hörten vernehmlich die Warnung des Mannes, der in dem Moment aus der Seitentür des Mercedesbusses sprang und sie rasch schloss. Der Reporter erhaschte einen flüchtigen Blick auf Monitore.

Ein Mann in Straßenkleidung hob den Kopf. Er kam über die Trümmer ins Freie geklettert. »Wir stören Ihre Aufnahmen, wie?«, erkundigte er sich freundlich und nahm den Schutzhelm ab. »Wir sind sofort fertig.«

Poolitzer öffnete den Mund, als ihm die Schauspielerin zuvorkam. Das Mikrofon schnellte vor. »Womit denn, wenn ich fragen darf, Herr Witzke?«

»Mit dem, was wir tun«, erwiderte der Mann höflich. »Woher glauben Sie, meinen Namen zu kennen? Für welchen Sender arbeiten Sie?«

Gee Gee nickte zu dem Mann, der neben dem Transporter stand. »Er hat Sie doch vor uns Geiern gewarnt.« Sie grinste dümmlich. »Wir arbeiten für Stella News, einen kleinen Privatsender. Ich bin Bella Maria, und das ist Fokusauge.« Poolitzer winkte kurz und beherrschte sich, um nicht laut loszulachen. »Sie sind von der Spurensicherung des LKA?«

Witzke lachte. »O nein, ich muss Sie enttäuschen. Wir sind von der Gebäudeversicherung Home&Safe. Und ehe wir an die Geschädigten auszahlen, möchten wir uns überzeugen, dass das Haus nicht schon vor diesem Überfall unter Baumängeln litt. In dem Fall wäre die Baufirma haftbar.« Er zwinkerte ihr zu. »So üppig«, dabei fiel sein Blick auf Gee Gees Oberweite, »haben wir es auch nun wieder nicht, dass wir Prämien verschleudern.«

Alle lächelten sich an und ahnten, dass keine der Parteien die Wahrheit sagte.

»Wurden Sie fündig?«, erkundigte sich die Schauspielerin naiv und machte dem Mann schöne Augen.

»Nein. Es sieht so aus, als gingen die Schäden einzig auf die Detonationen und das Feuer zurück.« Der Versicherungsgutachter schaute über die Schulter zum Erdgeschoss, wo seine Männer arbeiteten. »Geben Sie uns noch fünf Minuten. Danach können Sie Innenaufnahmen machen. Die Statik ist so weit stabil, dass man sich ungefährdet darin bewegen kann. Aber im zweiten Stock würde ich an Ihrer Stelle nicht herumspringen.«

»Danke für die Warnung, Herr Witzke.«

»Ich kann unmöglich zulassen, dass Ihnen etwas zustößt«, sagte er galant.

Gee Gee winkte ab. »Sie Charmeur. Wollen Sie uns zeigen, wie man bei so einer Überprüfung vorgeht? Welche Geräte Sie benutzen? Wie Sie Ihre Erkenntnisse gewinnen?«, überrumpelte sie den Mann, hakte sich unter und zerrte ihn über den Schutt zum Eingang.

Abrupt blieb Witzke stehen. »Nein, das wäre keine gute Idee.«

Poolitzer schweifte von dem Paar weg und filmte die anderen Männer. Kaum tat er das, wurde es schwarz vor seiner Linse. Witzke stand vor ihm.

»Ich müsste Sie um einen Gefallen bitten, Herr Fokusauge. Geben Sie mir die CD. Ich möchte zum Schutz meiner Mitarbeiter nicht, dass jemand erfährt, wie wir aussehen. Wir haben noch andere Aufgaben bei der Versicherung, wie beispielsweise Betrug am Bau.« Er streckte seine Hand aus. »Die Stimmaufzeichnungen können Sie gerne behalten.«

*Das war mir klar.* »Shit«, sagte er nach einem Blick zu Gee Gee. Umständlich nahm er die kleine Scheibe heraus. »Bitte sehr.« Der Mann wusste nichts von seiner eingebauten Kamera. An die Aufnahmen würde er nicht gelangen.

»Vielen Dank.« Witzke steckte die CD ein und beorderte seine Kollegen mit einem Pfiff zurück zum Auto. »Seien Sie vorsichtig.« Die Männer stiegen in den Bus und fuhren davon.

»Was die wohl wollten?« Die Schauspielerin sah dem Mercedes nach. »Vielleicht entdecken wir was.«

»Darauf kannst du Gift nehmen. Action.«

Zusammen betraten sie die Ruine und teilten sich auf, um schneller mit ihrer Suche voranzukommen. Poolitzer wurde dort, wo er eben einen der Typen stehen sah, für das Wühlen im Dreck und der Asche entlohnt. Er hielt eine lange, verkohlte Patronenhülse in der Hand. Mit seinem Daumennagel kratzte er das hintere Ende frei, um die eingestanzte Kalibergröße abzulesen.

»Ein ungewöhnliches Kaliber«, analysierte er fachmännisch und wog sie in der Hand. »Die Hülse ist sehr leicht. Alles andere muss ich von einem Fachmann klären lassen.«

»Woher nehmen wir den?«

»InfoNetworks kennt einen Experten, der die Sache unter die Lupe nehmen wird.«

»Und heraus kommt, dass er ebenso wenig weiß wie das LKA«, vermutete Gee Gee und betrachtete die Hülse. »Das bringt uns nicht weiter, oder?«

Poolitzers gute Laune sank. Die junge Frau hatte leider Recht. »Besser als gar nichts«, grummelte er und steckte die geschwärzte Hülse ein. Er beschloss, Ordog anzurufen und den Gefallen einzufordern, den er ihm schuldete.

»Gehen wir in den nächsten Stock«, schlug Gee Gee vor und stieg die Treppe hinauf. Wenig begeistert folgte ihr der Reporter.

Sie sahen sich mit aller Behutsamkeit in der ersten Etage um, ohne fündig zu werden. Außer Kleidung, Arbeitsutensilien der Prostituierten, geschmolzenem Plastik und verbrannten Betten entdeckten sie keinerlei Hinweise.

Feixend hob Poolitzer eine Peitsche auf. »Los, auf die Knie!«, sagte er, einen Domina-Tonfall imitierend. »Leck mir die Stiefel sauber, du unwürdiger Knilch!«

»Kindskopf«, meinte die Schauspielerin tadelnd. »Das muss viel härter klingen.« Sie nahm ihm die Peitsche ab und ließ die Schnur aufknallen. »Runter mit dir!«, herrschte sie. Ihre blauen Augen blitzten hart auf.

»Ja, Herrin«, wimmerte der junge Mann und duckte sich unter der Peitsche wie ein Prügelknabe zusammen.

»Störe ich?«, fragte eine bekannte Stimme ein wenig atemlos. Spengler stand in der Tür, den orangefarbenen Synthledermantel offen. Darunter trug er ein enges T-Shirt mit dem Aufdruck »Powerslave«.

»Sie kommen mit dem Spruch auf dem Bauch gerade recht«, begrüßte ihn Poolitzer. »Wie viel Peitschung darf's denn sein?«

»Keine, Sie Spaßvogel. Ich wollte …« Er machte einen Schritt in den Raum.

Der Boden unter ihnen knirschte verdächtig.

»Shit, Spengler, Sie Walross!«, fluchte der Reporter und hob die Arme. »Gehen Sie sofort zurück, ehe wir wegen Ihnen durchbrechen.«

Der Ermittler verharrte wie eine Statue. »Was machen wir jetzt?«, flüsterte er.

»Mann, so fett ist Ihre Stimme auch nicht, dass Sie nuscheln müssen.«

»Schon mal was von Schallwellen gehört, Gospini?«

»Ich kann jemanden in Seattle anrufen, der mir eine perfekte Erklärung liefert. Übernehmen Sie die Kosten?«

»Schluss jetzt«, schaltete sich die junge Frau ein. »Gehen Sie langsam rückwärts, Spengler.«

Der Beamte setzte einen Fuß nach hinten.

Ein neuerliches Knarren ertönte.

»Nein, lassen Sie das«, beeilte sich Poolitzer, das Schlimmste zu verhindern. Sein Blick fiel auf eine mehrarmige, massiv aussehende Deckenlampe. »Wartet. Ich sorge für eine Entlastung des Bodens, danach kann einer nach dem anderen hinausgehen.«

Er stellte sich auf die Zehenspitzen und streckte die Arme aus, um an die Lichtquelle zu gelangen. Er schaffte es tatsächlich, sich daran festzuhalten. Die Beine hoben sich an. »Okay, nun raus mit …«

Die Lampe riss mit einem hässlichen Geräusch aus der Decke, die Leitung teilte sich in zwei Hälften. Poolitzer knallte auf den Boden. Putz rieselte herab.

»Deutsche Wertarbeit, ja?« Er spuckte die Kalkkrümel aus. »Haben die mit Zahnpasta gebaut?«

Spengler und Gee Gee starrten ihn an, wagten nicht zu atmen.

Dann gab der morsche Untergrund nach. Sie rauschten in einer grauen Staubwolke nach unten.

*Immer muss mir so etwas passieren.* Hustend tauchte der LKA-Beamte aus dem Gipsnebel auf. Der Staub hatte alles mit einer weißen Schicht überzogen. »Gospini? Haben Sie's überlebt?«

Er entdeckte die Schauspielerin neben sich liegend und befreite sie von den wenigen Steinen, die sie unter sich begruben. Sie atmete noch. Eine kleine Schramme zierte ihr Schulterblatt. Ein dunkelroter Blutstropfen sickerte aus der Wunde.

*Fangen wir bei der Kleinen an.* Keuchend trug er sie aus der Ruine und legte sie in seinen Wagen. Danach kehrte er zurück, um nach dem Reporter zu suchen.

Spengler fand ihn unter einem umgestürzten Bett. Die Matratze hatte den Aufschlag des Mobiliars gedämpft, sodass der junge Amerikaner ohne große Verletzungen davongekommen war. Er barg ihn aus dem Schutt und schleppte ihn zu seinem Fahrzeug.

Die Zeit der Ohnmacht nutzte er, um die Taschen der beiden zu durchsuchen. Als er die Patronenhülse fand, beförderte er das Beweisstück in hohem Bogen zurück in die Ruine, die in diesem Moment wie auf Bestellung endgültig zusammenbrach. Er musste unbedingt was gegen sein Übergewicht tun oder sich einen Zweitjob als Abrissbirne suchen.

Der Reporter schlug die Augen auf. »Oh, Mann.« Vorsichtig tastete er sich ab. »Scheint noch alles dran zu sein.« Er blickte hinüber zu Gee Gee.

»Sie ist okay«, beruhigte ihn der Kommissar. »Ich konnte nichts feststellen.«

Eifersucht schlich sich bei ihm ein. »Das haben Sie sicher genossen, was?«, unterstellte ihm Poolitzer.

Der Beamte schenkte ihm einen mitleidigen Blick. »Ich gebe Ihnen den guten Rat, einen Gang runterzuschalten. Ich könnte der Vater der Dame neben Ihnen sein, und ich vergreife mich nicht an wehrlosen Frauen.«

»Dann ist es ja gut.« Der junge Mann kletterte aus dem Auto und griff in seine Tasche. »Sie ist weg!«, fluchte er.

»Was denn?«, erkundigte sich der Deutsche unschuldig.

»Die Patronenhülse. Ich hab sie beim Sturz verloren.«

»Schlechte Karten.« Spengler nickte zu dem Trümmerhaufen.

Misstrauisch inspizierte er das Gesicht des Ermittlers. »Haben Sie die Hülse genommen?«

»Ich? Wozu? Wir haben schon eine.« Er packte einen Kaugummi aus und schob ihn sich in den Mund. »Inzwischen haben wir herausgefunden, worum es sich handelt. Ein G9. Nichts Besonderes.«

»Aha. G9.« Poolitzer schüttelte sich den Staub aus den Haaren, sein Gesicht war ebenso weiß gefärbt wie das von Spengler und Gee Gee. »Rufen Sie das Labor an.« Der Kommissar hob die Augenbrauen. »Sagen Sie denen einen schönen Gruß, sie hätten keine Ahnung.« Er hockte sich auf die Motorhaube des Fahrzeugs. »Wenn Sie mich schon reinlegen wollen, müssen Sie sich was Besseres einfallen lassen.«

Spengler seufzte. »Okay, ich geb's zu, Klugscheißer. Ich wollte Sie beide zu Ihrer eigenen Sicherheit linken.«

»Wie wär's? Sie gondeln in die Festhalle, wir duschen der Reihe nach, und anschließend hören wir mit der Geheimniskrämerei auf und legen die Karten auf den Tisch«, schlug der Reporter vor.

Der LKA-Beamte dachte nach. Es würde ihm schon was einfallen, an Informationen zu gelangen, ohne eigenes Wissen preiszugeben. Er ging um das Auto und klemmte sich hinters Steuer. »Einverstanden. Schauen wir in Ruhe nach Frau Orlova.«

Der ER350 und der EMC Intracity E des Kommissars fuhren los und erreichten das marode Gebäude. Unterwegs erwachte die Schauspielerin aus ihrer Bewusstlosigkeit und klagte über zahlreiche schmerzende Stellen, die sich schon blau färbten. Blieb es bei Blutergüssen, konnte sie sich nicht über ihr Glück beschweren.

Nach einer kurzen Dusche trafen sie sich in der kleinen Cafeteria.

»Kommen wir zur Sache. Sie fangen an, Spengler«, sagte Poolitzer.

»Keine Kameras?«

»Keine Kameras«, schwor Poolitzer. Hinter dem Rücken kreuzte er die Finger.

Spengler spuckte den Kaugummi in den Aschenbecher und schob einen frischen nach. Er beschloss, es halbwegs mit Ehrlichkeit zu versuchen. »Es sieht nach Kon-Scheiße aus«, eröffnete er und überraschte die beiden. »Wir haben Hülsen aus Kohlefaser gefunden, die unsere Spezialisten keinem bekannten Gewehr zuordnen können. Die Projektile haben genug Power, um zwei Lagen Kevlar zu durchdringen. Neue Wumme, neue

Kugeln. Da hat sich jemand was gebaut, um Vollrüstungen zu knacken.«

»Neben der Verseuchten Zone sitzen die Konzerne dicht an dicht. Stimmt, Spengler, das sieht wirklich nach Kon-Scheiße aus.« Der Reporter wirkte begeistert. »Wer macht sich denn alles in der Sox breit?«

»Saeder-Krupp, Renraku, Ares, AG Chemie, Eastern Star Pharmaceuticals, Ruhrmetall AG, IFMU, ECC, und irgendwo verkrochen hocken die Jungs von MET2000 in einem Kommandobunker«, zählte Spengler wie aus der Pistole geschossen auf. »In Frage kommen in erster Linie Ares und Ruhrmetall. Die IFMU bastelt weniger an neuer Waffentechnik herum, auch die MET2000 schätze ich weniger so ein, dass sie über den Zaun springen, um ihre neueste Ausrüstung zu testen.«

»Warum beginnen Sie Ihre Nachforschungen nicht dort?«, warf Gee Gee ein.

»Weil ich mit dem Ding hier«, er hielt seinen Ausweis in die Luft, »genau bis ans Tor der Zone komme. Auf der anderen Seite regiert der Kontrollrat, und da habe ich leider nichts zu sagen.«

»Ein rechtsfreier Raum, die exklusive Spielwiese für Kons«, fasste Poolitzer zusammen. »Umso erstaunlicher, dass sich jemand die Mühe macht, eine unbekannte Waffe aus einer Testserie durch die Kontrollen zu schmuggeln, um hier vor den Toren ein Bordell platt zu machen. Der Schießprügel müsste doch unbezahlbar sein.«

»Richtig. Man sollte annehmen, dass ein so geschickter Dieb die Knarre für viel Geld an einen anderen Kon verkauft«, vermutete die Schauspielerin.

Poolitzer häufte Zucker in seinen Tee. »Also handelte es sich bei den Jungs vorhin um Repo-Men.«

»Was für Gestalten?« Der Beamte verstand den Ausdruck nicht.

»Repo-Men. So nennen wir in Seattle Personen, die im

Auftrag von Dritten Gegenstände zurückbringen. Meistens sind das Versicherungen oder Banken, die Autos, Boote oder anderen teueren Krempel beschaffen lassen, wenn der Kunde nicht zahlen kann. In unserem Fall machen sie das für ein Unternehmen.«

»Stimmt. Das ist sehr wahrscheinlich. Jetzt verrate ich Ihnen aber mal was Seltsames. Es gab beim *Pleasuredom* einen anonymen Zeugen, der mir die Geschichte von einem Typen mit goldenem Gesicht verklickerte.« Spengler betrachtete Gee Gee. »Seine Beschreibung deckte sich haargenau mit dem, was Sie mir zu Protokoll gaben.«

»Das Bordell geht auch auf dessen Konto?«, wunderte sich der Reporter. »Macht das einen Sinn?«

»So allmählich wird es wieder verzwickt«, schimpfte die junge Frau.

»Ganz im Gegenteil. Es wird einfacher.« Spengler schenkte ihr ein väterliches Lächeln. »Unsere Recherchen über einen Killer, der einen Konkurrenten ausschaltete, können wir uns sparen. Wir suchen jemanden, der sich die Unterwelt als Ganzes vornimmt. Zuerst das Bordell. Anschließend macht er noch einen Abstecher ins *Capital* und befördert Immenhof ins Jenseits. Und zwar ohne viel Krach zu machen, damit er sich ohne Schwierigkeiten absetzen kann.«

»Warum ging er so nicht auch in der Fußgängerzone vor?«

»Mehr Platz, mehr Gegner auf mehreren Stockwerken, mehr Fluchtmöglichkeiten«, zählte der Beamte die Gründe auf. »Vielleicht rechnete unser Moralapostel nicht mit anderen Menschen in Immenhofs Büro, wollte aber den Plan nicht mehr ändern und verließ sich auf seine ausgezeichneten Killertalente.« Freundlich schaute er auf Gee Gee. »Nur Sie, Frau Orlova, haben das Gemetzel überlebt. Seien Sie dankbar, dass unser Killer einen Dachschaden hat.«

»Einen religiösen Tick«, grübelte Poolitzer, dann

klopfte er auf den Tisch. »Natürlich!« Er fasste die Hände der Schauspielerin. »Du hattest doch Engelsflügel auf dem Rücken, erinnerst du dich?«

Spengler verstand sofort. »Sie meinen allen Ernstes, er hat sie für einen Engel gehalten?«

Der Reporter nickte, überzeugt von seiner Annahme. »Ganz genau.«

»Meine Theorie ist, dass irgendjemand Zweibrücken unsicher macht, der eigentlich in die Sox gehört«, meldete sich der Ermittler. »Wir haben nur eine Chance, den Mörder zu schnappen und die Hintergründe aufzudecken, wenn er sich noch in der Stadt befindet.«

»Warum tötet er?«, raunte Gee Gee abwesend. »Was macht er hier draußen? Warum behalten ihn die beschissenen Kons nicht in ihrem Areal?«

»Kaum ein Kon setzt eine so wertvolle Neuentwicklung der Gefahr aus, dass ihr Benutzer zufällig von einer Kugel erwischt wird und die Knarre womöglich ein Konkurrent in die Finger bekommt.« Spengler hatte sich offensichtlich in den letzten Tagen Gedanken gemacht. »Dafür, dass ihnen etwas unfreiwillig abhanden kam, spricht die Tatsache der … Repo-Men?«

»Repo-Men«, bestätigte Poolitzer. »Was ist eigentlich aus Karl Meyer geworden?«

»Die Überprüfung der Adresse ergab, dass es ihn als Person nicht gibt. Das Nummernschild führte uns zu einem Hochhaus und einem Briefkasten. Mehr nicht. Wir lassen den Briefkasten überwachen, aber es dürfte wohl vergebliche Liebesmühe sein. Das Fahrzeug ist übrigens ein Mercedes PE Kommando, notfalls zu einer fahrbaren Flak umzurüsten. Genau das Richtige für Kons.«

»Warten Sie einen Moment hier.« Der Reporter verschwand, um ein Abspielgerät und einen kleinen Monitor zu besorgen. Dem erstaunten Ermittler präsentierte er kurz darauf die Aufnahmen von der Gestalt, die er beim Abheben des Geldes gemacht hatte, und die Bilder

der Repo-Men. Witzkes Gesicht erschien riesig auf dem kleinen Bildschirm.

»Ich brauche Abzüge von diesem Kaspergesicht«, sagte Spengler. »Auch wenn wir noch nichts gegen ihn in der Hand haben, es ist gut zu wissen, mit wem wir uns anlegen.«

»Darf ich fragen, wie Sie diesen Killer stellen wollen?« Gee Gees Stimme war frei von Häme oder Spott.

»Wenn ich den Wahnsinnigen richtig einschätze, hat er mit uns wenig am Hut. Er wird uns bei einem Zusammentreffen erst als Gefahr einstufen, wenn wir ihn bedrohen. Das ist unsere Chance. Wir müssen nur einen guten Schuss anwenden.« Er deutete nach draußen. »Ich habe eine Betäubungspistole dabei, deren Serum für Trolle gedacht ist. Ein Kratzer genügt, und unser Mörder liegt flach.«

»Klingt plausibel.« Der Reporter befand sich in Gedanken schon einen Schritt weiter. »Die Schwierigkeiten werden für Sie dann erst beginnen, schätze ich.«

»Weil ein Kon sein Spielzeug wieder zurückhaben will? Was ich eingesackt habe, gehört mir.« Spengler machte nicht den Eindruck, als zweifelte er an seinen Worten.

Poolitzer pfiff durch die Zähne. »Da haben Sie sich aber was vorgenommen.«

»Kons regieren nicht über alles.« Das unrasierte Gesicht des Polizisten versteinerte, woraus der junge Amerikaner schloss, dass der Ermittler bereits seine Lektionen mit den mächtigen Unternehmen gelernt hatte.

»Reden Sie sich's von der Seele, Spengler.« Freundlich nickte er dem älteren Mann zu.

»Da gibt's nicht viel zu erzählen. Ein verdeckter Einsatz, drei Tote, zwei Krüppel. Angeblich sollen es Ganger gewesen sein. Aber keine Gang hat zwei erfahrene Kampfmagier dabei, die Elementare aus dem Hut zaubern, wie andere Leute Kondome an Fasching aus der

Tasche ziehen.« Er spuckte den Kaugummi aus. Der Kautschukball landete zielsicher im Aschenbecher. »Ich zog die Konsequenz daraus und ließ mich aus dem aktiven Dienst ins LKA versetzen. Da hat meine Spürnase dann herausgefunden, dass es sich um Kon-Messerklauen gehandelt hat. Vermutlich Ares. Beweisen kann ich es leider nicht. Seitdem kann ich die großen Firmen nicht leiden.«

»Dann wäre das die Gelegenheit, einem der Kons einen schönen Streich zu spielen«, meinte Poolitzer aufmunternd. »Ich schwöre Ihnen, dass wir einen netten Bericht aus der Sache machen.«

»Wenn Ihr Brötchengeber nicht kneift«, dämpfte Spengler die Ankündigung ab.

Nun wurde Poolitzers Miene finster. Das kannte er nur zu gut. Er wechselte das Thema. »Da die Repo-Men noch unterwegs sind, befindet sich unser Objekt weiterhin auf der Flucht, richtig?« Gee Gee und der Kommissar nickten zustimmend. »Kennt jemand Orte, die der Typ mit dem goldenen Gesicht demnächst aufsuchen könnte?« Er schaute zu Gee Gee. »Fällt dir dazu was ein?«

»Es gibt das Clubmotel. Angeblich kann man dort besondere Dienste in Anspruch nehmen«, antwortete sie. Der Reporter und der Ermittler blickten sie fragend an. »Mäh«, imitierte Gee Gee das Blöken eines Schafs.

»Ich werd' verrückt«, prustete Poolitzer los. »Das machen die doch nicht wirklich?«

Unbeeindruckt stand Spengler auf. »Was erwarten Sie? Das ist das flache Land.«

»Wer hätte gedacht, dass Pfälzer und Schotten verwandt sind?« Der Reporter lachte immer noch, als er dem Kommissar zu den Autos folgte.

**UCAS, Seattle, Downtown, 18. 03. 2058,**
**11.21 PSZ**

»Sie haben Post«, begrüßte das Mailprogramm Geoffrey, als er von seinem Ritt durch die Matrix-Landschaften der Kanalisationsdienste zurückkehrte.

Nun war der Decker im Besitz der offiziellen Karten des Seattler Untergrunds. Nach einer kleinen Pause würde er sich ins virtuelle Hinterzimmer der Firmen decken und ein wenig nach Besonderheiten in den Röhrensystemen suchen.

*Schau mal einer an.* Geoffs Neugier erwachte, obwohl sein hungriger Magen nach einem Imbiss verlangte. *Da hat unser Hobbyninja tatsächlich ein Briefchen von Zozoria erhalten.*

Die Adresse lautete auf die japanische Niederlassung von »Antique Enterprises«, ein Standardschreiben erinnerte an ein Geschäftsessen im *Pantry* am kommenden Abend. Jeroquees Vermutung, dass Zozoria Interesse an den Foki und Fetischen der toten Magier hatte, erhärtete sich.

»Sie haben Post«, sagte die Computerstimme wieder. Mehrere Mails von Khodokarami gingen ein und versprachen Moloki die wildeste Folter, wenn er sich nicht unverzüglich meldete.

*Die geht mir auf die Eier*, stöhnte er gedanklich auf und formulierte einen Abschiedsbrief im Namen des Toten, in dem er sie wüst beschimpfte und sie als Schnalle bezeichnete, deren Untreue er erkannt habe. Das verstünde die Inderin hoffentlich.

Durch einen Tastendruck abgesandt, rauschte die elektronische Botschaft los und verschwand unwiederbringlich in den Tiefen der Matrix.

Grinsend stand Geoffrey auf und unternahm einmal mehr den Gang zum Kühlschrank, der sich dank seiner kleinen Fressorgien bereits gefährlich leerte, um sich die nächste Gourmet-Tiefkühlkost in den Auto-Chef zu schieben.

Jeroquee meldete sich von unterwegs und erklärte, dass sie sich immer noch auf der Suche nach den richtigen Leuten befand. Diejenigen, die sie unbedingt für den Ausflug in die Kanalisation anheuern wollte, waren wie vom Erdboden verschluckt.

»Der Japse hat eine Einladung von Zozoria bekommen«, erstattete der Decker Bericht und barg sein dampfendes Mittagessen aus dem Auto-Chef. »Im *Pantry*. Das ist ein mickriger Nobelfutterladen, der auch kleine Gerichte serviert. Was machen wir jetzt?«

»Wir können uns die Sache aus der Ferne betrachten.« Die Ghuljägerin klang kaum begeistert. »Ich hoffe, er kommt nicht auf die Idee, unbedingt bei seinem Freund vorbeischauen zu wollen?«

»Angemeldet hat er sich nicht. Es kam nur die Einladung.«

»Okay, dann buchen wir auch einen Tisch«, entschied die junge Frau. »Wir schauen uns den Herrn mal an und improvisieren. Sonst noch was?«

»Nein.« Geoffrey schob sich eine Gabel Essen in den Mund und schmatzte genießend. »Mann, ist das Zeugs gut! Wir brauchen unbedingt Nachschub.« Er lachte. »Ich habe mit Khodokarami Schluss gemacht, ist mir eben eingefallen. Sie hat Mails geschickt, und ich antwortete als Atades. Die sind wir los.«

»Hast du es wenigstens so formuliert, dass sie es schlucken wird?«

»Aber klar. Sehr gefühlvoll.«

Jeroquee glaubte ihm kein Wort. »Taucht sie auf, tauchst du ab, verstanden?«, wies sie ihn an. »Du wirst dich nicht mehr bei ihr melden. Keine Mails an irgendjemanden. Wir reden später.«

*Sie hat einfach kein Vertrauen.* Der Decker beendete seine Mahlzeit, rülpste ordentlich und nutzte die luxuriöse Badewanne, um sich ein wenig zu entspannen. Dabei fiel sein Blick auf den Bademantel, den die Ghuljägerin getragen hatte. Unwillkürlich schweiften seine Erinnerungen zurück zu der Nacht, in der sie sich gegenseitig trösteten.

Um sich abzulenken, suchte er nach neuen Aufgaben. Und zwar an einem Ort, an dem er sich bestens auskannte und an dem Emotionen keinesfalls existierten. Jedenfalls keine echten.

Geoffrey warf sich in den Kimono und setzte sich auf die Couch. Rasch war die Verbindung hergestellt.

Eben beabsichtigte er noch, die Kanalisationsunternehmen heimzusuchen, als ein plötzlicher Einfall ihn zu einem ganz anderen künstlich geschaffenen Raum führte.

Seine Persona wandelte sich.

Aus dem flammenden Auge mit der doppelt geschwungenen Augenbraue wurde ein durchschnittlicher Mann mit Aktenköfferchen und Homburger auf dem Kopf. Er schritt die Straße entlang und betrat ein altertümlich wirkendes Haus. Im Verkaufsraum stapelten sich Antiquitäten.

Eine Schelle ertönte. Sofort erschien ein Angestellter hinter dem Tresen. »Willkommen bei Antique Enterprises«, redete ihn der Bedienstete beflissen an. »Was kann ich für Sie tun, Sir? Eine Erfrischung gefällig?«

Aufmerksam studierte Geoffs Matrix-Ich das Äußere des Gegenübers. »Ich interessiere mich für … einen alten Stuhl. Was haben Sie denn da?«

»Einen alten Stuhl. Aha. Welches Jahrhundert, Sir?«

*Slot, was weiß ich denn über Jahrhunderte?* »Sagen wir, aus dem 19. Jahrhundert?«, schlug er vor. »Es soll ein Geschenk für einen Freund sein, und ich kenne mich nicht sonderlich aus. Wie wäre es mit einem Thron oder etwas in der Art? Aus England?«

»Ich sehe, Sir, Sie haben einen erlesenen Geschmack.

Das wird nicht einfach. Die meisten sind noch in Gebrauch, Sir. Aber ich schicke jemanden auf die Suche, der in unserem Lager nachsehen wird. Nehmen Sie doch so lange nebenan Platz und wählen Sie sich einen Film nach Ihren Wünschen aus, Sir.«

Der Angestellte deutete auf eine Tür, die aufschwang und den Zugang zu einem Kinosaal freigab. Geoffreys Persona nickte und betrat den Raum, nur um sich augenblicklich die Gestalt des Bedienungsprogramms anzueignen. Er hinterließ eine Botschaft, dass er in einer halben Stunde wiederkommen wolle.

So getarnt, huschte er wieder hinaus und ging durch die Tür, durch die der Angestellte gekommen war.

Er stand auf einem Korridor, an dessen Wand das riesige Bild einer Kriegerstatue mit rot glühenden Augen hing. Weißes Ice.

Könnte seine Persona den Atem anhalten, sie hätte es vermutlich getan, als sie das Wachprogramm passierte. Das Ice verfolgte ihn aufmerksam, ohne allerdings etwas zu unternehmen.

Die schimmernden Lichttüren trugen verschiedene Aufschriften, die offenbar zu den verschiedenen Warensortimenten führten. Hier würde er sich nicht lange aufhalten.

Die Bezeichnung »Spezielles« erweckte seine Neugier. Ein großer Löwenkopf, ein weiteres weißes Ice, hing davor, dessen Maul weit geöffnet war. Geoff ahnte, was er tun musste. *Schön programmiert haben sie es hier.*

So heimlich wie möglich packte er eine Brechstange unter seiner Jacke hervor und schob sie zwischen die Kiefer, während er seinen Kopf in das Innere streckte und nach dem Öffnungsmechanismus suchte. Es kam darauf an, das richtige Fressen für den Löwen zu finden. Und zwar schnell.

Der Löwe begann zu knurren, Speichel troff von den Lefzen.

»Ruhig, ich bin's«, redete die maskierte Persona beschwichtigend.

Geoff aktivierte die Utility. Das Täuschungsprogramm nahm seine Arbeit auf. In raschem Wechsel hielt er Würstchen, Steaks, Käse und Blumenkohl in den Händen. Die Suche nach dem richtigen Passwort dauerte.

Das Grollen aus der Kehle des Raubtiers verstärkte sich. Als er zwischen den Zahnreihen nach draußen blickte, bekam er mit, wie sich das Haupt der gemalten Steinstatue aus dem Bild herauslehnte und nach dem Bediensteten schaute, der so ungewöhnlich lange an der Tür benötigte.

Beim Materialisieren einer Gnukeule endete das bedrohliche Geräusch abrupt. Hastig warf er sie in den Schlund und zog den Kopf aus dem Maul. Der Löwe grinste freundlich und rülpste. Dann gab die Lichtwand den Durchgang frei.

Geoffrey betrat den Gang, auf dem das gleiche Bild wie im Korridor hing. Zwei schwach glimmende Türen aus alphanumerischen Zahlen standen dem Decker zur Auswahl. Die eine gewährte Zugang zur Geschäftsleitung, die andere zum Speziallager. An beiden Eingängen befanden sich Köpfe von Fabelwesen. Dieses Mal fiel die Gestaltung allerdings noch martialischer und Furcht einflößender aus. Allmählich wurde es gefährlich.

Der Durchgang schloss sich hinter ihm. Während Geoffs Persona zielstrebig zum Eingang mit der Aufschrift »Zozoria« ging, verfolgten ihn die Augen bei jedem Schritt, den er machte. Wieder packte er die Brechstange aus, um sich vor dem Zuschnappen der Chimärenkiefer zu schützen, und warf ein weiteres Gnustück in den Rachen.

Das Fabelwesen schluckte und brüllte laut auf. Das Eisenstück bog sich Millimeter um Millimeter zusammen.

Der Decker initiierte das Täuschungsprogramm, bis er

es schließlich schaffte, das weiße Ice mit einem Truthahn zu besänftigen. *Gerade noch rechtzeitig.* Der echte Geoffrey im Appartement atmete durch.

Schnell betrat er das Vorzimmer zur Firmenleitung. An einem Schreibtisch saß eine Sekretärin, hinter ihr leuchtete ein weiterer Durchgang. Um sie herum standen drei Männer in schwarzen Nadelstreifenanzügen. Alle hoben den Kopf, als die maskierte Persona eintrat. Das Schleicherprogramm konnte er sich somit abschminken.

Die Sekretärin musterte ihn von Kopf bis Fuß. »Kann ich Ihren Firmenausweis sehen?«, verlangte sie, ohne überhaupt zu fragen, was er beabsichtigte.

»Sicher, Madame«, antwortete er und kramte in seiner Hose nach dem Ausweis.

Die Frau nahm ihn entgegen, tippte die Zahlenkombination ein und verwahrte den Chip in ihrer Schublade. »Sie wünschen?«

»Ich habe eine Kundenanfrage bezüglich exklusiver Fetische«, log er dem weißen Ice vor. »Der Kunde möchte jedoch keine alte, sondern durchaus noch nutzbare Ware.«

»Schicken Sie ihn zu einem Fetischtrödler«, antwortete die Sekretärin hart.

»Er meinte, er wüsste, dass Mr. Zozoria so etwas besorgen könne«, blieb Geoffs Persona beharrlich. »Ich hatte mir schon einmal Notizen gemacht.« Er wagte es, sich an ihren Schreibtisch zu begeben und ein paar Schubladen zu öffnen. »Gestatten? Ich schaue selbst nach.« Das gestartete Schmökerprogramm forstete frech nach Foki und Fetischen. »Er hätte mit einem Mr. Seg bereits verhandelt, wurde aber an ›Antique Enterprises‹ verwiesen. Was soll ich dem Kunden nun sagen?« Er packte einige markierte Zettel in die Tasche und trat zurück.

Das weiße Ice telefonierte. »Warten Sie einen Moment.« Sie schaute auf den Monitor und lächelte. »Ah, ich sehe. Sie sind nicht zufällig selbst der Kunde? Weisen Sie sich bitte ein zweites Mal aus, Sir. Ihre Unternehmenszugehörigkeit wurde von unserem zentralen Sicherheitscomputer leider nicht bestätigt. Geben Sie mir die Unterlagen zurück.«

Die Männer in den Nadelstreifenanzügen änderten ihre Position und verteilten sich rund um die ungebetene Persona.

Geoff entschloss sich zum strategischen Rückzug. Abrupt wandte er sich auf dem Absatz um und wollte durch die Tür treten. Er stand vor einer geschlossenen Wand. Die Verteidigungsmechanismen waren bereits aktiviert. Wenn das Täuschungsprogramm nichts taugte, war er in großen Schwierigkeiten.

»Schnappt ihn!«

Die Männer in Schwarz zückten Stilette mit Klingen aus hellgrünem Licht und attackierten ihn.

Geoffs Persona warf eine Rauchbombe und schaffte es tatsächlich, die Wahrnehmung der Angreifer zu stören. Währenddessen suchte er nach dem Ausgang und initiierte das Analyseprogramm, um den Fluchtweg zu finden.

Tatsächlich machte er den Durchgang sichtbar und setzte sofort sein Täuschungsprogramm ein. Der Durchgang fiel darauf herein.

Geoff rannte hinaus und durch die Korridore. Dieses Mal brüllten die Chimären und Löwen auf und machten das Ice auf den Weg des Eindringlings aufmerksam.

Eine Maus tauchte auf, schnupperte an seinem Fuß und spurtete ihm voraus. Der gegnerische Rechner musste eine Ortungsutility eingesetzt haben, die gegen sein Verlegungsprogramm hoffentlich den Kürzeren ziehen würde.

Neue Schwierigkeiten. Er bemerkte es an der Geschwindigkeit, mit der die Wände an ihm vorbeihuschten: Er wurde langsamer und langsamer. Jemand hatte ihm eine Bremse angehängt, dargestellt durch eine Fußschelle mit einer schweren Eisenkugel am rechten Knöchel.

Eines der Ice im Nadelstreifenanzug flog heran. Die hastig geworfene Rauchbombe irritierte den Angreifer in diesem Fall nicht genug. Das Lichtstilett kappte den rechten Arm der virtuellen Persona ab, und auch Geoff schrie im Appartement vor Schmerz laut auf.

*Slot! Schwarzes Ice!*

Voller Panik löste er das Schildprogramm aus, um sich eine neuerliche Verletzung zu ersparen. Das Abwehrprogramm von »Antique Enterprises« zeigte sich nicht sonderlich von der dicken Kevlarweste beeindruckt. Wieder traf die Klinge, wieder kreischten Mensch und sein Computerabbild auf.

Der Decker entschied sich für den Ausstieg. Das Ausstöpseln gelang, als das Stilett sich seinem Gesicht näherte.

Schlagartig befand sich der Läufer in der greifbaren Realität des Appartements in Downtown.

*Beinahe.* Er schnaufte, als habe er soeben einen Marathonlauf hinter sich gebracht. Blut sickerte aus seiner Nase, und sein Schädel dröhnte. Gerade noch rechtzeitig schaffte er es, ins Bad zu taumeln und in die Wanne zu kotzen, anstatt die Reste des feinen Essens auf den Seidenteppich zu reihern.

Nachdem er Schmerztabletten gefunden und einen Tampon quer unter den Nasenlöchern festgebunden hatte, legte er sich ins Bett, um sich etwas Erholung von dem Matrixritt zu gönnen.

Zu seinem Verlegungsprogramm hatte er vollstes Vertrauen. Würde es die Aufspürmaus nicht in die Irre geführt haben, bekäme er innerhalb der nächsten Minuten vermutlich Besuch.

Vorsichtshalber wählte er die Rezeption an. »Ich will

niemanden empfangen«, gab er Anweisung. *Soll sich Doreel um die Gestalten kümmern.* Geoffrey schluckte ein paar Kopfschmerztabletten und döste weg.

Nach einer halben Stunde erwachte er. Er brauchte unbedingt etwas zu trinken. Routinemäßig checkte er den Posteingang.

»Sie haben Post«, sprach er gemeinsam mit dem Computer und öffnete die Mail, die von »Antique Enterprises« stammte.

Das Unternehmen machte Moloki darauf aufmerksam, dass ein Unbekannter in innere Datenbereiche vordringen konnte, das Aufspürprogramm allerdings keine Resultate brachte. Es deute alles darauf hin, dass eine dritte Partei an den Foki und Fetischen interessiert sei. Zozoria fragte, ob unter diesen Umständen das Essen dennoch stattfinden sollte. Um eine Rückmeldung wurde umgehend gebeten.

Zuerst versuchte der Decker, die Ghuljägerin zu erreichen, doch sie meldete sich nicht. Grübelnd hockte Geoffrey vor seinem PC. Er starrte auf den Flachbildschirm und den Hinweis, dass eine Antwort schnell erfolgen sollte.

»Slot, was mache ich denn jetzt?«, sagte er laut.

Geoffrey entschied sich für eine Bestätigung. Und dafür, vorerst nichts von seinem Ausflug in die Matrix-Abgründe von »Antique Enterprises« gegenüber der Ghuljägerin zu erwähnen.

Er erinnerte sich, dass er sich ein paar Daten auf gut Glück aus dem Verwaltungsrechner des Unternehmens geholt hatte, und unterzog sie einem Entschlüsselungsprogramm.

Nach einer weiteren halben Stunde konnte er tatsächlich etwas damit anfangen, auch wenn ihn die Kopfschmerzen beinahe umbrachten. Das Denken tat weh. An den Nachwehen der Attacke des schwarzen Ice würde er noch eine Zeit lang knabbern müssen.

*Treffer.* Es handelte sich um die komplette Aufstellung von 122 Foki und Fetischen, samt Bildern und peniblen Materialangaben. Geoff grinste. Jeroquee konnte nachsehen, welches von diesen Dingern Sunrain gehörte. Wenn es dabei war, wussten sie, dass es höchstwahrscheinlich die Liste von Sakagi Seg war.

Jetzt mussten sie nur noch herausfinden, wo die Gegenstände versteckt waren, von denen glücklicherweise niemand wusste, dass sie irgendwo in der Kanalisation lagerten und ihrem Finder haufenweise Creds brachten.

Die schlummernde Gier erwachte im Decker.

Er starrte auf die Abbildungen, schätzte zum unendlichsten Mal den Wert der magischen Utensilien und fragte sich, wozu er die Ghuljägerin noch brauchte.

Die Pläne und die ungefähre Lage der Kammer kannte er. Vor seinem geistigen Auge entstand ein »Fairlight Excalibur«, das er sich gewiss von der Kohle leisten könnte, wenn er nichts abgeben müsste.

*Sei kein Idiot,* warnte ihn sein Gewissen. *Eines Tages wirst du ihre Hilfe vielleicht brauchen.*

*Ja,* entgegnete er gedankenversunken. Das mochte sein. Oder auch nicht.

**UCAS, Seattle, Stadtteil Everett, 18. 03. 2058, 18.38 PSZ**

Jeroquee betrachtete die Speisekarte.

Sie wagte es nicht, den Finger zu heben und etwas zu bestellen. Ihr wurde schon schlecht, bevor ein Teller vor ihr stand, was an den Preisen, nicht an der Qualität der Küche lag.

Sie hatte sich ein gemütliches Eckchen gesucht, von dem sie das Delikatessengeschäft überblickte. Anschließend setzte sie sich und bestellte einen echten Kaffee, der sich bereits durch den Duft vom herkömmlichem Soykaf unterschied.

Als sie an dem schwarzen Getränk nippte, überschlugen sich ihre Geschmacksnerven vor Freude. Und auch das Blätterteiggebäck, das dazu »auf Kosten des Hauses« kredenzt wurde, zerging auf der Zunge.

Ständig fanden sich Kunden ein, die Karossen vor dem Schaufenster gehörten in die Kategorie Luxusschlitten. Dennoch hatten alle, die ins *Pantry* kamen, die Zeit, in Ruhe Delikatessen auszusuchen und anschließend einen Kaffee oder etwas anderes Edles zu trinken. Selbst die Armband-Koms schwiegen, was sie für ein kleines Wunder hielt.

»Haben Madame noch einen Wunsch?«, erkundigte sich der Ober höflich. Unauffällig legte er ihr den Katalog des Ladens auf den Tisch, in dem sich alle Köstlichkeiten auf Hochglanzpapier präsentierten.

»Ein paar von den geil… superben Keksen wären sehr aufmerksam«, sagte Jeroquee und bemühte sich, nicht in den verräterischen Stadtslang zu verfallen.

»Sehr wohl, Madame.« Der Ober neigte sich leicht nach vorne und verschwand elegant hinter die Mahagonitheke, um den Wunsch der Kundin zu erfüllen.

Bei jedem Wagen, der vor der Glasfront anhielt, hob sie den Kopf, um nachzuschauen, ob Yakub Estefan Zozoria aus dem Fond steigen würde. Doch bisher tat ihr der Antiquitätenhändler nicht den Gefallen.

*Ruhig bleiben. Der Tisch ist erst für sieben Uhr reserviert.* Jeroquee schmökerte den Katalog durch und spürte, wie ihr das Wasser im Mund zusammenlief. Allerdings sorgten die Preise dafür, dass der Hunger rasch erstarb.

Die junge Frau konzentrierte sich so sehr auf den Katalog, dass sie beinahe das Eintreffen des Mannes nicht mitbekommen hätte, den sie erwartete. Der vorübereilende Ober machte sie aufmerksam. Er schwebte hinter die Kaffeebar und bereitete einen Mokka vor.

Eine Limousine war vorgefahren und zwei gut gekleidete Leibwächter, eine afrikanisch anmutende Frau und ein Elf, stiegen aus und sondierten die Umgebung. Danach öffnete der Metamensch die hintere Tür.

Der Mann aus Andorra verließ das Fahrzeug, das entweder ein Oldtimer oder ein sehr neues Modell im Retrolook darstellte.

Jeroquee erkannte ihn auf Anhieb, weil er genauso aussah wie sein Konterfei, das ihr Geoffrey aus der Schattendatenbank geladen hatte: ein unauffälliger, älterer Mann mit Zwickelbrille und einem exquisiten Geschmack, wenn es um sein Erscheinungsbild ging. Er stützte sich auf einen Stock aus Ebenholz. Der Knauf bestand aus einem stilisierten Totenkopf.

Das Trio betrat das *Pantry*. Sofort stolzierte Jones herbei und servierte dem Besucher zur Begrüßung den Mokka. Sie wechselten ein paar leise Worte und lachten verhalten.

Der Ober dirigierte Zozoria an den kleinen Tisch neben dem Schaufenster, von wo man einen herrlichen Blick auf den kleinen Park hatte, den die Bürgergemeinschaft von Everett in monatelanger Arbeit errichtet hatte.

*Die perfekte Plastikidylle,* lächelte die Ghuljägerin, da sie dem Blick des Antiquitätenhändlers folgte. Als er sich mit der Speisekarte beschäftigen wollte und sie ihn verstohlen betrachtete, trafen sich ihre Augen.

Ein derartig grausames, eiskaltes Grün hatte sie noch nie gesehen. Die meisten Hersteller von Cyberaugen würden ein solches Modell sofort wieder einstampfen, weil es zu viel Tod ausströmte, dem gläsernen Typus einer Puppe nicht unähnlich. Die junge Frau schaute sofort weg.

Den Mann störte der Blickkontakt nicht weiter. Er

schenkte ihr sogar ein knappes Lächeln, ehe er sich mit der Auswahl des Menüs beschäftigte. Die Dunkelhäutige blieb an der Theke stehen und erhielt soeben einen Kaffee. Der Elf ließ sich neben seinem Arbeitgeber nieder und betrachtete die Menschen, die die Scheibe passierten.

Die Zeit verging.

Jeroquee wusste nicht, was sie tun sollte. Da sie ihr Kom-Gerät nicht einschaltete, sondern den Nachrichtenservice nutzte, war sie vor Störungen durch Geoff sicher. Der Decker informierte sie schriftlich darüber, dass er eine Liste mit den gesuchten Gegenständen bei dem »gemeinsamen Freund« aufgetrieben habe.

Sie beobachtete den Antiquitätenhändler so dezent wie möglich. Er machte nicht den Eindruck, als befände er sich in großer Eile oder wäre beunruhigt, weil sein Essenspartner nicht erschien. Stattdessen besprach er sich kurz mit Jones und gab eine Bestellung auf.

Um kurz nach halb acht erhob sich der Elf und steuerte auf ihren Tisch zu. Ihre erste Reaktion befahl ihr, aufzuspringen und davonzurennen. Doch das kam ihr kindisch vor. Niemand kannte sie, niemand wusste ihren Namen.

»Würden Sie Señor Zozoria die Freude machen, sich an seinen Tisch zu setzen, Señora Jeroquee?«, bat sie der Leibwächter höflich und deutete eine Verbeugung an.

Der Ghuljägerin blieb beinahe das Herz stehen. »Ich? Sie müssen mich mit jemandem verwechseln«, versuchte sie, sich aus der Affäre zu ziehen. »Mein Name ist … Smith.«

Der Metamensch setzte eine liebenswürdige Miene auf. »Tun Sie sich selbst einen Gefallen und kommen Sie mit, Miss Jeroquee. Sie essen etwas Deliziöses, plaudern ein wenig mit meinem Chef, und danach gehen Sie, wohin sie möchten.«

Die junge Frau ergab sich in ihr Schicksal und folgte

dem Elf, der ihr in perfekter Gentlemanmanier den Stuhl zurechtschob und sich diskret zwei Schritte entfernte.

Der Mann aus Andorra reichte ihr die Hand. »Sie entschuldigen, dass ich mich nicht erhoben habe, doch ein altes Leiden sorgt dafür, dass ich froh bin, wenn ich sitze. Es freut mich, die Person kennen zu lernen, die im Untergrund von Seattle dafür sorgt, dass sich das Ungeziefer nicht wie eine Plage ausbreitet.«

»Jemand muss es ja tun«, meinte Jeroquee, argwöhnisch die Leibwächterin und den Elf im Auge behaltend. »Woher wissen Sie, wer ich bin, Mr. Zozoria?«

»Ein Bekannter von mir rief mich an und sandte mir eine Aufzeichnung eines Beitrags, der vor kurzem bei Free Network Seattle gesendet wurde. Ein gewisser Severin Gospini drehte den Bericht, ehe er entlassen wurde. Ich hätte ihm gerne ein paar Fragen zu den Lokalitäten gestellt. Schade, dass er das Land verlassen hat.« Er stützte die Ellbogen auf und faltete die Hände. »Und als ich eben daran dachte, Sie ausfindig machen zu lassen, sitzen Sie mir ausgerechnet jetzt gegenüber, Miss Jeroquee. Der Star des Berichts. Glauben Sie an Zufälle, Miss Jeroquee? Ich nicht.«

Sie hatte die Reportage vergessen oder zumindest angenommen, dass man die CD niemals ausstrahlen würde. Der Zeitpunkt der Sendung konnte ungünstiger nicht sein.

Der Ober erschien und servierte warme Köstlichkeiten, die selbst von den betuchten Kunden neidisch betrachtet wurden.

»Sie haben, wenn man Mr. Gospini Glauben schenken darf, eine Art Rache verübt, verstand ich das richtig?«, erkundigte sich Zozoria und breitete eine Serviette über den Schoß. »Ich gestehe, alles in allem mochte ich den etwas theatralisch aufgemachten Beitrag nicht sonderlich«, er legte der Ghuljägerin etwas Braten vor, »doch eine Sache erweckte mein Interesse. Haben Sie beide Männer erledigt oder nur den jüngeren, wie man deutlich erkennen konnte? Der zweite Kampf ist ein wenig hektisch geschnitten.« Er bediente sich selbst und schnitt sich ein Stück ab.

Mechanisch bewegte sie Messer und Gabel. Verzweifelt suchte sich nach Ausflüchten, Erwiderungen, schlagfertigen Antworten. Aber die Nähe des Mannes wirkte paralysierend. Ihr Verstand drehte sich scheinbar um sich selbst.

»Wenn Sie nichts sagen möchten, lassen Sie mich eine Vermutung äußern«, half er ihr. »Sie haben das Kunststück fertig gebracht, sowohl Demus als auch Sakagi außer Gefecht zu setzen und sich dazu noch in seinem Appartement in Downtown niederzulassen. Es ist einer von Sakagis geheimen Zufluchtsorten. Ich weiß nicht, was er dort machte, und im Grunde ist es mir auch gleichgültig.« Er setzte die Schneide erneut an. Roter Bratensaft rann aus dem medium zubereiteten Stück. »Ich mag es aber keineswegs, wenn man sich in meine Geschäfte einmischt.« Zozoria schob sich das Fleisch in den Mund und kaute langsam.

Der Ober brachte eine Karaffe mit rubinfarbenem Rotwein und goss ein. Der Antiquitätenhändler kostete und nickte. Nachdem sich der Ober entfernte, redete er weiter.

»Ich hatte vor einigen Wochen einen Vertrag mit Sakagi abgeschlossen. Er verkaufte mir die Fetische und Foki, die sein Vater in den letzten Jahren zusammengetragen hatte.« Das Messer wirbelte in seiner Hand einmal um die eigene Achse. »Egal, ob er tot ist oder nicht, ich will meine Ware, Miss Jeroquee«, sagte er in einem gutmütigen Ton, der im krassen Widerspruch zu den kalten Augen des Andorraners stand. »Ich bin Geschäftsmann, nicht mehr und nicht weniger.«

»Es sind geraubte Besitztümer, die den Angehörigen

der Opfer überbracht werden müssten.« Die Ghuljägerin wunderte sich über ihre Courage, ihrem Gegenüber offen zu widersprechen. »Andernfalls wären Sie ein Hehler, wenn auch in einer anderen Liga.«

Zozoria lachte leise. »Da haben Sie Recht, wenn Sie Hehler auf diese Weise definieren. Ich bevorzuge das Wort Kaufmann. Was aber nichts daran ändert, dass ich das Material haben möchte.« Er betrachtete sie. »Sie wissen, wo er es lagert, vermute ich?« Das Besteck verharrte. Nur dadurch verriet der Mann seine Anspannung.

*Wenn ich jetzt nein sage, war das hier meine letzte warme Mahlzeit,* huschte es ihr durch den Kopf. Gab sie zu, dass sie keinen blassen Schimmer hatte, würde der Antiquitätenhändler dafür sorgen, dass sie ihm bei der Suche nach den Foki nicht in die Quere kam.

»Ich kenne den Aufenthaltsort«, kam es über ihre Lippen.

»Sehr schön. Dann sollten wir ins Geschäft kommen, Miss Jeroquee.« Zozoria schaute sie über den Rand des Zwickers an. »Ich werde Ihnen aber nicht noch einmal die gleiche Anzahlung zukommen lassen wie Sakagi. Können wir uns darauf verständigen, dass ich Ihnen die Zugangsdaten seines Kontos übermittle und sie sein flüssiges Kapital einfach für sich einziehen? Es dürfte eine nicht unbeträchtliche Summe sein, die auf Sie wartet.«

»Nachdem Sie Ihren Vorschuss zurückgeholt und die Foki erhalten haben?«, nahm ihm die Ghuljägerin den unvermeidlichen Zusatz vorweg.

»Exakt, Miss Jeroquee.« Zozoria strahlte sie an. Ihm fiel noch etwas ein. »Sagen Sie Ihrem Freund, dass mein Ice ihn das nächste Mal von seinem bisschen Verstand befreien wird, den er als Decker ohne Zweifel haben sollte. Da es sich inzwischen herumgesprochen haben dürfte, dass die Segs tot sind, sollte er auch keine Mails mehr als ›Sakagi‹ verschicken. Es weckt unnötige Aufmerksamkeit.«

*Geoff, du verdammter Deckhead.* Ihr fiel Sunrains Andenken ein. »Ich möchte einen Fokus behalten. Es handelt sich dabei um ein Erinnerungsstück, das ich gerne haben würde.«

Der Andorraner nickte. »Sehen Sie es als Geschenk. Doch gehen Sie davon aus, dass ich die Liste genau überprüfen werde. Es darf nur ein Stück aus der Sammlung fehlen, Miss Jeroquee, sonst betrachte ich unseren Deal als ungültig.«

Zutiefst vom Essen befriedigt schob er den Teller von sich. Jeroquee war es wider Erwarten gelungen, während der Unterhaltung die Speise zu genießen. Der Ober brachte das Dessert.

»Wann möchten Sie die Foki liefern?«

»Es wird keinen speziellen Termin geben«, wich die Ghuljägerin aus. »Sagen Sie mir nur, wohin ich die Ware bringen soll.«

Zozoria schaufelte sich Eis auf den Löffel. »Sie haben die Sachen auch wirklich, Miss Jeroquee?«, meinte er beiläufig. »Treiben Sie besser kein doppeltes Spiel mit mir. Sollte ich feststellen, dass die Gegenstände jemand anderes bekommt, denke ich mir wegen Vertragsbruch etwas für Sie aus.«

»Drohungen bringen bei mir nicht viel.« Die junge Frau gab sich gelassen. »Sie haben die magischen Utensilien spätestens in drei Tagen. Sie sind an einem schwer zugänglichen Ort.«

»Es ist Ihre Zeit, die abläuft«, entgegnete er nicht minder ruhig. »Spricht es sich bis zu den Banken herum, dass Sakagi Seg tot ist, werden Sie nicht mehr an das Konto kommen. Andere werden Anspruch erheben, beispielsweise Miss Khodokarami, Sakagis Verlobte. Je schneller ich die Foki habe, umso rascher sind Sie reich, Miss Jeroquee.«

»Wie sieht es denn mit Ihren Sicherheiten aus, Mr. Zozoria?« Jeroquee schüttelte das Lähmungsgefühl allmählich ab. »Woher weiß ich, dass es der richtige Code ist und Sie mir anschließend keine Läufer oder Banken-Samurai auf den Hals hetzen?«

Er langte nach seiner Serviette. »Sie werden sich auf mein Wort verlassen müssen.«

»Das ist das Letzte, was ich tun würde«, sagte sie schneller, als sie die halbe Beleidigung aufzuhalten vermochte.

»Sehr gut. Sie sind also doch ein wenig Geschäftsfrau.« Der Mann aus Andorra lächelte. Er schien ihr die Bemerkung nicht übel zu nehmen. »Sie verstehen, dass ich keinen Vertrag unterzeichnen werde?«

»Sagen wir, ich liefere Ihnen die erste Hälfte der Foki, und Sie geben mir die Zugangsdaten für das Konto?«, schlug sie vor.

Zozoria atmete langsam aus. »Damit Sie sehen, dass ich Sie gut leiden kann, akzeptiere ich diese Bedingungen«, antwortete er nach einer Weile. »Sie erhalten heute Abend die genaue Anschrift eines Lagerhauses, wo Sie die Ware abliefern.« Er machte Anstalten, sich zu erheben. Augenblicklich stand der Elf an seiner Seite und half ihm dabei. »Machen Sie sich noch einen angenehmen Abend im *Pantry.* Ich sage dem Ober, dass es auf meine Rechnung geht«, verabschiedete er sich zuvorkommend und reichte ihr die Hand. »Es war mir eine Freude.«

Der Mann verließ das Geschäft mit seinen Leibwächtern. Wenig später setzte sich sein Auto in Bewegung.

*Wenn das mal nicht der Pakt mit dem Teufel war,* dachte sie und schüttelte sich, als sie sich an die grünen Augen Zozorias erinnerte. Ihre Finger berührten das Schaufenster. Kalt, leblos wie Glas. Ein unheimlicher Mensch.

Die Ghuljägerin bestellte einen Liter Cappuccino zum Mitnehmen und machte sich auf zur nächsten Monorail-

Station. Dabei malte sie sich aus, wie sie den Decker dafür leiden lassen könnte, dass er gegen ihre Anweisung gehandelt hatte. Sie würde Geoffs Databuchse mit Wasser füllen und einen schwachen Stromstoß reinjagen. *Man hat einfach nur Ärger mit Männern.*

Die Monorail-Bahn schnurrte die Schächte entlang. Der typische Geruch von Elektrizität und Desinfektionsmittel vermischte sich mit dem seltenen Duft echten Kaffees.

**ADL, Badisch-Pfalz, Zweibrücken, 18. 03. 2058, 19:32 MEZ**

Das *Clubmotel* stand in einem kleinen Gewerbegebiet neben der Autobahn in Höhe der Abfahrt Ernstweiler. Das Haus der besonderen Wünsche unterschied sich äußerlich durch nichts von einem herkömmlichen Motel. Auch die Rezeption wirkte konventionell, ebenso der Typ dahinter. Nur dass er sich die Fingernägel mit einer Hingabe lackierte, die nur Gee Gee nachvollziehen konnte. Er schaute erst auf, als Spengler sich räusperte.

»Ja?« Sein gepflegtes Gesicht hellte sich auf. »Ah, ich sehe schon, eine Menage à trois.« Ohne eine Antwort abzuwarten, drehte er sich zum Fach mit den Schlüsselkarten. »Vibrationsbett, ihr Sklaven der Lust?«

Spengler verdrehte die Augen und schritt nach vorne. »Einmal Spezialservice nach Art des Hauses.«

Für seinen harschen Ton musste der Kommissar einen missbilligenden Blick über sich ergehen lassen. »Ein Rüpel? Wie schade. Außen hui, innen pfui. Ich glaube nicht, dass wir solchen Kunden unseren Spezialservice angedeihen lassen. Zu grob ist schlecht fürs Geschäft.«

Spengler seufzte und zückte seinen Dienstausweis. »So, Zuckerpuppe. Das ist unsere Eintrittskarte zum

Nebenzimmer. Zeig uns, wo's lang geht, und hol den Geschäftsführer.«

Der Mann tauschte seine Uniformjacke gegen ein Sakko.

»Sie verlangten nach dem Geschäftsführer, Herr Kommissar?«, erkundigte er sich geflissentlich und hielt dem Polizisten eine Hand in einer Weise hin, die man durchaus als Aufforderung für einen Handkuss deuten konnte.

»Genau. Wo ist er?«

Der Mann streckte die Hand aus. »Hier, direkt vor Ihren Adleraugen. Ich bin Big Coil.«

Spengler war für einen kurzen Moment sprachlos. »Äh, Herr Coil … wir haben Grund zur Annahme, dass Ihr Etablissement demnächst von einem sehr unangenehmen Gast Besuch erhalten könnte. Sie haben gehört, was in der Stadt los ist?«

Coil wurde blass. »Sie meinen, der Killer käme zu uns?«

Spengler zuckte die Schultern. »Deshalb sind wir ja hier, um Ihnen zur Seite zu stehen.«

Der Geschäftsführer schaute auf Poolitzer und Gee Gee. »Sind Sie dafür nicht ein paar zu wenige?«

»Wir haben alles dabei, was wir brauchen«, beruhigte ihn der Kommissar und zeigte die Pistole, die er unter der Jacke trug.

Etwas zuversichtlicher wandte sich Big Coil um. »Sie erzählen auch der Sitte nichts davon, was Sie gleich sehen werden?«

»Nein. Es sei denn, es ist strafbar.«

Der Geschäftsführer stolzierte zum Eingang und betätigte das Magschloss.

»Voilà«, deutete er ins Innere, als würde er den Hauptgewinn in einer Gameshow präsentieren. »Treten Sie in meine kleine Hölle der Lust«, zwinkerte er Spengler zu.

»Noch so ein Spruch, und ich verhafte Sie wegen sexueller Belästigung, Herr Coil.«

Coil setzte sich an die Spitze, um das nächste Schloss zu öffnen. »Falls Sie doch noch Unterstützung anfordern«, meinte er dabei, »könnten Sie Ihren Kollegen ausrichten, sie sollen bitte Lack-Tangas und echte Uniformen tragen. Darauf stehen wir im *Clubmotel*.«

»Soll ich dir was sagen?«, flüsterte Gee Gee zum Reporter. »Der denkt, Spengler würde hier eine Fetischnummer abziehen.«

Der besondere Teil des Hauses tat sich auf. Big Coil führte die drei in eine bizarre Welt aus Lack, Gasmasken, Reizwäsche und Nieten.

An der Bar saßen drei Männer in Taucheranzügen, nuckelten Cocktails aus Strohhalmen und unterhielten sich rege über die letzten Kursverläufe der Börse. Im hinteren Teil des Raums standen mehrere Sofas, auf denen sich leicht bekleidete Menschen und Metamenschen räkelten.

»Bevor Sie mich wegen Unterstützung der Prostitution verhaften«, schnarrte Coil den Kommissar an, »lassen Sie mich das Prinzip erklären. Alle hier in diesem Raum außer Ihnen und Ihren Freunden sind Clubmitglieder. Wir treffen uns, wann wir möchten, und tun, was wir möchten.«

»Und ausgewählte Personen zahlen gelegentlich eine Spende, richtig?«, vermutete Poolitzer.

Der Geschäftsführer lehnte sich an die Theke und betrachtete den Reporter. »Genau. Wollen Sie Mitglied werden?«

»Gehen Sie Ihre Fingernägel lackieren«, versuchte Spengler den Mann. »Kommen Sie in einer Stunde wieder.«

Coil zog beleidigt ab und stellte sich hinter die Bar, um dem Keeper zur Hand zu gehen.

*Endlich.* Der Polizist schaute sich um und stellte fest,

dass das Etablissement ein perfektes Ziel für den Wahnsinnigen darstellte. So viel Verdorbenheit an einem Fleck schrie danach, vernichtet zu werden. In New York, London oder Hamburg würde man über die Ansammlung von Paradiesvögeln kein Wort verlieren, sondern die richtig harten Orte aufsuchen. Irgendwo blökte tatsächlich ein Schaf.

Spengler sprach in sein Armband-Kom und informierte die in Alarmbereitschaft versetzte Zweibrücker Polizeiwache darüber, dass er über jede Schießerei in zwielichtigen Einrichtungen benachrichtigt werden wollte. Leidlich zufrieden beendete er das Gespräch.

»So, nun warten wir.« Er orderte ein Bier, fischte Schirmchen und Strohhalm heraus und nahm einen Schluck. Angewidert verzog er das Gesicht. »Das ist Diätbier!«

»Natürlich«, rief der Mann hinterm Zapfhahn belehrend. »Schau dich mal an.«

Hart wurde das Glas auf die Tischplatte gestellt und bekam dabei einen Sprung. Gee Gee und der Reporter lachten.

»Ich finde es ganz nett«, meinte der Amerikaner und schwang sich auf einen Hocker. »Erinnert mich ein wenig an die Barrens.«

Spenglers zweites Dienst-Kom piepte. Fluchend kramte er herum, bis er es endlich fand. »Was? Wo?« Er lauschte, nahm sich eine Serviette und notierte eine Straße. »Gehen Sie nicht zu nahe ran. Ich bin unterwegs.«

»Wir sind unterwegs«, verbesserte Poolitzer.

Spengler schenkte ihm ein diabolisches Lächeln. Sein Arm ruckte nach vorne, etwas Kaltes legte sich um das Handgelenk des Reporters. Dann klickte es. »Nein. *Ich* bin unterwegs.« Der Kommissar grüßte und lief zum Ausgang. »Es ist besser so. Sie bekommen die Story exklusiv, versprochen.« Er wandte sich an Gee Gee, die mit ihm gehen wollte. »Sie bleiben, wo Sie sind. Strapazieren Sie Ihr Glück nicht zu sehr, Frau Orlova.«

»Aber …«, begehrte sie auf.

»Keine Widerrede. Andernfalls behindern Sie eine Polizeiaktion, und das ist strafbar, verstanden? Es ist nur zu Ihrem Schutz.« Er winkte von der Tür aus, dann war er verschwunden.

»Sie können mich mal!«, schrie ihm Poolitzer nach. Die Köpfe der Umstehenden ruckten interessiert zu ihm. »Nein, das war kein Angebot, Freunde«, seufzte er und rüttelte an der Handschelle, die ihn mit dem Handlauf verband. »Kannst du so etwas aufmachen?«

Gee Gee betrachtete den Verschluss der elektronischen Fessel. »Das sind die neuen Dinger. Dazu braucht man einen hydraulischen Bolzenschneider«, meldete sie nach einer Weile. Die blauen Augen suchten den Blick des jungen Mannes. »Und jetzt? Soll ich mit deiner Kamera hinterherfahren?«

»Kommt nicht in Frage. Das ist zu gefährlich.«

Freudig überrascht schaute sie ihn an. »Du machst dir Sorgen um mich?«

»Natürlich, Gee Gee.« Er überprüfte den Handlauf. Die Schrauben, die das Metall mit dem Holzimitat verbanden, sahen massiv aus.

»Tja, dann werden wir wohl die Zweiten im Ziel sein.« Er bedeutete dem Barkeeper, dass er etwas Starkes zu trinken haben wollte. Das Klatschen einer Reitgerte erklang im Hintergrund, der Gefolterte stöhnte schwelgend auf. »Genießen wir das Ambiente.«

Spengler zwängte sich aus dem EMC Intracity E und rannte zum ersten Einsatzfahrzeug, hinter dem ein gepanzerter Beamter mit gezogener Waffe kauerte und auf den Eingang des *Route 666* zielte. Von drinnen hörte man gelegentliches Gewehrfeuer. Uzis, dem Klang nach zu urteilen.

»Spengler, LKA. Wer ballert herum?«, erkundigte er sich bei dem Polizisten und hielt ihm den Dienstausweis unter die Nase.

»So genau wissen wir das nicht«, meldete der Polizist. »Wir erhielten einen Anruf vom Wirt, dass jemand Ärger machen würde. Dann endete das Gespräch. Seitdem stehen wir hier draußen und warten darauf, dass sich etwas tut. Niemand hat das Gebäude verlassen.«

»Sehr gut.« Der Killer saß demnach wie eine Ratte in der Falle. Bald würde er den Typen verhören, und egal, welcher Kon dahinter steckte, er würde dessen Namen durch alle Medien jagen. Er hielt dem Kollegen ein Päckchen Kaugummi unter die Nase. »Wollen Sie einen?«

»Hey, Sie!«, brüllte ihn ein Polizist durch ein Megafon an. »Weg da vom Einsatzort!«

Der Ermittler nahm die Flüstertüte aus dem Wagen und hielt sie an den Mund. »Hey, Sie! Kommen Sie mal hierher, damit ich Ihnen was Schönes zeigen kann.«

»Was glauben Sie, wer Sie sind?«, dröhnte es.

»Ich weiß, wer ich bin. Sie auch?«, entgegnete der Ermittler und erntete verhaltenes Gelächter.

Der Einsatzleiter kam mit hochrotem Kopf angelaufen, während Spengler seinen Dienstausweis ein weiteres Mal auspackte. »Lesen!«, befahl er durchs Megafon, ehe er das Gerät auf dem Autodach abstellte. »Schreien Sie das nächste Mal nicht durch die Gegend, Herr Kommissar.«

»Entschuldigen Sie, Herr Kriminalhauptkommissar. Ich hielt Sie für einen Gaffer.« Der Beamte grüßte. »Wie geht es weiter, Kollege?«

»Wen haben Sie informiert?«, wollte Spengler wissen.

»Wir haben ein SEK aus Pirmasens angefordert, das müsste in knapp zehn Minuten da sein.«

Von innen hörte man nun wildes Geballere und Schreie. Es folgte eine dumpfe Explosion, die einen Teil der Fenster und zwei Personen auf der linken Seite nach draußen beförderte.

»Schätze, unser Mann ist bald fertig«, bemerkte der Ermittler trocken und holte sich eine Ersatzweste aus dem Kofferraum des Polizeifahrzeugs. Er nahm die Spezialwaffe aus dem Holster. Er konnte nicht zulassen, dass der Gesuchte ihm entwischte.

»Sie wollen da rein?«, staunte der Einsatzleiter.

»Gehen Sie für mich?«, hielt Spengler dagegen. »Nein? Sehen Sie. Keine Sorge, ich übernehme die Verantwortung.« In geduckter Haltung rannte er auf die Haustür des *Route 666* zu. Seine fehlende Kondition brachte ihn zum lauten Atmen.

Er betrat die Kneipe, um sich sofort hinter einen Billardtisch in Deckung zu werfen.

Er schaute unter dem Billardtisch hervor und entdeckte zahlreiche Hülsen, senkrecht nach oben stehende Fußsohlen von Toten oder Verwundeten sowie umherlaufende Schuhe, neben denen weitere Hülsen zu Boden regneten.

Spengler schloss die Augen und konzentrierte sich auf den Klang der benutzten Waffen. Er identifizierte mehrere Uzis, zwei schwere Pistolen, eine Schrotflinte und ein AK, vermutlich das 98er Modell. Wegen der Granate, schätzte er.

Dennoch konnte er jeden Knall einer bekannten Knarre zuordnen. Das Wundergewehr fehlte im Chor des modernen Todes. Entweder der Killer kniete irgendwo seelenruhig in Deckung und wartete, bis die nervösen Gäste ihre Magazine leerten, oder Spengler war mitten in einem Bandenkrieg und somit am falschen Ort. Die »Snuffs« interessierten ihn derzeit nicht die Bohne.

Vorsichtig hob er einen kleinen Zahnarztspiegel über die Einfassung des Billardtischs und drehte die reflektierende Fläche wie ein Periskop hin und her.

Die Kontrahenten hatten sich zurückgezogen. Der

Kampf tobte nun zwischen der Theke und einer Sitzgruppe. Wegen anderer Möbel und der begrenzten Optik des kleinen Spiegels gelang es dem Kommissar nicht, Näheres zu erkennen. Er musste es irgendwie schaffen, beide Seiten aus ihrer Deckung zu bekommen, damit er einen Schuss auf den Killer abgeben konnte. Falls der sich überhaupt darunter befand.

Als er den Kopf ein wenig reckte, fiel sein Blick auf die Billardkugeln, die hinter einer Plexiglasscheibe darauf warteten, dass ein Gast sie aus ihrem Gefängnis befreite und sie über den grünen Filz rollen durften. Sie kamen ihm gerade richtig.

Spenglers hektische Suche nach einer Münze begann. Dummerweise trug er keine Brieftasche mit sich. Kurzerhand riss er einen Knopf ab und warf ihn in den Schlitz. Die Abdeckung schnellte wider Erwarten in die Höhe und gab die Bälle frei.

*Geht doch.* Spengler kramte ein paar davon hervor. »Granaten!«, schrie er und warf zuerst zwei in die Sitzgruppe, danach zwei hinter die Bar. Polternd schlugen die Bälle auf und hopsten gut hörbar über den Boden.

Beide Parteien verließen fluchtartig ihre Deckung, um sich in der Mitte der Kneipe verdutzt gegenüberzustehen. Die Überraschung war so groß, dass keiner losballerte. Mit einem raschen Blick erfasste der Ermittler die Lage.

Auf der einen Seite standen drei Typen mit Uzis, die in breiten Lettern »Snuffs« auf den billigen Sicherheitsjacken stehen hatten. Auf der anderen kniete ein Mann in Stadttarnklamotten und mit blasser Haut, der ein AK trug. Ein AK-98, wie er mit Genugtuung registrierte.

Ausnahmsweise ärgerte es ihn, dass er Recht hatte. Der Killer befand sich nicht darunter. *Scheiße. Nicht unser Mann.* Er erhob sich, grüßte die vier Männer und ging hinaus. Kaum schloss er die Tür, röhrten die automatischen Gewehre und Maschinenpistolen los.

»Überlassen Sie das den Kollegen vom SEK. Sorgen Sie nur dafür, dass keiner der Kriminellen ausbüxt. Sie haben da drinnen vermutlich die Verantwortlichen für die Bandenschießerei«, empfahl er dem Einsatzleiter im Vorübergehen. Er öffnete die Tür des EMC Intracity E und klemmte sich hinters Steuer.

»Und wohin fahren Sie?«, fragte der Kommissar fassungslos.

»Ich habe meine Handschellen im *Clubmotel* vergessen.« Spengler schaltete in den Rückwärtsgang und verließ den Parkplatz des *Route 666*.

»Da reißt man sich den Hintern auf, um eine gute Story über Kons zu machen, und was ist der Dank?« Poolitzer schaute dem Barkeeper tief in die Augen. »Man wird gefeuert. Und das Auto haben sie mir auch noch in die Luft gejagt.«

»Darauf trinken wir noch einen«, meinte Gee Gee angeheitert und deutete auf die leeren Gläser. Gehorsam kam der Barkeeper dem Befehl nach.

»Ich hoffe nur, dass Spengler bald auftaucht«, nuschelte der Reporter und kicherte. »Oh, shit, ich werde keinen vernünftigen Bericht zusammenbekommen, so besoffen bin ich.« Dabei hatte er früher viel mehr vertragen.

Die Schauspielerin grinste. »Dann mache ich die Interviews.« Sie räusperte sich, nahm die Reitgerte wie ein Mikrofon in die Hand und schaffte es, ein ernstes Gesicht zu bewahren.

Der junge Mann richtete sich auf und lauschte aufmerksam.

»Was?«, wollte Gee Gee wissen.

»Ich dachte, ich hätte mehrere Schüsse gehört.« Er stand auf und vergaß dabei völlig, dass er noch mit dem Handlauf verbunden war. Beinahe hätte ihn der abrupte Stopp von den Beinen gerissen.

Der Barkeeper schaute auf mehrere kleine Monitore, die hinter einer Blende verborgen hingen. Sie zeigten nichts Ungewöhnliches, weder um das Gebäude noch in der Rezeption.

»Da ist jemand im Gang«, teilte der Barkeeper mit. »Das zweite Schloss wird gerade betätigt.« Er pochte gegen den Rahmen des Monitors. »Nanu? Die Kamera ist ausgefallen.«

Überstürzt zerrte Poolitzer die Ladyline aus dem Gürtel und behielt die Tür im Auge. *Besoffen und angekettet.* Zwei nicht zu verachtende Handicaps, wenn man gegen einen Psychopathen antreten sollte. Vielleicht glich die Wirkung des Alkohols seine miserablen Schießkünste aus.

»Was hast du denn?«, erkundigte sich Gee Gee beunruhigt. »Der Killer ist ganz woanders.«

Da war er sich nicht mehr sicher. Einige Gäste schauten zu dem jungen Mann, der die Waffe auf den Eingang gerichtet hielt.

Ein lautes Rumpeln ertönte. Jemand trat von der anderen Seite gegen das Holzimitat.

»Siehst du?«, flüsterte der Reporter angespannt. »Ich habe es doch gesagt.«

»Steck die Waffe weg«, befahl ihm die Schauspielerin. »Vielleicht sieht er dich nicht als Bedrohung.«

»Wenn nicht, will ich wenigstens vorbereitet sein.«

Nun wurden auch die anderen Gäste aufmerksam und warteten, was sich tat. Keiner hatte eine Vorstellung von der Gefahr, in der sie schwebten.

»Haben Sie eine Waffe unterm Tresen?«, fragte Poolitzer den Barkeeper, der nickte und eine abgesägte Schrotflinte zutage förderte. »Halten Sie sie bereit.« Sein Herz schlug schneller. Die bluttriefenden Bilder aus dem *Capital* drängten an die Oberfläche, mischten sich mit der Gegenwart. Gelang es ihm nicht, den Killer zu stoppen, würde das *Clubmotel* in wenigen Sekunden genauso aussehen. Sein Mund wurde trocken.

Die Tür brach nach dem dritten Rumpeln aus den Angeln. Eine Gestalt flog in den Raum und krachte auf den ersten Tisch. Der Kommissar erhob sich fluchend. Die Reste der Cocktails, die sich über seinen grellfarbenen, verstaubten Synthledermantel ergossen hatten, perlten ab und troffen zu Boden.

»Spengler! Sind Sie lebensmüde?«, rief der Seattler erleichtert.

»Die Rezeption war nicht besetzt, und die zweite Kombination konnte ich mir nicht merken«, erklärte er seinen filmreifen Auftritt. »Ich bin aber versichert, Herr Coil«, wandte er sich an den erschrockenen Geschäftsführer. »Lassen Sie sich eine bessere Tür einbauen, und schicken Sie mir die Rechnung.« Sein Blick fiel auf die Waffen des Reporters und des Barkeepers. »Ich hoffe, Sie haben einen Waffenschein dafür? Sonst müsste ich Sie anzeigen.«

Der Barkeeper schaute auf die Schrotflinte, als wundere er sich selbst darüber, wie sie in seine Hände gelangt war.

Unmittelbar hinter dem Mann zerplatzten mehrere Gläser. Die Spiegelwand barst und regnete zu Boden. Der Barkeeper drehte sich unsicher um und schaute auf den Scherbenhaufen, den er sich nicht erklären konnte.

Die Augen von Poolitzer, Gee Gee und dem LKA-Ermittler wurden riesig, als sie den Rücken des Mannes sahen. Aus drei fingerdicken Löchern lief Blut. Ehe jemand etwas sagen konnte, brach der Barkeeper zusammen. Im Gegensatz zu den restlichen Besuchern wusste das Trio, was das bedeutete. Der Killer befand sich im Club.

Gee Gee schlug dem Reporter die Waffe aus der Hand und duckte sich. Poolitzer folgte ihr, so gut es ging. Die Handschellen machten es ihm unmöglich, sich irgendwo in Sicherheit zubringen. »Spengler, machen Sie mich auf der Stelle los!«

»Dienet dem Herrn mit Furcht und küsset seine Füße mit Zittern, dass er nicht zürne und ihr umkommt auf dem Wege. Denn sein Zorn wird bald entbrennen. Wohl allen, die auf ihn trauen«, schallte eine verfremdete Stimme deutlich durchs Zimmer.

Die Tür zur Toilette stand offen. Im Gegenlicht war eine Gestalt zu erkennen, die ein eindrucksvolles Gewehr in der Hand hielt. Der dicke Lauf ruckte herum. »Aber ihr werdet sterben wie Menschen.«

Die schallgedämpfte Waffe beförderte Coil mit einem einzigen Schuss durchs Herz ins Jenseits. Das Projektil durchschlug zudem das Holz der Theke und zerstörte eine Flasche Rum.

»Ich bin Cherub, der Engel des Herrn. Die Gottlosen sollen zu den Toten fahren.«

Eine Sekunde herrschte atemlose Stille, dann brach Panik im *Clubmotel* los. Der Kriminalbeamte warf sich über die Theke, nahm dabei ein paar Gläser mit, schlug auf der Spüle auf und fiel höchst unelegant auf den toten Barkeeper, der seinen Sturz abdämpfte. Sein erster Griff ging zum Holster, in dem er die Spezialwaffe verstaute. Sie war verschwunden.

*Immer passiert mir das.* In aller Eile begann er, die nähere Umgebung zu abzusuchen, während der Unbekannte mit seinem Massaker fortfuhr.

Gelegentliche Schüsse zeigten, dass zumindest ein Gast nicht ganz unbewaffnet ins *Clubmotel* kam. Der Mutige lenkte den Killer mit seiner Aktion ab.

Alle anderen rannten zu den Ausgängen oder versuchten, sich irgendwo in Sicherheit zu bringen. Boten umgestürzte Tische gegen normale Kugeln kaum Schutz, richteten sie gegen die beschichteten Stahlprojektile erst recht nichts aus. Genauso gut hätten sie ein Blatt Papier vor sich halten können.

Spengler wurde fündig. Seine Pistole lag auf dem Grund des Spülbeckens, von wo er sie hektisch barg.

Vorsichtig schaute er über die Theke nach dem rätselhaften Killer mit dem goldenen Gesicht. *Nur eine einzige Gelegenheit,* bat er das Schicksal. *Lass mich nur eine einzige Gelegenheit bekommen.*

Und Fortuna erhörte ihn.

Nachdem ihm drei Flüchtende in Latexanzügen die Schusslinie versperrt hatten, schaffte es der Ermittler, den Wahnsinnigen ins Visier zu bekommen. Die goldene Maske schimmerte im Licht der Lampen auf. Die Smartverbindung zeigte ihm den ungepanzerten rechten Unterarm des Amokläufers als Ziel an.

»Spengler, machen Sie mich los!« Groß erschien das Gesicht des Reporters vor ihm. Eine Alkoholfahne schlug ihm entgegen. »Ich will nicht der Lockvogel sein. Der Typ macht mich kalt!«

Irgendwie schaffte es der Kriminalbeamte, den Lauf der Waffe nach oben zu ziehen. »Weg, Sie Depp!« Grob drückte er den Reporter nach unten, doch seine Chance war vertan.

Fluchend warf er Poolitzer den elektronischen Schlüssel zu und machte sich an die Verfolgung des Verrückten mit der unbekannten Waffe, deren Zielsicherheit und Effizienz sich ihm im ganzen Ausmaß präsentierte. Ein einziges Geschoss reichte aus, um gleich mehrere Menschen schwer zu verletzen, wenn nicht gar zu töten. Die rasiermesserscharfen Dreikantspitzen schnitten sich unbarmherzig ihren Weg durch Fleisch, Knochen und Innereien.

Die Besucher, die es bis in den Gang geschafft hatten, kehrten in großer Furcht zurück, schoben und drückten sich gegenseitig zur Seite, nur um wieder in den Hauptraum zu gelangen. Die Überlebenden wollten die Toiletten und damit den rettenden Notausgang erreichen.

Durch den Eingang schob sich eine zweite Gestalt wie aus einem Albtraum.

Ein fast zwei Meter großes Wesen betrat in aller Ruhe

das *Clubmotel.* Seine schwarzen Haare waren auf Stirnhöhe zu Hörnchen aufgestellt worden. Die Augen leuchteten rot, die geschlitzten Pupillen glommen gelb im schummrigen Licht. Spengler bemerkte angespitzte Ohren und Reißzähne. Der nackte Oberkörper präsentierte sich ölig glänzend und mit rot gefärbter Haut. Er meinte sogar, Schwefel riechen zu können. Unter dem Maschinengewehr, das der »Teufel« in den Händen hielt, waren Bajonette so befestigt worden, dass die Waffe den Eindruck eines Dreizacks erweckte.

Cherub war vom Auftauchen des neuen Gegenspielers verblüfft. Das nutzte der Mann aus, um das Maschinengewehr auf die Gestalt mit dem goldenen Gesicht abzufeuern.

Die schreienden Gäste um sie herum wurden zu Statisten degradiert, was den letzten Überlebenden vermutlich das Leben rettete, während sich das personifizierte Gute und Böse gegenüberstanden und ihr Duell austrugen.

*Ich glaube, ich liege noch im Bett und schlafe.* Spengler kniete nieder und schoss auf den Spinner im Teufelskostüm. Nichts geschah. Das Wesen schien nicht einmal bemerkt zu haben, dass es getroffen worden war. Der Kommissar beschloss, eine Cyborg-Spezialeinheit zu ordern, die sich mit den beiden Verrückten herumschlagen sollte.

Cherub und Satan sprangen durchs *Clubmotel* und feuerten aufeinander, ohne jedoch den Gegenspieler effektiv auszuschalten. Anscheinend waren sie sich ebenbürtig, was die technische Ausstattung anging. Dafür wurde die Einrichtung Stück für Stück zerstört.

»Mann, was ist denn hier los?«, fragte ihn der befreite Poolitzer plötzlich. »Das ist der helle Wahnsinn!«

»Bleiben Sie bloß mit dem Kopf unten«, riet ihm der Kriminalbeamte. »Ich habe Verstärkung angefordert.« Er schaute sich immer wieder um und wartete, dass er einen weiteren Schuss anbringen konnte. Die beiden Gestalten bewegten sich so schnell, dass er nicht zum Abdrücken kam. Es hatte den Anschein, als würde der selbst ernannte »Engel des Herrn« auf Dauer der Unterlegene sein.

»Der Typ mit den weißen Haaren ist verletzt«, bemerkte der Reporter.

Cherub wechselte gerade das Magazin der unbekannten langläufigen Waffe, als eine Salve die Deckung zerfetzte, hinter der er kauerte. Mit einem unmenschlichen Schrei sprang das Wesen in die Höhe und erwiderte das Feuer. Blutend zog es sich in Richtung Notausgang zurück. Was blutete, war menschlich.

Satan brüllte auf und machte sich an die Verfolgung. Spenglers Chance, sich einen der Amokläufer zu greifen und Licht ins Dunkel zu bringen, schwanden. Die Cyborg-Einheit wäre niemals rechtzeitig vor Ort, um einen der beiden auszuschalten. Es bliebe ihm nur der Alleingang und die Hoffnung, seinen Heldenmut zu überleben. Er verließ seine Deckung für eine bessere Schussposition. Es half alles nichts. Er brauchte jemanden zum Verhören.

Entsetzt beobachtete Poolitzer, dass sich Gee Gee die Schrotflinte des toten Barkeepers schnappte und sich anschickte, dem verletzten Engel zu folgen.

*Sie will den Tod von Genius rächen,* erkannte er die Absicht der Schauspielerin. Sie huschte kurz nach Cherub den Notausgang hinaus. *Sie hat doch keine Chance gegen diesen Kerl.* Der Reporter rannte hinter der Bar entlang und arbeitete sich bis zu den Toiletten vor.

Spengler half ihnen, ohne dass er es wusste. Der Teufel wurde auf den neuen Angreifer aufmerksam. Mit einem Schnauben fuhr er herum und richtete die Mündung des Maschinengewehrs auf Spengler. Gleichzeitig lösten sie aus.

Die Spezialwaffe des Kriminalbeamten spie die Geschosse aus, die in den Brustkorb des Höllenfürsten einschlugen. Die Automatik des anderen dagegen verweigerte den Dienst. Satan brüllte wütend auf und schleuderte das Maschinengewehr wie einen Speer nach dem Mann.

Er traf ihn in die linke Schulter. Die Wucht des Einschlags beförderte Spengler mehrere Meter nach hinten und anschließend gegen die Wand. Die drei Bajonette bohrten sich tief durch sein Fleisch ins Holz. Er glaubte zu hören, wie Knochen brachen. Vermutlich gab das Schlüsselbein gerade nach. Stöhnend hing der Kommissar an der Vertäfelung und wartete darauf, dass ihm der Angreifer ein Ende bereitete.

Doch sein Schatten fiel nicht über ihn. Ächzend hob Spengler den Kopf und sah gerade noch, wie die Silhouette des Teufels durch den Notausgang verschwand.

Er sank ein wenig nach unten und betrachtete die stoffverkleidete Decke des zerstörten Raums. Ausgerechnet der Arm, an dem er sein Armband-Kom trug, wurde durch den Dreizack bewegungsunfähig gemacht. Damit starb die Hoffnung, Hilfe herbeizufunken. Nicht mal einen Kaugummi konnte er sich in den Mund schieben.

In nicht allzu weiter Ferne hörte er Sirenen, die sich rasend schnell näherten.

Vorsichtig drehte er sein Gesicht, um nach dem Maschinengewehr zu schauen, das aus seiner Schulter ragte und ihn durch die langen Klingen in die Wand pinnte. Die Schmerzen steigerten sich mit jeder Sekunde, ihm wurde eiskalt. Sein Kreislauf verabschiedete sich. *Ich hoffe, das LKA hat mich bei BuMoNa gut krankenversichert.*

**ADL, Bexbach (Sox), ECC-Arkologie, 18. 03. 2058, 23:02 MEZ**

Johannes Fethal schwang unruhig mit seinem Sessel von rechts nach links. Zusammen mit dem Leiter der Ark saßen sämtliche Projektleiter von »Defense« im Besprechungszimmer, dazu der etwas angeschlagene Ostfolk als stellvertretender Leiter des Sicherheitsteams. Unter seiner neuen Vollrüstung befanden sich zahlreiche Verbände, die jene Stellen schützten, an denen das an sich schussfeste Material der Rüstungen den Projektilen der Minigun nicht hatte standhalten können.

Charly war der Einzige, der nicht angestrengt zu Boden schaute, sondern die Gesichter der Wissenschaftler eingehend musterte.

Die letzten Stunden verbrachte er zuerst beim Ark-Medizinier, anschließend vor dem Hauptrechner und checkte einige Sachverhalte, die ihm eigenartig erschienen. Noch fand er es zu früh für ein Resümee, aber allmählich lüftete sich der große dunkle Vorhang, den Dr. Gud über sein Projekt gelegt hatte. Bevor er dazu etwas sagte, wollte er sich die Diskussion anhören.

Ein Meinungsaustausch kam nicht recht in Gang. Die Stimmung des Teams befand sich auf dem Tiefpunkt.

»Wie erklären wir Berger, was hier vorgefallen ist?«, wollte Fethal zum wiederholten Mal von den Versammelten wissen, die ebenfalls keinerlei guten Ratschläge vorwiesen. Man schwieg und hoffte, dass man um eine peinliche Situation herumkam.

Beinahe flehend richtete der Ark-Chef die Augen auf Ostfolk. »Haben Sie wenigstens etwas in Erfahrung bringen können?«

Charly nickte langsam. »Dr. Gud hatte regen Mailkontakt mit Lehmann, einem unserer Sicherheitsrigger. Allem Anschein nach ermöglichte er es, dass Dr. Gud seine Probandin unbemerkt aus der Ark zu geheimen

Tests schleusen konnte. Ich habe Lehmann unter Arrest stellen lassen, bis die Sache geklärt ist. Dr. Gud ließ seine Probandin über ihre inoffiziellen Testläufe im Unklaren. Es hat den Anschein, als wäre ihr nicht bewusst, dass sie den Komplex verließ und diese Taten vollbrachte.« Das war gelogen, doch keiner der Wissenschaftler würde das wissen. Er folgerte diesen Umstand aus den nächtlichen Albträumen, die seine Freundin heimsuchten. Seine Absicht war es, Enni als Opfer hinzustellen.

»Ihre Theorie?«, wollte der Ark-Leiter wissen.

»Sie ist ein wenig abenteuerlich«, räumte Charly ein. »Ich schätze, dass es dem Verstand von Frau Gerlach irgendwie gelungen ist, die Löschung der Erinnerung wenigstens teilweise zu durchbrechen und sich an die Testläufe, die gegen ihren Willen stattfanden, zu entsinnen. Sie rächte sich an Gud und flüchtete zu dem Zeitpunkt, als ein weiterer Testlauf angesetzt war.«

»In der Tat. Es ist abenteuerlich, aber es ergibt einen gewissen Sinn. Doch wieso hat sie sich nicht mit mir in Verbindung gesetzt, um sich zu beschweren?« Fethal schien nicht ganz überzeugt.

»Weil sie angenommen hat, dass alle Forscher von DrakenSys und Cyberdynamix an dieser Sache beteiligt sind?«, schlug der Gardist vor. »Da sie niemandem vertrauen konnte, sah in der Flucht die einzige Lösung.«

Der Ark-Leiter schabte sich über die Bartstoppeln. Niemand wollte ihm den Gefallen tun und einen weiteren Vorschlag präsentieren. So griff er auf die Variante des Wachmanns zurück. »Verhören Sie Lehmann. Ich will jede Kleinigkeit erfahren, die der Verräter ausspuckt«, befahl Fethal schließlich. »Benutzen Sie alle Substanzen, die Sie zur Wahrheitsfindung benötigen, Ostfolk. Anschließend erwarte ich Ihren Bericht.«

Charly zögerte. »Was sollen wir wegen der Flüchtigen unternehmen? Sollen wir Zweibrücken absuchen?«

»Um Himmels willen!«, wehrte Fethal ab. »Ein Großaufgebot an Gardisten sorgt nur für unnötiges Aufsehen. Kümmern Sie sich um das Verhör.«

Der stellvertretende Befehlshaber der Wachleute salutierte und verließ den Raum.

Der Ark-Leiter seufzte vernehmlich und stützte die Stirn auf die Fäuste. »Professorin Usner-Gassert, wollen Sie etwas zu den Ergebnissen des schwedischen Kollegen sagen? Sie haben doch bereits erste Analysen gemacht, wie ich es Ihnen auftrug?«

Die »lebende Sünde« machte ein finsteres Gesicht und kostete den Triumph voll aus. »Gud hat uns schon längere Zeit schon an der Nase herumgeführt, was die Effizienz seines ›Defense‹-Modells angeht. Im Modus eins, bei dem der Träger des Gefechtscomputers eine andere Rolle einnimmt, übertreffen die Kampfwerte und -berechnungen all unsere Erwartungen. Lediglich im Modus zwei, im Normalzustand des Trägers, traten kleinere Schwierigkeiten in Gefechtssituationen auf, die er noch beseitigen wollte. Die Erinnerungen von Person eins und Person zwei überlappten sich, führten zu einer Feedbackschleife und beeinflussten die Berechnungen des Moduls.« Sie gönnte sich ein überragendes Lächeln. »Übrigens ist es mir nur knapp vor der Flucht von Gerlach gelungen, diese Schwierigkeit bei meinem Probanden zu überwinden. Wir haben einen einwandfreien Prototyp.«

»Was sollte Gerlach außerhalb der Ark?«

»Die Aufzeichnungen sind größtenteils lückenhaft, als würde ein sehr wichtiger Teil der Daten fehlen«, entschuldigte sie sich vorab. »Dazu müsste man Gerlachs Modul näher inspizieren und die Memory-Einheit abrufen. Ich habe nur die Reste von Koordinaten gefunden, die nach Zweibrücken deuten. Präzisiert man die Angaben, befand sich Gerlach an einem Ort namens *Pleasuredom*.«

»Gud schickte sein Kaninchen ins Bordell?«, meinte einer der Wissenschaftler. »Bei seinem religiösen Eifer halte ich das für sehr unwahrscheinlich, Frau Kollegin. Überprüfen Sie die Angaben.«

Wortlos aktivierte die hübsche Forscherin den Beamer und projizierte mehrere Meldungen von Nachrichtenagenturen über die Hinrichtung im Bordell an die Wand.

»Was sagen Sie dazu? Besteht die Möglichkeit, dass Gud in seinem religiösen Wahn die Fertigkeiten seiner Probandin nutzte, um die seiner Ansicht nach sündigsten Orte zu vernichten? Gibt es eine bessere Verschmelzung von Experiment und der Erfüllung von göttlichem Willen?«

»Und der Spruch über Gud? Was soll das Geschreibsel ›Gott ist tot‹ bedeuten?«, erkundigte sich ein Kollege.

»Gerlach scheint einen Sinn für schwarzen Humor zu haben. Ich entdeckte das Makabere auch erst im zweiten Anlauf.« Die Frau bediente den Computer, und eine Übersetzung wurde auf die Wand geworfen. »›Gud‹ ist schwedisch und bedeutet nichts anderes als ›Gott‹. Somit hat sich Gottes Engel gegen seinen Schöpfer gewandt.«

»Gütiger Himmel«, meinte Fethal leise. Jetzt fügte sich alles zu einem schrecklichen Sinn. Er blickte starr auf die Projektion. »Wir haben ein zweites Problem, meine Damen und Herren. Es geht nun nicht mehr alleine um eine entlaufene Probandin mit einem Millionen Euro wertvollen Kampfcomputer in ihrem Besitz.« Der Ark-Leiter schluckte. »Diese besondere Waffe, die Gerlach mit sich führt … gehört nicht uns.«

Die Riege der Wissenschaftler stöhnte auf. Auch Usner-Gassert überraschte diese Eröffnung.

»Wir hatten eine Kooperation mit der Walther GmbH vereinbart. DrakenSys und Cyberdynamix liefern ein Smartverbindungssystem, das perfekt mit unserem Gefechtscomputer synchronisiert. Walther erhielt die Datenmuster exklusiv für neue Waffenbaureihen und beteiligt uns dafür in großer Zahl am Umsatz. Erst vor kurzem erreichte uns die erste Lieferung. Gerlach hat sich eines dieser Gewehre genommen und genügend Munition, um sich mit einer kleinen Kon-Armee anzulegen.« Fethal erhob sich und stellte sich hinter seinen Sessel, die Hände umfassten die Rückenlehne. »Natürlich ist das LKA auf die ungewöhnliche Munition aufmerksam geworden, wie uns zu Ohren kam.« Niedergeschlagen senkte er das Haupt. »Mit dem Abtauchen der Probandin muss ich Frau Berger und das Unternehmen Walther informieren, dass uns die Situation entglitten ist.«

Die Professorin setzte ihren Joker ein. »Wenn es uns aber gelänge, Gerlach zurückzuholen?«, meldete sich Usner-Gassert zu Wort. Die Gesichter ihrer Kollegen fuhren herum. »Wenn ich meinen Probanden Nelke auf sie ansetze, der cybertechnologisch weitaus besser ausgestattet ist und nicht mehr unter den Störungen des Gefechtscomputers leidet, könnte er sie zurückbringen. Schaffen wir das, ehe ein anderes Unternehmen oder die Polizei sie aufgreifen, sind wir aus dem Schneider.«

Die Forscher tuschelten miteinander. Man sah Fethal an, dass er neue Hoffnung schöpfte, wenn auch das Risiko bestand, eine weitere Versuchsperson zu verlieren. »Er ist mental stabiler? Er unterliegt in Modus eins Ihrer völligen Kontrolle?«

Usner-Gassert nickte. »Ich habe für eine Absicherung gesorgt, Professor Fethal, die in jedem Fall greift. Kein anderer Kon wird ›Defense‹ aus dem Hirn meines Probanden entnehmen können.«

Der Leiter der Arkologie schaute jede einzelne Person im Raum an. »Sie alle sind soeben Zeugen und Schuldige geworden. Wir versuchen es zuerst mit Proband Nelke. Kein Wort zu Ihren Assistenten. Die Versuche laufen weiter wie bisher. Wenn Nelke nicht innerhalb einer Woche zu einem Ergebnis kommt, muss ich die Konzernleitung über jedes noch so kleine Detail informieren. Kehren Sie zurück an Ihre Arbeit, Kolleginnen und Kollegen.«

Die Frauen und Männer standen unsicher auf und verließen den Raum. Er bedeutete Usner-Gassert, noch einen Moment zu warten.

»Herzlichen Glückwunsch zu deinem Forschungserfolg. Aber er wird nicht viel nützen, wenn jemand anders Gerlach in die Hände bekommt. Du bist unsere letzte Chance, Elke«, sagte er eindringlich, als sie alleine waren. Fethal nahm ihre Hand und küsste sie. »Lass mich nicht im Stich. Ich unterrichte Ostfolk, dass Nelke die Ark verlassen darf.«

Die Forscherin berührte seine Schulter. »Mach dir keine unnötige Sorgen, Johannes. Ich rette die Situation.« *Und bekomme dafür deinen Job, mein Lieber.* Sie zwinkerte ihm aufmunternd zu und ging hinaus. Ihre Beförderung würde nicht mehr lange auf sich warten lassen.

Der Leiter der Einrichtung setzte sich wieder. Ausdruckslos starrte er auf den in den Tisch eingelassenen Monitor. *Warum passierte ihm so etwas?*

»Lehmann, hören Sie mit dem Unsinn auf. Sie haben Mist gebaut, seien Sie wenigstens ein Mann und holen Sie sich die Quittung dafür ab.«

Ostfolk stand vor der Eingangstür, die zur Wohnung des Sicherheitsriggers führte, und war nicht in der Lage, das Schott zum Öffnen zu bewegen.

Zwar hatte er angeordnet, dass der Rigger nicht ein einziges Kabel zur Hand haben durfte, damit er sich nicht in die Ark-Systeme einloggte und eine ähnlich abenteuerliche Flucht unternahm wie Enni. Doch Lehmann schien gewiefter zu sein, als er angenommen hatte. Die Overwritefunktion der Zentrale griff nicht.

Wieder drückte er den Sprechknopf. »Ich komme so

oder so zu Ihnen in die Unterkunft. Harte Tour oder sanfte Tour?«, ließ er dem Verdächtigen die Wahl.

Fluchend orderte er zwei Techniker an, die sich durch den Stahl schweißen mussten. Sie brannten eine halbhohe Öffnung in das stabile Material.

Ostfolk wartete, bis die rot glühenden Ränder sich abkühlten und er hindurch konnte. Noch eine Wunde hätte ihm gefehlt. Er zückte seine Pistole.

»Lehmann, wo haben Sie sich versteckt?«, rief er in die dunkle Wohnung.

Sofort erwachte die Erinnerung an Guds Labor. Er aktivierte die Taschenlampe unter dem Lauf der Halbautomatik und leuchtete den Eingangsbereich ab. Nachdem er sich vergewissert hatte, dass der Rigger nicht in einem Anfall von Verzweiflung mit einem Küchenmesser oder einem Stuhl neben dem Einlass stand, stieg er durch das Loch.

Charly lauschte. Er vernahm ein leises Knirschen, das sich in rhythmischen Abständen wiederholte. Behutsam suchte sich der Gardist einen Weg durch die finstere Unterkunft. Der sich ständig bewegende, weiße Lichtkegel der Lampe riss Einrichtungsgegenstände aus der Dunkelheit, um sie gleich darauf wieder in Schwärze zurücksinken zu lassen. Dann verharrte der Lichtfinger auf der Geräuschquelle.

Das dumpfe Knirschen stammte von einem Kabel, das unter starker Belastung stand und sich um die eigene Achse drehte. Am Ende des improvisierten Plastikstricks hing der Sicherheitsrigger. Das Gesicht war rotblau angelaufen, die Zunge hing aus dem Mund. Ostfolk sparte sich die Mühe, den Puls zu fühlen.

Er schaute sich um. Neben dem halb zu Ende gegessenen Abendbrot lag ein Pad mit einem Abschiedsbrief. Charly las ihn. Lehmann gestand darin seine Schuld und schrieb, dass er lieber den Freitod vorzöge, als für immer in einer Kon-Zelle zu schmoren oder bei lebendigem Leib für Versuchszwecke ausgeweidet zu werden.

»Hier Ostfolk«, funkte er die Zentrale an. »Ich brauche einen Arzt in Lehmanns Quartier.«

Er setzte sich neben den leicht pendelnden Toten und kostete vom Essen, das sich der Rigger zubereitet hatte. Es schmeckte ordentlich. Neben dem Trid lag ein Stapel Pornofilme, seitlich der Couch stand eine Tube Handcreme und eine Rolle Papiertücher, ein Sixpack Bier sowie eine Tüte Chips. Anscheinend hatte Lehmann einen netten, entspannenden Singleabend geplant.

Abschätzend schaute er zu dem Erhängten. Sicher, er schätzte Lehmann als Feigling ein, aber eine nette Zelle würde er den Schmerzen beim Freitod gewiss vorziehen.

Das bedeutete, dass sich jemand anders sehr viel Mühe gegeben hatte, Lehmanns Abgang als freie Entscheidung zu tarnen. Demnach hätte der Rigger noch mehr auszuplaudern gewusst. Enni war geflüchtet, Gud im Jenseits, alle bekannten Verdächtigen konnten nicht in der Nähe gewesen sein.

Enni. Seine Enni. Die Erkenntnis, dass der Angreifer mit dem Gesicht aus Gold die Frau gewesen sein sollte, mit der er viele Nächte in Zärtlichkeit verbracht hatte, traf ihn wie ein harter Schlag.

Dafür, dass sie ihn beinahe beim Rundgang erschoss, fand er eine einleuchtende Erklärung: Sie hatte ihn erst erkannt, als er den Helm wegen des zerstörten Visiers abnehmen musste. Lehmann, da war er sich ziemlich sicher, wollte ihn in jener Nacht beschäftigen, vielleicht sogar umbringen, um Ennis Ausstieg zu decken.

Er betrachtete den Toten. *Wer hätte noch ein Interesse, dich armes Schwein ins endgültige Exil zu befördern? Für wen hast du noch gearbeitet?*

Auch wenn die Erklärung, dass Enni den schwedischen Wissenschaftler ermordet hatte, sehr einfach und einleuchtend war, der Gardist geriet immer mehr ins Wanken. Sein Herz war allemal bereit zum Zweifel. Er kannte die Läuferin besser als alle Wissenschaftler.

Lehmanns Tod bestärkte ihn in dem Verdacht, dass ein Unbekannter in der Arkologie mordete. Der Täter zog aus dem Ableben der beiden Personen Vorteile oder versuchte, sich und seine Machenschaften zu decken. Vielleicht stieg die Zahl der Toten noch an. Das musste verhindert werden.

»Na, wo ist der Patient?«, erkundigte sich der Arzt, als er das Zimmer betrat und seinen Notfallkoffer abstellte. »Was hat denn Lehmann gemacht?«

»Selbstmord«, meinte Charly bündig. Das würde die offizielle Variante sein. Doch seine Nachforschungen endeten nicht. Das war er Enni schuldig.

**UCAS, Seattle, Downtown, 19. 03. 2058, 09.21 PSZ**

Der knapp dreißigjährige Mann stand am Geländer der achten Etage des Buyworld-Centers, eines von Seattles größten Kaufhäusern, eine Mall der Superlative.

Einige Menschen kannten nichts anderes als dieses gigantische Einkaufsparadies. Es war ihre kleine, heile Welt, ihre ganz eigene Ark zwischen Spülmittel, Feinkost und Imbissstand, berieselt von Lautsprecherdurchsagen und Commercials. Das stellte auch eine Art dar, mit dem Leben in Seattle und der Erwachten Welt fertig zu werden. Das Aufregendste, was diese Individuen erlebten, war eine Schlange an der Kasse, ein leeres Regal oder ein Taschendieb.

Der Mann gehörte nicht zu den »Malltools«, wie er sie nannte. Für ihn war das Buyworld ein Mittel zum Zweck. Sein gedrillter Körper steckte in einem modischen, dunkelgrauen Zweireiher unter einem hellgrauen

Mantel. Auf dem dunkelblonden Schopf saß ein hellgraues Barett. Wegen seiner Unbeweglichkeit konnte man ihn aus weiter Entfernung für eine Schaufensterpuppe halten.

Die grüngrauen Augen schweiften hinter dem Glas der Sonnenbrille umher, alles und dennoch nichts lange betrachtend. Im glatt rasierten, gepflegten Gesicht regte sich kein Muskel.

Er erkannte den Elf im leicht gebraucht wirkenden, etwas zu großen Anzug und dem Sicherheitsmantel sofort wieder, als der den Nordeingang des riesigen Konsumtempels betrat und sich umschaute. Aufmerksam beobachtete der Mann, wie der Rigger in den gläsernen Lift stieg und auf seine Etage fuhr.

Seine rechte Hand bewegte sich nach oben und tippte gegen den Bügel. Die Innenmonitore der Brille lieferten ihm dank der heimlich installierten Minikameras eine Großaufnahme des Metamenschen, der geradewegs zum vereinbarten Treffpunkt marschierte. Der Mann hatte die fast schon mikroskopisch kleinen Linsen an strategisch wichtigen Punkten aufgestellt, mal in einer leeren Dose, mal in einer Schirmattrappe verborgen.

Nacheinander fragte er weitere Bilder ab, um sich zu vergewissern, dass der Rigger alleine erschienen war. Anscheinend hatte sich der Elf an die Anweisungen gehalten.

Vorsichtshalber wartete er noch fünf Minuten. Dann nahm er seinen metallbeschlagenen Aktenkoffer und schritt zum Schaufenster von »Futile«, einem der so genannten Avantgarde-Schmuckdesigner. Da der Hersteller dem Geschmack des durchschnittlichen Seattlers weit voraus war, wie es sich für einen Vorreiter gehörte, stand meist niemand vor der Auslage. Das erlaubte ein ungestörtes Sondierungsgespräch, ehe er sich dazu entschied, sich mit dem Rigger zusammenzusetzen.

Der Metamensch zuckte ein wenig, als er von hinten an ihn herantrat und im letzten Moment abbog, um sich neben ihn zu stellen. »Drek, verfraggter!«, fluchte der Elf gegen die Scheibe. »Müssen Sie sich so leise anschleichen?«

Der Mann grinste. »Jetzt bin ich sicher, dass ich den Richtigen vor mir habe, Mr. Sparkplug. Keiner flucht so schön wie Sie.«

»Und endlich sehe ich Sie mal von Angesicht zu Angesicht, Jennings. Das letzte Mal fehlten mir dazu zwei wichtige Dinger.« Der Rigger zog die unteren Augenlider ein wenig herab. »Aber meine Glubscher sind wieder drinnen.« Er musterte den Straßenläufer auf der schwach reflektierenden Glasfläche. So sah also der Typ aus, der es geschafft hatte, ihn im Namen von Cyberdynamix einzusacken und ins Flugzeug in die ADL zu setzen. »Sie haben ganz schön Porzellan zerschlagen, um mich zu bekommen.«

»Es war ein gut bezahlter Job«, erwiderte Jeremiah Jennings locker und steckte die Hände in die Manteltaschen. »Also, was wollen Sie von mir?«

Sparkplug tat so, als würde er einen Ring betrachten. »Hellmann hat Ihnen ganz schön Feuer unterm Arsch gemacht, wie ich gehört habe.« Er verhehlte seine Schadenfreude nicht. »Die Bundespolizei fand es gar nicht witzig, dass Sie und Ihre Leute sich als Agenten ausgaben. Und die Cops sind wegen der zwei Officers, die Sie verbrannten, auch nicht sehr glücklich.«

»Wir haben schon was Neues, danke für den Hinweis«, lächelte Jennings. »Möchten Sie, dass ich mich bei Ihnen und allen anderen Betroffenen dafür entschuldige, dass ich meinen Auftrag erledigt habe? Ich könnte einen Fonds einrichten und eine Entschädigung auszahlen.«

»Das meinen Sie doch nicht ernst?«

»Erfasst. Ich bin Straßenläufer. Andere Leute vernichten Existenzen, indem sie Stellen streichen. Jedenfalls gebe ich mir immer Mühe, die Kollateralschäden in Grenzen zu halten. In jedem Beruf existieren Risiken, das wissen die Cops auch. Interessanterweise erscheinen keine Statistiken darüber, wie viele Unbeteiligte bei LoneStar-Einsätzen zu Schaden kommen.« Routiniert schaltete er die Kameras durch, um sich den Rücken freizuhalten. Er nahm dem Elf seine Bemerkung nicht krumm. Für ihn war die Sache erledigt. »Ich frage Sie nochmals, was Sie von mir wollen.«

»Weil Sie so eine astreine Einstellung zu Ihrem Beruf haben, würde ich Sie und Ihr Team gerne anheuern«, eröffnete der Rigger. »Sie müssten …«

»Nicht weitersprechen.« Jennings deutete auf ein benachbartes Café. »Demnach ist es ein Kundengespräch. Würden Sie mir bitte folgen, Mr. Sparkplug? Sie sind herzlich eingeladen.«

Sparkplug trottete neben dem Straßenläufer her und setzte sich mit ihm in die hinterste Ecke des Cafés. Der Reihe nach bestellten sie ein Getränk, umgeben von sich unterhaltenden Kundinnen und Kunden, quengelnden Kindern und unglücklichen Kellnern. Hier würde man sein eigenes Wort kaum verstehen. Und genau das schien der vercyberte Mann zu wollen.

Er betätigte die Zahlenschlösser an seinem Koffer, legte den Mantel sowie die Brille ab und wartete, bis die Getränke gebracht wurden. »Wo habe ich Sie unterbrochen? Und halten Sie das nicht für Unhöflichkeit. Ich habe nur dafür gesorgt, dass wir uns in Ruhe unterhalten können.«

»… ein Problem aus der Welt schaffen«, vollendete der Elf seinen begonnenen Satz, nachdem der Kellner verschwunden war.

»An wen haben Sie dabei gedacht?«

Sparkplug machte ein sorgenvolles Gesicht. »Das ist der verfraggte Haken an der Sache. Wir wissen es nicht.

Es ist jemand, der sich einen nach dem anderen von uns vornimmt.«

Nun musste Jennings grinsen. »Scheint so, als mache Ihnen auch jemand Feuer unterm Arsch?«

»Werden Sie bloß nicht verdrekt zynisch«, beschwerte sich der Rigger. »Das kommt bei potentieller Kundschaft verdammt schlecht an.«

»Sie haben Recht.« Der Straßenläufer beugte sich vor und zückte ein Pad. »Sie wollen also, dass ich herausfinde, wer Sie geeken möchte und soll ihn vorher aus dem Verkehr ziehen, richtig?«

Sparkplug kostete von seiner Cola und riss die Packung Chips auf, die er sich hatte kommen lassen. »Verdammt richtig, Chummer. Und sagen Sie nicht, dass es teuer wird. Sie schulden mir noch was«, versuchte er den Preis zu drücken. »Wenn Sie mich damals nicht erwischt hätten, würden wir nicht hier sitzen.«

»Erdrückende Logik«, kommentierte der Mann. »Teuer wird es trotzdem. Wie viele hat er bereits erwischt? Welche Methode benutzt er?«

Der Metamensch berichtete zwischen Cola und fettigen Kartoffelscheiben von den beiden Anschlägen und gab die vage Beschreibung des Trolls wieder.

»Jemand, der mit Doom arbeitet?«, wunderte sich Jennings. »Muss wirklich ein Genießer sein. Er hätte in beiden Fällen die Opfer einfach wegschießen können. Ich hätte es zumindest getan.«

»Wie beruhigend, dass Sie den verdrekten Job nicht bekamen«, sagte Sparkplug ätzend und meinte es trotzdem ernst. »Was ist? Nehmen Sie an?«

»Es klingt nach einer spannenden Sache«, deutete der Mann an, dass er durchaus interessiert war. »Kommen wir zum Preis.« Er drückte eine Zahlenfolge auf sein Pad und reichte es über den Tisch. »Einverstanden?«

»Was?«, entfuhr es dem Rigger. »Sind Sie noch ganz bei Trost, Chummer?«

Jennings setzte die Brille auf und checkte die Gänge und den Lift im Schnelldurchlauf. Keine Falle. Niemand näherte sich in verdächtiger Weise seiner Position. »Dann geben Sie den Auftrag einem anderen. Aber ich kann Ihnen sagen, wenn die Gefahr besteht, dass jemand mit Doom vergiftet wird, werden alle den Schwanz einziehen.« Ruhig schaute er ins schmale Gesicht des Elfen. »Außer mir.«

»Drek! So viel kostet eine verfraggte Zehnerkarte Gen-Therapie!«

»Ich habe ja auch zehn Leute«, konterte der Läufer elegant. »Dazu kommt das übliche Prozedere, das Ihnen als Kollege bekannt sein dürfte. Ja oder nein, Mr. Sparkplug? Es ist Ihr Leben.«

»Shit, verfraggter«, gab der Metamensch mit einem Fluch das Feilschen auf. Der Hinweis hatte ausgereicht. »Die Hälfte jetzt, die andere Hälfte bei erfolgreicher Ausführung.« Er reichte ihm eine Karte mit einer Kom-Nummer. »Rufen Sie uns an, sobald Sie etwas wissen. Uns würde schon interessieren, wer uns umbringen will.«

»Selbstverständlich«, nickte Jennings und gab dem Rigger eine Karte zurück. »Meine Kontonummer. Ich werde keinen Finger krümmen, ehe ein gewisser Betrag eingegangen ist.« Der Mann entspannte sich ein wenig. »Sie werden vermutlich an einen Ort abtauchen, wo Sie sicherer nicht sein könnten, nehme ich an?«

»Verfraggt genau richtig«, bestätigte Sparkplug ein wenig erleichtert, dass sie nun Verstärkung hatten. Er traute Jennings zu, dass er die Sache schaukelte. Er und seine Freunde vergruben sich derweil so tief im Untergrund, dass sie nicht einmal ein abstürzender Komet erwischte. »Sollten wir was erfahren, informieren wir Sie und Ihr Team.«

Der Straßenläufer hörte aufmerksam zu. »Gut. Halten Sie die Köpfe unten und überlassen Sie alles weitere mir. Ich garantiere, dass wir uns beeilen.« Er erhob sich und warf seinen Mantel über. »Wünschen Sie mir Glück, Mr. Sparkplug.« Jennings leerte seine Tasse, beglich die Rechnung und verließ das Café.

Der Rigger wählte seine Freunde an und erstattete Bericht, während er den breiten Rücken des Samurais im Fahrstuhl verschwinden sah.

*Hoffentlich erwischt es dich,* wünschte er Jennings, *nachdem du deinen Auftrag erledigt hast.* Nicht, dass er nachtragend wäre.

Jeremiah Jennings kehrte in sein Appartement zurück und hörte den Anrufbeantworter ab, während er seinen Mantel an die Garderobe hängte.

Sein »Mr. Johnson« meldete sich und bat ihn dringend, gegen elf Uhr ins Buyworld zu kommen, um mit einem neuen Kunden namens Fred Finshley zu verhandeln. Café, achte Etage.

*Das war klar.* Seufzend nahm der Straßenläufer den Mantel vom Bügel, legte die Ares Predator II an und ging zum Fahrstuhl, um in die Tiefgarage und von dort in die Mall zurückzukehren. Unterwegs startete er einen Rundruf an sein Team. Zur Mittagszeit wollte er im Kaufhaus bei einem gemeinsamen Essens bei »Don Corelione« die neuen Aufträge besprechen. Auf die Sahnegnocchi freute er sich seit Tagen.

Jennings wartete geduldig im Café auf den angekündigten Mann, der mit einer Verspätung von einer Dreiviertelstunde erschien. Das machte ihn unsympathisch und trieb den Preis um zweitausend Creds in die Höhe.

Finshley, in Konfektionskleidung und von durchschnittlichem Äußeren, war ihm gänzlich unbekannt, begrüßte den Samurai jedoch mit einer Herzlichkeit, als kennten sie sich schon lange.

»Bevor wir uns setzen«, fing Jennings den Kunden ab, »macht es Ihnen etwas aus, wenn wir das Lokal wechseln? Ich habe mit Ihrem Erscheinen etwas früher gerechnet und einen Tisch im Restaurant in der ersten Kelleretage gebucht. Don macht eine hervorragende Pasta.«

»Wenn Sie es sagen«, willigte Finshley ein.

Sie fuhren schweigend mit dem Lift nach unten und betraten das kleine italienische Restaurant. Mit einem Wink bedeutete Jennings seinen Leuten, noch im Vorraum zu warten, und leitete den Mann ins Nebenzimmer. Don brachte den Aperitif und betete die Speisekarte herab, bis sie sich für die Empfehlung des Hauses entschieden: die berühmten Sahnegnocchi mit Lachs und Dill.

»Verzeihen Sie meine Unkenntnis«, begann Jennings freundlich, »mein Vermittler machte mich nur darauf aufmerksam, dass ich einen Kunden treffen sollte. Haben Sie ihm keine weiteren Informationen gegeben, oder wird er schlampig?«

Der Mann lächelte. »Nein, er wusste es nicht. Ich bat nur um ein Gespräch mit Ihnen, Mr. Jennings. Die Modalitäten verhandele ich immer persönlich.« Finshley beobachtete ihn genau und schien sich zu amüsieren. »Wissen Sie, dass Sie schwer zu erreichen sind? Ihre alte Nummer und die Kontaktadressen haben sich ohne Hinweise auf eine neue geändert.«

»Es gab da eine dumme Geschichte, die mich zu einem raschen Wechsel zwang«, wich er aus. Er wollte einem Fremden nicht alles auf die Nase binden. Sonst würde er es sich noch anders überlegen und womöglich zur Konkurrenz gehen. »Das geschieht gelegentlich in diesem Metier.«

»Wem sagen Sie das?«, lachte Finshley auf. »Manchmal muss man sich radikal verändern, um zu überleben. Wie ich.« Der Mann sank nach hinten und legte den Kopf ein wenig schief. »Sie haben mich auch nicht erkannt.«

Im Verstand des Samurais schrillten die Alarmglocken. »Müsste ich Sie kennen?«

Finshley grinste. »Sie haben schon mehrere Aufträge von mir erhalten, Mr. Jennings.« Da er das Unverständnis in den Augen seines Gegenübers erkannte, gab er ihm einen Tipp. »Cyberdynamix.«

Jennings' Stirn runzelte sich. »Es tut mir Leid, Mr. Finshley. Ich schloss meine Vereinbarungen stets mit jemand anderem ab. Es wäre gut, wenn Sie sich erklären würden.«

»Sie haben immer mit einem Mann namens Lugstetter gesprochen«, sagte ihm Finshley auf den Kopf zu. »Sie saßen im Café des Buyworld. Sie sagten, dass die Selbstzerstörungsfunktion Ihres Wunderkoffers die 666 ist.« Es folgten weitere Details über Geschäftsbesprechungen, die nur jemand kennen konnte, der dabei war.

»Lugstetter?«, Jennings war perplex. »Sie sind Lugstetter?« Forschend betrachtete er den Mann. »Nein, ich hätte Sie nicht erkannt, ganz ehrlich.« Sie reichten sich noch einmal die Hände. »Was führte denn dazu, dass Sie sich ein völlig anderes Aussehen geben ließen? Haben Sie einmal zu oft spioniert? Oder arbeiten Sie nun für einen anderen Kon?«

Der Bekannte mit dem neuen Äußeren lachte. »Das würde zu lange dauern. Ich hatte einen Unfall, der mich dazu zwang, ein wenig Kosmetik zu betreiben.« Er leerte den Wermut. »Aber das soll uns nicht weiter kümmern. Ich bin geschäftlich in Seattle.«

»Was auch sonst.« Der Straßenläufer wunderte sich immer noch. »Wie kann ich Ihnen behilflich sein, Herr Lugstetter?« Er nahm seinen Organizer hervor und überprüfte den Stand seines Geschäftskontos. Noch waren keinerlei Überweisungen eingegangen.

»Ich möchte ein paar Leute besuchen. Aber sie haben sich zurückgezogen«, meinte der Deutsche leichthin und bedankte sich bei Don, der die Sahnegnocchi brachte. »Ihre Aufgabe wäre es, sie ausfindig zu machen.«

»Um wen handelt es sich?«, erkundigte sich Jennings und nahm das Besteck auf. »Guten Appetit übrigens.«

»Danke.« Lugstetter kostete und verzog anerkennend den Mund. »Sehr gut, die italienische Küche. Ich bin immer wieder begeistert.«

»Sagen Sie es doch Don«, schlug der Straßenläufer vor. »Er freut sich über Komplimente.«

Der Deutsche nickte. »Das mache ich glatt.« Er aß weiter.

»Die Namen Ihrer Freunde?«, erinnerte ihn Jennings höflich.

»Richtig.« Lugstetter legte die Gabel beiseite. »Sie sind auch Bekannte von Ihnen. Wissen Sie noch, wie Sie diesen Sparkplug für mich gefangen haben? Um ihn und seine Kumpane geht es.«

»Ich habe gehört, dass sie Ihrem Kon entwischt sind. Und jetzt wollen Sie sie nicht entführen, sondern umbringen?«, riet Jennings voller Heiterkeit und legte sein Besteck ab. Die Besprechung nahm eine erstaunliche Wendung.

»Haben Sie's nicht im Trid gesehen? Der Troggy erhielt von mir eine Ladung Doom. Ihn schnappe ich mir endgültig, sobald er aus dem Krankenhaus draußen ist«, plauderte Lugstetter und lachte ebenfalls. »Sie hätten sein Gesicht sehen sollen, als ich ihm den Injektor auf die Hand setzte.« Er karikierte den Ausdruck Ultras. Jennings musste lachen.

Das elektronische Gerät des freischaffenden Samurais meldete sich und übermittelte die Nachricht seiner Bank, dass die verlangte Anzahlung geleistet worden war.

»Halt, warten Sie.« Abwehrend und nach Atem ringend hob der Straßenläufer die Hände. »Die Story müssen Sie meinen Leuten erzählen.« Er stand auf und ging kichernd nach draußen. Kaum schloss er die Tür, erstarb seine gute Laune.

»Es wartet Arbeit«, sagte er knapp und wandte sich auf dem Absatz um. »Ihr müsst schnell sein.« Seine Männer folgten ihm.

»Uno momento, Freunde, so geht das nicht«, protestierte Don und ging zum Eingang. Er sperrte ab. »Jetzt.«

Jennings und seine Leute betraten das Nebenzimmer. »So, Herr Lugstetter, da bin ich wieder.« Freundlich lächelnd nahm Jennings auf seinem Stuhl Platz, während sich die zehn Männer grinsend um den Deutschen verteilten. »Darf ich Sie noch etwas fragen? Ich hatte vor kurzem eine Grundsatzdebatte über Vertragsbrüche.«

»Wie meinen Sie das?« Lugstetter schenkte sich etwas Wein nach. Er schmeckte hervorragend. Wenn die Italiener in der ADL ebenso kochen könnten, wöge er mindestens zehn Kilogramm mehr.

»Angenommen, Sie stünden vor der Entscheidung, dass Sie einen guten Kunden durch einen Auftraggeber, mit dem Sie bereits einen Deal haben, verlören. Was würden Sie tun?«

»Schwierig, schwierig.« Lugstetter dachte nach. »Geschäft ist Geschäft, fürchte ich.«

»Ich sehe das genauso«, stimmte ihm Jennings erleichtert zu. »Und jetzt erzählen Sie die Sache mit dem Troll noch einmal.«

»Gerne«, antwortete der Kon-Samurai. Er schob den Teller mit den Gnocchi zur Seite und holte Luft, um bereitwillig von seinem kleinen Triumph zu erzählen.

Schneller, als er es überhaupt mitbekam, richteten sich zehn Mündungen auf ihn.

**ADL, Badisch-Pfalz, Zweibrücken, 19. 03. 2058, 00:32 MEZ**

Gee Gee folgte der Spur Cherubs wie ein Bluthund, die abgesägte Schrotflinte unter dem Regencape haltend. Nur wenige Passanten kamen ihr um diese Uhrzeit entgegen. Nach deren Verhalten zu urteilen, gelang es dem Pseudoengel, unbemerkt vorwärts zu kommen. Niemand rannte schreiend auf der Straße herum, nirgends lagen Tote umher.

Dafür hinterließ der Engel etwas anderes. Der Angreifer im Teufelskostüm musste Genius' Mörder verletzt haben. Die roten Spritzer, die sie gelegentlich auf dem Asphalt entdeckte, sprachen eine deutliche Sprache.

Zuerst dachte sie, der Mörder wollte sich in die Sox zurückziehen. Dann änderte sich der Verlauf abrupt und führte Gee Gee in die Innenstadt. Sie gelangte zu der Erkenntnis, dass die Flucht recht planlos erfolgte. Weder rettete sich der Verletzte zu einem Fahrzeug, noch deutete die Spur darauf hin, dass es in der Nähe einen Unterschlupf gab.

Ein Platzregen setzte ein und verwischte das Rot auf dem Kopfsteinpflaster zusehends. Die Elemente schienen Cherub zu Hilfe zu kommen. Oder Gott wollte, dass man seinen Engel nicht fand, dachte sie bitter.

Aus dem lockeren Trab wurde ein schneller Dauerlauf, um die Fährte nicht zu verlieren. Doch die Schlieren wandelten sich zu einem verwaschenen Rosa, kaum mehr mit bloßem Auge zu erkennen. Durchnässt, atemlos und wütend stand sie auf dem Alexanderplatz und fluchte.

*Wohin würde sich ein Engel in höchster Not zurückziehen?*, grübelte sie und drehte sich auf der Stelle. Sofort fielen ihr die Kirche und das halb geöffnete Portal auf.

Getrieben von der immer näher rückenden Gelegenheit, den Tod des Trolls zu rächen, betrat sie das Gotteshaus in aller Stille. Der ausgedehnte Innenraum wurde nur durch einige Opferkerzen beleuchtet. Das Prasseln des Regens erfüllte das Kirchenschiff mit einem anhaltenden Rauschen, das sich verstärkte. Die Heftigkeit des Niederschlags nahm zu.

Gee Gee spähte in der Dunkelheit umher, um die Gestalt in dem auffälligen weißen Mantel zu entdecken. Ihre Augen gewöhnten sich an das schummrige Licht. Sie entdeckte einen Menschen, der vor dem Altar kauerte.

Die Schauspielerin nahm die Schrotflinte mit beiden Händen, richtete die Mündung auf den Mann und rückte behutsam vor. Sollte der Killer auch nur den kleinen Finger rühren, würde sie feuern. Gee Gee wollte näher heran, um sicher zu sein, dass die Ladung Kugeln eine tödliche Wirkung haben würden.

»Heile mich, Herr, denn meine Gebeine sind erschrocken, und meine Seele ist sehr erschrocken«, hörte sie Cherub leise, aber inbrünstig beten. Die elektronisch verzerrte Stimme vibrierte leicht. »Herr, höre und sei mir gnädig. Herr, sei mein Helfer.«

Vertieft in die Bitte um Rettung, bemerkte die Gestalt die Schauspielerin nicht. Beseelt von dem grausamen Bild des getöteten Trolls, verlor Gee Gee alle Vorsicht. Sie vergaß die Überlegenheit des Mannes und fühlte sich dadurch, dass das langläufige Gewehr neben dem Killer lag, einigermaßen sicher.

»Herr, wie lange willst du zusehen? Gott, schweige doch nicht! Was nützt dir mein Blut, wenn ich zur Grube fahre?«

Zwei Meter hinter seinem Rücken hielt sie inne. Die Läufe der Flinte zielten auf den Hinterkopf mit den langen, platinblonden Haaren. Gleich würde sie Genius' Tod rächen.

Das Portal wurde aufgestoßen. Ein kräftiger Windstoß brachte die Kerzen zum Flackern, einige erloschen ganz.

»Gee Gee, nein!«, schrie Poolitzer, nach Atem ringend.

Der Mörder drückte sich sofort vom Boden ab und katapultierte sich aus dem Stand nach oben. Er verschmolz mit der Dunkelheit des Kirchenschiffs, während die Dutzende kleiner Projektile, die aus den Mündungen flogen, den Teppich zerfetzten.

Damit war ihre Chance vertan. Ersatzpatronen hatte sie nicht mitgenommen. Die Wut auf den Reporter, der sie durch seine dämliche Aktion um ihre Rache brachte, stieg sekündlich an. Ihr Blick fiel auf die Waffe des Mörders. Das Schicksal gab ihr eine neue Gelegenheit. Sie ging auf das Gewehr zu.

Etwas Weißes flog aus der Finsternis heran. Die Umrisse des heransegelnden Cherubs hoben sich gegen das bunte Kirchenfenster für den Bruchteil einer Sekunde in aller Deutlichkeit ab. Die Mantelschöße flatterten in die Höhe und erweckten den Anschein von Schwingen. Engelsflügel.

Das Wesen senkte sich auf die Schauspielerin herab, die wie gelähmt dastand und Cherub anstarrte.

Der Engel verfehlte sie knapp. Die im Kampf erlittenen Verletzungen waren nicht ohne Folgen geblieben. Blutverlust und Schmerzen, geschädigte Muskeln und Sehnen wirkten sich auf die Koordinationsfähigkeit aus.

Mit voller Wucht und den Füßen voran krachte er neben ihr in die hölzernen Sitzbänke und durchbrach mehrere von ihnen. Regungslos lag er zwischen den Bruchstücken.

Gee Gee schrie auf, schnappte sich die automatische Waffe und richtete sie auf das goldene Gesicht. »Dein Gott hat dich verlassen, du Bastard!«, sagte sie düster. Er gab ihr die Möglichkeit, ihn zu vernichten.

»Gee Gee, warte!«, verlangte der Reporter, der sich die VX2200C umgeschnallt hatte, und schloss zu ihr auf. »Wir müssen herausfinden …«

»Bleib, wo du bist«, warnte sie ihn. »Das ist meine Sache. Ich werde diesen Irren dafür umlegen, dass er Genius getötet hat.«

»Bitte, bleib ruhig«, beschwichtigte Poolitzer sie. »Lass uns herausfinden, was gespielt wird. Wenn du jetzt abdrückst, werden wir niemals herausbekommen, wer diesen Typen auf die verrückte Idee gebracht hat, er sei ein Engel und müsste die Sünde ausrotten.«

»Das ist mir egal«, blieb die Schauspielerin stur. »Er hat Genius umgebracht, der mir sehr viel bedeutete.«

Der letzte Satz brannte wie ein glühendes Eisen in seiner Seele. Dennoch, der Reporter musste sie irgendwie dazu bringen, das Gewehr auf die Seite zu legen. »Das verstehe ich ja. Aber wenn er gar nicht anders konnte? Vielleicht sitzen die wahren Schuldigen an einer ganz anderen Stelle.«

»Na und?« Gee Gee wirkte entschlossen, dem Wehrlosen eine Kugel zu verpassen. Der Reporter machte einen Schritt nach vorne. Die junge Frau zielte augenblicklich auf seinen Bauch. »Halt! Von mir aus kannst du die Hinrichtung filmen, aber verhindern wirst du sie nicht!« Die Schauspielerin schien völlig durcheinander. Rachegelüste und Gewissen rangen miteinander.

*Wenn ich das zulasse, ist die Story den Bach hinunter.* Poolitzer bewegte sich seitlich und positionierte sich unmittelbar vor dem Lauf des Gewehrs.

»Gee Gee«, sagte er eindringlich und versuchte, sie von ihrem Vorhaben abzubringen. »Nur ein kleines Verhör, damit wir wissen, wer dahinter steckt. Danach kannst du ihn von mir aus erschießen oder Spengler übergeben.«

Er ignorierte das Gewehr und wagte es, ihr den Rücken zuzudrehen. Der Reporter ging in die Hocke und untersuchte die goldene Maske. Behutsam löste er die Verschlüsse und entfernte die Sichtblende. Zusammen mit der Vermummung hielt er eine Perücke und den Verzerrer in der Hand.

»Na so was! Der Kerl ist eine Frau«, entfuhr es ihm. Er zoomte näher, machte eine Porträtaufnahme der Unbekannten und verharrte auf den Narben ihres Schädels. Ihr Antlitz zuckte ein wenig, als würde sie bald aufwachen oder träumen.

Hastig tastete er sie ab und entfernte alles von ihrer Kampfkombination, womit sie Schaden anrichten konnte. Auf dem kleinen Haufen hinter sich lagerten mehrere Granaten, Messer, Magazine, zwei Pistolen und eine Monofilamentpeitsche. Dabei entdeckte er zwei tiefe Schusswunden. Maschinengewehrprojektile hatten den harten Oberkörperpanzer durchschlagen. Hinweise auf ihre Herkunft fand er nicht.

»Und nun?«, wollte Gee Gee eisig wissen. »Darf ich sie jetzt erschießen, nachdem wir wissen, dass es eine Frau ist?«

»Krieg dich wieder ein«, brach es aus ihm heraus. Er fühlte Cherubs Puls, der stabil schlug. Sie schien trainiert und zäh zu sein. Kein Wunder bei dem, was sie tat. »Sie ist nur ein Cyberzombie. Nichts weiter.«

Ruckartig öffnete die Frau ihre hellblauen Augen, fasste Poolitzers Kragen und zog ihn an ihren Mund. Ihre Kraft war so gewaltig, dass er sich nicht dagegen wehren konnte.

»Helfen Sie mir«, verlangte sie schwach. »Bringen Sie mich zu einem Arzt. Aber kein Krankenhaus, sonst wird Cyberdynamix oder DrakenSys mich finden und umbringen.« Eine siedend heiße Welle rollte durch Poolitzer, als er den Namen des Konzerns hörte, mit dem er sich schon einmal angelegt hatte. Ihr Griff lockerte sich. »Bitte! Ich bin keine Mörderin. Bauen Sie es mir aus, wenn Sie neue Tote verhindern wollen. Ich ...« Sie schloss die Lider. Die Finger gaben den Stoff frei.

»Okay, das haben wir im Kasten«, murmelte er und schaute zu Gee Gee, die kurz davor stand, das Gewehr zu benutzen. »Du hast es gehört. Jemand anderes hat sie

Zweibrücken auf den Hals gehetzt.« Seine Nase juckte. Dieses Mal brachte er Cyberdynamix endgültig zur Strecke.

»Und wenn schon.«

Wütend sprang der Reporter auf die Beine. »Du willst diese arme Frau erschießen, weil sie das machte, was irgendein Arsch ihr befohlen hat?« Er riss ihr die Waffe aus der Hand. »Shit, Gee Gee, dann wärst du genauso ein Arsch.« Ganz dicht brachte er sein Gesicht vor das ihre, sein Ton wurde beschwörend. »Willst du die Verantwortlichen des Massakers oder nicht? Die Leute im Hintergrund, nicht die Handlanger?«

Ihr Blick, der eben noch einen Schimmer von blinder Entschlossenheit barg, änderte sich. Sie betrachtete die Kahlköpfige, unter der ein dünnes, rotes Rinnsal hervorlief. Es floss über geborstene Holzstücke und tropfte zu Boden. Engelsblut auf heiligem Boden.

»Ich kenne einen Arzt, der uns weiterhilft«, meinte sie leise und schluckte schwer. »Tut mir Leid. Ich hätte nicht auf dich geschossen.«

»Ich weiß«, erwiderte er locker, ohne sich sicher zu sein.

»Lass uns gehen«, sagte sie. »Gegen den Teufel haben wir keine Chance, wenn er noch einmal auftaucht.«

»Der Satan meidet Kirchen«, belehrte er sie schwach lächelnd. »Und wenn doch«, er nahm das Gewehr in den Anschlag, »geben wir ihm den Zorn des Herrn. Auf ihre Story bin ich sehr gespannt. Sie weiß mit Sicherheit, wer diese Höllenfürst-Imitation war.« Gemeinsam richteten sie die Frau auf.

»Was ist mit Spengler? Sagen wir ihm Bescheid?«

»Nein«, entschied der Reporter. »Erst reden wir mit ihr. Wer weiß, welche Leute sich an seine Fersen geheftet haben. Er wollte uns im *Clubmotel* linken, jetzt linken wir ihn.«

Poolitzer übernahm das Schleppen. Die Schauspielerin ging mit der Waffe voraus, um sie auf Schleichwegen zum Arzt zu lotsen.

»Wie groß ist deine Güte, Herr«, wisperte die Unbekannte ins Ohr des schwer schnaufenden Reporters. »Gelobt sei der Herr. Denn er hat die Stimme meines Flehens erhört.«

»Und ich dachte immer, Engel seien ätherisch«, keuchte er unter der Last.

**UCAS, Seattle, Redmond Barrens, 19. 03. 2058, 09:30 PSZ**

Da die Zeit drängte, war Jeroquee allein in die Kanalisation eingestiegen. Ihre Gefühle waren durchaus gemischt. Sie hoffte, dass die Ghule sich nach den vernichtenden Erfahrungen aus diesem Bereich des Untergrunds zurückgezogen hatten. Erschien eine größere Horde, müsste sie sofort aussteigen. Eine Hilfstruppe würde es nicht geben.

In dem gepanzerten Neoprenanzug, der bei längerem Marsch durchs Wasser vor Auskühlung schützte, eine zusätzliche Kevlarweste darüber, die Mossberg mit dem verkürzten Lauf und den Granatwerfer in der Linken, balancierte sie neben der Abwasserrinne auf dem Steg und folgte der Karte.

Die Ghuljägerin trug einen Helm, in dessen Visier die Röhrenverläufe schematisch eingeblendet wurden. So hatte sie die Hände frei, um auf Bedrohungen zu reagieren. Der Chip mit den Daten wurde in einen schmalen Schlitz seitlich eingeführt.

Zuerst wollte sie den Helm nicht, weil sie die Tauglichkeit der Elektronik in dem feucht-warmen Klima anzweifelte. Aber die Beteuerungen des Händlers zusammen mit der Rücknahmegarantie überzeugten sie.

Vorsichtshalber trug sie einen Ausdruck der Karte in einer Plastikhülle mit sich.

Der Nachtsichtmodus des Visiers war aktiviert. Sie erkannte die Umgebung mit den Rohren, Schotts, Gitterrosten und Sprossenleitern in abgestuften Grüntönen.

Die junge Frau wählte den Weg, den sie damals zusammen mit Piers gegangen war und der sie genau zu dem Raum führen würde, in dem sie Sakagi Seg erledigt hatten. Wenn sie ihr Gefühl nicht sehr trog, standen die Aussichten gut, dort weitere Erkenntnisse zu erhalten.

Jeroquee betrat das große Sammelbassin, erklomm mit Hilfe des Kletterhakens den Einstiegsschacht und zwängte sich durch die Röhre, bis sie in dem viereckigen Betonraum stand. Hier war ihr Mentor gestorben. Die Trauer um den freundlichen Jäger erhielt neue Nahrung. *Mann, du fehlst mir ganz schön.* Sie betrat den eisernen Umlauf, der zu einem massiven Schott führte.

Die junge Frau legte die Finger um das Handrad und kurbelte. Die runde Tür schwang auf. Nach einem kurzen Weg durch eine Zwischenröhre erreichte sie eine ehemalige Kontrollstation. An der linken Wand befand sich eine halb geöffnete Fahrstuhltür. Sakagi war aus diesem Lift getreten und sofort von ihr und Poolitzer erschossen worden.

Jeroquee durchquerte den Raum und betrachtete die Einschläge in der Wand. Rostfarbene Blutflecken erinnerten an die Ereignisse. Die Leiche des Mannes, in dessen Appartement sie und Geoffrey sich ausbreiteten, fehlte. Vermutlich waren die Ghule dankbare Abnehmer gewesen.

Ein Blick in den Schacht hinter den Türen zeigte ihr, dass die Kabine zerstört am Boden lag, zertrümmert durch einen Sturz aus großer Höhe. Kabel und Seile hingen wie leblose Fangarme einer Qualle herab. Die Ghuljägerin kontrollierte die Festigkeit der gewickelten Stahldrähte und kletterte im Schacht nach oben.

Nach einer Weile krachte ihr Kopfhörer. »Ich hab dich wieder auf der Peilanlage«, funkte sie der Decker an. »Du scheinst dich senkrecht nach oben zu bewegen, stimmt das?«

»Genau«, keuchte Jeroquee und hangelte sich zur Tür, die halb geöffnet war. Über ihr befand sich eine große Trommel, um die das Seil gewickelt war. Endstation. Sie nahm die Mossberg vom Rücken, zwängte sich durch den Spalt in den dahinter liegenden Raum und sicherte nach allen Seiten.

»Sieht gut aus. Niemand hier«, gab sie durch.

»Wenn mein Plan stimmt, müsstest du in der Umkleide der verlassenen Station stehen«, berichtete Geoffrey. »Hinter der Tür folgt ein kurzer Gang und ein weiterer Fahrstuhl, der dich nach oben bringt.«

Die Ghuljägerin krempelte das Zimmer regelrecht um. Sie entdeckte eine dunkelblaue Feder sowie ein Stückchen graue Lederschnur, die Bestandteile eines Fokus' gewesen sein mochten. Oder die Reste einer Rattenmahlzeit. Sie steckte die Fundstücke in einen wasserdichten Beutel und öffnete die nächste Luke.

Eine Seitenwand des kurzen Ganges, der als Schleuse diente, war herausgebrochen. Warme Luft strömte hervor, den Geruch von Verwesung mit sich tragend.

*Herrlich. Ghule.* Sie setzte die Atemmaske auf und überprüfte den elektronischen Kanarienvogel, der die Zusammensetzung der Umgebungsluft anzeigte. Danach stieg sie in das Loch. Sie befand sich in einer zweiten Abwasserleitung.

Die goblinisierten Menschen hatten die parallel verlaufende Röhre dazu genutzt, sich an die Schleuse anzunähern und an der dünnsten Stelle durch das Material zu graben. Die Wände des Umkleideraums mussten sich als zu widerstandsfähig erwiesen haben, wie sie ein paar Meter weiter anhand der Spuren an der Wand erkannte.

*Haben die Ghule die Amulette genommen? ...* staunte sie. Was sollten sie damit anfangen?

Behutsam setzte sie ihre Sohlen auf, um nicht unversehens durchzubrechen. Schließlich stand sie vor einer Leiter, die nach oben aus der Röhre führte. Das Loch war mit einem Schneidbrenner ins Plastik gebrannt worden.

Mit größter Umsicht entstieg sie dem engen Abwasserrohr und fand sich in einem künstlich geschaffenen Hohlraum wieder. Neben einem niedrigen Ausgang lag ein Ghul zusammengekauert und schlief. Er trug halbwegs normale Kleider, die durch das Leben in Schmutz und Wasser arg in Mitleidenschaft gezogen worden waren. Der kahle Schädel mit der grauen Haut ruhte auf einem Kissen, eine dreckige Decke sorgte für zusätzliche Wärme. Neben ihm lag ein AK-98. Die Waffe, die Piers wegen ihrer Unverwüstlichkeit geschätzt hatte.

Die Ghuljägerin nahm an, dass es sich bei dem Leichenfresser um einen Wachposten handelte, der den Durchgang sichern und seine Sippe, die gewiss in der Nähe hauste, vor Angreifern warnen sollte. Er würde ihr sagen können, ob sie die Foki besaßen. Falls er sie mit seinem niedrigen Intellekt verstand.

Mit zwei schnellen Schritten stand sie neben dem Schlafenden, stellte ihm den rechten Stiefel auf die Brust und presste ihm den Lauf des Schrotgewehrs gegen die Stirn. Das goblinisierte Wesen erwachte und verhielt sich intuitiv still.

»Wo sind die Amulette?«, formulierte Jeroquee langsam und deutlich. »Wohin habt ihr sie gebracht, ihr Stinker? Sie gehören mir!«

Der Ghul starrte sie aus großen, dunklen Augen an, bleckte die spitzen Reißzähne und fauchte leise. Mehr Widerstand zu leisten wagte er nicht.

*Das dachte ich mir. Zu blöd, das Vieh.* Der Lauf der Mossberg schlug kräftig gegen die Schläfe des Liegenden und betäubte ihn. Das reichte aus. Sie zog das unterarmlange, schwere Messer aus der Unterschenkelhalterung, um ihm den Kopf von den Schultern zu trennen. Einen Schuss vermied sie absichtlich. Die Sippe des Postens konnte gleich um die nächste Ecke sitzen. Die Frau wälzte ihn auf den Rücken, um zwischen die Wirbel des Rückgrats zu fahren. Diese Art der Tötung ging am Schnellsten.

»Wenn du das zu Ende führst, stirbst du, Mensch«, sagte eine Stimme hinter ihr gefasst.

Jeroquee drehte sich ein wenig zur Seite, um nach dem Neuankömmling zu schauen. Sie ärgerte sich, nicht besser aufgepasst zu haben. Ein elfischer Ghul in schwarzer Kleidung hatte es tatsächlich fertig gebracht, sich unhörbar zu nähern. Dafür, dass er keine Waffe trug, verhielt er sich ziemlich frech. Die junge Frau überlegte, ob sie das Messer schleuderte oder lieber das Gewehr zum Einsatz brachte.

»Geh. Verlass uns«, befahl ihr der Leichenfresser und deutete auf den Einstieg.

*Er macht einen erfreulich hellen, wenn auch etwas naiven Eindruck,* schätzte sie ihn ein und entschloss sich, ihn nicht sofort aus dem Verkehr zu ziehen. »Ich suche die kleinen Schmuckstücke. Sie gehören mir. Habt ihr sie genommen?«, fragte sie ihn, ohne die Waffen zu senken.

»Wir haben sie gefunden. Sie gehören uns«, gab der Ghul zu. »Sie gefielen uns sehr gut.« Die Ablehnung jedweder Ansprüche stand dem elfischen Leichenfresser deutlich in sein abstoßendes Gesicht geschrieben.

»Falsch, sie sind mein Eigentum. Jemand hat sie mir gestohlen und versteckt.« Ein neuer Plan entstand in ihrem Kopf. Sie musste mit ihrer Beute notgedrungen handeln. »Wir können aber tauschen. Ihr gebt mir alle Amulette, und ich bringe euch dafür Gegenstände, die ihr besser gebrauchen könnt. Decken, Ausrüstung, Medikamente – alles, was ihr möchtet. Was wollt ihr mit Dingern, die nichts bringen?«

»Sie machen ein besonders schönes Feuer, wenn man sie ansteckt«, schwärmte der Goblinisierte. »Das Licht blendet nicht.«

»Was?«, entfuhr es Jeroquee entsetzt. Wie sollte sie Zozoria erklären, dass ein paar schwachsinnige Viecher seine Foki zu Asche verbrannt hatten? »Wie viele habt ihr noch?«, erkundigte sie sich und betete, dass nicht alle Foki ein Opfer der Flammen geworden waren.

»Zweiundfünfzig«, antwortete der Ghul sofort. »Sollen wir dir eine Liste machen, was wir möchten?«

Sie nickte. Es war besser als nichts. Hoffentlich dachte Zozoria nicht, sie wollte ihn hintergehen. »Macht das gleich.«

Der Leichenfresser nahm einen Fokus unter dem T-Shirt hervor. »Den kannst du gleich haben.«

»Für ein Multifunktionswerkzeug?« Jeroquee nahm ein Taschenmesser aus dem Gürtel.

»Für einen Eurocar Westwind«, verlangte der goblinisierte Elf.

»Bitte? Das ist ein verdammter Sportwagen!«

»Es gibt sehr große Röhren und Bassins, in denen man prima Rennen fahren kann«, hielt der Ghul gut gelaunt dagegen. »Wenn dir die Amulette so wichtig sind, wirst du das machen können. Mein Cousin würde sich über eine kleine Motoryacht sicher freuen. Manche der Becken sind so groß wie ein See. Einige von uns würden gerne mal wieder Wasserski laufen.«

Die junge Frau hatte genug. Verarschen ließ sie sich nicht. Der Lauf der Mossberg schwenkte auf ihr Gegenüber. »Okay, du Komiker. Du bringst mich jetzt zu dem Typen in eurer Sippe, der das Sagen hat. Nur mit dem werde ich verhandeln.«

»Glaubst du allen Ernstes, dass er mit einer Jägerin sprechen würde?«, lachte das Wesen, die Reißzähne schimmerten ein wenig auf. »Nicht alle von uns sind so eingestellt wie ich. Zu viele haben wir an Piers, dich und andere deiner Art verloren. Wenn dir jemand die Foki besorgen kann, bin ich das.«

Sie blinzelte. »Wer hat etwas von Foki gesagt?«

»Ich. Es sind magische Utensilien, und einige davon sind benutzbar. Deshalb würde ich mich nur ungern davon trennen. Es sei denn, dein Angebot stimmt.«

Allmählich dämmerte es der Ghuljägerin, weshalb der Leichenfresser unbewaffnet war. *Ein Magier!* Gerüchteweise sollten einige von ihnen in der Lage sein, die Elemente zu beschwören. Sie hatte es bislang für ein Märchen gehalten. *Shit!*

»Es sind übrigens noch alle da. Ich machte vorhin nur einen Scherz.« Er grinste. »Mein Name ist Adar. Ich habe das Gefühl, das wird der Beginn einer wunderbaren Freundschaft.«

»Was?«, sagte sie irritiert.

Der goblinisierte Elf winkte ab. »Schon gut. Nur ein kleines Zitat aus einem uralten Film.« Adar deutete auf seinen Artgenossen, der sich unter Jeroquees Stiefel wand. »Lass ihn gehen, und wir reden weiter.«

Sie hob den Fuß. Der Ghul rutschte zurück und schnappte das AK, um es zeternd auf die Frau zu richten. Adar sah ihn missbilligend an. Das Wesen verstummte augenblicklich und senkte die Waffe.

»Warum sind dir die Fetische und Foki so wichtig?«, verlangte er zu wissen.

»Sie gehören mir.«

»Aber ein anderer hortete sie jahrelang an diesem Ort«, machte er sie aufmerksam. »Vor kurzem trieb er tot durch den Kanal. Deshalb haben wir sie uns genommen. Wie lautet deine nächste Erklärung?«

Sie beschloss, es mit der Wahrheit zu versuchen. »Mein Geschäftspartner möchte sie haben, und ich bin ihm das schuldig. Deal ist Deal.«

»Aha. Geld also.« Adar lächelte hintergründig. »Wir kommen der Sache näher. Ich bleibe bei deinem Vorschlag. Du besorgst uns Gegenstände, die wir dringend benötigen. Medikamente, keine Sportwagen. Ich gebe dir dafür die Foki. Bis auf einen, den ich behalten möchte. Einverstanden?«

Jeroquee seufzte. »Ich würde sofort zustimmen, aber mein Auftraggeber verlangt alle«, erklärte sie ihre Situation. Verrückt. Sie feilschte mit etwas, das ihr normalerweise eine Kopfprämie einbrachte. »Wie wäre es, wenn ich dir einen anderen Fokus besorge? Mein Klient wird sicherlich mit sich reden lassen.«

Der elfische Ghulmagier dachte nach. »Von mir aus. Komme in einer Stunde wieder, du wirst dann die Liste erhalten. Wenn du Tricks versuchst, bereust du es bitter. Meine Fertigkeiten brachten denjenigen einst Tod und Verderben, die mich verrieten. Daran wird sich nichts ändern, nur weil sich mein Äußeres wandelte.«

Die ganze Zeit überlegte sie, ob das Wesen bluffte oder nicht. Dummerweise war es zu gefährlich, es auf einen Versuch ankommen zu lassen.

»Du kannst natürlich auch hier warten«, schlug Adar vor. »Es würde vermutlich zu lange dauern, den gleichen Weg zurückzugehen.«

»Es gibt noch den zweiten Fahrstuhl.«

Der Ghul schüttelte den Kopf. »Nein. Wir haben den Schacht zum Einsturz gebracht, damit sich niemand unserem Versteck nähert. An die andere Variante haben wir ehrlich gesagt nicht mehr gedacht. Nachdem unser Tausch vollzogen ist, werden wir das nachholen. Keiner soll uns finden.« Er grüßte und verschwand.

Sie ging hinüber zur Röhre. »Hast du alles mitbekommen?«, fragte sie den Decker über Funk. »Check mal den Namen Adar.«

»Das meiste«, gab er zurück. »Jedenfalls das, was du sagtest.« Er schwieg einen Moment. »Kein Eintrag über einen gewissen Adar. Ich lasse das mal durch andere prüfen. Und jetzt?«

»Machen wir es uns bequem und warten auf die Liste. Ich gebe sie dir per Funk durch. Du besorgst das Zeug so schnell wie möglich. Ich stoße dann zu dir.« Sie nahm auf der Röhre Platz, nahm den Helm ab und dachte nach. Ihre Weltanschauung, was diese Spezies anging, geriet ins Wanken.

Der andere Ghul mit der automatischen Waffe ließ sie nicht aus den Augen, brabbelte vor sich hin, schnupperte gelegentlich in ihre Richtung und fischte sich ein Stück vergammeltes Fleisch aus seinem Rucksack. Seine Zähne versenkten sich in die faulende Muskelmasse, knirschend brach der morsche Knochen.

Genau ein solches Bild passte in ihre Ansicht über die Leichenfresser. Instinktgeleitet, kaum intelligent, eine Plage für eine Stadt und immer auf der Suche nach etwas zu fressen, vorzugsweise Menschenfleisch. Wenn sie dabei Gräber schändeten, störte sie das nicht weiter.

Doch der magisch begabte Adar brachte ihre Meinung ins Wanken. Nicht nur, dass er sich gewählt ausdrückte. Der goblinisierte Elf rückte den Zauberkrempel für einen Preis heraus, was sehr wahrscheinlich weit unter dem Marktwert lag. Anstelle sich selbst zu bereichern, hatte er nichts Besseres zu tun, als Medikamente für die anderen zu verlangen. Einen solchen Ghul zu erschießen würde ihr schwer fallen. *Er hat noch eine Seele.* Sie betrachtete den anderen Leichenfresser, der sich weiterhin kreatürlich benahm. *Warum sollte der keine Seele haben?*, hauchte ihr Gewissen.

Zum ersten Mal, seit sie diesen Job machte, meldeten sich Zweifel an ihrer Tätigkeit. Piers hatte ihr niemals berichtet, dass es Ghule gab, die nach ihrer Umwandlung nur in Frieden leben wollten. Keine Bestien. Nur arme Teufel.

Während sie grübelte, verging die Zeit wie im Flug. Daher wunderte sie sich, als der Magier erschien und ihr einen Datenchip überreichte.

»Damit kannst du deinem Chummer die Liste direkt übermitteln«, erklärte er ihr. »Es sind Dinge, die er in jedem Supermarkt kaufen kann. Die Ausgabe von knapp zehntausend Nuyen sollte dir der Besitz der Sammlung wert sein.«

Sie nahm den Datenträger entgegen, zückte ihr Pad und schickte es an die Adresse des Deckers, der den Eingang umgehend bestätigte. »Wie machen wir das mit dem Fokus, den du haben wolltest?«, erkundigte sie sich.

Adar nahm das Amulett ab und reichte es ihr. »Zeige es Ingwer, einem Talismankrämer, und lass eine Kopie anfertigen.« Er nannte ihr eine Adresse. »Danach bringst du mir die Reproduktion vorbei. Es macht nichts, wenn der Fokus nicht sofort fertig wird. Ich weiß, wie viel er zu tun hat.«

Fassungslos betrachtete sie das magische Utensil, das er ihr anvertraute. »Gut.« So naiv konnte er nicht sein. Er tat das als Beweis, dass er sich an seinen Teil der Abmachung halten würde. »Wohin soll ich die Gegenstände bringen?«

»Lagere sie in dem Bassin, in dem sich die Luke zum Schacht befindet«, erläuterte der grausam veränderte Elf ihr. »Du musst die Pakete nicht durch die enge Röhre schleppen.«

»Jeroquee, ich habe zwei Extras auf der Liste, die ich seltsam finde«, quäkte der Decker.

Die Ghuljägerin fürchtete sofort, dass es sich um verbotene Substanzen handelte, die nur mit einem gewaltigen Aufwand zu beschaffen sein würden. »Was ist es?« Sie lauschte auf die Antwort. »Eine Miniatur-Yacht mit batteriegetriebenem Motor und ein Eurocar Westwind Spielzeugauto?«, wiederholte sie und schaute den Magier an.

Adar lächelte nur.

»Ja, das stimmt.« Sie musste gegen ihren Willen lachen. »Beschaff es einfach. Ich mache mich auf den Rückweg.« Sie schwang sich in die Röhre und begann die Wanderung nach Hause.

**ADL, Badisch-Pfalz, Regierungssitz Pirmasens, 19. 03. 2058, 10:30 MEZ**

»Von mir aus entlassen Sie mich auf eigene Verantwortung«, meinte Vigo Spengler und versuchte, die bandagierte Schulter in den Ärmel seines schreiend bunten Mantels zu bekommen. Eine riesige Kaugummiblase entstand vor seinem Mund.

Durch den Knall schreckte sein Bettnachbar hoch. Das Überwachungsgerät fiepte warnend, da sein Puls in die Höhe schoss. Er schien anfällig für laute Geräusche zu sein.

»Herr Kriminalkommissar, ich kann das nicht entscheiden«, flehte die Krankenschwester und stellte sich vor die Tür. »Sie müssen hier bleiben, bis der Chefarzt kommt.«

Eine neuerliche Blase, ein neuer Knall. Und wieder beschleunigte der Klang das Herz des Patienten.

»Sehen Sie lieber mal nach dem nervösen Kollegen. Er hat ein bisschen Angst.« Er setzte sich aufs Bett und fügte sich.

Aber nur so lange, bis die Schwester nicht mehr vor dem Ausgang stand. Die Handschelle legte sich um das Gelenk der Frau und verband sie mit dem Bett. »Machen Sie sich doch ein paar nette Stunden mit dem Mann. Als Kassenpatient freut er sich bestimmt, dass das Personal nicht von seiner Seite weicht.« Spengler spazierte zur Tür hinaus, ohne auf den Protest der Pflegerin zu achten.

Er marschierte schnurstracks zum Fahrstuhl, verließ

das Krankenhaus und stieg in ein Taxi. Es bedurfte mehrmaligen Probierens, weil der verletzte Arm sich kaum bewegen ließ. Endlich rollte der Wagen los.

Vigo musste zurück ins Präsidium. Das würde ihm noch fehlen, dass ein unerfahrener Beamter den Fall erhielt, nur weil seine Schulter ein wenig lädiert war. Außerdem betrachtete er es inzwischen als persönliche Sache.

Der Konzern, auf dessen Kappe dieses Massaker ging, würde einen solchen Sturz an der Börse erleben, dass die Aktien nur noch als Toilettenpapier genommen werden würden.

Spengler stürmte in sein Büro und wechselte den verbrauchten Zimtkaugummi gegen einen mit Kaffeegeschmack und echtem Koffein, um seinen Verstand vom letzten Rest der Schmerzmittel zu befreien. Gleichzeitig startete er seinen Computer. Der Kriminalhauptkommissar griff auf die Ermittlungsergebnisse der Spurensicherung der vergangenen Nacht zurück.

Die Forensiker hatten ganze Arbeit geleistet. Aus den penibel durchnummerierten Blutlachen im *Clubmotel* sammelten sie Proben und analysierten nicht nur die Blutgruppen, sondern führten Gen-Checks durch. Auf diese Weise erschienen mehrere Namen von Personen auf seinem Monitor, die sich in der Vergangenheit mit dem Gesetz angelegt hatten.

Auf den ersten Blick brachte ihn das nicht weiter. Aber in Verbindung mit etwas anderem taten sich neue Möglichkeiten auf.

Der Ermittler holte sich die Tatortbilder auf den Schirm und versuchte sich daran zu erinnern, wo der selbst ernannte Cherub und der Teufel gestanden hatten. Er suchte nach Blutspuren und verglich sie mit den Nummerierungen der analysierten Proben.

»Ensuela Gerlach«, las er laut vor. »Geboren am 12. März 2035 in Karlsruhe, 1,78 Meter groß, hellblaue

Augen. Vorbestraft wegen Körperverletzung und Einbruch.« Spengler folgte dem Verweis auf den damaligen Fall und stieß auf einen typischen Läuferjob, der schief gelaufen war. Weil sie zu jung gewesen war, wurde die Strafe zur Bewährung ausgesetzt. *Tja, nach der Show werden wir dich einbuchten müssen, Fräulein. Dann kommt noch Mord dazu.*

Nach dem, was alles geschehen war, stand für Spengler fest, dass ein Kon sie sich so hingebogen hatte. Mit was auch immer. Drogen, Cyberware, Magie. Die Arsenale der Unternehmen dürften unerschöpflich sein.

Zufrieden lehnte er sich in einen Sessel und zog die Luft durch die Zähne ein, als er seine Schulter unachtsam bewegte. Die Verletzung machte sich unangenehm bemerkbar.

Nach wie vor war es jedoch ein Rätsel, wer dieser Höllenfürst gewesen war und warum er es auf die Frau abgesehen hatte. Er benutzte ein handelsübliches Maschinengewehr, um das *Clubmotel* wie einen Käse zu durchlöchern. Keine Fingerabdrücke, keine verwertbaren anderweitigen Spuren.

Die Rechtsprechung würde Gerlach aufgrund der Beweislage verurteilen. Nur Gerlach. Da konnte er sich seiner Sache noch so sicher sein, ohne handfesten Nachweis für die Beteiligung eines Kons würde die Staatsanwaltschaft nichts gegen eine der Sox-Firmen unternehmen. Also erwischte es einmal mehr die Kleinen.

Er gab eine Fahndung nach Gospini und Orlova aus, die nach dem Auftauchen Satans verschwunden blieben. Zeugenaussagen zufolge machte sich erst die Schauspielerin, dann der Reporter an die Verfolgung von Gerlach. Was anschließend geschehen war, würde er entweder bald auf InfoNetworks sehen, oder man fand die Leichen der beiden. Der Teufel schien zurück in die Hölle gefahren zu sein.

Vigo malte unanständige Bilder auf seine Schreibunterlage. Nach dem anfänglichen Hochgefühl glitt er in ein Stimmungstief.

Eine elektronische Meldung ging bei ihm ein, mit der er nicht mehr gerechnet hatte. Einer seiner inoffiziellen Kontakte hatte etwas herausgefunden.

Das Gesicht des Mannes erschien auf dem Monitor, das Gospini in den Trümmern des *Pleasuredom* aufgenommen hatte. Der Mann hieß Holgar Witzke und war Leutnant bei der in Kaiserslautern stationierten MET2000-Einheit, einer Cyborg-Spezialeinheit.

Spengler schloss einen Moment die Augen und bedeckte die Lider mit Daumen und Zeigefinger. Er wünschte sich allmählich, er hätte den Fall nicht übernommen. Wenn die MET-Jungs von einem Kon angeheuert wurden, um Cherub zurückzubringen, welches Unternehmen in der Sox käme in Frage? Er ging im Geist die Namen der Kons durch.

Spontan fiel ihm Ruhrmetall ein, die als größten Aktieneigner der Söldnertruppe auf recht unkomplizierte Weise eine solche Sondermission ins Rollen bringen konnten. Eine knappe Anfrage im Netz erinnerte ihn daran, dass Ruhrmetall den Konzern »Walther« als Tochterunternehmen führte. Und da es um eine neue Waffe ging, lag der Zusammenhang gar nicht weit entfernt. Morgenstimmung breitete sich bei dem Kriminalhauptkommissar aus.

*Ruhrmetall also. Es läuft doch,* freute er sich und stand auf, um das »Trollige Theater« zu besuchen. Wenn jemand wusste, wo sich der Reporter und die Schauspielerin verkrochen hatten, waren es die übrigen Darsteller.

Er speicherte die Ergebnisse auf einen Chip und löschte alle anderen Informationen von seinem Computer. Niemand sollte vorerst etwas von seinen Erkenntnissen wissen. Vigo traute niemandem mehr.

**ADL, Bexbach (Sox), ECC-Arkologie, 19. 03. 2058, 11:07 MEZ**

Charly stierte auf den Monitor. Der Rechner spie Zahlenkolonnen, wirre Zeichen und andere unlesbare Formeln aus.

Das Durcheinander stammte von dem Chip, den er in der Unterkunft von Dr. Gud einsteckte, ohne dass jemand das Verschwinden bemerkt hatte. In der verschlüsselten Form konnte er jedoch nichts mit den Informationen anfangen.

Der Gardist geriet in das Dilemma, gerne etwas zu erfahren, ohne dabei andere hineinzuziehen. Schaltete er einen hauseigenen Decker ein, könnte der Spezialist Meldung machen. Entweder an Fethal oder sogar an denjenigen, der Lehmanns Tod als Selbstmord tarnte.

Die oberflächlich durchgeführte Obduktion ergab keine Hinweise auf Fremdverschulden, dennoch blieb Charly bei seiner Meinung, dass jemand den Rigger ins Jenseits befördert hatte. Vermutlich folgte er auf der Stelle, würde die Person herausfinden, dass er diesen Chip besaß.

Die Sammlungen über die Verbrechen im *Pleasuredom* und *Capital* sowie die genauen Koordinaten von Ennis Aufenthaltsorten waren unverschlüsselt. Leider fand sich nichts darüber, wie es ihr gelungen war, sich durch den Todesstreifen zu bewegen und bei keiner einzigen Kontrolle aufzutauchen. Eine Anfrage bei der Grenzstation in Zweibrücken ergab nichts Ungewöhnliches. Niemand mit ihrem Äußeren hatte zu den fraglichen Zeiten den Ausgang passiert oder die Magnetschwebebahn genutzt.

Als hätten die internen Probleme nicht ausgereicht, gesellte sich die global angespannte Lage hinzu, die man in der Sonderrechtszone deutlich spürte.

Ares zeigte seine Krallen, dessen Kon-Gardisten ein

Manöver ganz in der Nähe abhielten. Dröhnende Panzergeschütze und Einschläge der Granaten scheuchten einige Rad- und Glow-Punks sowie Ghule aus ihren Behausungen inmitten der Geisterstädte auf und trieben sie umher. Das bedeutete erhöhte Wachsamkeit seiner Leute. Das Eindringen solcher Elemente erstickten sie im Keim, ehe sie sich in leer stehenden Baracken niederließen und zur Plage wurden. Mutierte Tiere, wie Teufelsratten und andere Missgeburten der Fauna, genügten vollkommen.

»Ostfolk, hier Zentrale«, meldete sich Jens Bruchler, der Lehmanns Schicht übernahm, mit einem hektischen Unterton. »Wir haben eine Meldung über einen Einbruch am Nordzugang, die ich nicht überprüfen kann. Hier fallen die Kameras nacheinander aus.«

Charly langte nach seinem Helm und dem leichten Maschinengewehr. Auf der Ark musste ein Fluch lasten. »Ich komme. Sagen Sie Toussaint Bescheid, dass wir unter Umständen einen Tiger-Hubschrauber benötigen.« Wenn er die Eindringlinge nicht drinnen schnappte, wollte er, dass der Helikopter sie im Freien abfing.

Er trabte den Gang hinunter und verriegelte den Helm, um sich in seiner Vollpanzerung hermetisch von der Außenwelt abzuschließen. Er nahm ein halbes Dutzend Männer mit, um die Luke des Nordzugangs zu kontrollieren. Zwei Dobermann-Drohnen rollten vor ihnen her und gewährleisteten zusätzliche Unterstützung.

»Ostfolk, hier Zentrale.« Ein reichlich panischer Bruchler funkte ihn erneut an. »Mir bricht die komplette Überwachung zusammen. Zuerst die Kameras, jetzt sind Luft- und Bodenradar weg. Der Computer hat mir eine Viruswarnung ausgespuckt und … Scheiße, jetzt ist er abgestürzt! Ich bin blind!«

»Lösen Sie Alarm aus«, befahl Ostfolk und ließ sich allmählich von der Angstattacke des Sicherheitsriggers anstecken. Es sah nach der perfekten Vorbereitung für einen Angriff aus. Sollte Ares das Manöver als Vorwand genutzt haben, um sich unauffälliger in Position zu bringen?

Mit seinen Leuten hastete er gerade durch einen weiteren Gangabschnitt, als die Drucktüren an den Enden der Röhre zuschwangen.

»Bruchler, machen Sie sofort die Türen wieder auf«, bellte der Gardist unfreundlich in sein Sprechgerät. Schlechtes Timing für Scherze.

»Es geht nicht! Alle Türen schließen sich. Ich habe keinen Zugriff mehr auf die Haussicherheit«, jammerte er. »Und Reiser ist nicht zu erreichen.«

»Reiser? Der Decker?«, fragte Charly argwöhnisch, während er und seine Truppe ungeduldig vor dem unüberwindbaren Schott standen und nicht weiterkamen. *Reiser.* Der Computerspezialist wäre in der Lage, ein solches Chaos durch einen Virus auszulösen. *Aber warum sollte er das tun?*

»Der Hubschrauber kann nicht starten«, meldete der Sicherheitsrigger nach einer Weile. »Der Hangar ist blockiert. Außerdem hat es Breitfeld erwischt. Ein Schott hat ihn in der Mitte zerquetscht, meldet sein Team.«

Damit war Charly der Anführer der in der Ark stationierten Kon-Gardisten. Nicht unbedingt die Beförderungsvariante, die er sich erträumte. »Die Männer, die draußen Wache haben, sollen sich in gesicherte Stellungen zurückziehen und warten, bis sich die Konfusion hier gelegt hat«, ordnete er an und hockte sich auf den Boden. Sein Team tat es ihm gleich. »Sehen Sie zu, dass Sie den Laden unter Kontrolle bekommen.«

Eine volle Stunde saßen die Menschen in der Arkologie an dem Ort fest, an dem sie sich zum Zeitpunkt des Virusausbruchs befanden. Breitfeld schien das einzige Todesopfer zu sein. Daneben gab es reichlich Verletzte mit Quetschungen. Die Ark-Elektronik funktionierte wieder.

Als sich der Gardist in die entgegengesetzte Richtung zur Notluke bewegte, fragte niemand seiner Begleiter, warum sie zurückrannten. In Gefechtsformation stürmten sie die Behausung des verschollenen Deckers und fanden Spuren eines überstürzten Aufbruchs.

Reiser hatte in aller Eile einige Sachen gepackt, wie man an den geöffneten Schränken und verstreuten Klamotten sehen konnte, und anschließend das Virusprogramm gestartet. Einer der Chemo-Schutzanzüge fehlte ebenso wie genügend Trockennahrung für eine Woche und Medikamente gegen die Auswirkungen radioaktiver Verstrahlung. Die Kon-Gardisten an den Ausgängen der Sox wurden in Kenntnis gesetzt, ohne dass jemand allen Ernstes daran glaubte, Reiser aufhalten zu können.

In Charlys Gehirn entstand auf dem Marsch zu Fethals Büro eine Theorie über den aktuellen Aufenthaltsort des Deckers. Vermutlich befand er sich bereits in der Obhut der Ares-Einheiten, die den Überläufer vor Cyberdynamix schützten. Das erklärte, warum der Kon ausgerechnet jetzt Geländeübungen vor der Haustür der Ark ansetzte.

*Raffinierte Schweine. Das muss man ihnen lassen. Gut eingefädelt.* Der Gardist bog unterwegs zu seiner Unterkunft ab, deren Eingang weit offen stand. Genauso wie alle Türen in der Forschungseinrichtung. Der Zentralrechner arbeitete noch immer fehlerhaft.

Zuerst dachte er beim Anblick des Wirrwarrs, er stünde erneut in der Wohnung Bruchlers. Doch die vertrauten Unterhosen, die jemand auf den Boden geworfen hatte, gehörten ihm. Er musste Besuch gehabt haben.

Mit einem Satz stand er neben seinem Computer. Natürlich war der Datenträger verschwunden. *Nein, nicht das auch noch. Wie konnte Reiser das wissen?*

»Hören Sie mich, Ostfolk?«, erklang die vor Wut zitternde Stimme von Fethal in seinem Ohr.

»Ja, Herr Direktor«, bestätigte Charly mürrisch.

»Nehmen Sie alle Männer und Geräte, die wir haben, und bringen Sie mir Reiser zurück. Vermutlich sitzt er zwischen den ganzen Ares-Truppen und freut sich, dass er uns überlistet hat.«

Offenbar war der Leiter der Anlage zur gleichen Ansicht gekommen wie er. Aber die Konsequenz, die Fethal daraus zog, fand keineswegs seinen Beifall. Sie war selbstmörderisch. »Mit den Ares-Truppen anlegen?«, wiederholte er ungläubig. »Professor, das sind Knight Errant-Einheiten. Nicht nur, dass sie besser ausgerüstet sind, sie sind auch in der Überzahl«, machte er dem Wissenschaftler klar. »Das kann zu einem Krieg ausarten …«

»Diskutieren Sie nicht mit mir«, unterbrach ihn Fethal barsch, »rücken Sie aus. Benutzen Sie von mir aus die Gewehrprototypen von Walther.«

»Verstanden.« Bedächtig stülpte er sich den Helm über und schloss innerlich ein wenig mit dem Leben ab. *Das wird blutiger als jedes Stadtkrieg-Spiel, das ich jemals gesehen habe. Warum passiert mir so etwas?*

Minuten später verließ die kleine Cyberdynamix-Einheit ihre Hangars und Garagen und hielt geradewegs auf die Knight Errant-Truppen zu. Die Ansammlung von Helikoptern, Truppentransportern und Spähpanzern wirkte armselig. David gegen Goliath.

Dieses Mal verfügte Goliath jedoch über eine bessere Zielvorrichtung, schnellere Reflexe und noch bessere Waffen. David dagegen war angeschissen.

**UCAS, Seattle, Redmond Barrens, 19. 03. 2058, 15:07 PSZ**

Mit einem letzten Handgriff vervollständigte die Ghuljägerin die Pyramide aus wasserdicht eingeschweißten

Paketen, in denen sich die geforderten Gegenstände befanden.

Jeroquee ging davon aus, dass ein Spion der Ghule sie bei ihrem Tun beobachtete und Adar Meldung erstattete, sobald sie fertig war. Sie stand auf und schaute zu den Wänden des Bassins. Es würde sich zeigen, wie ihr ungewöhnlicher Geschäftspartner seinen Teil der Abmachung einhielt. Sie musste es auf den Versuch ankommen lassen. »Das ist alles!«, rief sie laut. »Ihr könnt es jetzt abholen.«

Die nackten Wände warfen ihre Stimme zurück. Außer dem Echo hörte sie nichts. Die bis an die Zähne bewaffnete Frau hatte nicht vor, die Ware unbeaufsichtigt zu lassen. Dafür besaß sie einen zu hohen Wert. Umherstreunende Orksippen freuten sich über die Care-Pakete sicherlich ebenso wie die Leichenfresser, würden ihr im Gegenzug jedoch höchstens ein paar Kugeln und keine Foki geben. Jeroquee setzte sich auf die Spitze des Stapels, das Gewehr griffbereit auf ihren Knien. Sie wartete.

Nach zwei Stunden hatte sie das Ausharren satt. Die Ghuljägerin rannte durch das Rohr, erklomm die Sprossen nach oben und sah sich um. Sie bemerkte den beißenden Gestank von Verbranntem in der Luft. Die Ränder des Durchgangs zur Katakombe waren schwarz verkohlt, als habe es auf der anderen Seite gebrannt.

Direkt neben ihr lag der kreatürliche Ghul, umgeben von seinem eigenen Blut und leeren Patronenhülsen. Da er den Kopf noch auf seinen Schultern trug, schloss sie daraus, dass es sich nicht um einen Angriff ihrer Berufskollegen handelte. Das war schlecht. Noch jemand hatte es auf die Artefakte abgesehen.

Dankbar für die zusätzliche Feuerkraft, entwand sie den steifen Ghulfingern das AK, wechselte das Magazin und pirschte vorwärts.

Im Gang lagen zwei tote Männer, aus deren Ohrmuscheln Blut lief. Da Einschusslöcher fehlten, unterstellte sie magische Einwirkung. Adar bewies den Eindringlingen sein todbringendes Können.

Jeroquees Schritte beschleunigten sich. Unterwegs fand sie einige erschossene Leichenfresser sowie einen Zwerg und einen Ork, die anhand ihrer Ausrüstung unschwer als Schattenläufer zu identifizieren waren. Sie tauschte das sperrige AK gegen eine handlichere Uzi, ehe sie weiterlief.

In einem kleineren Vorfluter stapelten sich die Leichen der Ghule übereinander. Zwei weitere menschliche Angreifer hatten im Gegenzug ihr Leben gelassen und lagen in merkwürdigen Todeshaltungen auf dem Gitterrost.

Jeroquee zog die Leichenfresser auseinander. Sie versuchte, in diesem Haufen den goblinisierten Elfen ausfindig zu machen und einen Hinweis auf den Verbleib der Foki aufzustöbern.

Eine Hand ruckte unvermittelt aus dem Stapel verschlungener Leiber in die Höhe und packte ihren Gürtel. Schon hielt sie dem Ghul die Mündung der Uzi ins Gesicht, als sie die geschundenen Züge Adars erkannte. Ein Stiefelabdruck verlief quer über seine verformte Stirn.

»Läufer«, stöhnte der Elf, richtete sich ein wenig auf und lehnte sich an einen Pfosten, der den Steg aus überkreuzten Stahlmatten trug. Das Blut lief aus einem Dutzend Einschüssen aus seinem Oberkörper, rann über die Kleidung bis auf den Steg und floss in die Kloake. Jeroquee gab dem Verletzten keine Überlebenschance. »Sie griffen an, nachdem du gegangen warst. Sie wollten die Foki.«

»Ich habe nichts damit zu tun. Haben sie die Foki bekommen?«, erkundigte sich Jeroquee und kam sich angesichts des Leids, das sie im Antlitz des Magiers wahrnahm, augenblicklich schäbig vor.

Er schien sich an ihrer Frage nicht zu stören. »Ich dachte mir, dass sie nicht von dir kamen. Deine Gedanken sind ohne Schuld. Hast du die Sachen besorgt?«, wollte er leise wissen.

Sie nickte und fasste in ihre Tasche. »Alle.« Sie drückte dem Schwerverletzten die Miniatur des Eurocar-Westwind in die dürren Finger. Das aufkommende Mitleid unterdrückte sie. Ein Manesphagus war eine Plage, redete sie sich ein. Ein Critter. Die menschlichen Augen machten es schwer, an dieser Einstellung festzuhalten.

Adar musste lachen. »Wie schön. Ich sehe schon, es ist vollständig. Dann werde ich mich auch an meinen Teil der Abmachung halten.«

Die Ghuljägerin betrachtete die toten Artgenossen des Leichenfressers. Es gab Zeiten, in denen sie sich darüber gefreut hätte, wenn ihr jemand solche Geschenke machte. Dieses Mal nicht. »Wer soll das Material jetzt noch gebrauchen können?«

»Bedürftige gibt es in der Kanalisation genug. Und wenn es die Orks sind«, entgegnete er angestrengt. »Es wird sich herumsprechen. Den Talisman kannst du bei Ingwer abbestellen. Ich werde … es nicht schaffen.« Seine klauenförmigen Hände klammerten sich um den Eurocar. »Merke dir O-21-217. Dort …« Mitten im Satz brach er ab und sackte zusammen. Der Elf war tot.

Langsam atmete die junge Frau aus. Alles, was sie hatte, waren ein paar Zahlen und ein Buchstabe. Nicht viel, um auf Schatzsuche zu gehen. Geoffrey würde sich damit beschäftigen müssen. Sie vermutete, dass die Gegenstände in einem längst vergessenen Abschnitt des Röhrensystems lagerten, in dem die Gegenstände lagerten. Ihre moderne elektronische Karte verstand die Eingabe jedenfalls nicht.

Ihr Misstrauen erwachte, nachdem sich die erste Aufregung gelegt hatte. Nur zwei Menschen wussten, dass sie Jagd auf die Foki machte. Zozoria und der Decker.

Nur einer von beiden konnte den Leichenfressern die Schattenläufer auf den Hals gehetzt haben. Allerdings verfügte ausschließlich Geoff über das Wissen, wo sie mit den Ghulen zusammentraf. Die Chance, dass der Überfall auf sein Konto ging, stand sehr hoch.

*Ich werde es sehen, wenn ich nach Hause komme,* dachte sie grimmig, warf die Maschinenpistole ins Vorfluterbecken und erklomm die Stufen.

Die junge Frau rechnete insgeheim damit, dass der Retina-Scanner ihr Netzhautmuster ablehnen würde. Doch zu ihrem Erstaunen gewährte ihr der Computer Zugang zum Appartement.

Kaum trat Jeroquee ein, hörte sie ein scharfes *Popp* von vorne, gefolgt von einem dumpfen Geräusch hinter ihr.

*Schalldämpfer.* Ihre Hand, die den Griff der Max Power unter dem Mantel umschlossen hielt, riss die Waffe hervor und richtete sie auf die Stirn des Deckers, der in diesem Moment um die Ecke kam.

Sekt lief aus der Flasche, die der soeben versteinerte Geoff anschleppte, und sprudelte auf den teueren Teppich.

»Was habe ich denn gemacht?«, flüsterte er entgeistert und schielte auf den Lauf. »Ich will nur Sekt trinken.« Der Decker schluckte. »Auf unseren Erfolg.« Zögerlich hob er die andere Hand mit den Gläsern.

Sie hatte das Korkenknallen für einen Schuss gehalten. »Entschuldige«, meinte die Ghuljägerin. »Ich bin ein wenig nervös.« Sie nahm einen langen Schluck und reichte ihm die Flasche zurück. »Besauf dich, Chummer. Es gibt nichts zu feiern.«

Geoffrey zwinkerte. »Was heißt das? Haben uns die Ghule beschissen?«

»Jemand hat die Ghule getiltet.«

»Oh, Slot.« Der Decker plumpste wie ein nasser Sack auf die Couch und setzte zum Trinken an. »Wenn man deine Kollegen nicht braucht, sind sie auf Tour. Ganz hervorragend.«

Sie beobachtete den Matrixexperten genau, entdeckte jedoch keinerlei Anzeichen, dass er ein doppeltes Spiel mit ihr trieb. »Nein«, begann sie langsam mit der Wahrheit. »Es waren Schattenläufer. Jemand anderes sucht ebenfalls nach den Foki.«

»Ach? Und da hast du eben angenommen, ich hätte die Jungs losgeschickt, um die Kohle alleine abzukassieren, ja?« Aufgebracht sprang er in die Höhe. »Riesenaffenscheiße, Jeroquee! Wie konntest du nur?«

»Tut mir Leid«, entschuldigte sie sich. »Sonst hat keiner gewusst, wo ich bin.«

»Anscheinend doch«, grummelte Geoff und ging in die Küche, um die nächste Flasche zu holen. Der Korken schoss gegen ein filigranes Kunstwerk aus Porzellan, das in tausend Scherben zersprang.

»Hoffen wir mal, dass es Glück bringt«, kommentierte die Ghuljägerin. »Es kann mir niemand gefolgt sein. Ich hätte es in der Kanalisation gehört.« Auf ihre Ohren verließ sie sich ohne Bedenken.

»Wenn Zozoria dich verwanzt hat?«, mutmaßte der Decker.

»Ich hatte doch ganz andere Kleider an. Und so dicht ist er nicht an mich rangekommen, dass er sie mir hätte einpflanzen können«, schloss sie diese Variante aus.

»Kann ein Magier dir vielleicht unsichtbar folgen?«

Jeroquee klopfte ihm auf die Schulter. »Das wäre eine Erklärung.«

»Slot, jetzt bekommen wir keinen müden Nuyen für den ganzen Aufwand«, ärgerte Geoff sich.

Die Ghuljägerin schüttelte ihre Lockenpracht. »So einfach haben es die Leichenfresser den Messerklauen nicht gemacht. Adar hat durchgehalten, um mir Koordinaten zu sagen. Du wirst herausfinden müssen, was sie bedeuten.«

Der Netzjockey strahlte und umarmte sie spontan. »Sauber! Dann bekommen wir doch noch das Geld und lassen den Trödelsammler doppelt so viel zahlen.«

»Was ist, wenn er uns in diesem Moment wieder bespitzeln lässt?«, warnte ihn Jeroquee. Ausschließen konnte sie nichts. Ehe sie etwas unternahmen, wollte sie endlich Rückendeckung haben. Aber ihre Runner-Favoriten waren unauffindbar. Ihr Handgelenk-Kom meldete sich.

»Cauldron? Hey, wie auf Bestellung! Ich bräuchte dich für einen Lauf. Morgen. Ist das machbar?« Sie verhandelte knapp über den Preis und beorderte die hermetische Magierin und einen Chummer für den nächsten Tag ins Appartement.

Beinahe euphorisch umarmte sie den Decker. »Doch nicht alles verloren.« Die Frau bemerkte, dass sich der Ausdruck auf dem Gesicht ihres Gegenübers änderte. »Was ist?«

Der Decker nahm sich einen Mutschluck und schaute sie unter Aufbringung aller Courage an. »Ich würde gerne noch einmal mit dir Sex haben wollen. Bitte?«

Die Ghuljägerin entspannte sich, lachte erleichtert auf und gab ihm einen Kuss auf die Stirn. »Träum weiter, Geoff.« Die Erinnerung an die letzte Liebesnacht stieg in ihr auf, die gar nicht mal so schlecht gewesen war. Und der Sekt tat seine Wirkung. »Andererseits,« sie legte einen Arm um ihn und ließ sich umsinken, »ist einmal ja keinmal.« Ruckartig zog sie ihn zu sich herunter.

Geoff schob ihr T-Shirt in die Höhe und küsste die Stelle, an der die unterste Rippe ansetzte. »Welche Koordinaten hat er eigentlich genannt?«, säuselte er ihr ins Ohr.

Die Frau grinste boshaft und zerwuschelte seine Haare. »A-12-217.«

**UCAS, Seattle, Downtown, 19. 03. 2058, 18.21 PSZ**

Sparkplug betrat das Buyworld-Center. Er nahm sich Zeit und schlenderte durch das riesige Erdgeschoss, um nach den Auslagen zu schauen. Er genoss das Gefühl, ohne Verfolgungsangst unterwegs zu sein.

Als er das *Don Corelione* passierte, bemerkte er im Vorbeigehen das »Geschlossen«-Schild am Restaurant. Ein Handwerker und ein Gespann Drohnen machten sich daran, den Innenraum mit Planen auszulegen und Farbeimer aufzustellen. Der Rigger hätte schwören können, dass es heute Morgen noch geöffnet war.

Eben verließ ein Mann, der ihn wegen seiner Montur an einen Gipser erinnerte, den Raum.

»In zwei Stunden können Sie die ausgebesserten Löcher im Nebenzimmer übermalen«, rief er einem seiner Handwerkerkollegen zum Abschied zu. »Das Zeug bindet und trocknet sehr schnell.« Er grüßte den Elfen im Vorbeigehen.

Ohne sich weitere Gedanken zu machen, begab sich Sparkplug zum nächsten Lift. Den Anruf von Jennings, dass der Auftrag erledigt sei, hielt er zunächst für einen Scherz. Doch der Samurai wirkte am Kom nicht sonderlich heiter, sondern vereinbarte ein Abschlussgespräch mit ihm, um ein paar Details zu klären.

Die Spannung stieg von Schritt zu Schritt. Auf alle Fälle war Jennings brandgefährlich, wenn man bedachte, wie schnell er zum Erfolg kam. Mit diesem Typen wollte er in Zukunft keinen Streit, nicht mal eine Meinungsverschiedenheit haben. Im Café entdeckte er die breite Gestalt des Straßenläufers.

»Ich kann es nicht glauben, dass Sie schon alles geregelt haben«, machte der Rigger seinem Erstaunen anstelle einer Begrüßung Luft. »Mann, Sie müssen verdrekt gute Kontakte haben, Jennings.« Der Elf setzte sich und bestellte sich Wasser. Sein Blick fiel auf den

Metallkoffer. »Das Loch ist neu. Heute ist der Tag des Lochs, was? Unten im *Don Corelione* haben sie auch gerade Öffnungen in der Wand verstopft.«

»Und welchen Schluss ziehen Sie daraus, Mr. Sparkplug?« Der Schattenläufer rührte seinen Kaffee um. Die Linke war bandagiert.

»Ist nicht wahr?« Er lachte auf. »Sie hatten eine verfraggte Schießerei im Restaurant, und der Koffer rettete Ihnen das Leben?«

»Haargenau.« Er fand es kein bisschen amüsant. »Nachdem Sie mir den Auftrag gaben, erschien Ihre Heimsuchung bei mir und wollte, dass ich Sie ausfindig mache. Zufälle gibt es.«

*Shit, was hatten wir für ein riesiges Schwein, dass wir zuerst bei ihm auftauchten.* »Dann war es sehr schwierig?«, erkundigte sich der Rigger vorsichtig.

»Sagen wir, es war nicht einfach«, bevorzugte Jennings eine andere Umschreibung. »Meine Smartverbindung ist hin, drei meiner Leute sind tot, sechs sind verletzt.«

Sparkplug rechnete mit. »Dann hätte es der Typ beinahe geschafft, lebend aus dem Restaurant zu kommen?«

»Beinahe«, bestätigte der Straßenläufer ruhig. »Sie können froh sein, dass Sie ihm nicht begegnet sind.« Er konnte sich nicht erinnern, je einen derart vercyberten Gegner ausgeschaltet zu haben. »Ein Schaltschrank ist an Drähten ein Dreck dagegen.«

»Das gab doch einen Mordslärm.«

»Ein Unfall in der Küche«, lächelte Jennings schief. »Das reichte als Erklärung aus.« Er empfand keine Gewissensbisse, dass er einen langjährigen Geschäftspartner ausgeschaltet hatte. Er war ein Söldner.

»Wer war es eigentlich?« Der Elf saugte am Strohhalm. »Das würde uns schon interessieren.«

»Es war ein gemeinsamer Bekannter. Lugstetter.«

»Lugstetter.« Sparkplug musste eine Weile nachdenken. »Heiliger Shit, ich dachte, den hätten die anderen in die Luft gesprengt! Samt der verfraggten Cyberdynamix-Laboreinrichtung.«

»So täuscht man sich. Ich kann Ihnen sagen, dass er sehr lebendig war.« Jennings kostete seinen Kaffee. »Wir haben ihn verhört, ehe er an seinen Verletzungen und den Präparaten starb. Demnach schickte ihn Annegret Berger, Geschäftsführerin von Cyberdynamix, auf eine private Rachetour, um sich für die millionenschweren Verluste zu rächen.«

Der Rigger stieß die Luft aus. »Ts, wie simpel.« Insgeheim hatte er gehofft, dass es ein bisschen mysteriöser würde. So blieb es Straßenläuferalltag.

Jennings schaute über den Rand seiner Tasse hinweg. »Was haben Sie denn erwartet, Mr. Sparkplug? Dass Sie Opfer einer geheimnisvollen Sekte wurden? Im Zentrum einer Weltverschwörung stehen? Oder glauben Sie an Ufos, die Jagd auf spezielle Lebensformen machen, zu denen Sie und Ihre Freunde zufällig gehören?«

Der Elf grinste breit. »Es hätte auf alle Fälle mehr hergemacht.« Er benutzte sein Handgelenk-Kom, um die anderen zu informieren und die zweite Rate der Bezahlung anzuweisen. Twing fiel noch etwas ein. »Ich soll Sie fragen, ob sie uns nur einen Rachegott auf den Hals hetzte«, gab er die Worte seiner Gesprächsteilnehmerin weiter.

Jennings zuckte mit den Achseln. »Er hat nichts dergleichen gesagt. Sie dürften ein wenig sicherer sein. Ich glaube nicht, dass es sich der deutsche Konzern leisten kann, noch weitere Hunderttausende von Nuyen zu verlieren.«

»Ich lasse sie gerne bluten, wenn sie zu viel Geld haben.« Sparkplug lehnte sich in seinem Stuhl zurück, legte die Hände hinterm Kopf zusammen und schien sich zu sonnen. Beinahe kam es ihm so vor, als habe er Lugstetter ins Jenseits befördert. »Ah, herrlich! Mir geht es schon viel besser. Es ist ein gutes Gefühl zu wissen, dass man den verfraggten Killer nicht zu fürchten braucht.«

»Killer gibt es überall. Die wenigsten sind allerdings gut.« Der Samurai sah ihn ausdruckslos an. »Stellen Sie sich vor, Berger hätte mich in der Zwischenzeit engagiert«, erlaubte er sich die Bemerkung. »Stellen Sie sich vor, Lugstetter wäre vor Ihnen bei mir aufgekreuzt.« Der Straßensamurai klang völlig neutral. Er zählte lediglich die weiteren Möglichkeiten auf. »Stellen Sie sich vor, man nimmt meine Dienstleistung noch in Anspruch. Sicher können Sie sich nie sein.«

Unbehaglich richtete sich der Metamensch auf. »Drek, hören Sie bloß auf, mir Angst zu machen.«

»Mr. Sparkplug, Sie sind doch wie ich ein echter Runner. Wir leben in Seattle täglich mit der Gefahr.« Jennings erhob sich und setzte seine Sonnenbrille auf. »Und wenn es nur das Überqueren einer viel befahrenen Straße ist.« Das konnte tödlicher sein als jede Schießerei.

»Sollte ich mit meiner Cynthia unterwegs sein, mache ich einen Bogen um Sie«, versprach der Rigger gelöst. Noch überwog die Hochstimmung. »Vielleicht werde ich Sie in Zukunft brauchen.« Er hielt ihm die Hand entgegen.

Der Samurai betrachtete sie regungslos. »Es ist keine gute Idee, so etwas wie Freundschaft mit jemandem zu schließen, den man morgen als Gegner haben könnte«, erinnerte er bedächtig. »Nehmen Sie mir's nicht übel, wenn ich nicht einschlage.«

»Okay.«

Die Fronten waren geklärt. Wenn er ehrlich war, fürchtete er sich davor, eines Tages auf der Abschussliste des Mannes zu stehen, dessen Loyalität sich jeder mit Geld kaufen konnte. Sparkplug verlor den Straßenläufer im Gewühl der Mall rasch aus den Augen.

**Bexbach (Sox), ECC-Arkologie, 19. 03. 2058, 18:33 MEZ**

Johannes Fethal rieb sich die geröteten Augen, die vor Übermüdung brannten. Alles hatte sich gegen ihn verschworen. »Ein Doktor wurde von seiner flüchtigen Probandin ermordet, ein Rigger erhängt sich, und ein Decker setzt sich ab, ohne dass wir herausfinden, wo er jetzt ist?«

Charly nickte. »Gut zusammengefasst.«

»Was erlauben Sie sich?«, schnauzte der wissenschaftliche Leiter ihn an. Klugscheißende Gardisten fehlten ihm noch.

»Ich habe Sie nur in Ihren Schlussfolgerungen bestätigt«, entgegnete der Gardist trocken. Sein Vorgesetzter besaß keinerlei Kredit mehr bei ihm.

Nach dem befohlenen Selbstmordkommando dachte Charly die ganze Zeit darüber nach, wie er Fethal von seinem Posten stoßen könnte. Aber eine Spielart berechtigter Meuterei gab es in den Statuten des Konzerns leider nicht.

»Sie sind sicher, dass Ares ihn nicht hatte?«

Der Sicherheitsmann hob die Schultern. »Was heißt sicher? Wenn sie ihn unmittelbar nach seinem Eintreffen in einem Hubschrauber ausgeflogen haben, haben wir es zumindest nicht gesehen. Er hatte mindestens eine halbe Stunde Zeit, das sollte man nicht vergessen.«

Die Tür öffnete sich ohne ein Klopfen, die Köpfe der beiden Männer ruckten herum.

»Entschuldigen Sie die Störung.« Professorin Usner-Gassert stand schön wie der neue Morgen im Eingang und schenkte ihnen ein Lächeln. Elegant durchschritt sie den Besprechungsraum und betätigte am Schaltpult die Taste, die eine abhörsichere Kom-Verbindung nach außen aktivierte. »Aber jemand möchte sich mit Prof. Fethal unterhalten.«

Auf dem Bildschirm erschien das Gesicht von Annegret Berger. »Guten Morgen, meine Herren«, grüßte sie unfreundlich. »Ich habe gehört, dass es in meiner Arkologie zu Vorfällen kommt, die ich in dieser Art nicht tolerieren kann.«

»Aber …«, versuchte der Leiter der Einrichtung zu protestieren. Seine ganze Körperhaltung wirkte wie die eines entkräfteten Greises.

Die Geschäftsführerin von Cyberdynamix schnitt ihm mit einer knappen Geste das Wort ab. »Sie, Professor Fethal, werden gar nichts mehr zu tun. Hiermit sind Sie Ihres Amtes enthoben und unter Hausarrest gestellt, bis die Untersuchungskommission, die ich und ECC auf den Weg nach Bexbach geschickt haben, mit den Nachforschungen fertig ist.«

»Nein!« Fethal brach vollständig zusammen. »Frau Berger, ich schwöre, dass ich mein Bestes …«

»Kein einziges Wort mehr, Professor Fethal«, unterbrach sie ihn zum zweiten Mal. »Wissen Sie, was im Kontrollrat los war, nachdem Ares den Vorfall zwischen den Knight Errant-Truppen und unseren Gardisten meldete? Ohne das besonnene Vorgehen von Herrn Ostfolk, der Blutvergießen in größerem Ausmaß verhinderte, wären wir aus der Sox geflogen.« Ihr wütendes Gesicht näherte sich der Kamera. »Haben Sie eine Ahnung, wie sich das auf unsere Aktienkurse auswirken würde? Nach dem Desaster in Ingolstadt würden die letzten treuen Investoren ihre Anteile abstoßen, und wir wären ein Blatt in der Geschichte von ECC!« Berger lehnte sich zurück. »Also schweigen Sie, Fethal, um Himmels willen, schweigen Sie, ehe ich mich vergesse!«

»Wie geht es nun weiter?«, wagte Charly sich bei seiner obersten Chefin zu erkundigen.

»Zuerst möchte ich Ihnen für Ihr besonnenes Handeln danken«, sagte die mächtigste Frau des Konzerns.

»Nicht der Rede wert, Frau Berger. Ein paar Funksprüche, beschwichtigende Worte und Entschuldigungen«, fasste er die Gründe zusammen, warum er noch lebte. Seine Leute hatten Glück, dass die Ares-Einheit mit sich reden ließ und nicht genügend scharfe Munition mit sich führte. Sonst wäre es vermutlich anders ausgegangen.

»Sehr gut. Und jetzt bringen Sie Fethal in sein Quartier.« Als der Gardist und der entmachtete Ark-Leiter gegangen waren, richteten sich die Augen Bergers auf Usner-Gassert. »Ich bin zuversichtlich, dass nicht alles verloren ist. Ihr Proband trägt die einwandfrei funktionierende Version des Gefechtscomputers in sich?«

Die Professorin nickte bestätigend. »Das Modell weist keinerlei Fehlfunktionen mehr auf, und es ist uns gelungen, die flüchtige Gerlach so schwer zu verletzten, dass sie vermutlich an den Wunden sterben wird. Zwar entkam sie dem Zugriff, doch wird es ihr nicht mehr viel nützen. Wir haben eine neue Fährte.«

»Sehr gut. Damit bleiben wir im Geschäft. Denken Sie daran, dass wir das defekte Modell benötigen«, schärfte ihr die Geschäftsführerin ein, »oder vollständig unbrauchbar machen. Um das Gewehr soll sich Walther kümmern, falls es Gerlach nicht mehr besitzen sollte. Mir wurde gesagt, dass sich ein Spezialistenteam im Auftrag von Ruhrmetall eingeschaltet habe.«

»Ich rechne bald mit einem Erfolg«, versicherte die Forscherin zuversichtlich. »Ihren Anweisungen entnehme ich, dass Sie mich als neue Leiterin der Arkologie vorgesehen haben?«, wollte sie mit klopfendem Herzen wissen.

»Sagte ich das noch nicht?«, entgegnete Berger erstaunt. »Entschuldigen Sie, natürlich sind Sie die neue Chefin.« Sie lächelte zum ersten Mal. »Wer so gute Ergebnisse vorweist, muss doch belohnt werden, nicht wahr? Ich übermittle Ihnen die relevanten Passwörter.

In ein paar Stunden wird die Untersuchungskommission in Bexbach eintreffen und ihre Arbeit aufnehmen. Unterstützen Sie die Leute.« Die Geschäftsführerin blickte auf ihre Uhr. »Halten Sie sich wacker. Ich versuche derzeit, die Wogen im Kontrollrat zu glätten. Viel Erfolg, Professorin Usner-Gassert.« Der Monitor wurde schwarz.

Die neue Direktorin jauchzte laut auf und schnippte das Namensschild Fethals vom großen Tisch. Genüsslich nahm sie auf einem Stuhl Platz und betrachtete den Raum. Triumph ohnegleichen. *Ich habe es dir prophezeit, Johannes. Und was ist geschehen? Ich hatte Recht.* Sie räkelte sich.

Allerdings blieb ihr nur wenig Zeit um Ausruhen. Sie würde die nächsten Stunden damit verbringen, alle Spuren zu beseitigen, die ihr in irgendeiner Weise gefährlich werden konnten.

Zwei Dinge bereiteten ihr Sorgen. Vor dem Mord an ihrem ehemaligen Liebhaber Johannes schreckte sie zurück. Nicht wegen Skrupel. Die hatte sie in frühester Kindheit abgelegt. Sondern wegen der Aufregung, die entstehen würde. Dennoch blieb er ein Unsicherheitsfaktor.

Außerdem beschlich sie der Verdacht, dass Ostfolk mehr schnüffelte, als es dem Leiter der Gardisteneinheiten zustand. Keinesfalls sollte er die Verbindung zwischen ihr sowie den Morden an Gud und Lehmann entdecken.

*Erst wird das Offensichtliche weggewischt, danach sehen wir weiter.* Schwungvoll stemmte sie sich aus dem Stuhl, um sich an die Arbeit zu machen.

**Badisch-Pfalz, Zweibrücken (Eingangstor zur Sox), 20. 03. 2058, 20:42 MEZ**

»Action.« Poolitzer filmte das schlafende Gesicht der Unbekannten, das vor lauter Schläuchen und Kabeln, beinahe nicht mehr zu sehen war. »Hier sehen wir das wahre Gesicht der Frau, die im Alleingang mehrere Verbrecher und einige Unschuldige vernichtet hat. Im Auftrag eines Konzerns, der schon einmal im Mittelpunkt meiner Berichterstattung stand. Cyberdynamix und DrakenSys, die unheilvolle Konstellation, die meinen treuen Zuschauern sicher noch gut in Erinnerung ist. Die Unternehmen sind nach meinen Ermittlungen verantwortlich für den Tod der Menschen im *Capital* und im *Pleasuredom*. Seit neuestem kommen mehr als ein Dutzend Tote in einem Zweibrücker Gebäude hinzu. Dort lieferten sich diese junge, harmlos aussehende Frau und ein vom Konzern ausgesandter Samurai ein wildes Duell …«

»Schnitt«, sagte Gee Gee neben ihm böse, packte ihn an der Schulter und schleifte ihn aus dem Zimmer. »Du bist ein widerlicher Sack!«, setzte sie heißblütig zu einer Standpauke an. »Lass sie doch erst einmal wieder zu Kräften kommen. Vielleicht will sie gar nicht gefilmt werden.«

»Diese Sequenzen machen sich in der Dokumentation sehr gut«, widersprach er. Job war Job. Er hatte einen Ruf zu verlieren, wenn er nicht schnell lieferte. »Und die Betonung liegt auf Dokumentation.« Der Reporter schälte sich aus dem OP-Kittel, warf ihn der Schauspielerin über und ging nach draußen. »Nicht mehr und nicht weniger.«

»Dass ich nicht lache. Ein Reißerstreifen wird das.«

Er enthielt sich jeder Erwiderung. Sie setzten sich in den Aufenthaltsraum der kleinen Klinik, in der die Schauspieler ihre Gebrechen richten ließen.

Der Arzt kannte glücklicherweise einen Kollegen aus Pirmasens, der den Weg auf sich genommen hatte, um mehr an der Verletzten vorzunehmen, als nur die oberflächlichen Verletzungen zu flicken. Natürlich gegen gutes Geld, das ihm Poolitzer gab. Er hoffte nur, dass sie ihm ihre Schulden zahlte, falls die Story nicht viel abwarf. »Wie lange wird es dauern, hat der Doc gemeint?«

»Ungefähr eine Woche«, wiederholte sie die Worte des Spezialisten, »dann ist sie in der Lage, sich mit uns zu unterhalten.«

Poolitzer koppelte die Kamera an einen kleinen Monitor und sah sich die Aufnahmen an, die er eben gemacht hatte. Das Material gefiel ihm.

»Wie kommt es, dass du sie plötzlich vor mir beschützt, nachdem du sie in der Kirche am liebsten durchlöchert hättest?«, fragte er beiläufig, ohne die Augen vom Bildschirm zu nehmen. Die Elektronik der Kamera lieferte gestochen scharfe Aufnahmen, und zufrieden stöpselte er sie wieder aus.

Gee Gee wand sich. Sie wurde an ihren Ausraster nicht gerne erinnert. »Ich sah Genius vor mir, wie er so hingeworfen im Zimmer lag.«

Aufmunternd berührte er ihre Schulter. »Sie wird uns verraten, wer dahinter steckt.« Der Reporter kümmerte sich um den Akku des Aufnahmegeräts. »Wir müssen noch ein wenig Geduld haben. Im Schlaf hat sie ›Cyberdynamix‹ und ›Charly‹ gemurmelt.«

»Ich danke dir dafür, dass du mir hilfst«, sagte sie.

»Was hältst du davon, wenn wir mit den Vorbereitungen für den Lauf beginnen?«, schlug er vor. »Wir sollten herausfinden, wo sich die Cyberdynamix-Anlage befindet und wie wir hineinkommen.« Er legte die Stirn in Falten. Dazu brauchte man Schattenläufer. Zwei bis drei Samurai, mindestens einen Decker, dazu einen Rigger mit Unterstützungsdrohnen und einen Magier. Und sie beide.

Die Schauspielerin hüstelte. »Du hast doch schon von der Sonderrechtszone gehört, oder?«

»Eine fünf Meter hohe Mauer mit Monofilamentdrahtzaun, ein fünfzig Meter breiter Sicherheitsstreifen, Minen und Selbstschussanlagen, Patrouillen, Drohnen, Kontrollratgardisten«, zählte er ungerührt auf. »Wie sollen wir da hineinkommen?«

»Bin ich Straßenläuferin?« Die Schauspielerin zeigte deutlich, dass sie keinerlei Ahnung von der Materie hatte.

Poolitzer begann über das ganze Gesicht zu leuchten. »Aber klar! Ordog!« Er durchsuchte fieberhaft seine Taschen. Die Nummer stand auf einem Bierdeckel. Bald türmten sich Papierchen, Stofffussel, Bonbons, Ersatzakkus, Mini-CDs und Behälter für Kontaktlinsen auf dem Tisch. »Hoffentlich habe ich sie nicht verloren.« Endlich fand er das Pappstück. »Na also. Da ist es. Ich sage ihm, er soll herkommen.«

Gee Gee wirkte nicht begeistert. »Trefft euch lieber in einer Seitenstraße. Ich glaube nicht, dass der Doktor es gerne hat, wenn zu viele seltsame Gestalten in seiner Praxis auftauchen.«

»Von mir aus.« Der Reporter stellte die Verbindung her. »Hallo, Ordog. Gospini hier! Sie erinnern sich an mich? Ich benötige Ihre Hilfe. Wir treffen uns in fünfzehn Minuten in ...«, er sah aus dem Fenster, »der Lammstraße. Da gibt es eine mehrstöckige Kneipe ... Sie kennen sie? Dritter Stock. Bis gleich.« Rasch legte Poolitzer auf, damit der Straßenläufer keine Gelegenheit erhielt, Widerspruch einzulegen. »Wie habe ich das gemacht?«

»Unbeschreiblich gut«, gab die Schauspielerin grinsend zurück. »Was machen wir mit Spengler?«

»Guter Hinweis.« Der Reporter zog seine Jacke an und stiefelte zum Ausgang. Der Kommissar würde sich bereits die Hacken nach ihnen blutig laufen. Und wenn er die Nase voll hatte, hetzte er ihnen alle Streifen auf den Hals, die er besorgen konnte. Das Risiko mussten sie eingehen. »Er wird sich noch ein bisschen gedulden müssen. Wir sollten Cherub entscheiden lassen. Vielleicht will sich unser Engel gar nicht stellen?« Erst brauchte er seine Informationen. Gegen Kons konnte Spengler sowieso nichts ausrichten. »Ich wette, dass er die Ermittlungen einstellen muss, weil irgendein Vorgesetzter ihm das befehlen wird.« So war es immer. Er hängte sich die kleine Tragetasche um, in der er seine Kameraausrüstung trug. »Bis nachher.«

Gee Gee winkte zurück und schaute wieder durch das Glas auf die Straße. Zweibrücken hatte schon einmal bessere Zeiten gesehen. Sie betrachtete die Fassade des mehrere hundert Meter entfernten Barockschlosses. Auf dem großen Platz davor spielten sie im Sommer Freilufttheater. Sie legte die Arme um den Oberkörper. »Hatten«, raunte sie melancholisch. »Hatten wir Theater gespielt, muss es heißen.«

Aus und vorbei. Es blieben die Erinnerung an die schönen Zeiten und die Hoffnung auf bessere.

Ein gewaltiger Schatten verdunkelte urplötzlich das Fenster.

Ordog hatte sich in den letzten Tagen kein bisschen verändert. »Hey! Sie sehen so schlecht aus wie das letzte Mal«, sagte Poolitzer, als er den deutschen Samurai die Treppe hoch auf sich zukommen sah.

Die Kneipe war im dritten Stock nur für einen Tisch ausgelegt, und den okkupierte er bereits seit einigen Minuten gegenüber anderen Gästen äußerst erfolgreich. Die Bude hätte ebenso gut in den Barrens stehen können: versifftes Interieur, eine Barschlampe von verblüffender Langsamkeit sowie Dumpingpreise beim starken Alkohol, um die Berufstrinker zu locken. Bezeichnenderweise stand »Kon-freie Zone« über der Tür, was den Seattler nicht wunderte. Keiner, der sich vor ansteckenden Krankheiten fürchtete, setzte einen Fuß über die dreckige Schwelle.

Poolitzer kam gleich zur Sache. »Wie ich schon am Kom sagte, ich muss in die Verseuchte Zone, um in einer Ark ein paar Dinge nachzuprüfen.«

»Aha.« Ordog sah ihn ausdruckslos an.

Poolitzer verzog den Mund. »Denken Sie, ich verarsche Sie?«

»Ja.«

»Ich brauche Sie, einen Magier, einen Decker, eine genaue Karte, die mich zur Cyberdynamix-Ark führt, und noch ein paar Muskeln zusätzlich, falls wir an eine Patrouille geraten«, zählte der Reporter auf. »Die Leute müssen gut, aber bezahlbar sein.« Jetzt, da er alles aufzählte, kam es ihm ein wenig viel vor.

Ordog beugte sich vor. »Angenommen, Sie meinen das wirklich ernst, bedarf das Unternehmen einiger Vorbereitung. Und den Magier können Sie sich abschminken. Falls Sie es nicht wissen sollten, in der Sox bewegen sich Wolken mit Antimagie. Genau verstehe ich das auch nicht. Jedenfalls macht kein Magischer freiwillig einen Schritt in die Zone. Einen Decker kann ich besorgen, ebenso einen Rigger. Das wird aber dauern. Wir müssen sie erst aus Karlsruhe oder von weiter weg hierher bekommen. Was Sie hier kriegen, taugt nicht viel.«

Der Reporter rieb sich die Hände. »So gefallen Sie mir.«

»Die Mauer bleibt ein Problem. Ich kann versuchen, Kontakt mit den Geisterratten aufzunehmen. Das sind Schmuggler, die mit umgebauten T-Birds über die Mauer springen und ihre Ware quer durch die Sox von Frankreich nach Deutschland bringen. Von denen erhalten wir die notwendige Ausrüstung, um ohne größere Verstrahlung bis zur Ark zu kommen.« Der Straßenläufer befand sich bereits mitten in einer solch konkreten Planung, dass Poolitzer nur zu staunen vermochte. »Wie kommen wir rein? Haben Sie einen Kontakt in der Ark?«

Der Reporter wog den Kopf hin und her. »Wahrscheinlich. Die Person wird gerade zusammengeflickt. Von ihr werden wir hoffentlich alles erfahren.«

»Geben Sie mir drei Wochen«, verlangte Ordog. »Eher ist nichts zu machen.«

»Drei Wochen?« *Hoffentlich leben wir bis dahin alle noch.* Er rieb sich das Bärtchen. »Warum so lange?«

»Leute finden, Termine absprechen, Pläne machen«, zählte der Deutsche auf. Es kam nicht alle Tage vor, dass ein irrer Ami in die Sox und vor allem wieder raus wollte. Wie man so hörte, verhielten sich die Kons ein wenig nervös. Die Luft konnte bleihaltig werden. Der Läufer zückte ein Pad. »Geben Sie mir Ihre Nummer. Ich rufe Sie an, wenn ich so weit bin.« Er notierte sich die genannte Zahlenfolge. »Gut. Meine Dienste bekommen Sie kostenlos, die anderen werden eine hübsche Summe haben wollen. Immerhin marschieren wir durch verstrahltes Gebiet und müssen uns unter Umständen mit Punks und Ghulen herumschlagen oder gegen Drohnen antreten.« Er fixierte die Augen des Reporters, die einen abwesenden Ausdruck angenommen hatten. »Was sehen Sie mich so an? Sie wollen in die Sox, nicht ich.«

»Es ist schön, einen Profi an der Hand zu haben.« Poolitzer bestellte sich etwas Härteres als Malzbier. Gefahren lauerten in der Sox auf Schritt und Tritt. Zum Beweis dafür, dass es sich lohnen würde, juckte seine Nase.

Poolitzer machte sich auf den Rückweg zur Privatpraxis des Arztes und schlenderte an der Wand des mehrstöckigen Gebäudes entlang. Glas knirschte unter seinen Sohlen.

Überrascht schaute er nach unten und entdeckte, dass

er in einem riesigen Scherbenhaufen stand. Poolitzer blickte nach oben und bemerkte das riesige Loch, das einmal ein Fenster gewesen war. Und wenn er sich nicht sehr täuschte, hing ihr Arzt zur Hälfte heraus.

*Fuck!* Er rannte um die Hausecke, um wie angewurzelt stehen zu bleiben. Gegenüber dem Eingang parkte der schwarze Mercedesbus PE-Kommando. Die Fahrertür stand offen. Von den Insassen fehlte jede Spur. Poolitzer schaute in das Fahrzeug und klappte das Handschuhfach auf. Tatsächlich befand sich eine ihm unbekannte Pistole drin, die er an sich nahm und durchlud. Seine Waffe hatte er in der Praxis liegen lassen. Zügig ging er ins Haus. Der Reporter montierte die Kamerakopfhalterung, während er die Treppen hinaufhechelte, und aktivierte die Cybercam.

Die Tür zur Praxis war sauber aus dem Rahmen gesprengt, ohne mehr als die Fassung zu beschädigen. Das Werk einer Spezialeinheit, perfekt wie aus einem Trainingsvideo von LoneStar.

Im Inneren herrschte diffuses Licht, ein Neonlicht flackerte surrend. Vorsichtig tastete er sich vorwärts. Bereits nach einigen Metern musste Poolitzer über den ersten Leichnam steigen.

Ein Mann in einer Schussweste lag mitten im Gang, neben ihm befand sich ein geöffneter Koffer mit seltsamen elektronischen Geräten, die durch eine Salve zerstört worden waren. Für Detailaufnahmen blieb später Zeit. Erst wollte er nach Gee Gee und der Unbekannten sehen.

In den angrenzenden Räumen stieß er auf weitere Leichen, die alle die gleiche Kleidung trugen wie der erste Mann. In Cherubs Zimmer fand er drei Tote. Einen von ihnen erkannte er als den Mann, den er als Witzke in Erinnerung hatte.

Wie die anderen Opfer waren sie unter schweren Beschuss geraten, das schätzte er zumindest anhand der

Wunden und der zerfledderten Kevlarwesten, die der Gewalt der Projektile nicht standgehalten hatten. Geschosse aus dem Wundergewehr konnten es nicht gewesen sein. Sie hätten das Gewebe glatt durchschnitten.

Poolitzer entdeckte das neuartige Gewehr in der Hand eines Toten und entwand es seinen Fingern. Er steckte sich einige Schachteln Munition ein, die verstreut auf dem Boden lagen.

Das Krankenbett starrte vor Blut, Drähte und Kabel hingen sauber durchtrennt zu Boden. Die Überwachungsgeräte meldeten »Error« in allen Farben und heulten ihre sinnlosen Warnungen. Es gab niemanden, der etwas unternehmen konnte.

Übelkeit stieg in dem Reporter auf, ein saurer Geschmack breitete sich in seinem Mund aus. Dennoch ging er näher, um Bilder einzufangen.

Im Bett lag der durchaus irdische Leib Cherubs, wie man an den Unmengen von Blut erkannte. Der Kopf war sauber vom Rumpf getrennt und vermutlich vom Angreifer mitgenommen worden.

Er ersparte sich eine Nahaufnahme von den Wundrändern. »Gee Gee?«, rief er voller Sorge. »Gee Gee, wo bist du?«

Poolitzer betrat den Aufenthaltsraum und sah gerade noch, wie der Körper des Doktors vollends aus dem zerstörten Fenster rutschte. Dumpf erklang der Aufschlag, fast augenblicklich schrie jemand auf der Straße auf. Damit blieb keine Zeit, sich lange in der Praxis aufzuhalten.

Die Schauspielerin befand sich mit den Füßen nach oben auf dem Boden. Ihr Schädel war den Spuren nach zu urteilen gegen die Tischkante geknallt. Aber sie lebte noch und öffnete sogar die Augen, als er sie sachte anstieß.

»Er war da«, stammelte sie. »Satan! Er war wieder da.« Mit der Hilfe des Reporters erhob sie sich, schüttelte die Scherben aus ihren Kleidern und betastete die

Wunde an ihrem Hinterkopf. »Er kam durch die Scheibe gesprungen und stieß mich um. Ich fiel gegen den Tisch. Das Letzte, was ich hörte, war eine gedämpfte Explosion im Flur und Gewehrfeuer.«

Es sah so aus, als hätte sie verdammtes Glück gehabt. Dieser Spinner und die Jungs aus der *Pleasuredom*-Ruine waren aneinander geraten. Er servierte sie alle der Reihe nach ab und köpfte ihren Engel. So lautete Poolitzers erste Theorie.

Sirenen heulten ganz in der Nähe auf.

»Wir müssen weg von hier. Kannst du laufen?«, erkundigte er sich. Sie nickte schwach. Hand in Hand kletterten sie über die Leichen, als sich die Schauspielerin losriss und in ein Zimmer rannte, um mit einer Transportbox zurückzukommen.

Auf dem Weg nach unten telefonierte Poolitzer mit Ordog, um sich Rückendeckung zu verschaffen. Er war zu müde und am Ende seiner Nerven angelangt. Er brauchte einen einheimischen Fachmann, der ihm in der brenzligen Situation rasch aus der Patsche half.

Das Duo schaffte es, den anrückenden Polizeieinheiten um Haaresbreite zu entkommen und sich von dem deutschen Straßenläufer aufgabeln zu lassen.

Ordog stellte keine Fragen. Er bugsierte die beiden auf die Rückbank des VW Kombis, legte eine Decke über sie und fuhr gemächlich an den entgegenkommenden Streifen vorbei, um auf die Autobahn in Richtung Pirmasens zu steuern.

**UCAS, Seattle, Downtown, 20. 03. 2058, 07:03 PSZ**

Die Ghuljägerin erwachte und wälzte sich noch etwas verschlafen auf die rechte Seite, um den Decker nach der Uhrzeit zu fragen. Die Stelle neben ihr im Bett war leer.

Jeroquee lächelte wissend. *Dachte ich es mir doch. Der kleine verräterische Sack.*

In aller Ruhe stand sie auf, gönnte sich eine Dusche und bereitete ein ausgiebiges Frühstück vor, weil sie mit dem Eintreffen von Cauldron und ihren Freunden rechnete.

Obwohl sie geahnt hatte, dass ihr Bekannter sich abseilte, war sie ein wenig enttäuscht über die Unzuverlässigkeit des Mannes. Mit dem sie zu allem Überfluss keinen schlechten Sex gehabt hatte. Wütend schlug sie ein Ei in die Pfanne. *Ich falle immer auf die gleichen Idioten rein. Was mache ich nur immer falsch?*

Als sie den Trid einschaltete, um sich über das Geschehen in der Welt zu informieren, zeigte der riesige Flachbildmonitor das Gesicht Geoffreys.

»Hey, Jeroquee. Es wird keine echte Überraschung für dich gewesen sein, oder? Ich steige aus und mache mein eigenes Ding. Dafür habe ich dir das Geld aus Sakagis Tresor auf dein Konto gebucht und die restlichen Codes geknackt, die dir noch im Weg sein könnten. Eine Kopie von seinen Daten findest du in deinem Palmtop. Der tote Jap wird sie nicht mehr brauchen.« Der Mann schaute direkt in die Linse. »Tut mir Leid, dass ich mir die Foki vor dir besorgen werde. Aber ich brauche das Geld dringender. Ich schicke dir den Fetisch von Sunrain zu. Spar dir den Anruf bei Zozoria, er weiß Bescheid. Es war ihm herzlich egal, wer die Sachen liefert. Wenn alles vorbei ist, können wir einen trinken gehen.« Er pochte gegen das Objektiv. »Hey, in einem Jahr lachen wir drüber.« Die Aufzeichnung endete.

*Wenn alles vorbei ist, bist du tot.* Die Ghuljägerin bedauerte es sehr, dass sie nicht sehen konnte, wie die Messerklauen unter seiner Leitung durch die Röhren stapften, um dann irgendwo zu stehen, wo sie im besten Fall ein paar Ghule, Ratten oder Alligatoren fanden.

Aber keine magischen Artefakte. Sie spürte bereits jetzt Genugtuung.

Dabei hatte sie ihm durchaus vertraut. Beinahe zumindest. Jeroquee griff zum Hörer. »Ich hätte gerne Mr. Al Doreel gesprochen«, verlangte sie den Sicherheitschef an der Rezeption.

Sie erklärte dem aufmerksam zuhörenden Elf, dass sich ihr Bekannter zusammen mit einem wertvollen Kunstobjekt abgesetzt hätte und ihm in Zukunft jeglicher Zutritt ins Hochhaus untersagt werden sollte. »Und schicken Sie mir bitte einen Ihrer Sicherheitsdecker. Ich fürchte, der Mann hat ein wenig Unordnung hinterlassen. Wären Sie so freundlich, die Passwörter nach meinen Angaben zu ändern? Ich erkläre es Atades.«

»Aber sicher, Miss Sixtynine«, bestätigte Doreel ihre Wünsche. »Alles Notwendige wird veranlasst. Wollen Sie eine Anzeige gegen den Mann erstatten?« Sie lehnte ab. So weit wollte sie nicht gehen. Geoff würde spätestens dann mächtigen Ärger bekommen, wenn er Zozoria nichts lieferte. »Dann schicke ich den Decker sofort ins Hausnetz.«

Zufrieden legte sie auf und kümmerte sich um die Zubereitung des Frühstücks. Gegen acht Uhr klingelte es. Cauldron, wie immer in exklusiven schwarzen Gewändern und behängt mit Silberschmuck, erschien in Begleitung eines nervös wirkenden Orks, der einen geliehenen Smoking trug, wie man an der Inventarkarte am Kragen erkannte, und eines Elfen in einem viel zu weiten, abgetragenen Anzug. Die Verstärkung war angekommen.

Jeroquee öffnete. »Kommt herein, das Frühstück wartet.«

»Danke, sehr freundlich«, sagte der Ork und drückte sich rasch in die Wohnung.

»Das ist Hustle, die Messerklaue im Team«, stellte die

Hermetische die Begleiter vor, »und das ist Sparkplug, seines Zeichens Rigger. Mich kennen Sie ja.«

»Die Haussicherheit ist ganz schön auf Zack«, meinte der Straßensamurai, suchte sich einen Platz an der thekenähnlichen Anrichte und betrachtete das Essen. »Die haben wirklich die kleinste Knarre gefunden, die man einstecken kann.«

»Das will ich doch schwer hoffen, ich habe eine entsprechende Anweisung gegeben. Kostet ordentlich Geld.« Glücklicherweise nicht ihres. Die Ghuljägerin schenkte heißen Tee aus. »Möchte jemand etwas anderes?« Sie öffnete den Kühlschrank. »Auswahl hätten wir. Der Vorbesitzer hat einiges stehen lassen.«

»Bringen wir erst das Geschäftliche hinter uns«, bat die Magierin freundlich. »Worum geht es denn?«

In aller Kürze schilderte Jeroquee den Sachverhalt, verschwieg aber nicht, dass man im Kanal unter Umständen auf Widersacher stoßen könnte.

Die anderen hörten kauend zu, wobei sich der Elf über das Essen hermachte, als gäbe es am nächsten Tag nichts mehr für ihn. Der Ork benahm sich fast noch gesitteter, auch wenn es ihm wegen seiner Hauer etwas schwerer fiel. Cauldron beschränkte sich auf Toast.

»Alles in allem ist es eine nicht ganz so leichte Sache. Deshalb habe ich an Sie gedacht. Poolitzer hat nur Gutes über Sie und Ihre Freunde berichtet«, schloss sie. »Was macht er eigentlich? Wissen Sie das?«

»Sehr schmeichelhaft, Ihre Meinung über uns«, meinte Hustle erfreut, während er sein Brot mit Soy-Wurstimitatscheiben belegte. »Dem Snoop geht es den Umständen entsprechend gut. Offenbar hat man ihm keinen Killer auf den Hals gehetzt. Er sitzt in den ADL und ist schon wieder an einer neuen Story.«

»Ein Killer?«, entgegnete die junge Frau besorgt. »Wie ...«

»Wir sind den Killer inzwischen losgeworden«, beruhigte die Hermetische sie. »Aber wir werden nur in kleiner Besetzung spielen können, wie man so schön sagt. Mit der entsprechenden Vorbereitung sollte das kein Problem werden. Ihre Erfahrungen in der Kanalisation sind von unschätzbarem Vorteil.«

»Zuerst brauchen wir das verdammte Ziel«, machte sie der Rigger aufmerksam.

»Wenn Sie keinerlei Anhaltspunkte haben, könnten wir es auf astrale Weise versuchen«, schlug die magisch begabte Frau vor.

Jeroquees Miene hellte sich auf. »Geht das so einfach?«

»Wir benötigen etwas, das mit den Fetischen in Beziehung steht.«

»Ich habe die Fetische nur kurz gesehen …« Sie stockte und ging zu ihrer Ausrüstung. Dort kramte und wühlte sie, bis sie den Plastiksack gefunden hatte. Sie brachte Cauldron die dunkelblaue Feder sowie das graue Stückchen Lederschnur. »Es kann sein, dass es Stücke von einem Fokus waren.«

Cauldron nahm die Fundstücke entgegen. »Wir können es versuchen. Es wird aber eine gewisse Zeit dauern, bis ich die Verbindung hergestellt habe.« Sie stand auf und durchmaß das Wohnzimmer. »Würden Sie die Haussicherheit fragen, ob ich von hier aus ein Ritual durchführen darf oder ob das nicht gerne gesehen wird? Ich habe keine Lust, dass ein Wachelementar mich grillt.«

Wenige Minuten darauf erhielt sie die Absage vom Elfen und den Hinweis, dass der hauseigene Decker alle Eingabecodes auf neutrale Einstellungen zurückgesetzt habe.

Sie einigten sich darauf, dass die hermetische Magierin sich für ihre Suche an einen anderen Ort begab, und anschließend zum Bericht zurückkehrte. Sie verabschiedeten sich voneinander.

Den Rest des Vormittags verbrachte die Ghuljägerin damit, die Codes am Appartement auf ihre eigenen Passwörter einzustellen, auch wenn sie am ganz großen Mastercode, der nach wie vor Seg unterstellt war, nicht vorbeikam. Dabei fiel ihr Geoffs Bemerkung wieder ein.

Als sie ihren Palmtop durchsuchte, fand sie tatsächlich die wichtigste Sache überhaupt: Die Kopie von Segs Retina und alle fraglichen Passwörter. Jetzt musste sie nur noch die virtuelle Netzhaut an die Sicherheitsabfrage klemmen.

Als Cauldron, Sparkplug und Hustle am späten Nachmittag zurückkehrten, stellte sich der Rigger bereitwillig zur Verfügung, die Verkabelungsaktion und die elektronische Überbrückung vorzunehmen. Die Ghuljägerin setzte ihre eigene Retina als allein gültige in die Abfrage ein und fühlte sich nun wesentlich sicherer. Unterdessen fiel es der Magierin sichtlich schwer, ihre gewonnenen Erkenntnisse nicht auszuplaudern.

Endlich hatte die Ghuljägerin ein offenes Ohr. »Entschuldigen Sie die Verzögerung. Doch anders hätte ich mich nicht sicher gefühlt«, erklärte sie die Priorität der Passwörter.

»Sie sind der Boss. Was Sie mit der Wohnung machen, geht uns nichts an«, sagte Hustle.

»Aber die Fetische schon«, warf die Frau im schwarzen Kleid ein. »Ich habe herausgefunden, wo sich die magischen Artefakte befinden. Und wir sollten uns beeilen. Sie leuchten wie ein Feuerwerk, wenn man sich ihnen nähert. Es scheinen ein paar ganz besondere Stücke darunter zu sein.«

»Ich habe in der Zwischenzeit die Lage anhand Cauldrons Beschreibung eingezeichnet, auch wenn sie etwas ungenau ist. Ich musste mich auf Meterangaben, rechts, links, hoch, runter verlassen«, setzte der orkische Samurai die Ausführungen an ihrer Stelle fort. Er hielt ihr einen Chip hin. »Da müsste es sein.«

Jeroquee steckte den Datenträger ins Terminal und betrachtete die dreidimensionale Angabe nachdenklich, die wie ein ständig rechtwinklig abknickender Bindfaden im schwarzen Raum aussah. *Machen wir das Ganze ein wenig konkreter.*

Sie nahm den Einstiegspunkt der Magierin und verglich den Verlauf des Weges mit den Plänen, die Geoffrey aus den Archiven der Kanalisationsunternehmen besorgt hatte.

»Drek, da ist es ja«, kommentierte Sparkplug zufrieden.

»Dann kann es sofort losgehen«, verkündete Jeroquee und machte sich daran, ihr Arbeitszeug in den großen Seesack zu stopfen. »Es wird nicht lange dauern, höchstens ein Fußmarsch von einer Viertelstunde. Die Leitern werden uns ein wenig aufhalten.«

»Wird es nicht bald Nacht?«, gab Cauldron zu bedenken.

»Hat ein Grufti Angst im Dunkeln?«, griente der Ork. »In den Röhren ist es immer pechschwarz, egal, welche Tageszeit wir haben.«

»Der Wetterbericht sagte Regen voraus«, warf Jeroquee ein. »Wenn die Angaben stimmen, wird der Teil des Kanals schnell überflutet.« Das Zeichen im Plan verwies auf einen Durchgangsfluter. Und wohin es die Foki dann trieb, wüssten nur die Ratten.

Seufzend schaute die Magierin an sich herab. »Haben Sie noch eine zweite Montur für mich? Ich fürchte, ich bin nicht passend angezogen.«

Die Ghuljägerin warf ihr die Ersatzkombination zu.

»Ein Rigger zu sein hat schon seine Vorteile.« Hustle warf dem Elfen einen neidischen Blick zu. »Du musst dir die Füße nicht dreckig machen.«

Schweigend studierte Sparkplug den Plan. »Falsch, Chummer.« Die Reichweite seiner Fernsteuerung war zwar nicht das Problem. Aber die verfraggt dicken Wände. Keine Chance für die Steuerimpulse. »Sieht so aus, als müsste ich dich am Händchen nehmen. Irgendwo habe ich noch einen Chemoschutzanzug. Der wird reichen müssen.«

Hustle angelte sich eine Wurstscheibe und schob sie in den Mund. »Weichei.«

Ehe sie in einer Seitenstraße der Puyallab-Barrens in die Kanalisation abstiegen, vergewisserte sich Cauldron mit einem schnellen astralen Rundumblick, dass ihnen niemand folgte.

»Schnell. Der Regen hat eingesetzt.« Jeroquee verschwand in dem Schacht, um nach dem Zustand der Leiter zu sehen. Die Sprossen wirkten tadellos und sollten das Gewicht des Orks tragen.

»Oh, shit«, stöhnte Sparkplug, als er den Schacht hinunterstieg. Die Magierin grinste und folgte dem Rigger, Hustle bildete den Schluss. Alle hatten Sauerstoffmasken dabei, sollte die Konzentration an Gasen zu hoch werden. Dabei verließen sie sich auf die Erfahrung der Ghuljägerin.

Im ersten Quergang holte Sparkplug seine vier Mikroskimmer nach. Zwei schickte er als Aufklärer nach vorne, die anderen deckten das Ende der kleinen Kolonne, die sich mehrere Meter tief unter Seattle bewegte.

Die Drohnen verjagten ein paar umherstromernde Wesen, die aus der Entfernung an Orks erinnerten. Als sie sich durch enge Röhren quetschen mussten, blieb Sparkplug zurück, der wegen des Schutzanzugs nicht hindurchpasste. Die Mikroskimmer surrten beinahe lautlos vor, einer blieb als Schutz beim Elfen zurück.

Cauldron lehnte sich an die Wand und wechselte auf die astrale Ebene, um sich zu vergewissern, dass sie sich den Foki näherten. Es dauerte nur wenige Augenblicke, und die Magierin kehrte von ihrer Astralreise zurück. »Sie sind weiter vorne. Es ist nicht mehr weit.«

Sie kämpften sich robbend weiter und mussten zuerst Hustle, dann die Skimmer zurücklassen. Die Röhre verengte sich dermaßen, dass zum Schluss nur die beiden Frauen hindurchpassten.

Cauldron schaute ein letztes Mal nach, um sicher zu gehen, dass sich niemand in der Kammer aufhielt. Dann wagte es die Ghuljägerin, die Luke zu öffnen und sich in den Raum zu schieben.

Sie aktivierte die Infrarotsicht ihres Helms und sicherte die Umgebung. »Die Luft ist rein«, meldete sie.

»Sehr witzig«, erwiderte die Magierin.

Ihre Taschenlampe flammte auf und beleuchtete die vielen Foki und Fetische, welche die Ghule hier in Sicherheit gebracht hatten.

Sie schaute zu ihrer Begleiterin. *Wahnsinn. Hier liegen Werte herum, die sie nicht einmal erahnen kann.* Sie ärgerte sich, dass ein schnöder Antiquitätensammler die wertvollen Artefakte erhalten sollte. Aber so war das Leben als Schattenläufer. Man holte anderen die goldenen Kastanien aus dem Feuer.

»Fangen wir an«, gab Jeroquee den Einsatzbefehl und öffnete den wasserdichten Rucksack. »Wir dürfen nicht ein einziges Stück liegen lassen …«

Die Kontrollanzeige der Luke über ihren Köpfen blinkte auf.

Mit einem Satz war sie neben dem Verschluss und beendete den Öffnungsvorgang, der eben von der automatischen Steuerung initiiert worden war. Das löste zwar eine Alarmmeldung in irgendeiner Zentrale aus, sie konnten es sich aber nicht leisten, vom Abwasser überrascht zu werden. Erst die Foki.

Hastig packten sie die Utensilien ein. Bei einer groben Zählung kamen sie auf mehr als hundert Stück. Sorgsam durchforsteten sie die kleine Kammer, um sicher zu gehen, auch die letzte Feder und den kleinsten Ring eingepackt zu haben. Zuerst stieg Cauldron zurück in den Abfluss, danach folgte die Ghuljägerin.

»Sehen Sie, es läuft hervorragend«, freute sich die Magierin. In einer Viertelstunde wären sie draußen. Und sie schwor, sie würde sich nie wieder über den Smog in Seattle beschweren.

Hinter ihnen erklang ein gurgelndes Geräusch.

Jeroquee wusste, was das bedeutete. *Sie haben die Klappe doch aufbekommen.* »Los!«, rief sie in den Abwassertunnel. Momentan sah sie lediglich die Fußsohlen der magisch Begabten vor sich. »Schneller! Sonst schwemmt uns die Strömung davon!«

Unter ihr schwoll das mickrige Rinnsal zu einem Bach an. Geistesgegenwärtig zog sie die Sauerstoffmaske über, damit die Brühe nicht in ihren Mund gelangte.

Als sie zu der Stelle kam, an der die Skimmer warteten, überfiel sie die Eingebung. »Sparkplug, schalten Sie eine der Drohnen aus.«

»Wieso? Ich …«

»Tu es einfach«, herrschte ihn die Magierin per Funk an.

Der Motor eines der Hovergeräte setzte schlagartig aus, und der Skimmer rumpelte zu Boden.

Jeroquee schob der Magierin den Rucksack zu. »Nehmen Sie den und kriechen Sie los. Ich komme nach.«

Die Jägerin packte die Drohne, stellte sie senkrecht auf und schob sie mit den Füßen so weit in die Röhre, dass sie den Durchmesser vollständig abschloss. Bald wuchs der Druck durch die sich stauende Flüssigkeit dermaßen an, dass sie sich mit aller Gewalt rechts und links gegen die Wand stemmen musste. Lange hielt sie nicht mehr durch.

»Wir sind draußen«, meldete der Ork erleichtert. »Kommen Sie! Wo bleiben Sie denn?«

Eigentlich hatte sie vorgesehen, die Drohne mit Kletterhaken zu verkeilen, um einen künstlichen Pfropf zu schaffen und sich ebenfalls schnell zurückzuziehen. Unangenehme Erinnerungen an den Tag, an dem sie schon einmal wie ein Hamster in einer zu engen Röhre steckte, weil sich die Schrotflinte verklemmt hatte, stiegen auf. Damals wäre sie beinahe abgesoffen.

Der Druck des Wassers wurde zu groß. Quietschend rutschten ihre Handflächen ab. Jeroquee verlor den Halt und wurde auf dem Mikroskimmer wie ein Korken auf einer geschüttelten Sektflasche durch den engen Abfluss katapultiert. Das bisschen Wasser unter ihr und die Weste verhinderten, dass sie sich durch die Reibung die Haut von den Knochen scheuerte.

Schreiend schoss sie aus der Ableitung und ruderte wild mit den Händen, um etwas zu erhaschen, das ihren Sturz bremsen könnte. Sie griff ins Leere und sah sich bereits in die Tiefe des Sammelbeckens stürzen.

Eine kräftige Hand schloss sich um ihr Handgelenk und zog sie mit übermenschlicher Kraft aus dem Strom. Hart schlug sie auf dem Boden auf, dann wurde sie von dem Ork, der sie erwischt hatte, auf die Füße gestellt.

»Alles in Ordnung?«, erkundigte er sich und schaute ihr in die Augen.

»Nur ein paar Schürfwunden«, wehrte sie ab. »Ich habe doch gesagt, dass ich nachkomme.« Das dreckige Wasser umspülte ihre Füße. »Raus hier.«

Sie trabten den Weg zurück, den sie gekommen waren. Cauldron checkte vor dem Ausstieg die Umgebung, und kurz darauf fuhren sie mit dem Ares Master durch die Barrens zurück zu ihrer Unterkunft.

Erleichtert drückte die Ghuljägerin den Rucksack an sich. *Gewonnen, Geoffrey. Pech für dich.* Die Magierin machte sich an das Heilen ihrer Wunden, damit sie sich keine Entzündung zuzog. Sie riet zu einer Entgiftung.

»Wir fahren zuerst in unser Quartier«, entschied

Hustle. »Wenn wir geduscht haben, bringe ich Sie in Ihr Appartement zurück.«

»Haben Sie noch einen Tag mehr Zeit?«, wollte Jeroquee plötzlich wissen. »Ich bräuchte bei der Übergabe der Foki Rückendeckung.«

»Einwände?«, fragte Cauldron. Die Männer signalisierten ihr Zustimmung. Die Magierin konzentrierte sich, eine weitere Schürfwunde Jeroquees schloss sich, geheilt von der Macht der Magie. Fasziniert schaute die Jägerin auf die rosafarbene Haut. »Das wär's. Wir sind dabei.« Sie schob eine ihrer feuerroten Haarsträhnen nach hinten und lächelte.

Cauldron stand frisch geduscht und in ein schwarzes Kleid gehüllt in der Tür, die Hände an die Taille gelegt, und betrachtete beeindruckt die auf dem Boden ausgebreiteten Artefakte.

Jeroquee bewegte sich auf Zehenspitzen zwischen den Artefakten hin und her und hakte sie anhand der Liste, die Geoffrey aus Zozorias System gezogen hatte, der Reihe nach ab. Es war bereits weit nach Mitternacht.

»Ich habe einen Wachelementar aufgestellt«, sagte die Hermetische in die Stille. Sie kam ein wenig näher, ging in die Hocke und strich über ein besonders schön gearbeitetes Amulett in einem satten Gelborange. *Orichalkum.*

Cauldron erhob sich. Es war, als würde man einen Tresor voller Gold haben, der nicht richtig schließt. Wenn nur ein Schurke etwas davon erführe, hätten sie die Bude schneller voll, als sie bis drei zählen konnten. »Wann wird die Übergabe stattfinden?«

»Morgen läuft die Frist für Geoff ab. Dann wird er zu Zozoria kriechen und eingestehen, dass er nicht liefern kann. Einen Tag danach melde ich mich und präsentiere die Ware, bekomme das Geld und bin fein raus.« Die Ghuljägerin hatte sich ihren Plan genau zurechtgelegt.

Eine bessere Rache an dem verräterischen Decker konnte es nicht geben.

Sparkplug erschien und stutzte, als er die Artefakte sah. »Wow. Stell dir mal vor, wenn Keimag hier wäre«, sagte er zu Cauldron. »Innerhalb von Sekunden hätte er durch bloße Berührung die ganzen Dinger zerfetzt.« Er nahm einen Ring auf. »Das ist ein Chummer von uns, so etwas wie ein Antimagier. Ein Finger von ihm an einer Barriere genügt, und schon bricht das stärkste Magiefeld zusammen«, erklärte er der Ghuljägerin.

Cauldron war das Thema unangenehm. Sie vermisste den Deutschen mehr, als sie eingestehen wollte. »Los, hilf mir beim Sichern, anstatt großartige Reden zu schwingen.« Sie gingen hinaus.

*Ein Anti-Magier? Interessant. Was es nicht alles gibt.* Jeroquee widmete sich der Überprüfung der Artefakte. Nach einer Stunde war sie fertig und um eine vernichtende Erkenntnis reicher. Ausgerechnet Sunrains Fetisch fehlte.

Niedergeschlagen packte sie die Foki und Fetische in Einzeltüten und versah sie mit dem entsprechenden Bild der Liste.

**ADL, Badisch-Pfalz, Zweibrücken, 21. 03. 2058, 00:39 MEZ**

»Damit ist der Fall wohl erledigt«, schätzte einer der Beamten, während er auf das blutgetränkte Bett leuchtete. »Da liegt Ihr Cherub, Herr Kriminalhauptkommissar. Der DNA-Test hat es bestätigt.«

»Genau. Erledigt.« Vigo Spengler schob sich an dem Polizisten vorbei in den Raum, in dem die Spurensucher eben fertig geworden waren. »Weil Gerlach keine Lust mehr hatte, als Todesengel durch die Gegend zu flattern, hat sie sich selbst enthauptet.« Er warf dem Uniformierten einen vielsagenden Blick zu. »Es geht erst richtig los, Kollege.«

Er bückte sich und hob eine Patrone auf, von denen sich Unmengen neben den Hülsen am Boden verteilten. 7,92x57 Millimeter. »Und wo ist das Gewehr dazu?«

Der Polizist hob nur die Achseln.

Ensuela Gerlachs Torso wurde in einen Plastiksack verfrachtet und abtransportiert. Ebenso erging es den Toten, die am Boden der Privatklinik lagen. Spengler erkannte Witzke wieder.

Mit seinem Armband-Kom nahm er Kontakt zur Vermittlung der MET2000-Truppen in Kaiserslautern auf. Den eingetüteten Ausweis Witzkes hielt er vor sich. Spengler ließ sich zu einem Verbindungsoffizier durchstellen, dem er die Personaldaten des Leutnants durchgab. Das Entsetzen auf der anderen Seite der Leitung war groß.

»Er liegt bei uns auf Eis. Wenn Sie ihn und seine Leute haben möchten, bringen Sie uns eine gute Erklärung mit, was er und seine Jungs wollten. Sonst fallen mir tausend noch bessere Gründe ein, die Übergabe unnötig in die Länge zu ziehen, verstanden?«, beendet er die Unterredung. So musste man mit den Söldnern sprechen. Militärisch, kurz, bündig.

Wer auch immer hinter dem »Teufel« steckte, er hatte sich offenbar das Wichtigste zurückgeholt. Das Gewehr und den Kopf der Frau. Wahrscheinlich saß er jenseits der Mauer, tief in der Ruhrmetall-Ark verschanzt, und legte irgendwelchen Wissenschaftlern seine Beute auf den Tisch.

Anderseits gab es eine Unstimmigkeit: Hätte Ruhrmetall eine MET-Truppe und einen eigenen Cyber-Satan tatsächlich gleichzeitig auf die Jagd nach Gerlach und dem Gewehr geschickt?

Was beim Zusammentreffen in der Arztpraxis geschah, brachte die Vermutung ins Schwanken. Sie hätten kooperieren müssen, anstatt sich gegenseitig anzugreifen. Oder der Teufel war für die Konkurrenz unterwegs, möglicherweise für Ares, um an die Waffe zu kommen.

Wie auch immer, es würde für seine weiteren Ermittlungen äußerst schwer werden, neue Anhaltspunkte zu bekommen.

Spengler schaute dem Sarg nach, der eben hinausgetragen wurde. Er stand faktisch vor dem Aus des Falles, auch wenn er es sich nicht eingestehen wollte.

Der Beamte an der Tür griff sich überrascht an den Ohrstecker seines Funkgeräts. »Für Sie, Herr Kriminalhauptkommissar. Es ist Kriminaloberrat Hennes.«

»Und wieso ruft er mich über Ihr Funkgerät?«

Gehorsam fragte der Uniformierte nach. »Er sagte, er habe Ihre Kom-Nummer nicht.« Unsicher nahm er sich den Stöpsel aus dem Gehörgang und hielt ihn zusammen mit dem Mundstück seinem Vorgesetzten hin.

Spengler hielt den Stecker ans Ohr.

»Hallo, Herr Kriminaloberrat. Sie sind ein bisschen früh dran für den Bericht. Ich befinde mich noch am Tatort.«

»Sehr schön. Gute Arbeit, Spengler«, hörte er Hennes gleichgültig loben und ahnte voraus, was er als Nächstes sagte. »Nehmen Sie den Hergang auf, und schließen Sie die Akte Gerlach.«

»Herr Kriminaloberrat, wir suchen jetzt einen anderen Mörder, der zuerst im *Clubmotel* und nun hier Menschen umbrachte. Und einen Beamten angriff, wenn ich Sie daran erinnern darf«, konnte er sich die Spitze nicht verkneifen.

»Das ist mir bewusst, Kollege Spengler«, entgegnete Hennes, sichtlich bemüht, den Ermittler nicht in Rage zu versetzen. »Doch vorhin gelang es einem Spezialkommando, einen Verdächtigen, der auf Ihre Beschreibung passte, aufzuhalten.«

»Sehr gut!«, freute sich der Kommissar. »Wohin haben sie ihn gebracht?«

»Die Reste lagern im Leichenschauhaus. Es war nicht mehr viel übrig von ihm. Eine Explosion im Fluchtauto. Die genaue Ursache lesen Sie im Bericht, den ich Ihnen zukommen lassen werde.«

»Was ist mit den Hintergründen?«, wollte Spengler wissen. Er wurde gelinkt. Seine Vorgesetzten verarschten ihn. Kon-Marionetten. »Es sieht aus, als steckte Ruhrmetall dahinter. Das interessiert wieder einmal niemanden mehr, was?«

»Was würde es bringen?«, hielt der Kriminaloberrat dagegen. »Die Verdächtigen würden alles abstreiten und Beweise haben wir nicht. Im schlimmsten Fall geben sich die Anwälte des beschuldigten Unternehmens die Klinke in die Hand, weil sie eine Chance haben, die Badisch-Pfalz wegen Verleumdung zu verklagen.« Eine Sekunde lang herrschte Stille am anderen Ende. »Oder haben Sie einen sicheren Beleg?«

»Nein«, musste Spengler knirschend eingestehen. »Aber wir hätten welche, wenn die Kollegen des SEK nicht gnadenlos rumgeballert hätten. Satan wäre …«

»Wie ich schon sagte, die Akte wird geschlossen. Kümmern Sie sich um die zivilen Mordfälle, da pfuscht Ihnen niemand ins Handwerk. Dennoch danke ich Ihnen für Ihre große Mühe. Es wird sich in Ihrer Personalakte sehr gut lesen.« Hennes beendete das Gespräch.

»Scheiße!«, schrie Spengler seinen Frust raus und trat immer wieder gegen einen Schreibtisch. »Scheiß Kons! Scheiß Geld! Scheiß Politik!« Sein Fuß beförderte eine Schublade auf der anderen Seite hinaus. Die Sohle verkeilte sich im Schlitz.

»Scheiß Job?«, fügte der Uniformierte hinter ihm leise an.

»Danke.« Vigo kämpfte den Schuh frei. Er drückte

ihm das Headset-Funkgerät in die Hand. »Das hat mir bei der Aufzählung noch gefehlt.«

Schnaubend verließ er die demolierte Praxis und verfluchte innerlich seinen Vorgesetzten, alle Konzerne, die ihm in den Sinn kamen, und alle Bekannten, obwohl sie nichts dafür konnten.

Dass ein einfaches SEK diesen Teufelsspinner aufhielt, bezweifelte er doch sehr. Es sei denn, ein bis zwei Kampfmagier und ein Raketenwerfer wären ihnen zu Hilfe gekommen.

Vor seinem Auto blieb er stehen. *Wo sind eigentlich Gospini und Orlova abgeblieben?* Diese Praxis wurde bevorzugt von Schauspielern aufgesucht, wenn die Gesundheit nachließ oder ein Wehwehchen plagte. Er schüttelte den Kopf. Wären sie zum Zeitpunkt des Angriffs da gewesen, würden sie genauso tot auf dem Flur liegen wie MET2000-Söldner.

*Du hast dir wieder den falschen Fall ausgesucht, Vigo,* gratulierte er sich selbst. *Damit steht es dann 3:0 für die Kons.*

Da er keine Lust verspürte, gegen Windmühlen anzukämpfen, setzte er sich in seinen EMC Intracity E und fuhr auf die Autobahn in Richtung Pirmasens. Die Routine von Beziehungsmorden, brutalen Raubdelikten und Schutzgelderpressungen wartete auf ihn. Sie hatte bis morgen Zeit, beschloss er.

Der Wunsch, Ruhrmetall eins auszuwischen, wandelte sich zur fixen Idee.

**ADL, Badisch-Pfalz, Regierungssitz Pirmasens, 21. 03. 2058, 14:39 MEZ**

Ordog und Poolitzer standen an Gee Gees Liege. Die Kopfverletzung, so stellte der Schattenarzt fest, erwies sich als nicht ganz ungefährlich. Er verordnete ihr wegen der Gehirnerschütterung absolute Ruhe.

»Wie geht es weiter?«, wollte sie wissen.

»Cherub ist tot. Damit fehlt Ihnen die Möglichkeit, in die Ark zu gelangen.« Der deutsche Schattenläufer schaute in die kleine Runde. »Also machen wir uns auf den Weg«, sagte er zum Reporter, »und hören uns in Karlsruhe um. Ein paar Freunde von mir könnten sich etwas ausdenken.« Er bemerkte, dass der Amerikaner Blicke mit Gee Gee wechselte. »Wir sind in ein paar Tagen wieder zurück, Frau Delorian. Sie sind in guten Händen.«

Poolitzer drückte aufmunternd ihre Hand und folgte dem unheimlich fahlen Mann hinaus.

Gee Gee nahm eine weitere Tablette gegen die pochenden Kopfschmerzen. Die Medikamente verursachten ungeheuren Durst. Da aber niemand auf ihre Rufe reagierte, stand sie auf und taumelte zu dem Wasserspender auf dem Gang.

»Ah, da sind Sie ja. Wieso stehen Sie denn auf?«, erkundigte sich der Arzt, der sich Dr. Allwissend nannte, vorwurfsvoll.

»Weil Sie mir nichts zu trinken bringen.« Sie prostete ihm zu.

»Oh, Entschuldigung. Ich bin hier, um die Ankunft des Spezialisten zu melden. Können wir uns das Teil einmal ansehen?«

»Das Teil?«, blinzelte Gee Gee und verstand erst langsam, was der Mediziner meinte. »Ach, das. Von mir aus.« Sie kehrten ins Zimmer zurück. Die Schauspielerin überreichte ihm die Box aus der Praxis des Zweibrücker Arztes. »Ich werde aber dabei bleiben.«

»Das ist Ihr gutes Recht. Wenn Sie jedoch Schwindelanfälle bekommen, legen wir Sie sofort zurück in Ihr Bett.«

Gemeinsam betraten sie einen steril eingerichteten

Raum. Der Kollege von Dr. Allwissend stellte sich als Prof. Neuronico vor, der sich durch Ordogs Vermittlung in Pirmasens einfand und normalerweise die Cybereinbauten an ihm vornahm.

Zu dritt betrachteten sie das Modul, das sich vor kurzem noch in Cherubs Zerebrum befunden hatte.

»Ein Gefechtscomputer, keine Frage«, urteilte Prof. Neuronico beinahe sofort nach dem ersten Augenschein. »Das Äußere folgt dem Standard. Es ist nur etwas größer.« Er wendete es vorsichtig. »Hm, eine Beschriftung fehlt. Ein Billignachbau, wie es aussieht. Die meisten Kopierer bekommen es nicht so gut hin wie das Original und brauchen mehr Platz, um die ganzen Chips, Drähte und Kabel unterzubringen.« Gee Gee schwieg vorsichtshalber, da sie nicht wusste, wie viel Poolitzer Ordog und diesem Neuronico erzählt hatte. »Machen wir ein paar Tests, um zu sehen, mit welchem Typus wir es zu tun haben.« Er verband mehrere Kabel mit dem Modul und aktivierte die Prüfprogramme, die er für solche Zwecke einsetzte. »Das geht sehr schnell. Sie werden ...«

Eine Warnung, dass einige Dateien ein ungültiges Format hätten und nicht lesbar seien, erschien auf dem Bildschirm.

»Memory? Was denn für ein Memory?«, wunderte sich Neuronico. »Das ist ja was ganz Neues.«

Ein paar Tricks und Computerhinterhältigkeiten später ließen sich die Informationen wenigstens runterladen, blieben aber weiterhin ein Rätsel. Die Schauspielerin bekam einen Migräneanfall. Ihre Konzentration schwand.

Die Arme vor der Brust verschränkt, betrachtete der Cyberwarespezialist die lesbaren Testwerte. »Wie ich es angenommen habe, ein Gefechtscomputer mit angeschlossenem Navigationssystem. Sieht nach einem soliden Typ aus. Nicht das Exquisiteste, aber vermutlich für den normalen Straßenläufer erschwinglich. Der Hersteller ist … Hoppla! DrakenSys. Die hatten erst vor kurzem den Reinfall mit dieser anderen Sache in Ingolstadt, auf dem Gelände von Cyberdynamix.« Neuronico unterbrach die Kontakte. »Zu dem Ding kann man sie allerdings beglückwünschen. Ich muss sofort meinen Dealer anrufen, warum er mir nicht gesagt hat, dass es etwas Neues auf dem Markt gibt.«

»Was ist mit den verschlüsselten Daten?«, wollte Gee Gee wissen.

»Keine Ahnung. Es sieht aus wie ein Unterprogramm, wahrscheinlich zur Unterstützung des Navigationsgeräts.« Der Chirurg kratzte sich am Kinn. Dazu bräuchte man einen Decker.

Gee Gee hatte zwar keine Ahnung von dem Cyberkrempel, doch sie teilte die Ansicht des Mannes nicht. Cherub hatte gewollt, dass man ihr dieses Ding unbedingt entfernte. *Wenn ich den Grund erfahren möchte, muss ich das Risiko eingehen. Es könnten sich Informationen darin befinden, die wir dringend benötigen.* Damit kam sie ihrer ersehnten Rache näher. Beflügelt von der auflodernden Hoffnung, fasste sie einen Entschluss. »Bauen Sie es mir ein, Professor.«

»Was?« Dr. Allwissend war entsetzt. »Sie haben Ihre Gehirnerschütterung noch nicht richtig verkraftet.«

»Es wäre der beste Zeitpunkt«, beharrte sie. »Angeschlagen bin ich sowieso schon. Professor Neuronico kennt sich mit solchen Eingriffen sehr gut aus. Also, machen wir's? Ich bezahle das Doppelte, wenn es nicht anders geht.« Sie hob lockend ihren Ebbi.

Die Ärzte tauschten sich kurz aus. »Einverstanden«, willigte der Cyberspezialist ein. Er ließ sich ihre vorhandenen Einbauten nennen und sah keinerlei Gefahr für die Solidität ihres Nervensystems. »Es geht schnell. Ziehen Sie sich aus und legen Sie sich hin.«

Dr. Allwissend rief sein OP-Team zusammen. Die Vorbereitungen für den Eingriff begannen. Die letzten Gedanken kurz vor der betäubenden Wirkung der Narkose drehten sich um Genius und Poolitzer.

**UCAS, Seattle, Everett, 22. 03. 2058, 11.48 PSZ**

»Einen wunderschönen Tag, Madame«, wurde sie von dem Ober begrüßt. »Möchten Sie wieder den kleinen Tisch, an dem Sie das letzte Mal saßen?« Er half ihr aus dem Mantel und hängte ihn auf den Kleiderbügel. »Oder gehe ich recht in der Annahme, dass Sie eine Verabredung mit Mr. Zozoria haben?«

Jeroquee grinste und zog das Kleid glatt. »So ist es.«

»Dann bitte hier entlang.« Der Ober lächelte, deutete eine Verbeugung an und geleitete sie an einen anderen Tisch.

Das *Pantry* war gut besucht. Ein paar Gourmets kauften an der Theke kulinarische Spezialitäten, andere genossen Kleinigkeiten in der gemütlichen Enge des Feinkostgeschäfts.

Die junge Frau gönnte sich einen Milchkaffee und lehnte sich zurück. Sie schaute wie zufällig aus dem Fenster.

Draußen, versteckt in einem netten, kleinen Transporter, der nicht weiter in der Gegend auffiel, lagen Hustle und Sparkplug auf der Lauer. Sie würden auf ihr Hilfesignal zum Einsatz kommen. Eine Wanze sorgte dafür, dass sie das Gespräch mitverfolgten, und ein Mikrohörer ermöglichte es, dass Jeroquee Kommandos ihrer Rückendeckung hörte. Cauldron würde in genau zwei Minuten das *Pantry* betreten und sich einen Tisch suchen, sollte der Mann aus Andorra eine magische Gemeinheit geplant haben.

Wie vereinbart betrat die Hermetische das Delikatessengeschäft, suchte sich einen Platz aus und verriet durch nichts, dass sie die Ghuljägerin kannte.

Eigens für diesen Anlass hatte sich die Magierin eines von Jeroquees Abendkleidern ausgeliehen. Ihren schwarzen Mantel legte sie nicht ab. Ein Kompromiss. Sie wirkte im Kleid elegant und auf eine gewisse Weise gefährlich. Beinahe zu gefährlich für das beschauliche *Pantry*.

Kurz vor zwölf Uhr erschien Zozorias Bentley. Das ritualähnliche Vorgehen beim Betreten des Hauses mit der Begrüßung durch den Ober und die Aufteilung der Begleiter des Antiquitätenhändlers wiederholte sich. Die Ghuljägerin blieb sitzen, als der ältere Mann an ihren Tisch trat und ihr die Hand reichte.

»Was für eine angenehme Überraschung, nachdem Ihr Bekannter mich so herb enttäuschte«, sagte er zum Auftakt. Er klang keineswegs verärgert. »Wie geht es Ihnen, Miss Jeroquee? Sie haben eine Schwäche für das *Pantry* entwickelt, nicht wahr?« Beide Hände legten sich um den kleinen, schwarzen Totenkopf am Ende seines Gehstocks. »Kein Wunder. Wer einmal diese Delikatessen kostete, kann sich schwer davon losreißen.«

»Guten Tag, Mr. Zozoria«, entgegnete sie freundlich. »Mein Gaumen hat sich tatsächlich an die Köstlichkeiten gewöhnt.« Der Ober brachte einen Aperitif und entfernte sich sofort wieder. »Sie haben auf das falsche Pferd gesetzt.«

Er nahm seine Brille ab und reinigte sie mit seiner Serviette. »Es war nicht unbedingt das falsche Pferd. Es sah nur so aus, als sei es das schnellere Pferd. Um bei dem Vergleich zu bleiben, es muss sich auf der Rennbahn verlaufen haben.«

»Also doch das falsche.« Es bereitete Jeroquee einen riesigen Spaß, den Antiquitätenhändler für das Geschäft mit dem Verräter leiden zu lassen. »Ich habe Ihre heiß begehrte Ware.«

»Deren Preis natürlich nun in die Höhe gegangen ist?«, vermutete der Andorraner süffisant, ohne mit der Wimper zu zucken.

Die Ghuljägerin beugte sich nach vorn. Der Elf beobachtete jede ihrer Bewegungen mit wachsamem Blick. »Haben Sie den Ghulen die Schattenläufer auf den Hals gehetzt, Mr. Zozoria?«, verlangte sie zu wissen. »Sagen Sie mir die Wahrheit. Ich erkenne eine Lüge.«

Gemächlich nippte ihr Gegenüber am Aperitif. »Ich höre das erste Mal von dieser Geschichte. Schade, dass wir den Decker nicht mehr fragen können. Ich bin sicher, er wüsste uns davon zu berichten.« Seine Augen fixierten ihre. »Sie haben irgendwo einen Magier in der Nähe. Wenn er noch einmal versuchen sollte, meine Gedanken zu beeinflussen, war es das Letzte, was er getan hat.«

Jeroquees Inneres wurde von einer Hitzewelle überrollt. *Hoffentlich sagen die anderen Cauldron Bescheid.* Die Afrikanerin, die am Tresen stand und einen Kaffee trank, drehte ihren Kopf und betrachtete die Hermetische. »Was haben Sie mit Geoff gemacht?«

»Die Verzögerung brachte mir einiges an Verlusten. Ich hielt mich an ihm schadhaft.«

Sie lachte. Genauso hatte sie es sich vorgestellt. Geoff manövrierte sich ordentlich ins Schlamassel. »Und? Hat sein Konto ausgereicht?« Die Jägerin freute sich diebisch.

Zozoria stimmte in die Heiterkeit ein. »Sie missverstehen mich, liebe Miss Jeroquee. Ich sagte, dass ich mich an *ihm* schadhaft hielt. Nehmen Sie's wörtlich. Es ist bemerkenswert, welche Heilkraft man bestimmten menschlichen Körperteilen zurechnet und welche Summen bezahlt werden.« Der Ober stellte die Lachshäppchen ab und reichte dazu Toast. »Vergessen Sie ihn einfach. Sie haben etwas, was ich möchte. Bestimmen Sie den Preis.«

Jeroquee verging schlagartig der Appetit. Der nette alte Mann hatte den Decker eiskalt umbringen und ausweiden lassen! »An den Konditionen hat sich nichts geändert, Mr. Zozoria«, würgte sie hervor.

»Ich wollte Sie keinesfalls mit meinem Geplauder erschrecken. Stellen Sie Ihre Forderungen.« Da sie schwieg, machte er ihr einen Vorschlag. »Wie wäre es, wenn Sie rechtmäßige Eigentümerin des Appartements werden, in dem sie sowieso schon leben? Mit allem Interieur. Ich kann das zusätzlich zum Bankkonto von Sakagi in die Wege leiten.«

»Okay«, stimmte sie überrumpelt zu.

»Sehr schön. Wie möchten Sie die Übergabe gestalten?«

Sie langte behutsam unter den Tisch, damit der Elf sie nicht gleich über den Haufen schoss, und holte ihre prall gefüllte Tasche herauf. Die Ghuljägerin stellte sie mitten auf den Tisch.

»So einfach wie möglich. Man hat mir gesagt, dass die Dinger im Astralraum leuchten wie Flakscheinwerfer.« Sie tippte auf den Lederbeutel. »Bitte sehr. Viel Spaß damit. Ich will sie einfach nur loswerden, ehe mich irgendwelche Elementare oder Schattenläufer quer durch Seattle jagen.«

Zozoria machte ein überraschtes Gesicht, wischte sich den Mund mit seiner Serviette ab und schüttelte den Kopf. »Sie sind herrlich erfrischend, wissen Sie das, Miss Jeroquee?« Auf seinen Wink hin untersuchte der Elf die Ware. Er nickte seine Bestätigung. »Somit ist unser Deal perfekt. Es freut mich, dass Sie im Gegensatz zu diesem Decker eine Person mit Ehre sind. So wie ich. Der Kaufvertrag über das Appartement geht Ihnen in wenigen Tagen zu.« Er bat den Butler um die Rechnung. »Entschuldigen Sie meine Eile, aber wie Sie schon sagten, diese Artefakte wirken auf manche Elemente äußerst anziehend. Sie wollen in Sicherheit gebracht werden.«

»Kein Problem, Mr. Zozoria«, gewährte sie ihm den Aufbruch.

»Sie sind sehr liebenswürdig.« Er stand auf und deutete einen Handkuss an. »Suchen Sie sich doch einen anderen Beruf. Als Kammerjägerin sind Sie viel zu schade. Sollten Sie darüber nachdenken, lassen Sie mir eine Nachricht zukommen. Vielleicht lässt sich etwas arrangieren. Mein Unternehmen sucht immer zuverlässige Mitarbeiter.«

Er nahm ein kleines Päckchen von dem Ober entgegen, schlüpfte mit dessen Unterstützung in den Mantel und verließ das *Pantry*.

Jeroquee fasste es kaum. Geschafft. Und sie lebte noch. Sie grinste sich selbst im Schaufenster zu.

»Glückwunsch«, meldete sich Hustle über Sprechfunk. »Das hat sich wohl gelohnt. Und die Foki sind Sie auch endlich los.«

»Notfalls hätte ich sie verschenkt«, meinte die Jägerin und winkte Cauldron zu sich. Der Butler brachte ein neues Gedeck. Neugierig testete die Magierin den Lachs, den ihre Auftraggeberin verschmähte.

»Bei allen kosmischen Energien!«, schwärmte sie in Richtung der Wanze. »Echter Fisch schmeckt umwerfend, Jungs!«

»Fuck, ich will auch was davon«, verlangte Sparkplug nörgelnd. »Bring mir bloß was mit.«

»Ich lade Sie alle später in mein Appartement ein«, beruhigte Jeroquee die anderen beiden Schattenläufer und orderte ein Gourmetpaket zum Mitnehmen. Extra groß.

Der Tisch im Wohnzimmer bog sich unter der Last. Das »Pantry Gourmand's Gourmet Paket« bot Hochgenüsse selbst für die anspruchsvollsten Feinschmecker.

Sparkplug und Hustle testeten ausgiebig, tunkten hier, dippten dort, bis sie bis obenhin voll gefressen waren. Dennoch stopften sie sich tapfer die »Mousse au

Chocolat« rein, was dazu führte, dass der Ork den Knopf seiner Hose öffnete, der Rigger sich stöhnend auf den Futon legte und in einen Verdauungsschlaf verfiel.

Cauldron kratzte sehr elegant die letzten Reste des Desserts aus der Schüssel.

»Falls es Sie interessiert«, erklärte sie unterdessen, »Ihr Mr. Zozoria verfügte ebenso wie die schwarze Dame an der Theke und der Elf über beachtliches magisches Potential. Der Mann führte zwei magische Gegenstände mit sich. Der eine war der Stock, der andere befand sich unter seiner Kleidung.«

»Was macht man mit so vielen Artefakten?«, wunderte sich die Ghuljägerin.

Die Magierin leckte den Löffel sauber. »Tja, verkaufen. Oder selbst benutzen. Was ich bei dem Typen nicht glaube.« Er könnte eine Armee von Zauberern aufrüsten. Möglich war vieles.

Jeroquee bedauerte trotz des Erfolgs, dass sie Sunrains Fetisch nicht in ihren Besitz gebracht hatte. Dabei hätte sie den symbolischen Beisetzungsakt zu gerne vollzogen, weil sie unterschwellig daran glaubte, dass die Seelen der Schamanin und ihres Lehrers damit endgültig ihre Ruhe finden würden.

Auch über das Angebot des Andorraners dachte sie nach. Es war durchaus verlockend, bei einem so mächtigen Mann zu arbeiten, selbst wenn sie sich noch nicht vorstellen konnte, was sie für ihn tun sollte. Über gute Leibwächter verfügte er bereits. Vermutlich würde sie zu der Truppe gehören, die in seinem Auftrag Artefakte stahl. Letztlich kehrten ihre Gedanken über Umwege zu dem Ghul in der Kanalisation zurück. »Kennen Sie einen Elfen namens Adar?«, fragte sie Cauldron.

Die Hermetische kniff die Augen zusammen. »Der Name kommt mir nicht unbekannt vor. Ist es wichtig?«

»Nicht sonderlich. Ich traf ihn in der Kanalisation. Er scheint ein Magier gewesen zu sein, der der Goblinisierung zum Opfer fiel und zum Ghul wurde. Schattenläufer haben ihm das Licht ausgeknipst.« Sie nahm sich eine Traube und steckte sie in den Mund. »Er benahm sich so völlig anders als die Leichenfresser, die ich bisher erledigte.« Sie zerbiss die Haut, der Saft verbreitete sich süß in ihrem Rachen. »So … menschlich.«

»Sie sind verunsichert, ob Sie das nächste Mal einen zur Strecke bringen sollten«, erriet Cauldron. »Das stelle ich mir unangenehm vor – und tödlich.«

»Eben.« Die Ghuljägerin verfiel in dumpfes Brüten. Anscheinend bot ihr die Schicksalsgöttin die Gelegenheit, ein neues Leben zu beginnen. In einer luxuriösen Wohnung in Downtown. Mit einem neuen Job. Sie würde zuerst noch weitere Erkundigungen über Zozoria einholen und sich danach entscheiden. Ein Teil von ihr war sich bereits sicher.

Mitten in ihren Überlegungen erklangen die Gongs, die einen Besucher ankündigten.

Sparkplug schnellte in die Höhe und langte wie gewohnt nach einer Fernsteuerung, die er dieses Mal aber nicht dabei hatte. An der Haussicherheit hätte er die Drohnen kaum vorbeigeschmuggelt. Stattdessen nahm er sich wie Hustle eine der Feuerwaffen, die der Wohnungsinhaberin gehörten. Die Magierin schaute Jeroquee fragend an.

»Ich erwarte niemanden«, antwortete sie auf die stumme Frage. Sie aktivierte den eingelassenen Monitor und schaltete die Aufnahme der Kamera ins Wohnzimmer. Khodokarami.

»Wer ist das?« Hustle wusste nicht, wie er reagieren sollte.

»Freund oder Feind?«, hakte der Rigger nach.

Die Ghuljägerin zoomte die Verlobte des toten Sakagi Seg näher. »Ich weiß es nicht. Aber Geoff meinte, sie sei sehr gefährlich. Angeblich eine Killerin.«

Der Ork erhob sich. »Okay. Haben Sie irgendetwas im

Appartement, das größere Löcher reißt als das hier?« Er hielt die Pistole hoch.

»Langsam, Leute.« Die Magierin sorgte ein wenig für Ruhe. »Sie sind doch die neue Besitzerin. Sagen Sie einfach, der Vormieter habe seine Unterkunft aufgegeben. Mal sehen, was sie tut.«

Das ergab Sinn. Per Computerbefehl stellte Jeroquee die Sprechverbindung her. »Sie wünschen bitte?«

Die gebürtige Inderin war von der Frauenstimme irritiert. Vorsichtshalber blickte sie auf die Stockwerkangabe über dem Fahrstuhl. »Ich suche ... Atades. Ich bin seine Verlobte. Und für Sie bete ich, dass Sie die Putzfrau sind.«

»Feind«, befand Sparkplug und entsicherte seine Waffe. Ein scharfer Feind, zugegeben.

»Mr. Moloki hat die Wohnung gekündigt. Ich bin die neue Mieterin und baldige Eigentümerin des Appartements, Ms. Khodokarami«, erwiderte die Jägerin. Hustle schlug sich gegen die Stirn, Cauldron sog laut die Luft ein.

»Woher wissen Sie, wer ich bin?«, kam es sofort misstrauisch über die Gegensprechanlage.

Jeroquee wurde nervös. »Hier sind ein paar ungelöschte Mails von Ihnen«, suchte sie eine passable Ausrede. »Wenn Sie die Verlobte sind, können Sie als Verfasserin in Frage kommen.«

»Aha.« Khodokarami wandte sich nun genau in die Kameralinse, ihr Gesicht verzog sich. »Entschuldigen Sie die Störung.«

»Keine Ursache«, meinte Jeroquee leichthin.

Hustle grunzte beeindruckt. »Hübsches Ding.« Sein Finger nutzte die manuelle Vergrößerungstaste und lenkte die Einstellung auf das Dekolleté.

Sparkplug grinste dreckig. »Seit wann stehst du auf dürre Stecken?«

»Spanner«, maßregelte ihn die Magierin klopfte ihm auf die Finger. »Hör auf damit.«

Jeroquee entdeckte etwas, das ihre Aufmerksamkeit erregte. Hastig beförderte sie die Einstellung auf die Ansätze der Brüste zurück. »Das sieht aus wie Sunrains Fetisch!« Ohne lange nachzudenken, drückte sie wieder auf die Sprechtaste. »Miss Khodokarami, einen Moment«, rief sie, weil sich die Inderin schon auf den Lift zubewegte. »Ihr Verlobter wollte noch einmal vorbeikommen. Wenn Sie einige Minuten warten möchten, sehen Sie ihn.« Sie öffnete die Tür.

»Sind Sie wahnsinnig?«, zischte Sparkplug. »Die Braut ist gefährlich?«

»Sie sind doch Profis«, hielt Jeroquee dagegen.

»Wenn ich meine Drohnen habe, bin ich ein Profi«, maulte der Rigger.

»Verstecken wir uns und warten, was sich ergibt«, empfahl Hustle und sprang von der Couch, um mit ihren Freunden in die Küche zu verschwinden. Nur einen Lidschlag später fiel die Tür ins Schloss, Khodokarami betrat das Appartement.

»Hallo«, grüßte die Ghuljägerin. »Nehmen Sie Platz.«

»Danke.« Die mutmaßliche Killerin und internationale Kampfsportmeisterin schlenderte durch den Raum. »Er hat seine Sachen noch gar nicht abgeholt?«

Sie wich ihrem Blick aus. »Ich sagte doch, er wollte zurückkehren. Ein paar auserlesene Stücke wird er mitnehmen, den Rest kaufe ich ihm ab.«

»Interessant.« Khodokarami setzte sich endlich. »Dabei hat er Monate gebraucht, bis er alles beisammen hatte.«

Jeroquee starrte auf das Amulett um ihren Hals. *Shit, es ist tatsächlich Sunrains Fetisch. Was mache ich jetzt?* »Möchten Sie etwas trinken?«

»Sehr freundlich. Ein Mineralwasser mit ein wenig Koffein drin wäre gut.«

Die Ghuljägerin ging in die Küche, wo das Trio sie erwartete. Hustle drückte ihr das Glas Wasser in die

Hand. »Ich brauche das Amulett«, verkündete sie aufgeregt.

»Kaufen Sie es Ihr doch ab«, schlug Cauldron vor.

»Es war das Verlobungsgeschenk, wetten?«, griente Sparkplug. »Eher lässt sie sich umbringen, als das Ding freiwillig rauszurücken.«

»Können Sie sie nicht einfach schlafen schicken, Cauldron?« Sie raufte sich die braunen Locken. »Ich möchte kein Risiko eingehen.«

»Und was machen wir anschließend mit ihr?«, warf der Ork ein.

Jeroquee atmete tief durch. »Ich rede mit ihr und bringe die Sprache auf den Schmuck. Wenn es mir gelingt, ihr ihren Verlobten madig zu machen, rückt sie ihn vielleicht freiwillig raus.«

Sie lud ihre Pistole durch. Ein Projektil bildete die richtige Antwort gegen eine Nahkampfattacke. »Wenn Sie Lärm hören, seien Sie so nett und kommen Sie mir zu Hilfe.« Die junge Frau nahm das Glas und kehrte ins Wohnzimmer zurück.

Es reichte aus, um etwas zu sehen, was ihre ganze Strategie über den Haufen warf. Die Inderin saß stocksteif auf der Couch, die Fernbedienung in der Hand, während auf dem Trid-Bildschirm Geoffs Kopf redete und redete.

» …dafür habe ich das Geld aus Sakagis Tresor auf dein Konto gebucht und die restlichen Codes geknackt, die dir noch im Weg sein könnten. Eine Kopie von seinen Daten findest du in deinem Palmtop. Der tote Jap wird sie nicht mehr brauchen …«

Langsam drehte sich Khodokarami um. »Die neue Mieterin, ja?« Mit einem akrobatischen Satz sprang sie über die Couch und stand eine Armlänge von Jeroquee entfernt. Die braunen Augen blitzten wütend auf. »Was haben Sie mit ihm gemacht?«

»Aufzeichnung anhalten«, befahl die Ghuljägerin. Behutsam stellte sie das Glas auf das Sideboard. »Sie würden es mir sowieso nicht glauben. Also prügeln wir uns lieber gleich.«

Die Kampfsportmeisterin schnaubte verächtlich. »Sie sind doch keine Herausforderung für mich.« Jeroquee stellte sich in Position. »Sie wollen es tatsächlich wissen?« Khodokarami spannte ihre Muskeln. »Na schön.«

Ansatzlos zuckte ihr Knie nach oben und traf ihr Gegenüber mittig in den Leib. Wie ein Taschenmesser klappte die Jägerin zusammen. Der Tritt mit der Fußkante schleuderte sie rückwärts in ein Regal. Jeroquee verschwand zwischen geborstenen Brettern und japanischen Sammeltassen. Unsanft ging sie zu Boden. Sie bekam keine Luft mehr, Sterne tanzten vor ihren Augen.

Der Lärm wurde in der Küche gehört.

Es klingelte ein weiteres Mal an der Haustür des schicken Appartements. Ächzend stemmte sich Jeroquee aus dem Sessel in die Höhe und öffnete dem erwarteten Besucher. Drei Männer standen vor ihrer Unterkunft, die artig ihre Ausweise zeigten und Reisekoffer mit sich führten.

»Danke, dass Sie gleich kommen konnten.« Die Stimme der Ghuljägerin klang angestrengt. Zwar hatte Cauldron die ärgsten Brüche geheilt, dennoch schmerzten die blauen Flecke, Prellungen und Quetschungen sehr. »Es war ein Unfall. Wir haben alles so gelassen, wie es war. Wenn Sie etwas benötigen …«

Einer der Männer hob die Hand. »Nur keine Umstände, Miss. Wir finden uns zurecht.« Sie gingen zielstrebig an ihr vorbei ins Wohnzimmer, in dem es aussah, als habe eine Bombe eingeschlagen.

Der Anführer des kleinen Trupps kniete sich neben der auf dem Boden liegenden Inderin nieder. In ihrem

Rücken steckte ein bunt bemalter Speer, aus ihrer Brust standen zwei Messer hervor. Blut sickerte auf den Teppich. »Ein Unfall?«, sagte er ungläubig und fühlte den Puls.

»Sie ist … gestürzt«, improvisierte Hustle. »Erst nach hinten in den Speer, dann nach vorne in die Messer … äh … «

»Tot.« Der Mann stand auf und gab den anderen ein Zeichen. »Sehr schön.« Die beiden packten die Frau an den Handgelenken und schleiften sie ins Bad.

»Wenn Sie dafür sorgten, dass wir innerhalb der nächsten Stunde nicht gestört würden?«, bat er höflich und folgte seinen Mitarbeitern.

Sparkplug, der einen Eisbeutel gegen das rechte Auge presste, schaute ihnen hinterher. »Drek, wer sind die denn? Sind das Bullen? Oder Nekrophile?«

Der Ork begriff das Geschehen schneller als der Elf. »Sie haben Zozoria angerufen, stimmt's?«

Jeroquee grinste. »Das war die einfachste Methode.« Aus dem Bad erklang das Geräusch von einer anlaufenden Kreissäge. »Wir sind sie los, und mein zukünftiger Boss macht noch Kohle damit.«

Cauldron versuchte, das zerfetzte Kleid zu richten. »So eine Furie habe ich noch nie gesehen. Mit einem Feuerball wäre das kein Problem gewesen.« Sie betastete ihr Gesicht, das auf der rechten Seite anschwoll. Ihre letzte Schlägerei lag schon einige Zeit zurück.

»Du solltest öfter gegen mich in den Ring steigen«, bemerkte Hustle, der neben ein paar Platzwunden noch zwei Schnittwunden erlitten hatte. Die Inderin hatte im Kampf gegen die Übermacht die Zierwaffen in der Wohnung eingesetzt.

»Dann mache ich mich mal ans Aufräumen«, seufzte Jeroquee. Sie beförderte die ganzen Bruchstücke durch den Müllschlucker nach unten. Hustle ging ihr zur Hand.

Nach einer Stunde kehrten die drei Männer mit ihren Koffern aus dem Bad zurück, grüßten die Hausherrin und verließen die Wohnung. Natürlich rannten alle ins Bad, um nachzuschauen, was von der Killerin übrig geblieben war. Es roch ein wenig nach Pfirsisch-Putzmittel. Doch die Inneneinrichtung glänzte wie eh und je.

Zu viert räumten sie bis in den späten Abend die Trümmer weg. Die Blutlachen entfernte die Ghuljägerin mit eimerweise Putzwasser. Den Rest mussten die Reinemachefrauen des »Uptown« auf die Reihe bekommen.

Gegen Mitternacht verabschiedeten sich Cauldron, Sparkplug und Hustle von ihr und heimsten die Reste des »Pantry Gourmand's Gourmet«-Pakets ein, um Twing ebenfalls mit den Köstlichkeiten zu verwöhnen.

Vorsichtig nahm die junge Frau mit den lockigen Haaren auf der Couch Platz. Ihr Brustkorb war ein einziger blauer Fleck. Vermutlich stand die Größe von Khodokaramis Schuhen auf ihrem Brustbein eingestanzt. Ein Tritt wie ein Troll.

*Geschafft.* Andächtig betrachtete sie Sunrains Fokus. In ein paar Tagen würde sie ihn mit Piers' Leiche einäschern und in seiner Lieblingskneipe eine Abschiedsparty für den Ghuljäger steigen lassen. Danach wollte sie die sterblichen Reste ins Hafenbecken kippen. *Dann seid ihr endlich zusammen.*

Nun musste sie noch ihre eigene Zukunft regeln, nachdem sie mit der Vergangenheit abgeschlossen hatte. Jeroquee legte die Füße hoch, langte aufstöhnend nach dem Kom und wählte eine Nummer.

»Hallo, Antique Enterprises? Sagen Sie Mr. Zozoria, eine Miss Jeroquee aus Seattle würde sich sehr freuen, für ihn arbeiten zu dürfen.«

**ADL, Bexbach (Sox), ECC-Arkologie, 23. 03. 2058, 18:33 MEZ**

Professorin Usner-Gassert arbeitete konzentriert mit und ließ sich sogar dazu herab, den OP-Springer für die Chirurgen zu spielen. Ihre eigenen Kenntnisse reichten nicht aus, um diffizile Eingriffe am menschlichen Körper vorzunehmen, die benötigten Gerätschaften dagegen kannte sie sehr gut. Derzeit hielt sie einen Hautlappen zur Seite, damit der Chirurg den Wundkanal besser sah. Eine Schwester entfernte seinen Schweiß mit einem Tupfer.

Um sie herum waren die anderen Helfer damit beschäftigt, das Vitalsystem des Patienten aufrechtzuerhalten. Die dreiundachtzigste Blutkonserve wurde soeben verbraucht. Das Beatmungsgerät sorgte dafür, dass die angeschossene Lunge des Patienten nicht zusammenfiel und er erstickte.

Der Chirurg tastete sich durch das Gewebe, bis er die Kugel aus dem Leib zog und sie in die Schale fallen ließ.

»Zumachen«, wies er knapp an und trat vom Tisch zurück, auf dem der eindrucksvolle Körper lag. »Da hat er noch einmal Glück gehabt, Frau Professorin«, meinte er zu Usner-Gassert, während sie beide nach draußen schritten und den Assistenzärzten das Feld überließen. »Das Geschoss blieb nur deshalb relativ harmlos, weil es in seiner Wucht gebremst worden war. Ein wenig mehr Schwung, und ihr Proband hätte sich von seinem Rückgrat verabschieden dürfen.«

»Danke, Doktor.« Usner-Gassert schenkte ihm ein versprechendes Lächeln und einen tiefen Blick in ihr üppiges Dekolleté. Die schwarze Unterwäsche schimmerte verheißend durch. »Sie haben die Arbeit fast eines ganzen Jahres gerettet.«

»Wir tun doch alles für den Kon«, schwächte er ab.

»Wie geht es mit ihm weiter?«

»Wir sollten ihn vorsichtshalber in einen Tank legen. Ich schätze, dass seine Cyberware einiges abbekommen haben dürfte.«

»Die Sünde« schaute unglücklich. Dabei wollte sie der Untersuchungskommission so gerne ihre phänomenalen Ergebnisse präsentieren. Alleine schaffte sie es wohl nicht, Nelkes Systeme zu checken.

Der Operateur überlegte. »Fragen Sie doch mal Dr. Leander. Er wird Ihnen gerne helfen.«

»Ja.« Ihr hübsches Gesicht hellte sich auf. »Ein vorzüglicher Vorschlag!« Sie drückte seinen Oberarm. »Sie sind ein Schatz.«

Die Professorin kehrte in ihr Appartement zurück. Sie ärgerte sich noch immer darüber, dass es Patrizian nicht gelungen war, den Kopf Gerlachs von seinem Ausflug mitzubringen. Das abgetrennte Haupt wurde beim Gefecht mit den Söldnern in der Klinik zerstört. Die verdammte MET2000-Einheit hätte es um ein Haar geschafft, ihren »Luzifer« in Einzelteile zu zerlegen. Die Feuerkraft, mit der sie ihren Probanden beharkten, reichte normalerweise aus, um einen Drachen in Hundefutter zu verwandeln. Der Gefechtscomputer sorgte dafür, dass sich Patrizian gegen die Übermacht erfolgreich, aber sehr knapp durchsetzte. Nur die Sache mit Gerlachs Kopf blieb ärgerlich.

Sie trank einen Schluck Kaffee. *Was soll's. Ich habe das einwandfreie Modell.* Sie schickte eine E-Mail an Leander, dass sie seine kollegiale Hilfe benötigte. Treffpunkt sei Med-Raum 03, in dem ihr Proband im Tank trieb.

Als Usner-Gassert eintraf, befand sich der Forscher bereits im Zimmer und stand vor dem Tank, in dem Patrizian schwebte und von der dunkelgrünen, trüben Nährflüssigkeit Stückchen für Stückchen in der Heilung unterstützt wurde.

»Hallo, Dr. Leander«, grüßte sie ihn und kam an seine

Seite. »Sie haben sich unseren Patienten schon angesehen?«

»Ja, eine hübsche Sammlung von Verletzungen«, meinte der Mann. »Sie wollten, dass ich mich um die Cybersysteme kümmere?«

»Genau. Bei so einer wichtigen Überprüfung sollten keine Fehler geschehen.«

»Ich verstehe.« Dr. Leander pochte gegen die Plexischeibe. »Geben Sie mir alle notwendigen Dateien, und ich erledige das für Sie. Warum sieht er eigentlich aus wie Satan persönlich?«

»Ist es nicht eine Ironie, einen Engel von Luzifer jagen zu lassen? Und einmal mehr siegte das Böse, wie in der realen Welt.«

»Das Böse erringt Zwischensiege. Aber der Kampf dauert an«, entgegnete er abwesend. »Manche Engel kehrten geläutert in den Schoß Gottes zurück, um fortan Gutes zu tun.«

»Ein Optimist? Wie schön.« Sie schaute ihn liebenswürdig an. »Wenn Sie an etwas arbeiten, das Vorrang hat, sagen Sie es. Ich hätte dafür Verständnis. Und der Konzern bestimmt auch.«

Leander erwiderte die vorgetäuschte Freundlichkeit. »Sie müssen mir nicht durch die Hintertür drohen, Frau Direktorin. Ich helfe Ihnen gerne.«

Usner-Gassert berührte ihn an der Schulter. »Ich will aufrichtig zu Ihnen sein, Dr. Leander. Berger meinte, das sei unsere letzte Chance. Wenn wir die Kommission nicht überzeugen können, wird das Projekt eingestellt.« Ihr Mund näherte sich seinem Ohr, die Lippen waren nur Millimeter entfernt. »Ich kann sehr, sehr dankbar sein. Eine Ark benötigt einen Stellvertreter. Sie stünden in ständigem Kontakt mit mir.«

Der Wissenschaftler schloss die Augen. Seine Lippen bebten. »Tun Sie das nicht, Frau Direktorin.« Er flüchtete zur Seite und aktivierte das Terminal, das ihm Zugang zu Patrizians Cybersystemen gewährte. Die Helfer hatten den Probanden über dessen Datajack verbunden.

Die Mundwinkel der verführerischen Frau wanderten in die Höhe. »Ich spiele nicht mit Ihnen, Dr. Leander. Bringen Sie die beste Leistung, und Sie werden sehen, dass ich es ernst meine.« Sie nahm einen kleinen Kasten mit Datenträgern aus ihrer Tasche. »Das sind die Dateien, die Sie benötigen werden.« Bei der Übergabe streiften ihre Finger seinen Handrücken. »Ich lasse Sie nun alleine.« Sie ging. Zischend schloss sich das Schott hinter ihr.

Der Wissenschaftler stützte sich mit beiden Händen an der Konsole ab und versuchte, seine Gedanken zu ordnen. Die Versuchung machte ihm schwer zu schaffen. Leander hob langsam den Kopf und betrachtete den in der Flüssigkeit schwebenden Probanden. Das schwache grüne Licht im Behälter verfremdete dessen Gesicht.

*Lucifuge rofocale schwimmt in meinem Tank.*

Leander nahm die Speichermedien aus der schlagfesten Verpackung, führte die Datenträger ins Terminal und lud die Informationen in den Speicher. Anschließend initiierte er einen Vergleich mit den Informationen aus dem Modul.

*Weil Luzifer es nicht ertragen konnte, dass Gott sich mehr den Menschen widmete und weil er höher als Gott sein wollte, kam es zu einem Kampf zwischen den Engeln,* rief er sich die biblische Geschichte des Engels in Erinnerung. *Luzifer wurde von den Erzengeln in die Verdammnis gestoßen, und es entstand die Hölle.* Leander musterte die Züge Patrizians. *Luzifer veränderte sich und bekam seine Stärke und Macht. Sein Gesicht wurde kalt und abweisend, faszinierend aufgrund seiner kalten Boshaftigkeit.* Das passte hervorragend auf Usner-Gasserts Kandidaten.

Der Wissenschaftler las die aufgeführten Abweichungen, die der Rechner aufgrund des ersten Abgleichs ermittelt hatte. Seine Linke glitt gemächlich in die Brusttasche des Arbeitskittels und zog einen weiteren Chip heraus. Sein persönlicher Beitrag. Leise klickend senkte er sich in die Anschlussstelle des Rechners.

*Mit Luzifers Verdammnis entstand Gut und Böse, seit Anbeginn der Zeit kämpfen Gut und Böse gegeneinander. Ein Sieger steht nicht fest.* Die Fingerkuppen zuckten auf und nieder, drückten die Knöpfe der Tastatur in rascher Reihenfolge. Vielleicht schaffte er es mit seinem Werk, dem Guten zum Erfolg zu verhelfen. Leander hielt inne, um Patrizian zu betrachten. *Soll Gott dich aus deiner Verdammnis holen und zurück zum Licht führen, mein schöner Engel?*

Sekundenlang schwebte sein Zeigefinger über der Eingabetaste. Endlich presste er sie herab. Die Kontakte schlossen sich und übermittelten die Eingabe an den Rechner weiter.

Der Proband riss die Lider auf. Die geschlitzten Pupillen richteten sich auf den Wissenschaftler.

Charly saß im Bereitschaftsraum, trank ein alkoholfreies Bier und schaute zusammen mit seinen Gardisten das Stadtkrieg-Ligaspiel der Mainzer »Black Barons« gegen »Maschine Chemnitz«.

Allerdings war er nur halb bei der Sache. Während die anderen um ihn herum tobten, drehten sich seine Überlegungen nach wie vor um die Geschehnisse in der Arkologie. Alle anderen hatten sie abgehakt beziehungsweise in die Hand der Untersuchungskommission gelegt, die aus Ingolstadt eingetroffen war.

Bergers persönliche Datenbluthunde machten sich sofort an die Arbeit, verhörten Mitarbeiter, hackten sich in die Tiefen der hausinternen Matrix ein und stöberten nach den letzten verborgenen Geheimnissen, die der schwedische DrakenSys-Forscher Gud abgelegt haben könnte. Seltsamerweise ohne auf Neues zu stoßen, wie er von Kollegen hörte. Der Schwede musste all seine Spuren verwischt haben.

Ostfolk nahm seinen Helm und das Gewehr und machte sich ein weiteres Mal auf, um Guds Unterkunft zu inspizieren. Nach wenigen Minuten stand er im Appartement des Schweden und betrachtete die Einrichtung, die Erinnerungsstücke aus der Heimat, die religiösen Gegenstände, die CD-Sammlung mit den verschiedenen Spielfilmen, die Chip-Bibliothek mit den umfangreichen Exegesen zum Neuen Testament.

Bei allem, was er überflog, fand er eine Gemeinsamkeit: Jede Art von Härte, von Brutalität, von blindem Eifer, der den Forscher zu einer solchen Nutzung seiner Probandin hätte veranlassen können, fehlte. Er kannte den Schweden als freundlichen Menschen, der sich an die Grundregel des Christentums, soweit sie ihm noch geläufig war, hielt: Nächstenliebe.

Zum generellen Zweifel an der Täterschaft des Schweden kam ein weiterer Faktor hinzu, der allerdings aus einem weltlicheren Grund resultierte. Charly wäre bereit gewesen, sich den Gefechtscomputer einbauen zu lassen. Natürlich zum verbilligten Mitarbeitertarif.

Da es aber offensichtlich möglich war, mit diesem Modul einem Menschen einen fremden Willen aufzuzwingen, gewann er zu dem Vorhaben immer mehr Abstand. Stattdessen drängte sich die Frage auf, was DrakenSys und Cyberdynamix in Wirklichkeit mit dem massentauglichen Cyberartikel beabsichtigten.

Ihn beschäftigte die Frage, wie man es schaffte, Enni glauben zu lassen, sie sei Cherub. Der Chip, den man ihm stahl, hätte mit Sicherheit Aufschlüsse gegeben. Seine Ansicht, dass der Unbekannte und nicht Enni Dr. Gud umgebracht hatte, war kaum mehr ins Wanken zu bringen.

*Alles Mist.* Er müsste an den Zentralrechner mit den Backups und Aufzeichnungen aller Daten. Der Chef der

Kon-Garde verließ die Räumlichkeiten kurz vor dem Eintreffen der »Bluthunde«, die sich noch einmal um die Wohnung kümmerten. Ihren Gesichtern entnahm er, dass sie genauso ratlos durch die Gegend tappten und auf Zufallstreffer hofften wie er.

Ostfolk lenkte seine Schritte zum Hauptcomputerraum und fand dort weitere Mitarbeiter der Untersuchungskommission, die das Eintreffen des Gardisten mit einem knappen Nicken zur Kenntnis nahmen und sich der Auswertung der Daten widmeten. Das war die Gelegenheit. Neugierig trat er näher und schaute den beiden Deckern über die Schulter.

»Würden Sie bitte ein wenig Abstand halten?«, wies ihn der Mann, dem er im Nacken stand, keineswegs harsch, dennoch bestimmt an.

»Klar.« Charly machte einen Schritt zurück. »Wollte nur mal sehen, wie Sie so vorgehen. Schon was gefunden?«

Er erhielt ein Seufzen zur Antwort. »Erst müssten wir wissen, wonach wir suchen sollen. Es ist ja nicht so, dass in diesem Kasten Millionen von Dateien lagern.«

Ostfolk lachte. »Ja, so ähnlich geht es uns, wenn wir draußen unsere Runden drehen. Jede Menge Quadratmeter, und alles will kontrolliert sein.« Er hatte sich für die Taktik »Leidensgenosse« entschieden. »Ihr seht ein wenig müde aus. Braucht ihr eine Pause? Ich passe so lange auf eure Sachen auf.«

Die Männer wechselten einen raschen Blick. »Wir sind in einer Viertelstunde zurück«, verabschiedeten sie sich und verschwanden aus dem Computerraum.

*Los geht's, Charly.* Der Gardist schnappte sich ein Deck und schickte ein Suchprogramm mit diversen Schlagworten auf die Reise.

Seine leise Hoffnung erfüllte sich Sekunden darauf. Da die beiden Matrixexperten alle Passwörter aufgehoben hatten, beförderten seine Nachforschungen Unmengen an Informationen über den Gefechtscomputer »Defense« an die Oberfläche. Hektisch lud er die Daten auf Chips und löschte seine Anfrage anschließend wieder. Kaum beendete er seine Arbeiten, kehrten die Mitglieder der Untersuchungskommission zurück.

Ostfolk plauderte noch ein wenig über das Stadtkrieg-Spiel, ehe er sich zurück in den Bereitschaftsraum begab und den Sieg der »Black Barons« miterlebte. Anschließend ging er auf Streife.

Die geraubten Datenträger behielt er unter seiner Rüstung. So schnell würde er sich von Informationen nicht mehr trennen. Er lernte aus seinen Fehlern.

**ADL, Badisch-Pfalz, Regierungssitz Pirmasens, 07. 04. 2058, 17:22 MEZ**

Gee Gee schlug die Augen auf. Die Decke über ihr sah nach der Schattenklinik von Dr. Allwissend aus.

Sie drehte den Kopf und bemerkte die zusammengesunkene Gestalt, die neben ihrem Bett ruhte. Der schwarzweißen Frisur nach handelte es sich um Poolitzer. Sie berührte ihn behutsam am Oberarm.

Der Reporter schreckte auf und rieb sich die Augen. Dann hellte sich sein Gesicht auf. »Gee Gee!« Er umarmte sie vorsichtig. »Endlich.«

»Wie lange habe ich denn ...«

»Rund zwei Wochen«, antwortete er. »Neuronico meinte, es sei besser, dich in einen längeren Heilschlaf zu versetzen.« Sein Gesicht verdunkelte sich. »Eigentlich sollte ich dir eine Standpauke halten. Wir wissen immer noch nicht, was es mit diesem Ding auf sich hat, und du hast nichts Besseres zu tun, als es dir einbauen zu lassen.«

Damit biss er bei der Schauspielerin auf Granit. »Keiner der Spezialisten weiß es. Und weil Neuronico etwas von Memory sagte, fand ich die Idee vernünftig.«

Der Reporter umschloss ihre Rechte. »Und? Bist du immer noch der Meinung?« Sie nickte trotzig. »Wie fühlst du dich?«

Sie lauschte in sich hinein. »Normal«, meinte sie. »Ich könnte dir jetzt nicht sagen, dass sich etwas geändert hat.« Gee Gee richtete sich wenige Zentimeter auf, wurde aber sofort von stabilen Bändern aufgehalten. »Was soll das denn?«

»Ich bestand darauf«, sagte Dr. Allwissend von der Tür her. »Hallo, Frau Delorian. Es freut mich, dass Sie wohlauf sind.« Er ging an dem Reporter vorbei und kontrollierte ihre Werte. »Sehr gut. Alles im grünen Bereich. Sie könnten aufstehen, wenn Sie das Verlangen danach haben.« Er entfernte den Stecker aus dem kleinen Anschluss, der zum Gefechtscomputer führte, die Sonden und ganz zum Schluss die Halterungen. »Da wir nicht wussten, wie Sie auf dieses Modul reagieren, erlaubte ich mir, eine Sicherheitsvorkehrung zu treffen«, erläuterte er.

Behutsam strich sie sich über den beinahe kahlen Schädel, auf dem die ersten Stoppeln nachwuchsen. »Oh, toll.«

»Das kommt davon«, sagte der Reporter schadenfroh.

Sie schlug spielerisch nach ihm, er wich aus. Der Gefechtscomputer trat in Aktion, berechnete die wahrscheinlichste Ausweichbewegung und half Gee Gee, dass sie den jungen Amerikaner mitten auf die Nase traf. Erschrocken zog sie die Hand zurück. Poolitzer fluchte.

»Der Gefechtscomputer funktioniert also«, kommentierte Dr. Allwissend sachlich.

»Und wie«, nuschelte der Reporter. »Wenn du damit meinen guten Riecher für Storys beschädigt hast, bin ich echt sauer.«

Gee Gee bedeutete den Männern, sich umzudrehen. Behutsam stand sie auf und wechselte das dünne OP-Hemd gegen ihre Sachen. Sie bückte sich, um die Klettverschlüsse ihrer Stiefel zu schließen, da tauchte ihr Bewusstsein in eine andere Welt.

Sie sah sich selbst im Engelskostüm, von oben bis unten voller Blut. Mit den Mündungen des Derringers zielte sie genau auf sich selbst, der Finger zog den Abzug immer wieder nach hinten. Gee Gee hörte das scharfe Klicken der Zündnadel, die wirkungslos auf die Patronen schlug. Dann war die Rückblende vorüber.

Sie hatte jetzt mehrere Möglichkeiten. Panik, Ohnmacht oder Ruhe bewahren. *Ruhig bleiben,* ermahnte sie sich und beendete die angefangene Bewegung. Ließ sie sich etwas anmerken, würde Poolitzer darauf bestehen, dass man ihr das Modul wieder entfernte. »Können wir was essen? Ich habe riesigen Hunger.«

»Das machen wir. Die anderen wollen dich auch kennen lernen«, eröffnete Poolitzer.

»Und wer erwartet mich?«

»Tja, während Madame auf der faulen Haut lag, suchten der Vampir und ich ein Team zusammen, um in die Sox einzusteigen«, verriet er ihr. »Wer sind sie wohl, die geheimnisvollen Fremden, die mit den Rittern der Gerechtigkeit …«

*Ich verkünde Gerechtigkeit in der großen Gemeinde,* wisperte eine verzerrte Stimme unvermittelt in ihrem Kopf. Die Schauspielerin ließ sich nichts anmerken.

» … aufbrechen und durch ihre Unbestechlichkeit die mächtigsten Konzerne zum Zittern bringen?« Er ging voraus und öffnete die Tür zum Aufenthaltsraum, in dem eine kleine Versammlung stattfand. »Tata!«, kündigte er das Erscheinen des regionalen Theaterstars an. »Poolitzer-Entertainment präsentiert Ihnen die unglaubliche Miss Gee Gee Delorian!«

Außer Ordog saßen vier weitere Typen, ein Ork, ein

Zwerg und zwei Menschen, in dem winzigen Raum und schauten sie erwartungsvoll an. Ihre Kleidung bestand aus handelsüblicher Stangenware. Typen wie sie liefen zu Tausenden durch die Straßen der ADL.

»Hallo, Frau Delorian«, grüßte der blasse Straßenläufer. »So wie es aussieht, können wir bald loslegen.« Sie nickte in die Runde. »Das sind Bremer«, der Ork hob die Hand, »Michels«, der Zwerg wackelte mit dem Kopf, »Brainman«, der Mann mit dem Hartschalendeck klopfte gegen seinen Kasten, »und nicht zuletzt Ali Rezza Abolhassan ibn Mustafa ibn Jasul.« Ordog sah zu dem dunkelhäutigen Mann in den weiten Gewändern. »Habe ich einen Namen vergessen?«

»Ja. Aber das macht nichts, mein gedächtnisschwacher Freund.« Er legte eine Hand auf die Brust. »Meine Freunde nennen mich …«

»Schut?«, platzte die Schauspielerin heraus. Unwillkürlich musste sie bei der Reihung von arabischen Namen an die alten Trids mit Karl-May-Filmen denken.

»Sheik«, verbesserte er mit starkem Akzent. »Wegen meiner Herkunft. Als ältester Sohn wurde ich aus den Emiraten verstoßen und von meinem Bruder meines Titels und Erbes beraubt. So gelangte ich in die Allianz Deutscher Länder und stelle meine Künste allen zur Verfügung, die mich bezahlen können.« Er verneigte sich vor Gee Gee und berührte grüßend Stirn, Mund und Brust.

»In Wirklichkeit kommt er aus einem Gastarbeiterviertel von Karlsruhe«, ergänzte der Zwerg gut gelaunt. »Seit er beim Spielen vom Balkon fiel, besteht er auf der Geschichte.«

Die Miene des Sheiks wurde herablassend. »Nichts als Verleumdungen meines Bruders. Er ist ein geschickter Feind, der meine Rückkehr fürchtet und Gerüchte streut.«

»Sicher«, bestätigte Michels. »Wenn du gekifft hast, redest du im breitesten Platt, alter Kameltreiber.«

»Es war ein verhextes Kraut, das mir mein Bruder unterschob, damit die Kleingläubigen an meinem Schicksal zweifeln«, konterte der Araber souverän.

»Welche Kunst beherrscht er denn?«, raunte sie Ordog zu.

»Magier.«

»Oh!«, machte der Sheik sofort und hob mahnend den Finger. »Fakir, Mirakelbewirker und natürlich Gelehrter.«

»Geistesgestörter, Hirnverbrannter«, setzte der Zwerg die Reihung frech fort. »Es gibt reichlich Bezeichnungen für dich.«

»Wie viel hat dir mein Bruder bezahlt, dass du mich vor aller Augen und Ohren in den Schmutz ziehst?«, giftete Sheik. »Soll ich einen Dschinn beschwören, der dich in Stück reißt?« Brainman und Bremer beschwichtigten den Magiekundigen, während Michels sich ausschüttete vor Lachen.

»Wir gehen mit einem Magier in die Sox? Haben Sie nicht gesagt, es ginge nicht?«, fragte Gee Gee neugierig.

Augenblicklich endete Sheiks Gezeter. »Es geht schon. Es ist nur sehr gefährlich. Aber als Gelehrter, der die Magie in ihrer Substanz, in ihrer Natur, erforschen möchte, muss man sich diesen Gefahren aussetzen«, erklärte er erhaben. »Diese Zone betreten zu dürfen bedeutet eine Erfahrung, die mich in meinen Forschungen ein großes Stück vorwärts bringen wird.«

»Glaub dem Zwerg«, wisperte Poolitzer ihr zu. »Der Araber ist wahnsinnig.« Aber sie brauchten ihn. Das Letzte, womit ein Kon in der Sox rechnete, war ein Magier.

Ordog klatschte mehrmals in die Hände. »Herhören!« Er breitete verschiedene Ausdrucke auf dem Tisch aus. »Das sind Detailkarten von Zweibrücken und der angrenzenden Sox. Brainman hat sie uns von einem netten kleinen Satelliten gezogen.« Ein altertümlicher Straßenatlas flog auf die Ansichten. »Das ist ein uraltes Autobahnverzeichnis von 20023. Ich gehe mal davon aus, dass sich die Straßen nicht verändert haben, wir gleichen es aber trotzdem mit dem Plan ab.« Er umkreiste einen großen Komplex unmittelbar neben Bexbach. »Das ist das ehemalige Kohlekraftwerk, in dem sich Cyberdynamix eingenistet hat.« Sein Stift schraffierte die dünne Linie rot. »Und das ist die Mauer. Ich habe die Geisterratten kontaktiert. Sie sind bereit, uns mit ihren T-Birds rüberzubringen und rauszuholen. Kostet Sie zwar mehr Geld, Frau Delorian, erspart uns aber aufwendige Observation.« Seine Stirn runzelte sich. »Frau Delorian?«

Abwesend schaute Gee Gee auf die rote Linie. »Die Mauer geht an Zweibrücken vorbei, kommt hier durch ein Tal und kappt auf der Anhöhe bei Homburg die alte B423 mitten durch. In einem Vorort gibt es ein Höhlensystem, die Schlangenhöhlen.«

»Schlangen. Klingt aber nicht gut«, sagte Brainman verzagt. Er hasste den Gedanken, sich abseits der Zivilisation zu bewegen.

»Von dort führt ein unterirdischer Gang in die Schlossberghöhlen in Homburg«, erklärte sie mit fremder Stimme weiter. »Damit kommen wir an Mauer und Todesstreifen vorbei und sind kaum fünfzehn Kilometer von Barbara I entfernt.«

»Woher wissen Sie das?«, erkundigte sich Ordog ungehalten. »Und warum haben Sie das nicht vorher gesagt?«

»Ich ...«, sie schüttelte sich, »ich wusste es vorher nicht.« Sie fühlte sich, als würde sie Erfahrungen abrufen, die sie nicht gemacht hatte. Etwas wie ein Geist spukte in ihrem Kopf.

»Wissen Sie zufällig irgendwelche Codes, die uns

beim Eingang der Ark weiterbringen?« Sie verneinte verschüchtert. Der blasse Samurai zeigte auf den Decker. »Okay, damit wirst du dafür sorgen müssen, dass wir es durch einen Hintereingang schaffen.«

»Sie wissen, wo so einer ist?«, wunderte sich Poolitzer.

»Nein«, meinte Ordog gelassen. »Aber wir werden einen finden.« Länger als eine Woche sollten sie sich nicht in der Sox aufhalten, selbst wenn die eigentliche Strahlung keine Probleme bereitete. »Lasst die Atemmasken wegen des Staubs lieber an, wenn wir unterwegs sind.« Er stand auf. »Dr. Allwissend wird noch ein paar Tests mit Ihnen machen, Frau Delorian. Sagt er uns, dass mit Ihnen alles in Ordnung ist, geht es los.«

Gee Gee kam der Aufforderung nach und griff nach der blauen Baseballmütze, die sich auf der Ablage befand. Sie setzte die Mütze auf und rückte den Schirm mit einer knappen Bewegung zurecht.

»Entschuldigung, aber das ist meine«, beschwerte sich Brainman.

Doch die Schauspielerin hörte nicht, sondern folgte dem Arzt in den Untersuchungsraum. Der Decker schaute ihr fassungslos hinterher.

Die Checks brachten sie schnell hinter sich. Die junge Frau hatte die OP dank des Heilschlafs und den unterstützenden Substanzen gut verkraftet.

*»Ich mache mir Sorgen um Ihre Gesundheit«*, hörte sie eine männliche Stimme, die mit einem eigentümlichen Akzent sprach. *»Sie wissen, dass der menschliche Körper nur bis zu einem bestimmten Grad Vercyberung verträgt, ohne Gefahr zu laufen, sich gravierende Persönlichkeitsstörungen einzufangen.«*

»Das ist mir bewusst«, antwortete sie genervt. Dass sie auch jeder belehren wollte.

Dr. Allwissend drehte sich halb um. »Was ist Ihnen bewusst?«

»Das mit den Persönlichkeitsstörungen«, wiederholte Gee Gee, nahm ihre Kleider und zog sich wieder an.

»Haben Sie denn welche?«

»Nein, wie kommen Sie denn darauf?« Sie platzierte die Mütze auf dem Kopf. Sie wunderte sich nicht einmal darüber.

»Ich?« Der Schattenarzt musterte sie intensiv. »Sie haben doch damit angefangen.«

Sie beschloss, das Gespräch nicht weiter zu vertiefen. Sie hörte an seiner akzentfreien Aussprache, dass er den besorgten Hinweis nicht gegeben hatte. Gee Gee bekam eine vage Vorstellung davon, worum es sich bei der »Memory«-Anzeige handelte. Die Erinnerungen von Cherub stiegen wie Blasen aus diesem elektronischen Gedächtnis empor und drangen in ihre Wahrnehmung ein.

*Hoffentlich habe ich es im Griff.* Das Schicksal der Vorbesitzerin des Moduls verhieß nichts Gutes.

Gee Gee suchte den Lagerraum auf, in dem Ordog ihre Ausrüstung für den Lauf gegen Cyberdynamix aufbewahrte. In einer Ecke sah sie das tödliche Gewehr Cherubs stehen. Sie nahm es mit gemischten Gefühlen in die Hand. Zuerst entfernte sie das Magazin aus dem Schacht, ehe sie eine der Smart-Brillen nahm und nach einigem Herumprobieren den Aufsatz montierte sowie die Verbindung zum Gewehr herstellte. Etwas stimmte nicht. Entweder die Zielhilfe wies einen Defekt auf oder das Gewehr hatte bei der Jagd einen Schlag abbekommen. Jedenfalls korrespondierten Waffe und Smartsystem nicht miteinander.

Ihre Finger lagen fest um den Griff. Sie fühlte eine gewisse Vertrautheit mit der schweren Waffe, die sie nicht lange waagrecht halten konnte. Die echte Cherub musste ordentlich trainiert haben.

Sie stellte das Gewehr zurück. Der unpräzise Smartadapter würde sie nicht aufhalten und die Verantwortlichen in der ECC-Ark nicht vor ihrer Rache schützen. *Sela.*

**ADL, Badisch-Pfalz, Einöd (Grenze zur Sox), 08. 04. 2058, 05:42 MEZ**

Bremer setzte sich auf eine marode Schaukel und begann durch sanftes Pendeln Schwung zu holen. »Sehr idyllisch hier draußen.«

»Stimmt«, meinte Poolitzer und schwenkte mit der Kamera durch die bewaldete Gegend. Nicht weit von ihnen stand eine Wanderhütte.

Brainman zog die Bändel seines Tarnanoraks enger, um den Kragen zu schließen. Ihm war so viel Natur sichtlich unangenehm.

»Habt ihr gelesen, wie das Kaff hieß, durch das wir vorhin gerobbt sind?«, erkundigte sich Michels heiter. »Einöd.«

»Das waren sehr vorausschauende Menschen.« Der Sheik ließ sich auf einer Brunneneinfassung nieder. »Sie wussten anscheinend schon vorher, was mit dem Landstrich passieren würde.« Der Name des Ortes passte genau. Die Sox war eine moderne Form der Einöde. Er schloss für eine knappe Minute die Augen. »Wir sind alleine, Freunde. Weit und breit kein Mensch, kein Geist und keine Drohne.« Alles andere hätte ihn gewundert.

»Dann vorwärts«, scheuchte Gee Gee die Männer auf. »Der Eingang ist dort drüben.« Sie marschierte am verwahrlosten Gebäude vorbei und bahnte sich einen Weg durchs Unterholz. Wachsam folgten ihre Begleiter.

Poolitzer hatte es für eine gute Idee gehalten, das neue Gewehr Ordog zu überlassen. Er selbst war kein guter Schütze. Für die Schauspielerin war es zu schwer, und der deutsche Schattenläufer verfügte wenigstens über so viel Erfahrung, dass er notfalls ohne Smartverbindung etwas traf.

Gee Gee blieb stehen und starrte auf eine leichte Vertiefung im Boden. Hier musste es gewesen sein. Sie bückte sich, suchte im Laub und hielt mit einem Mal den Zipfel eines Tarnnetzes in der Hand. Cherubs Erinnerungen trogen nicht. Sie legte einen Einstieg frei, aus dem ein erdig-feuchter Geruch drang.

Die Mundwinkel des Deckers fielen herab. Nach der Natur nun in ein stickiges, muffiges Erdloch zu rutschen bedeutete seiner Ansicht nach keine Verbesserung. »Wir steigen ein«, verkündete Ordog nach einem Blick auf den Geigerzähler und glitt in die Dunkelheit. »Alles klar«, rief er von unten hinauf. »Nachrücken.«

»Ich bilde den Schluss.« Der junge Amerikaner spürte das Reporter-Fieber in sich aufsteigen. Die Jagd nach den besten Bildern begann.

Gee Gee schwang sich gerade durch in die Öffnung, als es hinter dem Reporter knackte. Ein Ast war leise, aber deutlich in der Stille des Einöder Waldes gebrochen. Laub raschelte, ein weiterer Zweig ging ganz in seiner Nähe zu Bruch.

*Ein Tier?*

Das Geräusch von reißendem Stoff, dann ein unterdrückter Fluch. Der Angstschweiß brach ihm aus. *Shit, kein Tier!* Poolitzers Hand langte nach der Maschinenpistole. Filmreif fiel er auf die Erde, drehte sich dabei zur Seite und zog im Sturz die Waffe nach oben.

Der rote Ziellaser trudelte zunächst ziellos durch die Gegend, bevor der Reporter auf einen Menschen visierte, der verzweifelt versuchte, seine Körpermasse hinter einem dünnen Baum zu verbergen.

»Scheiße, nehmen Sie die Waffe runter, Gospini!«, befahl der Mann. »Auf Polizistenmord steht lebenslänglich.«

Verdutzt senkte Poolitzer die MP. »Spengler?«

Der Ermittler lugte vorsichtig hinter seiner Deckung hervor. »Sieht so aus.« Eine riesige Kaugummiblase entstand und platzte. »Beinahe hätte ich es geschafft, Ihnen unbemerkt zu folgen, was?«

»Die Natur ist Ihr Feind«, grinste Poolitzer und stand auf. »Sie trampeln wie ein Elefant durch die Pampa, und dann gewährt Ihnen der Baum nicht mal Deckung.«

Spengler näherte sich. Auch er hatte einen Rucksack und trug grüne Tarnuniform. »Fragen Sie mich nicht, was ich hier mache.«

Es klickte scharf. »Was macht er hier?«, fragte Ordog, der auf den Kommissar mit dem erbeuteten MALW-Kampfgewehr anlegte.

»Urlaub. Oder Sie wegen mehrfachen Mordes festnehmen, Herr Stauffer. Suchen Sie sich aus, was Ihnen lieber ist.« Spengler klemmte die Finger hinter die Koppelschnalle und wartete auf die Entscheidung. Die auf ihn gerichtete Mündung imponierte ihm nicht.

»Stauffer?« Poolitzer schaute auf den Schattenläufer.

»Nikolas Stauffer«, vervollständigte der Beamte. »Die richtigen Namen Ihrer Mitstreiter habe ich ebenfalls in Erfahrung gebracht, falls Sie die für Ihren Bericht brauchen.« Er spuckte den Kaugummi aus. »Ich will mit Ihnen kommen.«

Der Reporter lachte auf. »Sie machen das auf eigene Faust, habe ich Recht? Sie sagten mir, dass Ihr Ausweis in der Sox gar nichts zählt.«

»Deshalb habe ich Urlaub genommen. Als ich durch ein paar Informanten herausbekam, dass sich jemand für die Verseuchte Zone Ausrüstung besorgt, dachte ich mir, dass Sie so etwas beabsichtigen. Die Überwachung des Dealers führte mich dann zu Herrn Stauffer, der wiederum zeigte mir den Weg zu Ihnen beiden.« So einfach konnte Polizeiarbeit sein.

»Und was macht der Fall Cherub?«, erkundigte sich Poolitzer neugierig. »Was haben Sie herausgefunden?«

Er studierte das Gesicht des älteren Mannes. »Sie wurden zurückgepfiffen!«

Spengler wirkte, als habe er in eine saure Zitrone gebissen. »Genau, Schlaumeier. Und weil ich es auf den Tod nicht ausstehen kann, wenn die Konzerne mit ihren Touren durchkommen, wollte ich mir den Laden aus der Nähe ansehen.«

Der deutsche Straßenläufer senkte das MALW keinen Millimeter. »Angenommen, wir beide kehren zurück, Spengler, muss ich Sie dann niederschlagen?«

»Hey, Jungspund, schauen Sie mich an. Ich bin ein fetter, alter Mann. Ich gebe Ihnen einen Vorsprung von einem Tag. Dann sollten Sie sich entweder in einem anderen Bundesland befinden oder die Füße sehr lange still halten, bis Gras über die Sache gewachsen ist.« Er kramte in seinen Taschen, bis er ein Kaugummipäckchen fand, und hielt es zuerst Poolitzer, dann Ordog hin.

»Einverstanden«, bestätigte der fahle Mann die Vereinbarung.

»Willkommen bei der Allianz gegen Cyberdynamix«, begrüßte ihn der Amerikaner.

»Wieso Cyberdynamix? Ich dachte, Ruhrmetall steckt dahinter.« Er kam näher, um den Durchlass zu begutachten. Der Durchmesser gefiel ihm nicht. Und dass seine Theorie nicht stimmte, gefiel ihm ebenfalls nicht.

»Ich erkläre es Ihnen unterwegs«, schlug der Reporter vor.

Nach mehreren Kilometern Fußmarsch in dem unterirdischen Stollen erreichte das Team ein größeres Höhlensystem. Der Buntsandstein war teils auf natürlichem Wege ausgewaschen, teils von Menschen in den Jahrhunderten zuvor bearbeitet worden. Die geräumigen Felskammern verteilten sich über mehrere Stockwerke. Manche nahmen gigantische Dimensionen an.

Michels näherte sich einem Schild. »Sie waren in den

Schlossberg-Höhlen, Europas größten Buntsandsteinhöhlen. Vielen Dank für Ihren Besuch. Ausgang«, las er vor und deutete in die Richtung, in die der Pfeil wies. Wenn der ganze Lauf so einfach blieb, wäre er zufrieden.

Ordog schaute auf das Display des Geigerzählers. »Keine Kontamination. Der ideale Lebensraum für Rad- und Glow-Punks oder mutierte Critters.«

*Oder Ghule.* Staunend legte Poolitzer den Kopf in den Nacken und blickte zu der Sandsteinkuppel hinauf. *Kann ich gerne darauf verzichten.*

Bremer ging in die Hocke und tastete in dem feinen Sand herum. »Jedenfalls hat sie außer uns noch jemand entdeckt. Sieht aus wie Brennholz.« Er suchte in der Feuerstelle, um einen Stock unter der feinkörnigen Schicht zu fassen zu bekommen. Der Straßensamurai hob einen sauber abgenagten Oberschenkelknochen in die Höhe, damit ihn alle sehen konnten. »Da habe ich mich wohl getäuscht. Ich tippe auf Leichenfresser.«

»Sollten wir nicht weiter?«, schlug Brainman rastlos vor und bewegte sich weg von der Fundstelle. »Ich finde es sehr unbehaglich.« Unter seinen Füßen gab der Boden nach. Einen unterdrückten Schrei ausstoßend, fiel Brainman in die Tiefe. Klappernd stürzte sein Hartschalenkasten mit dem Deck in den Sand.

»So etwas passiert immer, wenn Spengler dabei ist«, gab Poolitzer seine Gedanken laut wieder. »Wie damals, in der Ruine des *Pleasuredom*.«

Der Ermittler knallte mit dem Kaugummi, bleckte die Zähne und hob seinen Mittelfinger.

Die Nennung des Freudenhauses aktivierte die Memoryeinheit des taktischen Computers. Vor Gee Gees innerem Auge entstand das zerstörte Bordell. *»Herr, du hast mich am Leben erhalten, aber sie mussten in die Grube fahren. Lobsinget dem Herrn, ihr seine Heiligen, und preiset seinen heiligen Namen«*, rutschte es Gee Gee heraus. Zu ihren Füßen lagen wie aus dem Nichts zehn Leichen, die

Wände des unbekannten Raums glänzten feucht vom Blut. *»Herr, mein Gott, ich will dir danken in Ewigkeit.«* Sie drehte einen der Toten mit dem Stiefelabsatz auf den Rücken und ging in die Hocke, um sich die gebrochenen Augen anzusehen. Es war ein junger Mann, um die achtzehn Jahre alt. Ein Hauch von Überraschung lag in seinem Gesicht. Die gesicherte Pistole hielt er noch in der verkrampften Hand.

*»Wie gar nichts sind doch alle Menschen«*, hörte sie sich selbst sagen und sah dabei zu, wie sie ein großes silbernes Kreuz an den Mund führte und es dreimal küsste. *»Der Feind ist vernichtet, zertrümmert für immer.«*

In einem Anflug von Panik hielt sie sich die Finger vor den Mund, ehe sie jemand hörte. *Nicht jetzt, mitten im Lauf.* Sie schüttelte den Kopf und konzentrierte sich auf ihre Umgebung. Die eingeblendeten Bilder verschwanden.

Ordog legte sich flach auf den Boden und robbte zu der abrupt entstandenen Öffnung. Die Taschenlampe leuchtete auf. »Ich kann ihn nirgends sehen«, meldete er nach hinten. »Ich sehe nicht mal den Boden. Das Licht kommt nicht so weit.« Er nahm eine Magnesiumfackel, drückte den Zünder und warf sie hinab in den Schlund.

Rauchend verschwand die Fackel und beleuchtete die vorbeihuschenden Wände mit ihrem rötlichen Schein. Sie flog und flog, bis sie schlagartig erlosch. Ordog glaubte, aus der Schwärze ein dumpfes Grollen zu hören, einem Erdbeben nicht unähnlich. »Sheik, sieh mal nach, wo der Decker steckt.«

Der Magier hockte sich auf den Boden und schloss die Lider, um sie sofort wieder aufzureißen. »Bei allen Propheten! Eine Störung im Astralraum, genau wie ich sie erwartet habe«, brach es verzückt aus ihm heraus. »Sie ist schwach, aber sehr hinderlich. So werde ich ihn nicht entdecken können.«

Der Anführer der Schattenläufer rutschte rückwärts.

Er schrieb den Decker ab. Verlief die übrige Aktion ohne weitere Misserfolge, war er zu diesem Opfer bereit. Normalerweise ließ er einen Kollegen nur zurück, wenn es nicht anders ging. »Okay, vergessen wir Brainman.« Er ging davon aus, dass Brainman zerschmettert unter ihm in der Dunkelheit lag. Ordog nahm das Deck an sich. Notfalls stöpselte er sich ein und hackte so lange darauf herum, bis sich eine Tür öffnete. »Wenn wir an der Ark sind, müssen wir improvisieren. Vielleicht haben Sie dann eine weitere Eingebung, Frau Delorian.«

Bremer tastete sich zu der Öffnung vor, wischte behutsam winzige Körner von einem handgroßen, flachen Gegenstand, hob ihn auf und betrachtete ihn ehrfürchtig. »Leck mich am Arsch«, flüsterte er. »Ist das eine Drachenschuppe oder ein antiker Dachziegel?«

Der Magier riss ihm den Fund aus der Hand. »Eine Drachenschuppe, Sohn der Einfalt.« Und zwar von einem Großen Drachen.

»Bin ich der Einzige, oder kommt noch jemand anders auf die Idee, dass die Schlossberghöhlen ein Ort sind, an dem man besser nicht verweilen sollte?«, wollte Michels wissen. »Ich erinnere mich, mal gehört zu haben, dass über der Sox angeblich ein Drache abgestürzt ist, nachdem ihn ein paar Abfangjäger mit Raketen spickten.«

»Sein Name war Feuerschwinge«, bemerkte der Sheik und packte die Hornplatte in seinen Rucksack. Sie würde sein neuer Glücksbringer sein.

Ordog dachte an das Grollen, das plötzlich eine höchst unerfreuliche Bedeutung bekam. »Wir sollten uns nicht weiter um die Märchen kümmern. Auf zur Ark.«

Die Gruppe gelangte ohne Zwischenfälle zum Ausgang. Ordog behielt den Geigerzähler im Blick, dann gingen sie ins Freie. Der Ausblick war fantastisch und erschütternd zugleich.

Das menschenleere Homburg, in dem einst zehntausende Menschen lebten, breitete sich unter ihnen aus. Zur Linken sahen sie den steilen Hügel, auf dem die Mauer entlang lief. Fünfzig Meter davor wuchs nichts. Ein grauer Streifen, in dem der sichere Tod in Form von Minen, Drohnenpatrouillen und Selbstschussanlagen wartete. Diese mörderische Schwierigkeit hatten sie umgangen und dennoch ihren ersten Mann verloren.

*Wenn wir Pech haben, den wichtigsten,* dachte Ordog, während er mit seinem Feldstecher die Umgebung absuchte. Falls Menschen in den Gebäuden wohnten, machten sie jedenfalls kein Licht an. Hinweise auf Fahrzeuge fand er ebenfalls keine.

Er schwenkte nach oben, zoomte den Kühlturm des Kraftwerks näher und betrachtete den ganzen Komplex. *Zäune, Schranken, Scheinwerfer, Infrarotmelder.* Er senkte den Feldstecher. *Das wird ein echter Spaß.* Der Schattenläufer deutete auf den schmalen Fußweg, der zu Stufen abwärts führte. Die Route war klar. Sie gingen quer durch die Stadt, folgten der B423, vorbei an Kleinottweiler bis nach Bexbach. Dort orientierten sie sich neu.

Ordog lief gefechtsbereit los, das neuartige Kampfgewehr locker im Anschlag. Das Team folgte schweigend, Gee Gee und Spengler schritten am Ende des Trosses. Sie marschierten zügig durch die geisterhaften Straßen, vorbei an Geschäften, mehr oder weniger stark beschädigten Häusern und zerstörten Fahrzeugwracks.

Gelegentlich traten die Marschierenden auf Munitionshülsen, entdeckten Spuren von Panzern oder verschossene Granaten. Aufgesprühte Zielmarkierungen und Löcher in den Wänden ließen erahnen, was die Kon-Gardisten in der Zone anstellten.

»So sieht es also aus, wenn der Kontrollrat die Dekontamination anpackt.« Der Zwerg konnte sich nicht länger zurückhalten. Die Besitzer oder die Erben freuten sich sehr, wenn sie eines Tages zurückkehrten und das

Haus neu aufbauen durften, das sie in intaktem Zustand verlassen hatten.

»Ein Truppenübungsplatz mit 'ner Mauer drum herum, mehr ist das hier nicht«, stimmte ihm der Ork zu. Er deutete zu einer beinahe zu Staub zermahlenen Leiche, über die die Ketten eines Tanks führten. »Da hat sich ein Panzerkommandant einen Spaß mit einem Ghul gemacht.«

Ordog hob die geballte Faust als Zeichen anzuhalten. »Fahrzeuge. Mehrere.«

»Verbrennungsmotoren«, kommentierte Michels. »Ich wette, dass es Glow-Punks sind.«

Der blasse Schattenläufer deutete auf ein heruntergekommenes Einkaufszentrum. »Runter von der Straße. Wir lassen sie vorbeiziehen. Je weniger Menschen uns sehen, desto besser.«

Das Team hastete in das Gelände, während das Geknatter immer näher kam.

»Hey, schaut mal«, machte sie Bremer auf die rennende Gestalt aufmerksam. »Übt der für die nächste Olympiade?«

Ein Mann in einem Schutzanzug lief die Straße entlang. Er versuchte in eines der Häuser zu flüchten, scheiterte aber an der stabilen Scheibe der Tür, die er nicht einschlagen konnte.

»Er hat sich eine Bank ausgesucht«, gluckste der Zwerg. »Glückspilz.«

Die Motorräder näherten sich. Johlend schlossen die Punks zu dem Unbekannten auf. Der Verfolgte nahm sein Schnellfeuergewehr hoch und schoss eine Garbe in Richtung der Angreifer.

Die Maschinen stoben auseinander, die Fahrer gingen in Deckung und nahmen ihre Waffen hervor. Der Beschuss von allen Seiten zwang den Mann im Chemoschutzanzug, sich hinter eine Säule zurückzuziehen.

Ordogs Zeiss-Cyberaugen holten sich den Mann per

Vergrößerungsoption nahe heran. »Macht euch bereit«, entschied er nach wenigen Sekunden. Etwas machte den lebensmüden Idioten auf der Straße für den Run interessant. »Wir holen ihn da raus. Michels, Sheik, ihr geht in den zweiten Stock und nehmt die Punks von oben unter Beschuss, Bremer und ich gehen raus. Poolitzer, der Bulle und Frau Delorian halten die Stellung.«

»Hat er dir Geld geboten oder warum mischen wir uns in die Hasenjagd ein?«, erkundigte sich Michels überrascht. »Ich habe keinen Scheckstick gesehen.«

»Betrachte den Anzug. Er trägt auf dem linken Arm die Aufschrift ›Cyberdynamix‹.« Der Anführer bereitete sich auf den Ausfall vor. Konnte sein, dass der Typ das Ding von einem Versorgungskonvoi geklaut hatte. Oder er gehörte zu dem ECC-Forschungsverein und ging den Punks beim Wandern ins Netz. »Wir schnappen ihn uns und befragen ihn.« Der Lauf des MALW zeigte auf die stillgelegte Rolltreppe. »Abmarsch, Michels, ehe der Knabe tot ist.«

Dreißig Sekunden später legten Ordog und seine Jungs los, dass die Fetzen flogen. Hegte Poolitzer zu irgendeinem Moment des Unternehmens Zweifel an der Fähigkeit der Straßenläufer, die Leistung, die sie erbrachten, ließen jeden Hauch von Bedenken ersterben. Genauso tot wie seine leisen Vorbehalte waren nach der Attacke die fünf Glow-Punks. Sie wurden von dem Angriff derart überrascht, dass sie keinerlei Gelegenheit bekamen, sich zur Wehr zu setzen. Dem hellen Schein nach zu urteilen, den er von seiner Position aus einmal kurz aufflackern sah, bewirkte Sheik sogar einen Zauber.

Gee Gee verfolgte das Geschehen aus einer für sie ungewohnten Perspektive. Der Gefechtscomputer trat in Aktion. Das Modul berechnete die wahrscheinlichste Bewegung der Menschen, die sich in ihrem Gesichtsfeld befanden voraus und deutete die Vorhaltepunkte für einen tödlichen Schuss in ihrer Smartbrille an. Die Verbindung funktionierte nun einwandfrei. Offenbar lag der Grund für die Störung am fehlerhaften Interface des neuartigen Gewehrs.

Der Schauspielerin war es nicht vertraut, für echten Tod zu sorgen. Sie konnte sich mit dem Gedanken, einen Menschen zu erschießen, nicht anfreunden. Die einzigen, die wirklich ihr Leben lassen sollten, saßen in der Ark. Diese Menschen hatten es verdient. Das schaltete jede Art von Skrupel bei ihr aus.

Plötzlich blendete der TakCom oszillierende Schemen in das Gefecht, das das Memory aus den Erinnerungen des toten Engels zog. Es erweckte den Eindruck, Geisterwesen trügen zwischen den echten Menschen ihre eigenen Scharmützel aus. Aufstöhnend schloss Gee Gee die Augen. Ein pochender Kopfschmerz breitete sich von ihrer Schläfe aus.

Ordog rannte geduckt über die Straße. Aus der Deckung eines Blumenkübels heraus erledigte er den letzten flüchtenden Punk mit einem Schuss in den Rücken. Die Gefahr war gebannt. Er kümmerte sich um den Mann im Chemoanzug. »Bleiben Sie ruhig. Wir sind Freunde«, sagte er wegen der Maske undeutlich und hob zum Beweis seiner Friedfertigkeit das Gewehr in die Luft. »Sind Sie unverletzt?«

Die Waffe des Mannes senkte sich. »Wer sind Sie?«

»Leute, die es gut mit Ihnen meinen.« Er streckte die Hand aus, um ihm aufzuhelfen. »Kommen Sie. Die Punks werden bald vermisst werden. Wenn der Suchtrupp auftaucht, sollten wir nicht mehr hier sein.«

Zusammen kehrten sie ins Einkaufszentrum zurück, wo sie bereits von den anderen erwartet wurden.

»Schaut euch das an.« Spengler deutete nach draußen. »Es gibt eine Putzkolonne.«

Alle drehten sich um und beobachteten, dass Ghule nach einer kurzen Prüfung der Umgebung sich an die

Toten heranwagten. Sie schleiften die Leichen über den Asphalt davon und verschwanden mit ihnen um die Hausecken. Weitere Manesphagen kümmerten sich um die Motorräder und verlorene Gegenstände.

Ordog nickte zufrieden. Besser konnte es nicht kommen. Trotzdem sollten sie verschwinden. Unter seiner Führung marschierten sie ein paar Straßen weiter, stiegen in eine ehemalige Bäckerei ein und suchten sich einen Raum aus, wo sie die Masken ablegten. So redete es sich besser.

»Danke sehr«, meinte der Gerettete, dem die Angst ums eigene Leben ins Gesicht geschrieben stand. Nervös tastete er an sich herum, bis er die Zigaretten fand. Er steckte sich eine an und hielt die Packung den Schattenläufern hin. »Sie sind professionelle Plünderer, nehme ich an?«

»Genau«, nickte Ordog. Er ließ den Mann in seinem Glauben. »Ist einiges zu holen in den Städten. Verlassene Häuser, Banken, Villen. Wenn man ein bisschen Risiko nicht scheut, kann man absahnen. Und Sie?«

Bremer und Michels wechselten geschäftstüchtige Blicke, die deutlich zeigten, dass sie auf die Idee mit dem Plündern der Gebäude früher hätten kommen können.

Der Mann blies den Rauch gegen die Decke. »Mein Name ist Kaiser.« Ordog gab Sheik ein kaum merkliches Zeichen. Der Magier trat heran und legte dem Mann eine Hand auf die Schulter. »Ich gehöre zur … Liga für die Rechte der Ghule und wurde von meiner Gruppe getrennt. Wir machten ein paar Untersuchungen und drangen illegal in die Zone ein.« Kaiser lächelte. »Sie wissen doch sicher, wie man ungesehen von hier verschwindet?«

»Er heißt Reiser und war Decker bei Cyberdynamix«, meldete sich der Araber und langte sich an die Nasenwurzel. »Er ist abgehauen, weil er denkt, dass man ihm ans Leder will.« Mehr konnte er nicht erfahren, es war zu anstrengend. Sein Hirn fühlte sich an, als liefe es jeden Moment aus.

Der Matrixspezialist aus der Ark erbleichte, die alte Panik kehrte zurück. »Okay, ich habe gelogen. Ja, und?«

»Na, so ein Glück.« Der Reporter zeichnete ununterbrochen auf. »Da haben wir unseren Ersatzspieler.«

»Ersatzspieler?«, meinte Reiser unsicher. Er verstand nicht, wozu die Leute einen Decker in einer Stadt ohne Strom gebrauchen konnten.

Der Anführer langte in seinen Rucksack und reichte den Hartschalenkoffer an Reiser weiter. »Das gehörte unserem Netzjockey. Wir steigen bei Cyberdynamix ein, und Sie sind dabei. Es dürfte ein Kinderspiel werden, mit dem Wissen, das Sie haben.«

»Bin ich bescheuert?« Reiser zeigte Ordog einen Vogel. »Ich haue doch von dort nicht ab, um ein paar Tage später wieder einzusteigen.«

»Sie werden müssen«, machte ihn Bremer mürrisch auf seine Lage aufmerksam. »Entweder Sie kommen mit uns und verlassen anschließend die Sox oder Sie dienen den Punks als Zielscheibe.« Der orkische Samurai grinste. »Es ist nicht so, dass Sie wirklich eine Wahl hätten, Kumpel.«

»Ich fände es viel interessanter, wenn Sie uns erzählten, wer Ihnen ans Leder möchte«, schaltete sich Poolitzer ein und ging auf die Knie, um den konzernabtrünnigen Decker von schräg unten aufzunehmen. »Wir wollen nämlich einigen Menschen in der Ark in den Arsch treten. Was wissen Sie über das Projekt Cherub?«

Reiser fluchte. »Deswegen bin ich ja abgehauen. In der Ark geht ein Mörder um, der alle kaltmacht, die etwas mit der Sache von Gud und Usner-Gassert zu tun haben.« Er blickte in verständnislose Gesichter. »Das sind Wissenschaftler, die für DrakenSys und Cyberdynamix an dem Gefechtscomputer forschen. Muss aber was schief gelaufen sein. Gerlach, Guds Probandin, hat ihn umgebracht und sich abgesetzt. Danach ging's mit dem Sterben im Komplex los.« Nervös nuckelte er am Filter der Kippe. »Nach dem Schweden erwischte es den Rigger, der für ihn krumme Touren machte. Und weil ich ein bisschen was für Usner-Gassert manipulierte, habe ich es vorgezogen, mich abzusetzen, bevor ich auch draufgehe.« Der Frau traute er alles zu.

»Es hat aber nicht so ganz geklappt, was?«, schätzte Spengler. Genießerisch kaute er auf dem Kaugummi herum. Eine Blase entstand zwischen seinen Lippen und barst leise knallend. Unter der Maske konnte er das nicht.

»Nein. Scheiße, nein! Ausgerechnet an dem Tag turnten die Knight Errant-Truppen bei uns vor der Haustür rum, und ich musste einen anderen Weg suchen. Anstelle der Geisterratten fand ich auch noch die verdammten Glow-Punks.« Reiser entzündete die nächste Zigarette an der verlöschenden.

Ordog hörte zu. »Gut. Sie bringen uns rein und raus, dafür schleppen wir Sie auf dem Rückweg mit«, unterbreitete er ihm seinen Vorschlag. »Sie kennen alle Passwörter?«

»Die werden sie zwar geändert haben, aber ich habe ein paar Hintertürchen installiert, die der Neue erst finden muss«, äußerte der Matrixexperte. Er klappte den Koffer auf und begutachtete das Cyberdeck. »Wer benutzt denn solchen Schrott?« Damit konnte er kaum etwas anfangen.

»Sie schaffen das«, meinte der Zwerg aufmunternd. »Mit der richtigen Einstellung ist vieles möglich.«

Reisers Worte lösten eine Bilderflut in Gee Gees Gehirn aus.

Szenen aus dem Alltag von Cherub, die mit richtigem Namen wohl Gerlach hieß, breiteten sich vor ihr aus. Allerdings verschmolzen sie zu einem überlappenden, hektischen Gemisch, das einen zur Epilepsie neigenden

Menschen in den Wahnsinn getrieben hätte. Ein Gesicht entstand dabei öfter. Sie spürte Gerlachs sexuelle Erregung.

»Charly«, sagte sie abwesend. »Es gibt einen Wachmann in der Ark namens Charly. Ist er noch dort?«

»Ostfolk?« Der Decker verschloss den Transportbehälter wieder. »Er ist Chef der Garde. Woher kennen Sie den denn? Der dürfte unbestechlich sein.«

»Ich kenne ihn flüchtig«, wich die Schauspielerin aus und korrigierte den Sitz der Baseball-Mütze. Die virtuellen Bilder verebbten und überließen sie gänzlich der Realität. »Wenn es mir gelingt, mit ihm Kontakt aufzunehmen, wird die Sache leichter.«

»Nebeneingänge?«, erkundigte sich der fahle Schattenläufer lakonisch.

»Sicher. Der Komplex hat mehrere Notausgänge. Die zu knacken dürfte in der Zwischenzeit unmöglich geworden sein. Paranoid ist kein Ausdruck für das, was gerade abgeht.«

Sheik hatte sich von seiner mentalen Ermüdung erholt und beschäftigte sich mit den Eintragungen in sein Palmtop. Die Sox war ein einziger magischer Albtraum. So etwas hatte er noch nie erlebt. »Hier drinnen zu manifestieren ist eines, aber direkte Sprüche kann man nur mit der Hilfe aller Propheten bewirken«, erstattete er entzückt Bericht.

»Und? Sind die Propheten mit dir, Kameltreiber?«, frotzelte Michels. »Vorhin hattest du eine kleine geistige Ladehemmung.«

»Unwissender«, schnaubte der arabische Mann nur. »Du verstehst nichts von der Handhabung der Magie.«

Ordog nahm die Karte heraus. »Sie erklären uns in aller Kürze, wie die Sicherheitsanlagen rund um den Plex angeordnet sind, Reiser.«

Der Decker steckte sich den dritten Sargnagel an, klemmte ihn sich in den Mundwinkel und begann den

Plan mit seinen Notizen zu versehen. Er hatte sich in sein Schicksal ergeben.

**Sox, einige Kilometer vor der ECC-Arkologie, 09. 04. 2058, 02:43 MEZ**

Gee Gee justierte die Frequenz ihres Sprechfunkgeräts nach und überprüfte mit vorsichtigen Morsesignalen, ob Charly sie empfing. Wenn er sich auf Patrouille befand, musste er die Knackgeräusche in seinem Helm hören. Sie hoffte, dass er aus den rhythmischen Folgen den Namen »Enni« zusammensetzte. Die Frequenz hatten der Cherub und Ostfolk genutzt, um Privatgespräche zu führen, während er seinen Dienst versah.

»Na?«, erkundigte sich Poolitzer gespannt. »Wann hat denn der Typ endlich mal Dienst?« Die Fuchi blieb auf die Schauspielerin gerichtet. Er nahm das Gerät nur noch ab, wenn er die Akkus oder die CD wechselte.

Die blonde Frau drückte ihn und die Kamera etwas zurück. »Als Chef der Garde sitzt er vielleicht nur noch am Schreibtisch.«

Reiser schüttelte den Kopf. »Nee, so einer ist Ostfolk nicht. Er ist ein echter Soldat, lieber im Dreck als in der Stube.«

Ordog und seine Leute lagen dicht nebeneinander und betrachteten das Kraftwerk von oben. Die Truppe war durch Bexbach gezogen und auf einen nahen Berg gestiegen, um sich eine bessere Übersicht zu verschaffen.

»Ich bin gespannt, ob wir eine Nullzone finden.« Sheik richtete sein Fernglas in die weitere Umgebung. Angeblich experimentierte ESP mit Anti-Orichalkum und hielt Geister gefangen, um sie den Wolken von Antimagie auszusetzen.

Bremer starrte weiterhin auf das Kraftwerk. »Das ist doch alles Schattenscheiße. Genauso ist es Unsinn, dass es eine Delta-Klinik gibt, die kleine Mutantenkrieger im Genlabor zusammenrührt.«

Spengler saß etwas abseits. Er wechselte die Aktivkohlefilter seiner Maske und betrachtete die Läufergruppe, die wie die Spanner hinunter ins dunkle Tal schauten.

Der Ausflug vom Ermittlungsalltag brachte ihm eine Abwechslung, die er aufregend und anstrengend zugleich fand, da er wegen seiner schlechten Kondition das Handicap der Gruppe darstellte. Doch das Vorhaben lag ihm zu sehr am Herzen. Der Kommissar besaß den Ehrgeiz, die Hintergründe der Massaker in Zweibrücken aufzudecken. Ein Zurück gab es nicht mehr. »Kann es bald weitergehen?«

Ordog verließ seinen Beobachtungsposten und gesellte sich zu ihm. »Um die Ark herum ist es ruhig. Was aber nicht heißt, dass es einfach ist, hineinzugelangen, Bulle. Schaffen Sie das?«

»Wir haben doch einen Dietrich.« Spengler nickte hinüber zu Reiser.

»Trotzdem brauchen wir erst ein Schloss, um ihn einzusetzen.« Dazu müssten sie an den Wachen vorbei bis zu einer der Notluken. Das würde das Schwierigste.

Der Ork machte winkend auf sich aufmerksam. Der Anführer huschte gebückt zu seinem Kollegen. »Es sind keine Wachen draußen«, verkündete er und deutete in die Landschaft. »Das Patrouillenfahrzeug bewegte sich in der letzten Stunde keinen Millimeter, der Motor ist aus. Nur die Drohnen schwirren im Plex herum.«

Gee Gee schaltete enttäuscht das Funkgerät aus. »Ostfolk meldet sich nicht«, meinte sie betrübt. »Er muss sich im Inneren aufhalten.«

Ordog dachte nach, was das alles bedeuten könnte. Schließlich gab er das Zeichen zum Aufbruch.

Reiser setzte sich an die Spitze und führte die Truppe über Umwege bis an die Stelle, an der sich der verborgene Ausstieg aus der Ark befand. Gelegentlich mussten sie abwarten, bis eine Drohne an ihnen vorüberschwebte. Den ECM-Generator wollten sie noch nicht einsetzen, weil es unter Umständen zu früh für Aufsehen sorgte, wenn eine Drohne plötzlich kein klares Bild mehr an die Basis lieferte.

Der Decker legte die Klappe frei. Er entfernte die Verkleidung mit seinem Taschenmesser und verkabelte das Deck mit den anderen Drähten. Reiser brauchte fast eine halbe Stunde, um den Code zu knacken. Klackend entriegelte sich der Notausstieg. »Ich habe die Alarmmeldung unterdrückt. Es müsste funktionieren«, sagte er erleichtert.

Ordog öffnete die Luke. Michels und Bremer spähten in die Öffnung, um eventuell lauernde Gardisten mit einem Kugelhagel zu empfangen. Das Komitee überraschte sie.

»Da sitzt ein Weißkittel«, rief der Zwerg nach hinten.

»Ich gehe rein.« Der fahle Straßenläufer ließ den Griff der Luke los und rutschte die steile Treppe hinab. Neben dem Wissenschaftler traf er auf den Betonboden und hob den Kolben des Kampfgewehrs, um ihn dem Fremden notfalls überzuziehen. Er erstarrte in der Bewegung. »Entwarnung. Der ist hinüber.«

»Entwarnung?«, wiederholte Poolitzer ungläubig und machte sich als Nächster an den Abstieg. Er hätte »Alarm« gerufen. Nacheinander folgten die Übrigen. Der Reporter bannte das Bild des toten Wissenschaftlers, dem eine Kugelgarbe in den Rücken das Aus bereitet hatte, auf die Mini-CD. Wachsam tasteten sie sich vorwärts. Reiser musste die Alarmschaltung der verschlossenen Drucktüren in mühevoller Arbeit umgehen. Schließlich befand sich das Team im Untergeschoss der Ark.

Stille. Beängstigende Stille.

»Hat Cyberdynamix die Anlage aufgegeben?«, erkundigte sich Spengler in die Geräuschlosigkeit hinein. »Scheiße, wir sind zu spät dran.«

»Jemand wird sie gewarnt haben, dass ein Team mit einem Bullen anrückt, und da sind hundert Gardisten vor Ihrer Überlegenheit abgehauen«, meinte der Zwerg todernst.

Reiser lief ein paar Schritte vor, betrat die erstbeste Unterkunft und stöpselte sich in das Intranet ein. »Ein Notprogramm wurde gestartet«, erklärte er, was er in der hausinternen Matrix entdeckte. »Es hat sämtliche Schotts der Anlage verriegelt.«

Ordog befahl Sheik, sich astral in der Ark umzuschauen, was dem Magier zwar gelang. Doch wegen zunehmender Übelkeit und einem schlechten Gefühl beim Wechseln in den Astralraum kehrte er bald zurück. Er berichtete von einigen noch lebenden Personen, die teils in der Sicherheitswarte, teils in der Forschungsabteilung saßen und sich verbarrikadiert hatten. Unterwegs entdeckte er zudem etliche Leichen. Gardisten, Wissenschaftler, Techniker waren wahllos getötet worden.

»Scheint, als sei ein bisschen was schief gelaufen«, kommentierte Bremer bissig die Neuigkeiten.

»Wir gehen zur Forschungsabteilung. Zuerst schießen, dann fragen«, gab ihr Anführer die neue Order durch.

Nun begann ein quälend langsames Vorwärtskommen, da sich der Decker mit jeder verschlossenen Überdruckstahltür herumschlagen musste. Das Notprogramm hatte für jeden wichtigen Durchgang einen eigenen Code generiert. Offenbar war es dazu gedacht, das Eindringen so gut wie unmöglich zu machen. Da sich Reiser so gut auskannte, griffen die Vorkehrungen nicht mit der Effizienz, wie es sich die Programmierer erhofft hatten.

Die Gruppe schlich einen Korridor entlang, in dem zahlreiche Unterkünfte lagen. Vor einem Eingang blieb Gee Gee stehen und schaute auf das Schild. Ostfolk.

»Wartet.« Sie schlüpfte durch den Spalt ins Innere und fand sich in einem Chaos wieder. Die Wohnung kam ihr vertraut vor. Sie bewegte sich mit traumwandlerischer Sicherheit hindurch und gelangte ins Schlafzimmer.

Auf dem Bett lag ein Toter in Vollrüstung, der Helm fehlte. Zahlreiche Einschusslöcher zeigten sich in seiner Panzerung, um ihn herum verteilten sich Memorychips, ein Laptop und Blut. Literweise Blut.

Gee Gee näherte sich. Der Anblick weckte ihre zweite, künstlich geschaffene Persönlichkeit. Grell blitzten Gerlachs Erinnerungen in die reale Welt und reduzierten ihr Reaktionsvermögen um ein gefährliches Maß. Daher gelang es dem vermeintlich Leblosen um ein Haar, sie mit einem Feuerstoß aus seinem G9 zu treffen.

Die Schaltkreise des Gefechtscomputers sprangen jedoch bei der ersten Bewegung des Gardisten an und berechneten die Einschlagswinkel der Kugeln voraus. Gee Gee gelang es, unter den Projektilen wegzutauchen. »Charly, nein! Ich bin's! Enni!«

Ostfolk hörte nicht, sondern rollte sich stöhnend auf der anderen Seite vom Bett und feuerte darunter hindurch. Das anhaltende Mündungsfeuer brachte die Bettwäsche zum Glimmen.

Gee Gee hechtete kopfüber durch die Tür ins Bad. Die Kugeln schwirrten ihr hinterher und ließen Fliesen und die Toilettenschüssel bersten.

»Bringt ihn nicht um! Wir brauchen ihn lebend!«, brüllte sie nach draußen, weil sie wusste, dass Ordog und sein Team gleich eingriffen. Sie rutschte über den Rand der Wanne, um sich vor Querschlägern zu schützen. Hoffentlich hielten sie sich an ihre Anweisung. Aus dem benachbarten Zimmer hörte sie ein lautes Krachen, dann mehrere wütende Rufe.

»Wir haben ihn«, rief Ordog.

Gee Gee lief hinaus und sah, wie sie den Gardisten kurzerhand unter dem Bett eingeklemmt hatten. Bewegungsunfähig musste er abwarten, was sie mit ihm machten. Poolitzer filmte vom Türrahmen aus, Spengler stand vor ihm, um notfalls einzugreifen.

Sie kniete sich neben ihn. »Auch wenn ich nicht so aussehe, wir kennen uns sehr gut«, redete sie den Gardisten an. Ihre Stimme veränderte sich in der Betonung, klang selbst für sie fremd. Gerlach übernahm sie zu einem kleinen Teil. Sie rückte die Baseball-Mütze zurecht.

Diese charakteristische Bewegung kannte Ostfolk nur von Enni. Er hatte sie zu oft gesehen, als dass er sich darin täuschte. Aber der Körper dazu passte nicht. »Scheiße, was hat das zu bedeuten?«, ächzte Charly gepresst. Ein Blutfaden hing aus seinem Mund.

Auf ihren Wink hin hoben Bremer und Michels das Bett hoch, und sie drehte den Mann auf den Rücken. »Was war los?« Ihre Gefühle waren in Aufruhr. Sie fühlte eine Verbindung zu dem Mann, dem sie heute zum ersten Mal in ihrem Leben begegnete.

Ostfolk deutete kraftlos auf die Chips. »Da steht alles drauf. DrakenSys hat … Pefix …« Er brach ab, das Sprechen strengte ihn zu sehr an. Er spie Blut aus und sammelte sich. »Ich weiß nicht, wer ihr seid und ob du Enni kanntest. Ihr müsst schleunigst raus, bevor er euch kriegt oder die Verstärkung da ist. Sonst …« Der Gardist wurde ohnmächtig.

»Sheik«, sagte Ordog nur. Der Magier machte sich bereit, Charly auf seine Weise zu helfen.

Nach einigen Minuten richtete er sich auf. »Nein. Seine Seele ist gegangen.« Der Araber taumelte und musste von Michels gestützt werden.

Gee Gee beugte sich vor, küsste die Stirn des fremden

Mannes und drückte seine Lider über die gebrochenen Pupillen. Die Traurigkeit, die sie in sich spürte, stammte nicht von ihr, dennoch konnte sie die Empfindung nicht ignorieren.

Der Reporter sammelte die Speichermedien sowie den Laptop ein, nachdem er die Szene aufgezeichnet hatte. *Was hat er mit Pefix gemeint?* Er machte Anstalten, die Chips zu sichten, doch der Anführer der Truppe wollte weiter.

»Und jetzt? Gehen wir raus?«, erkundigte sich der Ork. »Wir haben doch die Infos, die wir haben wollten.«

»Es ist nicht sicher«, widersprachen Spengler und Poolitzer gleichzeitig. Sie tauschten rasche Blicke. »Jedenfalls sollten wir uns einen Wissenschaftler vorknöpfen, ehe wir uns zurückziehen«, redete der Ermittler weiter. »Ich möchte ein Geständnis von einem Schuldigen«, er betrachtete den toten Gardisten, »nicht von einem Opfer.«

»Das sehe ich genauso«, stimmte die Schauspielerin zu, während sie sich erhob. »Der Leiter der Ark ist Professor Fethal. Wenn einer etwas weiß, dann er.«

Stetig näherten sie sich dem Forschungsbereich, in dem Sheik Überlebende ausgemacht hatte. Die Nervosität stieg mit jedem Toten, den sie unterwegs in den Korridoren entdeckten. Die meisten hatten vor ihrem Ableben heftige Gegenwehr geleistet, wie die leeren Magazine und verschossenen Patronen am Boden verrieten. Einige Gardisten und Mitarbeiter waren von präzisen Stichen niedergestreckt worden, anderen bereiteten Schüsse das Ende.

Dem Team war bewusst, dass der Gegner, auf den sie treffen könnten, all ihre Fähigkeiten fordern würde. Sogar der Zwerg stellte das Sprücheklopfen ein.

Reiser entwickelte eine gewisse Routine, was das Knacken der Schottprogrammierung anging. Inzwischen brauchte er kaum länger als fünf Minuten für das Öffnen der mächtigen Stahltüren.

Ein weiteres Mal war es so weit. Die Gruppe richtete die Läufe auf die Öffnung, die Finger lediglich einen Hauch vom Druckpunkt ihrer Waffen entfernt. Ein weiteres Mal blieb es ruhig.

Reiser, der sich flach neben der Konsole an die Wand drückte, atmete durch. Er lebte immer noch. Das machte ihn trotz aller Umstände zuversichtlich. Seine Nerven dagegen litten Qualen. »Ehrlich, das schafft mich.«

Ein Mann sprang unvermittelt in den Korridor, drosch dem Decker mit einer Eisenstange ins Gesicht und holte ein weiteres Mal aus, als die Gewehre der Schattenläufer feuerten. Zu ihrem Entsetzen wich der Gegner den Projektilen von Bremer und Michels aus.

Ordog bewahrte die Nerven und zog den Abzug erst nach hinten, als sich der Mann in einer Seitwärtsbewegung befand, die er unmöglich abbremsen konnte. Die Treffer brachten ihn zum Sturz. Beinahe gleichzeitig sanken Reiser und der Angreifer um.

Die Wucht des Hiebs hatte den Anschlussstecker des Cyberdecks vollständig im Schädel versinken lassen. Nur noch das Kabel schaute aus der Fassung. Der Matrixexperte hielt sich die Schläfe und starrte auf das Rot, das rund um die Buchse hervorsickerte. »Mein Datajack«, stammelte er fassungslos. »Der war verdammt teuer.«

Der Zwerg näherte sich dem erledigten Angreifer. Seine MP7 zielte unentwegt auf den Körper. »Kunstturner gewesen, was?« Er trat dem Regungslosen an die Fußsohle. Vorsichtshalber setzte er noch eine Salve nach, ehe er sich traute, die Mündung zu senken.

Spengler sah nach der Verletzung des Deckers. Die Plastikumschließung hatte die Wucht abgefangen, schätzte er nach einer Begutachtung. »Haben Sie noch Kontakt zum Deck?«

Reiser bekam einen abwesenden Ausdruck. »Mit Störungen«, berichtete er. »Und wie kriege ich den Stecker da wieder raus?«

»Nach dem Lauf«, wies ihn Ordog an. »Die nächste Tür wartet.«

Sie gelangten in ein Forschungslabor. Die Stimmung lockerte sich ein wenig auf, nachdem der Angreifer, auf dessen Konto die Toten gingen, selbst im Jenseits weilte. Der Decker beklagte sich unentwegt wegen des Datajacks. Die Truppe stürmte den nächsten Raum und entdeckte an einem Terminal einen Wissenschaftler, der sich bei ihrem Eintreten sofort auf den Boden warf.

»Nicht schießen!«, jammerte er los. »Es war die Hölle! Ich war bei der Arbeit, als das Schott ...« Er hob den Kopf und stockte. »Sie ... Sie sind nicht von ECC?«

»Wie hat er das nur erraten?« Poolitzer schwenkte die Fuchi nach rechts und links.

»Machen Sie die Kamera aus! Das sind geheime Projekte«, begehrte der Mann auf.

Bremer bedeutete ihm aufzustehen, Michels und Spengler sicherten den Eingang. »Ruhig, Kumpel. Sie erklären uns jetzt im Zeitraffer, was passiert ist«, sagte der Kommissar. Staatsautorität war gefragt. Endlich bekam er Gelegenheit, etwas zu tun und sich nicht länger als fünftes Rad am Kettenpanzer zu fühlen.

Der Forscher richtete sich auf. Das Namensschild wies ihn als Dr. Leander aus. »Warum sollte ich? Sie sind nicht berechtigt, sich in der Arkologie aufzuhalten. Wer hat Sie geschickt? Ares? SK?«

»Viel besser. LKA.« Spengler hielt seinen Ausweis hoch. »Landeskriminalamt Badisch-Pfalz. Wir sind ein Spezialkommando des Innenministeriums und untersuchen eine Mordserie, in die Cyberdynamix verwickelt ist.«

»LKA? Sie haben keinerlei Befugnisse in der Zone, das wissen Sie sehr wohl!« Mit fahrigen Bewegungen richtete er seine Haare. Dann wurde er mit einem Schlag weiß im Gesicht. »Wie sind Sie hereingekommen?« Sein Blick schweifte über die Gesichter, und natürlich fiel ihm die einzige Gestalt, die nicht in einer Tarnuniform steckte, sofort auf. »Reiser! Sie sind ein LKA-Spitzel?« Er hatte angenommen, der Mann wäre zu Ares geflüchtet. Das war eine sehr unangenehme Wendung.

»Ja«, bestätigte der Ermittler rasch, ehe der Matrixjockey durch eine falsche Bemerkung das dürftige Theater vollends zusammenbrechen ließ. Spengler log frech weiter. »Wir haben ihn bereits vor Jahren ausgebildet, um zu erfahren, was in der Sox widerrechtlich geschieht.«

»Das geht Sie nichts an.« Leander verfiel in Trotz. In dieser Situation konnten ihn die einflusslosen Vertreter einer Regionalregierung nicht beeindrucken. Wichtigeres stand auf dem Spiel.

Drei schnelle Schritte später stand der Kriminalbeamte vor dem Wissenschaftler. »Wenn Ihre Monster ausbrechen und in einer Stadt Tod und Verderben anrichten, geht mich das sehr wohl etwas an, Leander«, erteilte er dem Forscher einen Anschiss. »Alles weitere will ich mit dem Leiter der Ark besprechen.«

Leander hielt seinem Blick stand. »Ich fürchte, dass sie bis zu Direktorin Usner-Gassert derzeit nicht vordringen können«, sagte er kalt. »Sie hat sich in der Sicherheitszentrale eingeschlossen und wartet auf Hilfe von außen.«

Michels wechselte sein Magazin. »Seien Sie beruhigt, Kumpel, wir haben das Problem beseitigt. Es liegt tot im Gang.«

»Ach? Alle übrig gebliebenen sieben Probanden sind tot?« Er applaudierte. »Meine Hochachtung vor dem LKA. Ich hätte es Ihnen nicht zugetraut.«

*Sieben.* Poolitzers Herzschlag setzte für eine Sekunde

aus. »Sind es alles Menschen, die Sie im Rahmen des neuartigen Gefechtscomputers behandelten?«, wollte er wissen und machte eine Großaufnahme von Leanders Gesicht.

»Schalten Sie endlich das Gerät ab! Ich kenne meine Rechte als Privatperson und möchte nicht von Ihnen gefilmt werden, verstanden?« Bremer hielt den Mann zurück, als er sich dem Reporter nähern wollte.

»Sie sind keine Privatperson, sondern ein potentieller Schuldiger«, legte Spengler seine Sichtweise dar. »Bringen Sie uns zur Leiterin der Anlage. Und immer schön aufpassen. Es sind leider noch ein paar von Ihren Versuchskaninchen unterwegs.«

Leander schwieg eine Weile. »Einverstanden. Ich zeige Ihnen den kürzesten Weg.« Auch wenn er sie für reichlich wahnsinnig hielt, sich durch die Korridore zu bewegen. Andererseits erschlossen ihm die Gesetzeshüter neue Optionen bei seinem Vorhaben. Er suchte ein paar Datenträger zusammen, die ihm wertvoll erschienen, und begab sich zu den Läufern.

Das Glück war ihnen hold. Sie trafen auf keine der gefährlichen vercyberten Versuchspersonen mehr, die sich offenbar in anderen Sektionen der Ark aufhielten. Reiser fluchte gelegentlich, wackelte an dem Kabel und drehte es hin und her, damit die beschädigte Verbindung Kontakt fand. Die dünnen Drähte drohten im Innern der Buchse abzureißen. Alle beteten, dass es der Decker noch schaffte, die Tür zur Sicherheitszentrale aufzubekommen.

Er enttäuschte sie nicht.

Die schwere Stahltür öffnete sich einen winzigen Spalt. Die Eingeschlossenen reagierten umgehend. Es knatterte auf der anderen Seite gedämpft, Projektile flogen durch den Schlitz. Reiser brachte sich in Sicherheit.

»Feuer einstellen! Wir sind die Verstärkung«, rief Spengler und beförderte seinen Ausweis mit Schwung durch die Fuge. »LKA Badisch-Pfalz. Wir kommen jetzt rein, damit wir uns unterhalten können.« Er nickte Reiser zu. Das Schott öffnete sich ganz, bewegt durch den Willen des Matrixexperten.

Ihnen standen sechs Wachleute, vier Wissenschaftler, drei Assistenten, ein Zivilist in einem Businessanzug sowie die Leiterin der Ark gegenüber. Jeder trug eine Waffe, von einem automatischen Gewehr bis zur Pistole. Selbstverteidigung, die angesichts der überlegenen Probanden den Tod nur verzögerte.

»Dr. Leander!«, rief Usner-Gassert erleichtert. »Kommen Sie rein, und machen Sie die Tür schnell wieder zu. Und dann hätte ich gerne gewusst, was die Kriminalpolizei hier möchte.« Sie reichte dem Kommissar seinen Ausweis zurück. »Aber noch dringender interessiert mich, was geschehen ist. Wer hat diese Katastrophe angerichtet?« Die Direktorin schaute den Forscher an.

Das Team betrat die Zentrale. Der verbliebene ECC-Sicherheitsrigger schloss den Durchgang vom Terminal aus.

Usner-Gassert bemerkte Reiser, der sich hinter dem breiten Rücken von Bremer zu verbergen suchte. »Sie? Ich dachte, Sie wären zu Ares übergelaufen?«

»Einen Scheißdreck bin ich!«, brach es aus dem Decker heraus. »Abgehauen bin ich, weil alle sterben, die was mit Ihnen oder Gud zu tun haben.«

Spengler betastete seinen bandagierten Arm und schob sich einen Kaugummi in den Mund. Wohltuender Zimt-Pfeffergeschmack breitete sich auf seiner Zunge aus. »Nun mal der Reihe nach. Vergessen wir für einen Moment, wer welche Kompetenzen hat. Was ist hier passiert?«

Leander ließ sich neben den Sicherheitsrigger auf einen Hocker fallen. »Die Labors nahmen die von Direktorin Usner-Gassert angeordneten Überprüfungen des Moduls vor, um alle Probanden auf den Stand ihrer Testpersonen zu bringen. Ich überprüfte ihren Probanden gerade, als im Nachbarlabor die Sirene losging. Ich schaute auf den Gang und sah, wie einer der Probanden das gesamte Personal von Dr. Timinus innerhalb weniger Sekunden mit bloßen Händen tötete.« Leander holte tief Luft. »Als ich hinter mir ein Geräusch hörte, drehte ich mich erst gar nicht um, sondern rannte hinaus, um mich in Sicherheit zu bringen. Als die ersten Schotts zufielen, sprang ich in ein Labor. Die Herrschaften befreiten mich und nahmen mich mit.«

Usner-Gassert lauschte aufmerksam. »Ich habe die Sperren aktiviert. Nach zehn Minuten erkannte ich, dass wir keine Chance haben, und aktivierte das Notprogramm, um einen weiteren Ausbruch zu verhindern. Seitdem sitzen wir fest und warten darauf, dass Cyberdynamix uns Hilfe schickt«, erklärte sie die Lage aus ihrer Sicht. »Was hat die Probanden dazu gebracht, Amok zu laufen?«

»Die zufällige Aktivierung von ›Defense‹ kann nicht der Grund gewesen sein«, warf ein Wissenschaftler ein. »Das Muster hätte die Personen dazu gebracht, untätig zu werden, nicht aggressiv.«

»Welche Rolle spielt dabei eigentlich das LKA?«, erkundigte sich der Anzugträger höflich. Er hob ebenfalls einen Ausweis hoch. »Schneider, Cyberdynamix. Ich bin so etwas wie die Dienstaufsicht. Ihre Angaben würden mir sehr helfen, Herr Spengler. Auch wir sind daran interessiert, die Vorgänge lückenlos aufzuklären.«

»So? Würde es das?« Der Ermittler lehnte sich gegen den Schreibtisch. »Kurz gesagt, einer der Probanden, Ensuela Gerlach, hat in Zweibrücken gezielt Lokale und Personen ausgeschaltet, die mit der Moral nicht konform gingen. Unsere Nachforschungen brachten uns auf die Spur von … Cyberdynamix.« Er fasste Wissen und Annahme zusammen. Es klang einfach besser. »Inzwischen verfolgten wir die Fährte der toten Gerlach, die von einem Ihrer Probanden in Zweibrücken getötet wurde, und wollten uns dadurch Beweise für die Verstrickung des Konzerns verschaffen.«

Die Belege würden vor Gericht niemals anerkannt, weil sich die Polizisten ohne Genehmigung in der Sonderrechtszone aufhielten, befand Schneider ohne einen Anflug von Häme. Selbst wenn er persönlich die Schuld des Unternehmens eingestünde, brächte dem Kommissar dieser Umstand gar nichts.

Poolitzer filmte das armselige Häuflein Überlebender. »Womit müssen wir rechnen, falls diese Zombies die Tür aufbekommen?«

»Erhöhte Reflexe, Gefechtscomputer, ein gnadenloser Willen und solche Gewehre, wie Sie der Mann dort hinten aus Ihrem Team auf dem Rücken trägt«, zählte die Direktorin auf. »Eine Neuentwicklung von Walther, wie das LKA ja schon weiß.«

Spengler grunzte zufrieden. Also lag er mit seiner Ruhrmetall-Theorie doch nicht ganz daneben. Sie deutete auf Ordog. »Ihr Team hat sich auch welche besorgt?«

Der Kommissar wandte sich um und schaute auf das MALW, über dessen fremdartiges Aussehen er sich schon gewundert hatte. Doch vor lauter Aufregung war er nicht auf den Gedanken gekommen, dass der Samurai die gesuchte Neuentwicklung in Händen hielt. Sehr ärgerlich. »Ja«, antwortete er mit Verspätung, um sich keine Blöße zu geben.

»Bis wann rechnen Sie mit Verstärkung?«, schaltete sich Ordog dazwischen. Er mochte dann nicht mehr hier sein. Wer wusste schon, wie der Kon auf ihre Anwesenheit reagierte. »Wir rücken ab. Unsere Beweise haben wir.«

»Und es wird genügend Menschen geben, die unseren Ausführungen Glauben schenken werden, selbst wenn es nicht ein Gericht ist, Frau Direktorin. Aktionäre sind empfindsam«, fügte der Reporter schadenfroh hinzu. Dieses Mal hatte er ECC am Arsch.

Sie musterte ihn. »Dann sollten Sie hinzufügen, dass alles mit diesem Schweden anfing, den uns DrakenSys schickte«, schob sie die Schuld auf den Toten. Schadensbegrenzung lautete das Motto. »Er war der religiöse Irre, der Gerlach nachts als Cherub losschickte. Cyberdynamix trägt an dem Fiasko keinerlei Schuld. Und was die Frage des anderen Herren angeht: Das Anti-Cyborgteam sollte bald auftauchen.«

»Da hat sich schon einmal jemand die Zähne ausgebissen«, warnte Spengler vor dem sicheren Erfolg. »Ein Trupp MET2000-Soldaten starb im Kampf gegen Ihren Teufel.«

Gee Gee fühlte sich zunehmend verwirrter. Enttäuschung breitete sich aus. Sie konnte niemanden für den Tod von Genius zur Rechenschaft ziehen. »Habe ich das richtig verstanden, dass der Mann, der Enni für seine Zwecke einsetzte, bereits gestorben ist?« Die Schauspielerin hielt die MP locker in die Hüfte gestützt.

Die Direktorin nickte. »Gerlach hat ihn gekreuzigt, bevor sie sich aus der Arkologie absetzte. Grausam, nicht wahr?«

Gee Gee versuchte zum ersten Mal, bewusst die Erinnerungen der Toten aus dem Modul abzurufen, doch so sehr sie sich anstrengte, eine Kreuzigungsszene fehlte gänzlich. Dafür sah sie das Gesicht eines Mannes undeutlich vor ihrem, der ihr ein Kabel in ihren Datajack einführte. Entweder die Direktorin log sie an, oder jemand anders hatte den Schweden umgebracht.

Aus Schneiders Koffer erklang ein leises Piepsen. Er öffnete ihn und schaute nach seinem Computer. Der Akku war leer und meldete, dass er dringend neuen Strom benötigte. Er wechselte die Kraftspeicher. Dabei bemerkte er, dass ihm eine Mail geschickt worden war, und überflog die Zeilen.

»Professorin Usner-Gassert, ich glaube, Sie haben dem schwedischen Kollegen Unrecht getan.« Alle Köpfe ruckten zu Schneider herum. »Ostfolk sandte mir vor Stunden über das Funknetzwerk eine Nachricht. Er macht mich auf Ungereimtheiten im Mailverkehr zwischen Gud und seinem Komplizen Lehmann aufmerksam. Jemand wollte, dass es so aussah, als schickte Gud die Botschaften. Absender war jemand ganz anderes.« Er schaute die Direktorin an. »Können Sie mir sagen, wo der Gardist ist?«

»Ostfolk ist tot«, sagte Michels knapp. »Einer der Zombies hat ihn erschossen. Aber vielleicht hilft Ihnen das Material weiter, das Poolitzer gesammelt hat.«

Die unbedachte Bemerkung führte dazu, dass die Anwesenden zum Reporter schauten. »Das ist Beweismaterial des LKA«, verteidigte er sich sofort. »Da lasse ich keinen ran, nicht wahr, Spengler?«

Die Türen des Schotts fuhren zischend auseinander und gaben den Eingang frei. Alles sprang in Deckung. Die Mündungen der Waffen wurden in die Höhe gerissen. Die roten Punkte der Ziellaser tanzten an der Wand des Korridors.

»Zu!«, verlangte Ordog vom erstarrten Sicherheitsrigger. Noch griff man sie nicht an. Lange dauerte es sicher nicht mehr.

Der bleiche Samurai lief zum Kontrollpult und erkannte mit einem Blick, warum der Mann seiner Aufforderung nicht nachkam. Einer der Umstehenden hatte ihm in einem unbeobachteten Augenblick eine Spritze in den Oberschenkel gerammt und etwas injiziert, was keinesfalls bekömmlich aussah. Es konnte auch nicht besonders gesund sein. Der Puls war weg.

Auf dem Monitor blinkte das Wort »Override. Passwort erfolgreich geändert.« Nacheinander spie der Computer die »Vollzogen«-Meldung für das Öffnen der bislang verschlossenen Drucktüren aus. Damit gewährte der Verräter den Probanden ungehinderten Zutritt zu allen Räumen. *Der Decker ist unsere letzte Chance.* »Reiser, schließen Sie die Tür«, befahl Ordog. »Los!«

Mittlerweile bemerkten auch die anderen, was vorging.

Von draußen hörte man das Tappen von nackten Füßen und Stiefeln. Die Angreifer gaben sich keine Mühe, leise zu sein.

Der Decker schien nicht gewillt, in die Nähe des Eingangs zu gehen. »Wie denn? Da ist keine Buchse an der Bedientafel.«

»Reiser, wenn Sie nicht gleich was unternehmen, sind wir alle tot!« Spengler schubste den Matrixexperten zur Konsole. »Ich komme mit Ihnen.« Er zerschlug die Abdeckung und zerrte eine Hand voll Kabel aus dem Loch. »Legen Sie los, Champion.«

Reiser wühlte in den Drähten und wischte sich Blut von der Schläfe. »Scheiße, ich bin doch kein Elektriker!«, fluchte er, während er die Leitungen durchforstete. Er kramte weiter herum, bis er den richtigen Anschluss fand. »Damit könnte es …«

Ein lauter Knall ertönte. Reiser brach tödlich getroffen zusammen. Kein Schrei, kein Zucken.

Gee Gee riss ihre Maschinenpistole hoch. Das Fadenkreuz in der Smartbrille zeigte ihr an, wohin sie schießen musste, um den hinter einer Konsole abtauchenden Verräter zu erwischen. Eine Salve Geschosse fand präzise ihr Ziel. *Sela.*

Mehrfach in Schulter und Brust getroffen, stolperte Dr. Leander rückwärts, prallte gegen die Wand, wo er einen roten Fleck hinterließ, und rutschte wie ein nasser Sack zur Seite. Sein Todeskampf begann.

»Die Welt vom Laster … befreien«, stöhnte der Forscher. Seine Finger streckten sich nach der verlorenen Pistole. »Meine Armee aus Engeln … hätte die Welt von der Unmoral befreit. So reinige ich wenigstens die Arkologie ...«, er schaute zur Direktorin, »von der Sünde. Herr, nimm deinen Diener gnädig bei dir auf.« Die Hand erreichte die Waffe.

Langsam entstand ein Lächeln in Gee Gees Antlitz. Sie hatte den Schuldigen erwischt und ihre Rache erhalten. Sie schoss noch einmal und erlöste Leander. *Der war für dich, Genius.* Sie glaubte nicht, dass Gott solche Menschen neben sich duldete. Hoffentlich schmorte Leanders Seele im Nirgendwo.

Poolitzer starrte auf den toten Wissenschaftler. »Der war das? Dann hat er die Mails und die ganzen Testpersonen manipuliert?«

»Keine Zeit für Theorien.« Der Anführer des Schattenläuferteams schaute zur Tür hinaus. Die Probanden hatten sich vorerst zurückgezogen. Würden die kybernetischen Untoten zusammenarbeiten, hätten sie gar keine Chance mehr. »Wer lebend raus möchte, sollte mir folgen.«

Zurückbleiben wollte niemand. Selbst Schneider packte seinen Laptop in die wasserdichte Hülle zurück und rannte hinterher. Sein Vertrauen in die längst überfällige Unterstützung war zu gering, als dass er es darauf ankommen lassen wollte.

Drei der Probanden stöberten sie auf und verfolgten sie hartnäckig. Zuerst schossen sie auf alles, was einen weißen Kittel trug, und eliminierten auf diese Weise einige DrakenSys- und Cyberdynamix-Mitarbeiter. Die Gardisten fielen ebenfalls. Um die Runner kümmerten sie sich nicht. Sie waren keine primären Ziele.

Das änderte sich, als Ordogs Leute ebenfalls die Waffen hoben und zurückschossen. Dem massiven Einsatz von Granaten und dem MALW war zu verdanken, dass sich die Zahl der Verfolger ebenfalls reduzierte. Einer blieb ihnen auf den Fersen. Die Aussicht auf ein Entkommen schwand.

Poolitzer hatte die Fuchi mit der Linse nach hinten montiert. So fing er wenigstens ein paar Bilder der Testpersonen ein, während er sich ganz aufs Rennen konzentrierte.

Spengler keuchte schwer. Die überflüssigen Pfunde bremsten ihn. Zu allem Überfluss hatte er seinen Kaugummi verschluckt. Es passte hervorragend zusammen. Vor ihm lief die Direktorin. Usner-Gassert wusste es zwar noch nicht, aber er würde sie später verhaften. Sie wäre die Kronzeugin gegen ECC. Endlich zeichnete sich ein Erfolg gegen einen Kon ab. Er legte sich seine Atemmaske an.

Als die Angreifer kurz vor dem Ausstieg aus der rettenden Notluke zu dicht aufrückten, gab Sheik noch einmal alles.

Der Magier zog Energien aus dem veränderten Astralraum ab, um einen Feuerball zu erzeugen, der den Korridor in ein tosendes Flammenmeer verwandelte. Währenddessen bugsierten die Schattenläufer die restlichen Wissenschaftler die schmale Leiter hinauf.

Michels, der zuerst an die Oberfläche geklettert war, meldete, dass er zwei Dobermann- und eine Mikroskimmer-Drohne erledigt hatte. Der ECM-Generator sollte verhindern, dass weitere Drohnen in ihre Nähe fanden. Schließlich standen nur noch Bremer, Sheik und die Direktorin im Gang.

»Gehen Sie hoch«, befahl ihr der Ork angespannt, »wir geben Ihnen Schutz.«

Sie setzte gerade einen Fuß auf die Sprosse, als sich ein gewaltiger Körper durch die Flammen schob und sich brennend auf die drei Personen stürzte.

Schon der erste Schlag mit dem Gewehrkolben schickte den Magier zu Boden. Der Araber blieb liegen. Obwohl Bremer sein ganzes Magazin in den rasenden Probanden leerte, schaffte der Cyberzombie es, ihm sein Maschinengewehr mit den Bajonetten in den Unterleib zu stoßen. Die langen Klingen glitten durch das Kevlar. Aufstöhnend sank der Ork um.

Usner-Gassert schaute nicht zurück, sondern erklomm die Leiter. Sollten sich die Läufer darum kümmern.

Das Feuer umspielte den nackten Oberkörper des Mannes, verbrannte die Haut und die Haare, zerfraß Hose und Schuhe. Doch er schien absolut schmerzunempfindlich zu sein. Er hob den Kopf und schaute der flüchtenden Frau hinterher. »Ich will meinen Feinden nachjagen und sie ergreifen und nicht eher umkehren, bis ich sie umgebracht habe.« Mit einem dumpfen Grollen machte er sich an die Verfolgung der Leiterin der Ark.

Sie erkannte ihn an der Stimme. »Patrizian, nein! Zurück!«, schrie Usner-Gassert entsetzt. In ihrer Hast griff sie an der rechten Leiterseite vorbei. Gerade noch konnte sie sich festhalten und vor einem Absturz bewahren. Sie schaute nach unten und sah Nelke, »ihren« Luzifer. Nur wenige Zentimeter trennten sie voneinander. »Lass mich!«, kreischte sie.

»Die Befehle des Herrn sind richtig und erfreuen das Herz«, erwiderte er. Der verstoßene Engel gehörte durch Gottes Gnade wieder in die Riege der Engel. Er musste seinen Auftrag erfüllen und zeigen, dass er es wert war.

Ordog und Spengler legten sich neben den Notausgang auf den Bauch und reckten die Arme nach unten. »Greifen Sie zu! Wir ziehen Sie rauf!«

Poolitzer hielt drauf und erschauderte gleichzeitig. Für ihn sah es aus, als kämpfte die Leiterin der Ark darum, sich aus der Hölle zu befreien. Unter ihr züngelten die Flammen den schmalen Schacht empor. Patrizian wirkte wie Satan persönlich, der nicht eher von der armen Sünderseele ablassen würde, bis er sie zurück in die Verdammnis gezogen hätte.

Seine brennende Hand schloss sich um ihr Fußgelenk, die Wissenschaftlerin kreischte vor Schreck und Schmerz auf. Ihre Finger klammerten sich mit aller Kraft um die Trittstangen, die Knöchel wurden weiß vor Anstrengung. Mit dem freien Fuß trat sie nach ihrem einstigen Probanden.

»Feuer wird sie fressen!«, lachte er laut und stieß sich rückwärts von der Leiter ab. Allein sein Gewicht reichte aus, um sie mit in die Tiefe zu reißen. Schreiend, die Augen weit geöffnet, verschwand die hübsche Frau. Flammen schlugen über ihr zusammen.

Eine Reihe von Detonationen erfolgte. Eine Feuerlohe schoss aus der Röhre, welcher Ordog und Spengler nur knapp entgingen. Offenbar zündete Bremer als letzte Aktion seines Lebens die ihm verbliebenen Granaten, um Patrizian zum echten Höllenfürsten zu schicken.

*Was für ein Ende,* dachte der Reporter aufgewühlt. Für einen Moment versagte seine Professionalität. *Shit, dass es die anderen beiden nicht geschafft haben.* Er meinte, ein bösartiges Lachen aus dem Schacht gehört zu haben. *Der Bastard wird das Inferno doch nicht überlebt haben?*

Gee Gee lief gemächlich an ihm vorbei. Sie positionierte sich breitbeinig über der Luke und entsicherte die MP. Gefasst schaute sie in den tobenden Brand in der Röhre.

»Komm zurück!«, rief er besorgt. Er machte einen Schritt auf sie zu. »Weg da! Wer weiß, was da noch in die Luft geht?«

Ihre blauen Augen ruhten sanft auf ihm. »Der Herr ist mein Heil, mein Licht. Vor wem sollte ich mich fürchten?« Sie lächelte ihn zum Abschied an. Dann beugte sie sich vor. »Ich will euch die Furcht des Herrn lehren!«, rief sie laut in die Öffnung hinunter und glitt in den Schacht.

*Nein! Das Cherub-Programm wurde initiiert!* »Gee Gee!« Poolitzers Gedanken überschlugen sich. Die Frau, die er liebte, stürzte sich wegen eines Computerimpulses in den Tod. »Gee Gee!« Er hastete zur Luke. Ordog und Spengler mussten ihn zurückhalten, sonst wäre er aus Verzweiflung hinterhergesprungen.

Das Donnern von Rotoren erklang. Vier große Transporthubschrauber setzten vor dem Eingang der Arkologie zur Landung an.

Sie zerrten den Reporter vom Schacht weg. Den eingetroffenen Kon-Gardisten hatten sie nichts entgegenzusetzen.

Das Schattenteam ließ die Wissenschaftler und den Mann der Internen Angelegenheiten mitten im Feld sitzen und erklomm auf Umwegen den Spähposten. Von dort aus beobachteten sie die weiteren Ereignisse schweigend.

Gardisten verteilten sich in der Umgebung. Einige kümmerten sich um die erleichterten Forscher. Der Großteil der Gepanzerten rückte durch den Haupteingang in die Arkologie, begleitet von Drohnenschwärmen. Bald hörte man das gedämpfte Rattern von Gewehren.

**ADL, Bayern, Ingolstadt, 12.04. 2058, 13:32 MEZ**

Annegret Berger saß in ihrem Büro und tippte zu den Klängen von Vivaldis »Winter« die letzten Sätze ihres Berichts zu Bexbach ein, in dem es ihr gelungen war, alle Schuld auf den schwedischen ECC-Tochterkonzern DrakenSys zu schieben.

Ein weiteres Desaster. Dieses Mal würden die Schweden bluten, nicht sie. Dummerweise kannte sie den Bericht der Untersuchungskommission nicht, von deren Mitgliedern ein Mann namens Schneider überlebt hatte.

Die Probanden hatten ein Massaker in der Arkologie angerichtet, verschonten keinen einzigen Mitarbeiter und löschten jegliches Leben unter der Erde aus. Den Gardisten, die sie nach dem Hilferuf losschickte, gelang es unter großen Verlusten, die außer Kontrolle geratenen Testpersonen zu terminieren.

Desaster, Katastrophen, Fehlschläge. Sie hasste diese Worte, die sie ständig zu hören bekam, abgrundtief. Ihre Gegensprechanlage erwachte zum Leben. »Herr Haver hat die Konferenz eröffnet, Frau Berger«, teilte ihre Sekretärin mit.

»Danke, Frau Nessele.« Berger speicherte den Bericht ab und sandte ihn nach Turin. Anschließend schaltete sie ihren Flachbildschirm ein und aktivierte die Konferenzschaltung über die sichere Leitung. Der Monitor teilte sich auf. Rechts erschien das Gesicht des neuen Leiters von ECC Eurotronics, links das angespannte von Thor Lundgreen, Geschäftsführer von DrakenSys. Sie grüßten sich knapp und nicht sonderlich euphorisch.

»Keine schöne Sache, die da passiert ist«, begann Haver im Tonfall eines Vaters, der seinen uneinsichtigen Sprössling zum unendlichsten Mal rügen musste. »Ich habe den Bericht Schneiders aufmerksam gelesen und sehe, dass es gewisse Übereinstimmungen mit Ihren Schilderungen gibt, Annegret. Der Aufsichtsrat und der Vorstand sind ebenfalls der Ansicht, dass DrakenSys die alleinige Schuld trifft.«

Die Geschäftsführerin von Cyberdynamix jubelte innerlich.

»Verzeihung, Hans, das kann ich so nicht im Raum stehen lassen«, wagte der Schwede einen Widerspruch. »Wenn Sie meine Stellungnahme ebenso aufmerksam lasen, haben Sie sicher festgestellt, dass das Fehlverhalten von Dr. Leander nur unbemerkt blieb, weil die Sicherheitsvorkehrungen von Cyberdynamix genauso mangelhaft waren wie das Sicherheitspersonal. Lehman hätte die Pflicht gehabt, sofort Meldung zu machen, anstatt sich korrumpieren zu lassen.«

Haver lächelte. Seine Gesprächspartner erkannten an der gelösten Haltung, dass ECC schon längst eine Entscheidung über das weitere Vorgehen in der Schublade aufbewahrte.

»Das mag sein, ist nun aber Schnee von gestern, Thor. Die Wirtschaftsexperten haben einen Vergleich der Bilanzen von Cyberdynamix und DrakenSys vorgenommen. Wir lösen DrakenSys nach diesem Vorfall auf. Ein Teil des Kapitals fließt in Cyberdynamix. Annegret kümmert sich in Zukunft nur noch um die Produktion von Software und Cyberdecks.« Keine Ausflüge mehr in Regionen, in denen der Kon nicht zu Hause war. »Beschränken wir uns wieder auf das bessere Kopieren unserer japanischen Konkurrenz. Der Rest des Geldes wird an die Walther GmbH als Ausgleich für die nicht zustande gekommene Kooperation ausgezahlt.« Das war schmerzhaft, aber es ging nicht anders.

»Wie …« Lundgreen fehlten die Worte, Fassungslosigkeit traf seinen Zustand nicht einmal im Mindesten.

»Bleiben Sie locker. Sie erhalten zehn Millionen Nuyen Schweigegeld, Thor. Und die paar Forscher, die Ihnen in Schweden geblieben sind, werden nach Ingolstadt verfrachtet. Andernfalls stehen die brillanten Köpfe auf der Straße, sagen Sie ihnen das.« Der Chef von ECC meinte es tatsächlich ernst. »Wir haben eine Presseerklärung vorbereitet, in der DrakenSys einräumt, ein aufwändiges Forschungsprojekt in den Sand gesetzt zu haben. Feierabend. Alles Weitere wird Ihnen in den nächsten Stunden übermittelt, Thor.«

Der DrakenSys-Geschäftsführer wollte nicht aufgeben. »Aber die Erfolge! Sie lassen sich doch nicht so einfach …«

»Thor, es reicht!«, brachte ihn Haver zum Schweigen. »Kaufen Sie sich eine schöne Villa und vergessen Sie alles.« Er kickte den Schweden aus der Konferenzschaltung, Bergers Monitor zeigte nur noch sein Gesicht. Und das wurde nicht wesentlich freundlicher. »Sie, Annegret, haben den allerletzten Warnschuss sehr wohl verstanden. Ich rate Ihnen, Ihr Engagement zukünftig auf Software zu verlagern. Sind Sie darin erfolgreich, bleiben Sie auf Ihrem Stuhl sitzen. Andernfalls habe ich eine ganze Liste von Nachfolgern.«

»Danke sehr, Hans«, zwang sie sich zu sagen.

Ihr Vorgesetzter schüttelte entnervt den Kopf. »Nein, danken Sie mir nicht. Vermutlich hätte Sie diese äußerst kostspielige Panne den Job gekostet, wenn ECC nicht schon genug mit dem Verlust von Kautz zu kämpfen hätte.« Noch mehr Umstrukturierung konnte sich ECC nicht leisten. In diesen Zeiten musste man konsolidieren und die Sektoren ausbauen, die dem Kon Gewinn brachten. Seine Hand bewegte sich außerhalb des Kamerabereichs und kehrte mit einem Glas Wasser zurück. »Leiten Sie die Aufräumarbeiten in der Arkologie in die Wege, danach haben Sie mit Bexbach nichts mehr zu schaffen. ECC wird dort eine Kooperation mit IFMU anstreben und sich um Robotik kümmern. Ihr Reich wird ausschließlich Ingolstadt sein.« Haver blickte auf ihren Bericht. »Warum dauerte es eigentlich so lange, bis die Verstärkung in der Arkologie eintraf?«

»Der Kontrollrat wollte zuerst keine Freigabe für den Einflug von vier großen Transporthubschraubern erteilen, weil manche Kons fürchteten, wir planten einen Angriff. Das Manöver, das ich als Grund angab, wollte keiner glauben«, erläuterte sie mit süßsaurem Ausdruck. »Paranoia, Hans.«

»Paranoia stünde uns in Zukunft auch gut zu Gesicht.« Der Mann an der Spitze von ECC überflog die Zeilen. »Nun, Sie wissen Bescheid. Ich wünsche Ihnen viel Erfolg bei Ihren neuen alten Aufgaben. Einen schönen Gruß aus Turin.« Er lächelte kalt in die Kamera und beendete das Gespräch.

Haver las den Abschnitt des Kommissionsreports

zum vierten Mal, in dem Schneider das LKA-Team detailliert beschrieb, inklusive der Ausweisnummer des Kriminalhauptkommissars Vigo Spengler. Offiziell, so fanden seine Leute heraus, hatte sich der Ermittler im Urlaub befunden. Er klappte den Monitor zu. Der Computer schaltete sich ab. Stille senkte sich auf das Büro. Angenehme Stille, wie geschaffen zum Nachdenken oder Selbstmord begehen.

Spengler. Entweder war er auf eigene Faust in die Ark eingedrungen, was aus Havers Sicht keinen Sinn ergab, oder er arbeitete nicht nur für das LKA, sondern für eine übergeordnete Bundesbehörde, die sich den Sonderrechtsbeschränkungen, was die Sox anging, nicht beugen wollte. Irgendeine Geheimdienstscheiße. Das fehlte noch.

Sorgen bereitete dem Chef von ECC die Tatsache, dass der Beamte und sein Team Unterlagen entwendet hatten. Normale Schattenläufer konnte man liquidieren lassen. Bei einem Rudel mutmaßlicher Bundespolizisten lag die Sache anders.

Seufzend stand Haver auf. *Lassen wir es eben darauf ankommen. Sollte etwas auftauchen, schieben wir es DrakenSys in die Schuhe.*

Sein Blick schweifte durch das Büro, in dem vor kurzem noch Kautz gesessen hatte. Einige persönliche Gegenstände von ihm standen noch herum.

*Kaum im Amt, und schon muss ich die Scherben wegkehren, die andere fabrizierten.* Er löschte das Licht und ging hinaus zur Garderobe. So etwas passierte nur ihm. Haver diktierte rasch die Anweisungen an De la Chance, um im Kontrollrat den Zuzug von »Cross Applied Technology« abzulehnen. Die Sox war schon dicht besiedelt genug.

**ADL, Badisch-Pfalz, Regierungssitz Pirmasens, 14. 04. 2058, 17:56 MEZ**

Poolitzer kehrte von einem Spaziergang in sein Hotel zurück und checkte aus. Mit Rucksack, Metallkoffer und Reisetasche beladen, ging er los.

Die Arbeit hatte ihn ein wenig abgelenkt. Eben nur ein wenig. Die Züge Selinas kamen zu oft darin vor. Ein erster Rohschnitt des Beitrags über die Arkologie befand sich in seinem Koffer. Den Rest wollte er in den Studios von InfoNetworks machen. Eine Kopie führte er immer an seinem Körper mit sich, die Originale lagerten in einem Bankschließfach.

Sobald er sich ein letztes Mal mit dem Ermittler abgesprochen hatte, würde er nach Hamburg reisen, was ihm derzeit als angenehmster Aufenthaltsort in den ADL erschien. Er betrat die Kneipe, in der sie sich verabredet hatten.

Spengler saß am Tresen. Auf dem T-Shirt stand »Two minutes to midnight«. »Direkt gefunden?«, fragte er grüßend. Poolitzer nickte und setzte sich auf den Lederhocker. »Sie haben den Bericht und eine Kopie der Daten?«

Der Reporter langte unter seinen Mantel und reichte ihm eine schussfeste Box. »Ich weiß nicht, ob ich Ihnen damit einen Gefallen tue, Spengler.« Er blickte zur Tür und die Uhr darüber. »Können wir gleich los? Mein Zug geht bald.«

Der Kommissar leerte sein Glas und streute Kleingeld auf die Theke. »Kommen Sie, ich bringe Sie zum Bahnhof.« Sie traten hinaus auf die Straße und schlenderten die Fußgängerzone entlang. Der Kripo-Beamte kaufte sich an einem Kiosk ein Zehnerpäckchen Kaugummis, gemischt in Farbe und Geschmack. »Sie haben gehört, dass ECC DrakenSys dichtgemacht hat?«

»Die neue Geschäftsführung von Haver ist ziemlich

konsequent«, bestätigte der Seattler müde. Der Kon versuchte, sich gegen alle Eventualitäten abzusichern. »Schätze, ECC hatte die Schnauze endgültig vom Militärischen voll.«

»Fassen Sie mal kurz zusammen, was Sie den Daten entnommen haben, dann wird meine Vorfreude auf den Hauptbericht größer«, forderte Spengler ihn auf, während er ihm einen Streifen anbot.

Poolitzer nahm das Angebot an. »Himbeere. Nicht schlecht.« Er kaute angestrengt. »Sie hatten eine riesige Sauerei mit Personafixen vor«, meinte er.

»Persona … was?«

»BTL, Herr Kommissar. Die Wissenschaftler haben einen weiter entwickelten BTL-Chip implementiert, der normalerweise über einen Datajack in den Benutzer eingeführt wird. Mikroprozessor und Speicher sind eingebaut. Die Modelle, die man auf der Straße bekommt, sind für den einmaligen Gebrauch gedacht und zerstören sich nach einer gewissen Zeit von selbst, um dem Anwender ein Trauma zu ersparen. Mit elektronischem Equipment kann man sie aber in eine Endlosschleife umbauen. In Seattle nennt man die Dinger Dreamgate.«

»Leander hat Gerlach so ein Ding verpasst?«

Poolitzer zuckte die Achseln. »Es ging schon lange das Gerücht um, dass es angeblich BTLs gibt, die SimSinn mit Skillsoft verschmelzen und sich auf die Persönlichkeit des Nutzers auswirken. Besser gesagt, eine zweite künstliche Person in seinem Bewusstsein schaffen. DrakenSys lieferte den Beweis.«

»Heißt das, dass diese Chips die Willenskontrolle der Probanden übernahmen?«, fragte Spengler erstaunt.

»Genau. Wenn sie aktiviert wurden, machten sie dem Träger des TakCom klar, dass er eine andere Person ist. In Gee Gees und Gerlachs Fall hielten sie sich für Engel, weil Leander ein entsprechendes Muster programmierte. Der Chip wurde durch ein Funksignal oder ein Codewort und eine Zahlenkombination aktiviert.« Der Reporter schaute zum Himmel hinauf. »Beabsichtigt war wohl, dass DrakenSys und Cyberdynamix jeweils eigene Routinen erhielten, um ihre Einrichtungen vor Schattenläufern zu schützen. Ein Sender setzt in regelmäßigen Abständen Impulse frei und deckt eine gewisse Umgebung ab. Wenn ich die Notizen richtig verstanden habe, sollte der betroffene Läufer automatisch die Persona eines konloyalen Mitarbeiters annehmen, Alarm geben und seine Begleiter festhalten. Das dachte zumindest Dr. Gud. Der arme Kerl wurde hinters Licht geführt.

»Und wie war es wirklich?«

»Ostfolk war der Wahrheit auf der Spur. Seiner Ansicht nach hatte Leander die Sauereien mit Gerlach arrangiert und Gud sowie Lehmann umbringen lassen. Am Ende erwischte es den Gardisten selbst. Er war zu nah dran.«

Poolitzer schlenderte zu den Stufen des Bahnhofs. Er hievte seine Koffer die Treppen hinauf. »Übrigens, vorgesehen war ein kombiniertes Vertragssystem, das Nachjustierungen des Gefechtscomputers alleine durch Spezialisten von DrakenSys genehmigte. In allen anderen Fällen sollte mit der Zerstörung des Moduls gedroht werden. So hätte niemand die Sauerei entdeckt.«

Mit kreischenden Bremsen fuhr der Zug in den Bahnhof ein. Ein halbes Dutzend Reisende stieg ein und aus. Spengler half dem Reporter beim Einladen.

Der Schaffner wollte gerade das Signal zur Abfahrt geben, da zückte der Beamte seinen Ausweis und verhinderte die Abfahrt. Seine Augen suchten die des Reporters, in denen ausnahmsweise keine Kontaktlinsen hafteten.

»Wenn Sie es nicht schaffen, einem Sender diese Story zu verkaufen, sagen Sie mir Bescheid. Das muss an die

Öffentlichkeit. Das sind wir denen schuldig, die bei dem Lauf draufgegangen sind.« Er hielt Poolitzer seine Rechte hin. »Gospini, passen Sie auf sich auf, Junge.«

Poolitzer grinste schwach und schlug ein. »Das gilt auch für Sie, fetter alter Mann.«

Gespielt wütend bedeutete Spengler dem Uniformierten, das Signal zu geben. »Hauen Sie bloß ab, Klugscheißer«, verabschiedete er ihn lachend und hob die Hand.

Der junge Mann grüßte zurück, ließ die Türen zuschnappen und suchte sich ein Abteil, in dem er sich ausbreiten konnte.

**UCAS, Seattle, Redmond-Barrens, 17. 04. 2058, 20.00 PSZ**

»Wo sind denn alle?«, grummelte Ultra, immer noch etwas enttäuscht darüber, dass sich niemand eingefunden hatte, um ihn aus dem Krankenhaus abzuholen. Es war auch keiner ans Kom-Gerät gegangen. Und in der alten Garage, in der sie sich stets zusammenfanden, suchte er vergebens nach seinen Chummern. Anscheinend hatten sie sich in Luft aufgelöst.

Er legte den Lichtschalter um, Neonlampen flackerten auf. Die Werkstatt lag ausgestorben vor ihm. Cynthia, der aufgemotzte GMC-Bulldog von Sparkplug, stand über der Grube, die Werkzeuge hingen ordentlich an der Wand. Schmiermittel, Ölflaschen, Putzlappen befanden sich in ihren Regalen. Lediglich der blaue Overall Twings fehlte, einige der Drohnen vermisste er ebenfalls.

*Die mach'n schon wieder einen Lauf ohne mich.* Er stellte den Koffer ab und nahm auf einem Metallbock Platz. *Warte ich eben. Irgendwer wird schon irgendwann vorbei-*

*kommen.* Der Troll tippte auf dem Goldplättchen in Form von Mickeymaus herum.

Da sich nach zehn Minuten nichts tat, beschloss er, sich wenigstens etwas zu trinken zu holen. Er ging an den großen Kühlschrank, der neben dem Eingang stand, und öffnete ihn.

»Überraschung!«, schrie ihn Twing lachend an und reckte ihm einen Kuchen entgegen.

Vor Schreck schlug Ultra die Tür zu. Dann riss er sie wieder auf, über das ganze Gesicht strahlend. »Das ist aber lieb!« Die Torte klebte zum einen Teil an der Tür, zum anderen auf ihrem Overall. Der Troll tunkte seinen Finger in die klebrige Masse und kostete davon. »Lecker. Schade, dass sie kaputtging.«

Cynthias Heckklappe flog auf. Zwei Mikroskimmer schnurrten heraus, zwischen ihnen war ein Transparent mit der Aufschrift »Willkommen zu Hause!« gespannt worden. Sie umkreisten den Metamenschen und luden Konfetti über ihm ab. Sparkplug, Cauldron und Hustle folgten und begrüßten ihren Freund überschwänglich.

Ultra schloss sie der Reihe nach in die Arme. »Das ist besser, als bei ›Quizz it‹ zu gewinnen«, rief er glücklich. »Ein echter zweiter Geburtstag!«

Der Rigger küsste Twing etwas Butterglasur von den Lippen und wischte Biskuitteig von der Nase. »Wie süß«, meinte er. »Eine echte Cremeschnitte, meine Frau.«

»'tschuldigung«, murmelte der Troll verlegen. »Ich hab's nicht mit Absicht gemacht.«

Die Mechanikerin drückte ihn an sich, um ihn ebenfalls mit Sahne einzusauen. »Komm her, Großer! Du sollst auch was davon haben.«

Hustle verteilte Bierbüchsen an seine Chummer, zischend sprudelte der Gersten-Soy-Saft aus der Öffnung. Der Ork hatte die Dosen vorher geschüttelt, um das Chaos perfekt zu machen. Es schäumte gewaltig.

»Ich trinke auf unser Wohl, falls noch etwas Bier drin sein sollte, und die Genesung unseres Riesenbabys«, lachte er und setzte die Büchse an. Die anderen taten es ihm nach. Sie knüllten das Weißblech zusammen, rülpsten und warfen die leeren Dosen hinter sich. Selbst die zurückhaltende Magierin beteiligte sich mit Feuereifer an dem Ritual.

»Ich hab auch was für euch.« Mit geheimnisvoller Miene öffnete Ultra den Koffer und nahm Blütenkränze hervor. Der Metamensch riss die Plastikverpackung auf und legte ihnen der Reihe nach die Andenken an seine Hawaiireise um. »Ich hab die neu einfliegen lassen, weil die ersten auf dem Flughafen kaputtgingen«, erklärte er.

Bald duftete die Garage intensiv nach Blumen. Genießend hielt sich Cauldron das Gebinde vor die Nase und sog den Geruch ein. »Das ist eine tolle Überraschung, Ultra.«

Hustle verschwand, um das vorbereitete Büffet hereinzuschieben. »Das wirst du alles artig aufessen, damit du wieder richtig was auf die Rippen bekommst.«

Die Augen des Trolls schweiften über das viele Essen. »Sagt mal, habt ihr da nicht übertrieben?«

Hustle nickte Sparkplug zu, der daraufhin das große Tor öffnete. Seine Chummer hatten alle Bekannten eingeladen, die sich mit Ultra über seine Entlassung freuten. Natürlich durften ein bis zwei Kamerateams nicht fehlen, die Interviews mit ihm machten. Die ins Leben zurückgekehrte Berühmtheit, eine bessere Story gab es kaum. Außer einer toten Berühmtheit.

»Ich freue mich so für ihn«, sagte Twing fröhlich zu Sparkplug. Sie hakte sich bei ihm ein. »Auch wenn er mir die Tür ins Gesicht geschlagen hat.«

»Samt Torte.« Der Elf nickte. »Ein verdammt gutes Gefühl, wieder komplett zu sein. Jetzt können die nächsten Abenteuer kommen.«

Er entdeckte die Ghuljägerin, die sich unsicher zwischen den Leuten umschaute und nach ihren Bekannten suchte. Sparkplug erinnerte sich nicht, sie eingeladen zu haben. »Vielleicht kommen die Abenteuer schneller, als wir denken, Mylady«, meinte er zu seiner Frau. »Mal schauen, was sie möchte.«

**ADL, Freistaat Thüringen, Jena, 15. 04. 2058, 00:22 MEZ**

Das Telekom summte in die Stille des schlicht eingerichteten, dunklen Büros. Automatisch schaltete sich der Anrufbeantworter ein und spulte sein gespeichertes Programm ab.

»Hier ist der Anschluss von Xavier Rodin. Wenn Sie eine Nachricht für mich haben, so tragen Sie diese innerhalb der nächsten zwanzig Sekunden vor.«

Ein Piepton signalisierte die Aufnahmebereitschaft.

»Oh, habe ich mich verwählt? Eigentlich wollte ich einen gewissen Keimag sprechen. Ich ... ach so, ja, ich bin bescheuert.« Die Anruferin, die zuerst in Stadtsprache, dann in Englisch geredet hatte, drückte eine Tastenkombination. Der Anrufbeantworter hielt an und verband das Gespräch an eine andere Nummer weiter.

Nach ein paar Sekunden läutete ein zweites Telekom im Büro. Die Frau wurde von einer elektronischen Ansage in Empfang genommen, die diesmal etwas anders klang: »Sprechen Sie.«

»Hallo. Sie kennen mich nicht, aber eine gemeinsame Freundin, Cauldron, hat mir die Nummer freundlicherweise gegeben und den Geheimtrick erklärt. Ich habe einen Auftrag für Sie, der nach Ihren speziellen Talenten verlangt. Wenn Sie mehr wissen möchten, rufen Sie mich unter der Nummer, die Sie auf dem Display sehen, zurück. Ach ja, die Bezahlung ist garantiert fünfstellig. Bei Erfolg sollte noch mehr drin sein. Einen Tipp gebe ich Ihnen noch: Es hat etwas mit dem Diebstahl eines magischen Artefaktes in …«

Der Anrufbeantworter schaltete ab, die zwanzig Sekunden waren abgelaufen.

Wieder senkte sich absolute Geräuschlosigkeit auf das Zimmer herab.

**ADL, Württemberg, Stuttgart-Möhringen,
29. 04. 2058, 22:22 MEZ**

Die Gestalt mit den langen, platinblonden Haaren und dem weißen Staubmantel duckte sich vor dem Kugelhagel ab und täuschte vor, von einem der Geschosse getroffen worden zu sein. Sie wollte die Angreifer in Siegessicherheit wähnen, sie anlocken und zur Unvorsichtigkeit verleiten.

Das Gesicht des Wesens verbarg sich hinter einer goldenen Maske, die nicht einmal Schlitze für die Augen aufwies. Das schimmernde Material musste entweder von innen durchsichtig sein, oder aber der Träger der Larve nahm die Umgebung auf andere Weise wahr.

Während die geschlechtslose Gestalt wartete, nahm sie das große silberne Kreuz in die Hand. »Ich fürchte mich nicht vor vielen Tausenden, die sich ringsum wider mich wenden. Auf, Herr, und hilf mir, mein Gott«, betete sie halblaut.

Schritte näherten sich.

Ihre Finger schlossen sich um die Griffe der beiden MP7. An den erschrockenen Rufen der Männer erkannte sie, dass die Wachleute soeben auf die Leichen der drei Konzernbosse, die sie vor wenigen Minuten exekutiert hatte, stießen.

Urplötzlich explodierte das Wesen. Es sprang in die Höhe und stand im grellen Licht eines Suchscheinwerfers. Sie wollte gesehen werden. »Die Gottlosen sollen zu den Toten fahren!«

Die Maschinenpistolen spieen Tod und Verderben gegen die überraschten Verfolger. Jede einzelne Kugel fand ihr Ziel mit solcher Genauigkeit, dass man beinahe von einem göttlichen Wunder sprechen konnte. Innerhalb von wenigen Sekunden fielen der gleißend weißen Gestalt acht gepanzerte Kon-Gardisten zum Opfer. Ihr Blut tränkte den Boden.

Die Maschinenpistolen fielen auf die Erde, das Wesen sank inmitten des Lichtkegels auf die Knie. »Der Feind ist vernichtet, zertrümmert für immer. Wie groß ist deine Güte, Herr.« Sie erhob sich und wandte sich zur Seite. »So seid nun verständig, ihr Könige, und lasset euch warnen, ihr Richter auf Erden. Hofft auf den Herrn und tut Gutes. Wer unschuldige Hände hat und reinen Herzens ist, der nicht bedacht ist auf Lug und Trug und nicht falsche Eide schwört, der wird den Segen vom Herrn empfangen. Sela.«

Ihr Kopf zuckte herum, die platinblonden Haare flogen durch die Luft. Dann rannte sie weiter, um den Ort zu verlassen, an dem sie, Cherub, der Engel Gottes, Gerechtigkeit verkündet hatte.

Der Scheinwerfer erlosch.

Dröhnende Musik setzte ein, und die Menschen im Zuschauerraum applaudierten. Zuerst zaghaft, dann immer lauter, fordernder, bis sich Pfiffe und Rufe darunter mengten.

Der Engel kehrte bedächtig auf die Bühne zurück und verbeugte sich tief, sodass die Haare der Perücke die Kulisse berührten. Er richtete den Oberkörper auf und zog sich dabei die goldene Maske vom Gesicht. Gleichzeitig wurde er von drei Spots angestrahlt.

Der neue Star des Musik Erlebnis Centers, Angelina

Heavenwards, breitete die Arme aus und präsentierte sich dem Publikum. Selbst ohne die Verkleidung wirkte die Schauspielerin überirdisch.

Sie verbeugte sich ein weiteres Mal, schickte Kusshände in den Saal und winkte ausgelassen. Die junge Frau mit den kurzen blonden Haaren freute sich mit einer kindlichen Art, dass sie dem Publikum noch sympathischer wurde. Keine Arroganz, keine Unnahbarkeit. Nur Freude. Der Beifallssturm ebbte nicht ab.

Nach und nach kamen die anderen Darsteller hinzu, die zum Stück »Cherub & Luzifer« gehörten. Heavenwards deutete nach rechts und links und gönnte ihren Kollegen ihren Anteil des Erfolgs.

Herbert Vögele, der das Theater »Unüblich« leitete, hörte auf zu klatschten und beugte sich zu seinem Geschäftspartner Fred Geiger, Manager des MEC, hinüber, damit seine Worte trotz des tosenden Lärms verstanden wurden. »Wenn ich daran denke, dass Sie die Kleine zuerst ausgelacht haben, als sie mit der Idee zu dem Stück kam.«

»Vergessen Sie's.« Geiger deutete auf die Schauspielerin. »Die hat noch viel vor sich, wenn sie es geschickt anstellt.« Etwas Überzeugenderes als Heavenwards hatte er noch nie gesehen.

»Man könnte eine Serie aus der Story machen«, brüllte Vögele. »Natürlich erst in einem Jahr, wenn wir das Stück abgesetzt haben.«

Geiger schien der Vorschlag auf Anhieb zu gefallen. »Perfekt. Ich rufe in den nächsten Tagen bei ein paar Produzenten an. Karl Kombatmage könnte durchaus Konkurrenz vertragen.«

Sie lachten sich gegenseitig an und richteten ihre Aufmerksamkeit nach vorne, um in den Applaus einzustimmen.

Angelina bekreuzigte sich und grüßte die Zuschauer noch einmal, ehe sich der Vorhang senkte. Am nächsten

Tag würde sie wieder auf der Bühne stehen, um den Leuten zu zeigen, dass die Gerechtigkeit eine Chance im Leben bekam.

Es gab durchaus verschiedene Wege, die Botschaft des Herrn zu verkünden.

Von **SHADOWRUN™** erschienen in der Reihe
HEYNE SCIENCE FICTION & FANTASY:

1. Jordan K. Weisman (Hrsg.): *Der Weg in die Schatten* · 06/4844

TRILOGIE GEHEIMNISSE DER MACHT

2. Robert N. Charrette: *Laß ab von Drachen* · 06/4845
3. Robert N. Charrette: *Wähl deine Feinde mit Bedacht* · 06/4846
4. Robert N. Charrette: *Such deine eigene Wahrheit* · 06/4847
5. Nigel Findley: *2 X S* · 06/4983
6. Chris Kubasik: *Der Wechselbalg* · 06/4984
7. Robert N. Charrette: *Trau keinem Elf* · 06/4985
8. Nigel Findley: *Schattenspiele* · 06/5068
9. Carl Sargent: *Blutige Straßen* · 06/5087

TRILOGIE DEUTSCHLAND IN DEN SCHATTEN

10. Hans Joachim Alpers: *Das zerrissene Land* · 06/5104
11. Hans Joachim Alpers: *Die Augen des Riggers* · 06/5105
12. Hans Joachim Alpers: *Die graue Eminenz* · 06/5106
13. Tom Dowd: *Spielball der Nacht* · 06/5186
14. Nyx Smith: *Die Attentäterin* · 06/5294
15. Nigel Findley: *Der Einzelgänger* · 06/5305
16. Nyx Smith: *In die Dunkelheit* · 06/5324
17. Carl Sargent/Marc Gascoigne: *Nosferatu 2055* · 06/5343
18. Tom Dowd: *Nuke City* · 06/5354
19. Nyx Smith: *Jäger und Gejagte* · 06/5384

20. Nigel Findley: *Haus der Sonne* · 06/5411
21. Caroline Spector: *Die endlosen Welten* · 06/5482
22. Robert N. Charrette: *Gerade noch ein Patt* · 06/5483
23. Carl Sargent/Marc Gascoigne: *Schwarze Madonna* · 06/5539
24. Mel Odom: *Auf Beutezug* · 06/5659
25. Jak Koke: *Funkstille* · 06/5667
26. Lisa Smedman: *Das Luzifer Deck* · 06/5889
27. Nyx Smith: *Stahlregen* · 06/6127
28. Nick Polotta: *Schattenboxer* · 06/6128
29. Jak Koke: *Fremde Seelen* · 06/6129
30. Mel Odom: *Kopfjäger* · 06/6130
31. Jak Koke: *Der Cyberzombie* · 06/6131
32. Lisa Smedman: *Blutige Jagd* · 06/6132
33. Jak Koke: *Bis zum bitteren Ende* · 06/6133
34. Stephen Kenson: *Technobabel* · 06/6134
35. Lisa Smedman: *Psychotrop* · 06/6135
36. Stephen Kenson: *Am Kreuzweg* · 06/6136
37. Michael Stackpole: *Wolf und Rabe* · 06/6137
38. Jonathan Bond/Jak Koke: *Das Terminus-Experiment* · 06/6138
39. Lisa Smedman: *Das neunte Leben* · 06/6139
40. Mel Odom: *Runner sterben schnell* · 06/6140
41. Leo Lukas: *Wiener Blei* · 06/6141
42. Stephen Kenson: *Ragnarock* · 06/6142
43. Lisa Smedman: *Kopf oder Zahl* · 06/6143
44. Stephen Kenson: *Zeit in Flammen* · 06/6144
45. Markus Heitz: *TAKC 3000* · 06/6145
46. Björn Lippold: *Nachtstreife* · 06/6146
47. Markus Heitz: *Gottes Engel* · 06/6147

Perry Rhodan
Das größte Weltraumabenteuer aller Zeiten.
Faszinierende Romane an den Grenzen
unseres Universums.
Perry Rhodan
Erstauflage
Jetzt einsteigen!
Das Reich Tradom!
Das Sternenfenster
1. Auflage.
Jede Woche
neu am
Kiosk.
3. und
5. Auflage.
Erscheint alle
14 Tage neu.
5. Auflage
Der Terraner
Internet: www.Perry-Rhodan.net